<u>dtv</u>

D1079962

»Die nächste Straße war schäbiger; zwischen den niedrigen Häusern dehnten sich zwei große unbebaute Flächen wie riesige schwarze Löcher. Hohe Bäume ragten dunkel darüber auf. Sie hörte schleppende Schritte hinter sich. Aber sie war ja in Arden, und sie hatte nicht die geringste Angst, bis etwas Hartes, Stumpfes ihren Rücken berührte. Sie erschrak und schnellte herum, und als sie das Gesicht sah, das sich über sie beugte, wußte sie, daß die schrecklichsten Stunden ihres Lebens begonnen hatten . . .«

Peter Straub, geboren 1943 in Milwaukee, Wisconsin, studierte Geisteswissenschaften an der Columbia University und in Dublin, Irland. Er gehört heute zu den besten Horrorschriftstellern der Welt.

Peter Straub

Wenn du wüßtest ...

Psychothriller

Deutsch von
Elisabeth Hartweger

Deutscher Taschenbuch Verlag

Für Carol Smith und für Robin und Justin –
in Erinnerung an hundert Ferngespräche

Ungekürzte Ausgabe
Mai 1997
Deutscher Taschenbuch Verlag GmbH & Co. KG,
München
© 1977 Peter Straub
Titel der amerikanischen Originalausgabe:
›If You Could See Me Now‹
© 1979 der deutschsprachigen Ausgabe:
Paul Zsolnay Verlags Gesellschaft m.b.H., Wien
ISBN 3-552-04410-8
Umschlagkonzept: Balk & Brumshagen
Umschlagbild: Ausschnitt des Gemäldes ›Jeunes filles
au bord de la mer‹
(1897) von Pierre Puvis de Chavannes
Gesetzt aus der Stempel Garamond 9,5/11˙ (Linotype System 4)
Satz: C. H. Beck'sche Buchdruckerei,
Nördlingen
Druck und Bindung: Presse-Druck, Augsburg
Gedruckt auf säurefreiem, chlorfrei gebleichtem Papier
Printed in Germany · ISBN 3-423-08373-5

»Da ist ein langer Artikel über
einen Mord in der Zeitung… Aber
es wird ja immer irgendwer ermordet, und ich habe es nicht gelesen.«

›David Copperfield‹,
Charles Dickens

»Du kannst allem entkommen, nur
nicht einem starken Geruch: er
verfolgt dich, er holt dich ein.«

›Book of the Cranberry Islands‹,
Richard Grossinger

»Der Winter hat schon angefangen«, sagte Alison.

»Hä?«

»Vor einem Monat hat der Winter angefangen.«

»Versteh' ich nicht.«

»Also welcher Tag ist heute?«

»Der einundzwanzigste Juli. Donnerstag.«

»Mein Gott, schau dir diese Sterne an«, sagte sie. »Am liebsten würde ich einen großen Schritt machen, weg von diesem Planeten, und einfach so zwischen ihnen herumschweben.«

Er und seine Cousine Alison kamen von entgegengesetzten Enden des Kontinents, und sie lagen Seite an Seite auf Großmutters Rasen irgendwo auf dem Lande in Wisconsin, nicht weit vom Mississippi, und schauten in den Himmel über den dichten Wipfeln der Nußbäume.

Von Großmutters Veranda schallte Oral Roberts' derbe, laute Stimme herüber. »Mein Geist wird in dich fahren«, rief er, und Alisons Mutter Loretta Greening lachte leise. Auf dem saftigen, weichen Gras liegend, drehte der Junge den Kopf zur Seite und betrachtete das Profil seiner Cousine. Ihr Ausdruck war lebhaft, sprühend vor Begeisterung, und wenn ihr Wille sie von der Erde hätte lösen können, wäre sie schon von ihm fortgeflogen.

Er sog ihren Duft nach kaltem, erfrischendem Wasser ein.

»Mein Gott«, wiederholte sie, »wie ich da oben herumschwirren würde! Genauso fühle ich mich manchmal, wenn ich Gerry Mulligan höre. Kennst du ihn?«

Nein, er kannte ihn nicht.

»Mann, du müßtest in Kalifornien leben. In San Francisco. Nicht nur, damit wir uns öfter sehen könnten, sondern weil dein Florida so verdammt weit weg von allem ist. Gerry Mulligan würde dich glatt umwerfen, der ist wirklich cool. Progressiver Jazz.«

»Ich wünschte, wir würden in eurer Nähe wohnen. Das wäre toll!«

»Ich hasse alle meine Verwandten – mit Ausnahme von dir und meinem Vater.« Sie wandte ihm ihr Gesicht zu und schenkte ihm ein strahlendes Lächeln, das ihm den Atem verschlug. »Und den sehe ich fast noch seltener als dich.«

»Da hab ich aber Glück.«

»Kannst du ruhig so auffassen.« Sie drehte sich wieder von ihm fort. Sie konnten die Stimmen ihrer Mütter hören, untermalt von Radiomusik. Ihre Großmutter Jessie, scharfsinniger Mittelpunkt der Familie, machte sich in der Küche zu schaffen, und von Zeit zu Zeit sickerte ihre sanfte Stimme durch das Geflecht der Konversation ihrer Töchter. Sie hatte den ganzen Tag über mit Cousin Duane geheime Debatten wegen seiner geplanten Heirat geführt. Die Kinder wußten, daß ihre Großmutter aus ziemlich fadenscheinigen, aber heftig vertretenen Gründen gegen diese Ehe war.

»Du bist letztes Jahr schon wieder in Schwierigkeiten geraten, stimmt's?« fragte Alison.

Widerwillig brummte er etwas, zustimmend, verlegen. Er wollte nicht darüber reden. Sie brauchte nichts über die Dinge zu wissen, die ihm Schwierigkeiten machten. Das letzte Mal schon waren sie fast ernsthaft gewesen, und all das verworrene Zeug drang bis in seine Träume.

»Du kriegst oft Ärger, oder?«

»Scheint so.«

»Ich hab auch manchmal kleinere Probleme. Nicht so wie du, aber immerhin genug, daß es auffällt. Ich hab schon mal die Schule wechseln müssen. Und du?«

»Viermal. Aber das zweite Mal war nur – also, das zweite Mal lag's nur daran, daß mich ein Lehrer nicht leiden konnte.«

»Ich hatte was mit meinem Zeichenlehrer.«

Er sah sie an, konnte aber nicht feststellen, ob sie log. Er glaubte eher, daß sie die Wahrheit sagte.

»Haben sie dich deswegen rausgeschmissen?«

»Nein. Ich bin rausgeflogen, weil sie mich beim Rauchen erwischt hatten.«

Jetzt wußte er, daß es stimmte – solche Lügen konnte man sich gar nicht ausdenken. Er war schrecklich eifersüchtig und zutiefst neugierig, und beide Gefühle mischten sich mit einer großen Portion Bewunderung. Mit ihren vierzehn Jahren – sie war ein Jahr älter als er selbst – war Alison für ihn ein Teil jener faszinierenden Erwachsenenwelt der Affären, der Zigaretten und der Cocktails. Sie hatte ihm einmal von ihrer Vorliebe für Martinis »mit Twist« erzählt – was auch immer dieser Twist sein mochte.

»Der olle Duane hätte auch gern was mit dir«, sagte er.

Sie kicherte. »Na, da fürchte ich aber, daß der olle Duane nicht viel Aussichten hat.« Mit all ihrer hitzigen Kraft warf sie sich herum und sah ihn an. »Weißt du, was er gestern gemacht hat? Er hat mich gefragt, ob ich mitkommen würde auf eine Spritztour mit seinem Lieferwagen; das war gerade, als du mit deiner Mutter Tante Rinn besuchen warst, und ich sagte, klar, warum nicht, und er nahm mich mit und legte seine Hand auf mein Knie, als wir kaum aus der Ausfahrt raus waren. Er hat sie erst wieder weggenommen, als wir an der

Kirche vorbeikamen.« Sie lachte wieder, so als wäre diese letzte Einzelheit der endgültige Beweis für Duanes Untauglichkeit als Liebhaber.

»Hast du das so einfach zugelassen?«

»Seine Hand war *naßgeschwitzt*«, prustete sie – so laut, daß der Junge sich fragte, ob Duane es vielleicht hören konnte – »das hat sich angefühlt, als hätte er Schmieröl oder so was auf mein Knie gerieben. Ich hab zu ihm gesagt, ›ich möchte wetten, daß du nicht viel Glück bei Mädchen hast, Duane, oder?‹ und er hat sofort angehalten und gesagt, ich soll aussteigen.«

»Gibt's hier herum irgendwelche Jungs, die dir gefallen?« Er wünschte sich ein klares Nein von ihr, und ihre Antwort erfüllte ihn auch zunächst mit Befriedigung.

»Hier? Willst du mich auf den Arm nehmen? Erstens mag ich Jungs sowieso nicht besonders, sie sind viel zu unerfahren, und ich mag auch den Stallgeruch der Bauernjungen nicht. Aber Eisbär Hovre sieht ganz gut aus, finde ich.«

Eisbär wurde wegen seiner weißblonden Haare so genannt; er war der Sohn des Gemeindepolizisten von Arden, ein großer, stämmiger Bursche in Duanes Alter, der schon wiederholt zur Updahl-Farm herübergefahren war, um Alison anzuhimmeln. Er war als Ausreißer bekannt, aber trotzdem noch von keiner Schule geflogen, soweit der Junge wußte.

»Der findet auch, daß *du* gut aussiehst, aber ich nehme an, daß das selbst einem Trottel wie Eisbär auffallen muß.«

»Na, du weißt ja, daß ich nur dich liebe.« Aber sie sagte das so leichthin, daß der Satz abgenutzt klang wie von allzu vielem Gebrauch.

»Ich bin bereit, das zu akzeptieren«, sagte er in der Überzeugung, daß diese Formulierung sehr erfahren wirkte – genau das, was ihr Zeichenlehrer sagen würde.

In der Küche hatte Duane inzwischen zu schreien angefangen, doch die beiden kümmerten sich genausowenig darum wie ihre Mütter auf der Veranda.

»Warum hast du das vom Winter gesagt? Daß der Winter anfängt?«

Sie berührte seine Nase mit dem Finger, und er wurde über und über rot im Gesicht. »Weil heute vor einem Monat der längste Tag des Jahres war. Die Frist des Sommers beginnt abzulaufen, mein Lieber. Magst du Tante Rinn eigentlich? Ich finde, sie hat was Gespenstisches an sich. Die spinnt doch irgendwie!«

»Genau«, sagte er heftig. »Unheimlich ist sie. Sie hat was über dich gesagt. Als Mutter draußen war, um sich ihre Kräuter anzusehen.«

Alison schien zu erstarren, so als wüßte sie genau, daß die Bemerkung der alten Frau nichts Schmeichelhaftes gewesen sein könnte. »Was hat sie über mich gesagt? Sie hört viel zu sehr auf meine Mutter.«

»Es war ... sie hat gesagt, ich soll mich vor dir in acht nehmen. Sie hat gesagt, du wärst mein – Verderben. Sie hat gesagt, daß du auch dann mein Verderben wärst, wenn wir nicht verwandt wären, sogar wenn wir uns nicht einmal kennen würden, aber daß es gerade deshalb noch viel gefährlicher ist, weil wir Cousin und Cousine sind. Eigentlich wollte ich dir das gar nicht erzählen.«

»*Verderben*«, sagte Alison. »Na ja, vielleicht bin ich wirklich dein Schicksal. Hört sich doch ganz nett an.«

»Nett für mich, meinst du.«

Sie lächelte, weder zustimmend noch verneinend, und rollte zurück, um wieder in den leuchtenden Sternenhimmel zu schauen. Nach einer Weile sagte sie: »Mir ist so langweilig. Tun wir doch irgend etwas, um den Winteranfang zu feiern.«

»Ich weiß nichts.«

»Eisbär würde schon was einfallen«, meinte sie freundlich. »Ich weiß was. Gehen wir doch schwimmen. Oben im Steinbruch. Ich möchte gern schwimmen gehen. Na? Komm schon!«

Ihr Vorschlag kam ihm höchst fragwürdig vor. »Die werden uns ja doch nicht lassen.«

»Wart mal ab. Ich werde dir zeigen, wie wir in Kalifornien schwimmen.«

Er fragte, wie sie denn die acht Meilen zum Steinbruch zurücklegen sollten. Der Steinbruch lag in den Hügeln gleich außerhalb von Arden.

»Du sollst abwarten!« Sie sprang aus dem Gras auf und ging auf das Farmhaus zu. Oral Roberts hatte seine Wunderheilungen für eine weitere Woche eingestellt, und jetzt mischten sich die Klänge einer Tanzkapelle mit den Stimmen ihrer Mütter. Er rannte ihr nach und folgte ihr auf die Veranda.

Loretta Greening war größer und sanfter, aber sonst wie eine zweite Ausgabe von Alison. Sie saß neben seiner Mutter auf dem Sofa. Die beiden Frauen waren einander sehr ähnlich. Die Mutter lächelte, und die Tante ließ ständig ihre nervöse Erregung sehen, untermischt mit Unzufriedenheit. Der Junge bemerkte auch Duane, der in einem Schaukelstuhl am entferntesten Ende der Veranda kauerte. Er hämmerte mit der Faust auf seinen Schenkel ein, daß es klatschte, und machte einen noch viel unzufriedeneren Eindruck als Mrs. Greening. Er starrte Alison an, als hasse er sie, doch sie ignorierte ihn fröhlich.

»Gib mir die Autoschlüssel«, sagte Alison. »Wir wollen eine kleine Tour machen.«

Mrs. Greening sah ihre Schwester fragend an.

»O nein«, sagte die Mutter des Jungen. »Alison ist zu jung zum Autofahren, stimmt's?«

»Ist ja nur zum Üben«, sagte Alison. »Nur auf den Nebenstraßen. Ich muß ja schließlich üben, sonst komm' ich nie durch die Fahrprüfung.«

Duane starrte sie noch immer an.

»Ich habe den Grundsatz, die Kinder immer tun zu lassen, was sie wollen«, erklärte Mrs. Greening der Mutter des Jungen.

»Weil ich nämlich aus meinen Fehlern lerne!«

»Ja, aber glaubst du denn nicht –« begann seine Mutter.

»Hier«, sagte Mrs. Greening und warf Alison die Schlüssel zu. »Nimm dich um Gottes willen vor dem alten Idioten Hovre in acht. Dem wäre es sogar noch lieber, dir einen Strafzettel zu verpassen als seinen widerlichen Tabak zu kauen.«

»Wir werden nicht mal in die Nähe von Arden kommen«, sagte Alison.

Duane hatte seine Hände auf die Armlehnen des Sessels gestützt. Dem Jungen wurde mit Übelkeit erregender Deutlichkeit klar, daß Duane im Begriff war, sich selbst zum Mitfahren einzuladen, und er befürchtete, daß seine Mutter darauf bestehen würde, Duane den Pontiac der Greenings chauffieren zu lassen.

Aber Alison handelte zu schnell, als daß Duane oder seine Mutter noch zum Sprechen gekommen wären. »Okay, danke«, rief sie, wirbelte herum und sauste durch die Holzgittertür und von der Veranda. Als der Junge endlich reagieren konnte, glitt sie schon in den Wagen.

»Das haben wir doch prima hingekriegt, oder?« sagte sie

einige Minuten später, als sie aus dem Tal in den Highway nach Arden einbogen. Er blickte durchs Rückfenster nach hinten; er glaubte, die Scheinwerfer von Duanes Lieferwagen gesehen zu haben. Aber es konnte auch irgendein anderer Lastwagen von einer der Farmen im Tal gewesen sein.

Er wollte ihr gerade zustimmen, als sie wieder zu reden anfing und dabei seltsamerweise auf seine Gedanken einging. Sie hatten beide immer wieder die Erfahrung gemacht, daß sie gegenseitig Zugang zu den Gedanken und Phantasien des anderen hatten, und nach Meinung des Jungen war es das, was Tante Rinn aufgefallen war.

»Der olle Duane hätte sich beinahe selbst eingeladen, nicht? Ich hätte ja gar nichts gegen ihn, wenn er nur nicht so furchtbar erbärmlich wäre. Irgendwie kann der nie was richtig machen. Hast du schon das Haus gesehen, das er für seine Freundin gebaut hat?« Sie kicherte. Das Haus war zum Thema eines Familienwitzes geworden, der nur ja nicht vor Duanes Eltern erwähnt werden durfte.

»Ich hab nur davon gehört«, sagte er. »Klingt wirklich komisch. Er wollte es mich nicht ansehen lassen. Duane und ich kommen nicht sehr gut miteinander aus. Letztes Jahr hatten wir einen Riesenstreit.«

»Und du hast dich da nicht mal rausgeschlichen, um wenigstens einen Blick draufzuwerfen? Heiliger Herr Jesus – ist das ein verrücktes Ding! Es ist ...« Sie erstickte fast vor Lachen und fand keine Worte, das Haus besser zu beschreiben. »Und du darfst es vor Duane nicht mal erwähnen, du kannst nicht die winzigste Bemerkung machen ...«, lachte sie.

Da der Wagen in Schlangenlinien fuhr, fragte er: »Wie hast denn du Fahren gelernt? Meine Eltern lassen mich das Auto nicht mal anfassen.«

»Ach, von diesen Greasers*, mit denen ich mich manchmal herumtreibe.«

Nachdem er keine Ahnung hatte, was Greasers waren, brummte er nur und dachte, daß sich das fast noch schlimmer anhörte als der Zeichenlehrer.

»Weißt du, was wir machen sollten?« fragte Alison. »Wir sollten einen Pakt schließen, einen richtigen, feierlichen Pakt. Ein Gelübde. Daß wir in Verbindung bleiben, was auch immer geschieht, ganz egal, wen wir heiraten, nachdem wir uns ja nun mal nicht gegenseitig heiraten können. Oder nein, noch besser: daß wir zusammenbleiben.« Sie blickte ihn sonderbar an, dann schwenkte sie von der Fahrbahn ab und hielt an. »Wir wollen schwören. Das ist sehr wichtig, denn wenn wir's nicht tun, können wir nicht sicher sein.«

Er sah sie verdutzt an, überrascht von ihrem plötzlichen Gefühlsausbruch. »Du meinst, wir sollen einander versprechen, daß wir uns sehen, wenn wir verheiratet sind?«

»Verheiratet oder nicht, ganz gleich, ob wir in Paris leben oder in Afrika. Sagen wir einfach – sagen wir, daß wir uns an einem bestimmten Datum hier wieder treffen. Heute in zehn Jahren. Nein, das ist zu früh. In zwanzig Jahren. Dann bin ich vierunddreißig, und du bist dreiunddreißig. Das ist viel jünger als unsere Mütter. Am einundzwanzigsten Juli 1975. Wenn es 1975 die Welt noch gibt. Versprich es. Schwör es mir.« Sie sah ihn so zwingend an, daß er nicht einmal versuchte, dieses absurde Versprechen ins Lächerliche zu ziehen.

»Ich schwöre.«

»Und ich schwöre auch. Auf der Farm, heute in zwanzig

---

* *greaser* = im amerikanischen Slang abfällige Bezeichnung für Mexikaner

Jahren. Und wenn du es vergißt, werde ich dich holen. Wenn du es vergißt, dann helfe dir Gott.«

»Okay.«

»Und jetzt müssen wir einander küssen.«

Sein Körper schien leichter zu werden. Alisons Gesicht kam ihm größer vor als in Wirklichkeit, herausfordernder und maskenhaft. Aus dieser Maske leuchteten ihre Augen hervor. Nur mit Anstrengung gelang es ihm, seinen Körper auf dem Autositz zu bewegen. Er beugte sich zu ihr hinüber, sein Herzschlag dröhnte. Als sie ihm ihr Gesicht zuwandte, berührten sich ihre Lippen. Die unerwartete Weichheit von Alisons Mund überraschte ihn, dann wurde ihm ihre lebendige Wärme bewußt. Alison preßte ihre Lippen fester gegen die seinen, und er fühlte, wie ihre Hände sich um seinen Nacken schlangen. Ihre Zunge glitt zwischen seine Lippen.

»Das ist es, was Tante Rinn befürchtet«, flüsterte sie, und ihr Mund verbreitete Wärme. Sie küßte ihn wieder, und seine Erregung näherte sich dem Höhepunkt.

»Du gibst mir irgendwie das Gefühl, ein Junge zu sein«, sagte sie, »das gefällt mir.«

Als sie sich zurückzog, warf sie einen Blick auf seinen Schoß. Wie betäubt sah er sie an. Er hätte ihr alles gegeben, er hätte auf der Stelle für sie sterben können.

»Bist du schon mal nachts schwimmen gewesen?« fragte sie.

Er schüttelte den Kopf.

»Das wird lustig!« rief sie, startete den Wagen wieder und fuhr schwungvoll zurück auf die Fahrbahn.

Er drehte sich um und schaute wieder aus dem Rückfenster. Dreißig Meter hinter ihnen sah er die hohen Scheinwerfer eines anderen Fahrzeugs in die Straße biegen. »Ich glaube, Duane verfolgt uns.«

Sie blickte hastig in den Rückspiegel. »Ich seh ihn nicht.«

Er schaute zurück: Die Lichter waren verschwunden. »Aber er war gerade noch da.«

»Das traut er sich nicht. Mach' dir bloß keine Sorgen um den ollen Duane. Überhaupt, wie kann man nur so einen Namen haben!«

Er lachte befreit, doch dann kam ihm ein entsetzlicher Gedanke. »Wir haben unsere Badeanzüge nicht mit! Wir müssen umkehren.«

»Trägst du denn keine Unterwäsche?«

Die Erleichterung machte ihn wieder fröhlich.

Als sie zu dem ausgefahrenen Feldweg kamen, der hügelan zum Steinbruch führte, überzeugte sich der Junge nochmals, daß ihnen keine Scheinwerfer folgten; nur die Lichter eines entfernten Farmhauses waren zu sehen. Alison drehte das Radio an, und »Yakety Yak« plärrte ihnen entgegen. Während sie bergauf rasten, sang sie den Refrain mit: »Widersprich mir nicht.«

Sie hielt den Wagen auf einer mit Felsbrocken übersäten Wiese an. Hinter dichten Büschen führten unregelmäßige Stufen zum Steinbruchsee hinunter. »Oh, das wird toll«, rief sie und stellte das Radio wieder an. »– und für Johnny und Jeep und die ganze A. H. S.-Bande in Reuters Schuppen: Les Brown und seine Band of Renown mit ›Lover, come back to me‹«, verkündete die ölige Stimme des Ansagers, »Und für Reba und LaVonne in der Arden Epworth Liga. Les Brown und ›Lover, come back to me‹«.

Von der flachen Stelle, wo einmal die Baubude der Arbeiter gestanden hatte, führte ein ausgetretener Pfad durch eine Lücke zwischen den Büschen zu den Felsstufen. Der Junge folgte Alison hinunter zu einem flachen Vorsprung einen halben

Meter über dem schwarzen Wasser. Wie von allen Steinbruch-seen sagte man auch von diesem, daß er bodenlos sei, und der Junge war geneigt, das zu glauben – die schwarze Haut des Wassers war unberührt. Wenn du sie durchstößt, wirst du nicht aufhören zu fallen und für immer untergehen.

Alison lagen solche Überlegungen fern. Sie war schon aus Bluse und Schuhen geschlüpft und zog gerade ihren Rock aus. Plötzlich wurde ihm bewußt, daß er ihren Körper anstarrte und daß sie es wußte; es schien ihr aber nichts auszumachen.

»Zieh dich aus«, sagte sie. »Du bist furchtbar langsam, lie-ber Cousin. Wenn du dich nicht beeilst, werde ich dir helfen müssen.«

Schnell zog er sich das Hemd über den Kopf. Alison stand in Slip und BH vor ihm und sah zu. Schuhe, Socken und dann die Hose. Die Nachtluft strich kühl über seine Schultern und seine Brust. Sie sah ihn abschätzend an und lächelte spöttisch.

»Möchtest du das tun, was wir in Kalifornien tun?«

»Ehem, na klar.«

»Also los, dann werden wir splitterbaden.«

»Was ist denn das, splitterbaden?« fragte er, obwohl er es sich vorstellen konnte.

»Schau mir zu!« Lächelnd schob sie ihren Slip über die Hüften hinunter und stieg heraus. Dann hakte sie den BH auf. Aus dem Autoradio tönte träge ein sentimentaler Ray-Antho-ny-Song. »Du auch«, sagte sie. »Du glaubst gar nicht, wie gut man sich da fühlt.«

Er hörte ein Geräusch von oberhalb, nahe den Felsen, und fuhr herum. »Hat da nicht jemand gehustet?«

»Seit wann können Vögel husten? Komm schon.«

»Schon gut.« Er zog seinen Slip aus, und als er zu ihr hinsah, tauchte sie gerade ins Wasser ein. Ihr Körper schimmerte fahl durch die dunkle Wasseroberfläche und glitt weit hinaus, auf das Zentrum des Teichs zu. Dann durchstieß ihr Kopf die Wasseroberfläche, und mit der Bewegung einer erfahrenen Frau warf sie das Haar zurück.

Er wollte ihr nahe sein. Er lief zum Felsenrand und hechtete flach ins Wasser. Die plötzliche Kälte sandte eine Schockwelle durch sein Nervensystem und brannte auf seiner Haut, doch Alisons selbstbewußte frauliche Geste war für ihn der größere Schock gewesen. Sie hatte sie ihm fremder gemacht als alles Gerede von Greasers und Zeichenlehrern.

Als er wieder an die Oberfläche kam, hatte sich sein Körper auf die Wassertemperatur eingestellt. Alison kraulte von ihm fort. Mit Bitterkeit mußte er erkennen, daß sie besser schwamm als er, der sich für einen so guten Schwimmer gehalten hatte. Und kräftiger war sie auch, denn als er sich daran machte, sie einzuholen, beschleunigte sie ohne jede Anstrengung ihre Schwimmstöße und vergrößerte den Abstand zwischen ihnen. Am anderen Ende des Teiches machte sie eine vorbildliche Wende unter Wasser und kam zurück, graziös und kraftvoll, und ihre Schultern und Arme schimmerten in der Dunkelheit, geheimnisvoll und vom Wasser verzerrt. Er schwamm auf der Stelle und wartete auf sie.

Dann hörte er wieder ein Geräusch, halb übertönt von der Tanzmusik, die aus dem Auto dröhnte, und er spähte angestrengt hinauf. Etwas Weißes huschte hinter dem spärlichsten der Büsche vorbei. Für einen Moment glaubte er, ein weißes Hemd zu erkennen. Doch dann blieb dieses Etwas stehen und war zu starr, als daß es jemals in Bewegung gewesen sein konnte. Vielleicht war es nur das Mondlicht auf einem Felsen. Von der anderen Seite des Steinbruchs, hoch über und hinter ihm, kam ein kurzer Pfeifton. Er blickte über die Schulter zurück, sah aber nichts.

Alison war jetzt nahe bei ihm, und ihre schönen, starken Schwimmstöße wühlten die Wasseroberfläche kaum auf. Sie krümmte sich zusammen, für einen Augenblick erschien ihre Kehrseite, und dann war sie verschwunden. Er fühlte, wie ihre Hände seine Waden umklammerten, und konnte gerade noch Luft schnappen, bevor er unterging.

Im dunklen Wasser umschlang ihn Alison; sie schien zu lachen. Er berührte ihre kalten, glatten Hände. Dann wurde er mutiger und strich über ihr ausgebreitetes Haar und den runden Kopf. Sie faßte ihn fester, zog ihn weiter hinunter und ließ gleichzeitig ihren Körper an seinem entlang nach oben gleiten, bis ihre Arme seine Brust umschlossen. Ihr Mund nippte an seinem Hals. Ihre Beine berührten die seinen. Sein Verstand verwirrte sich.

Als das, was sie zum Leben erweckt hatte, ihren Bauch streifte, ließ sie ihn los und glitt schnell zurück an die Oberfläche. Einen Augenblick noch konnte er die Luft anhalten und ihren Körper betrachten, der kopflos und verlockend vor ihm schwebte, von unglaublicher, fast mystischer Vollkommenheit. Ihre kleinen Brüste hüpften im Wasser, er sah den sanften Schwung ihrer Schenkel, und es war ihm, als zerspringe ihm das Herz. Ihre Hände waren weißleuchtende Sterne. Der Nebel in seinem Verstand wurde dichter, breitete sich aus, verdeckte alles andere. Als er zu ihr hinaufglitt, streifte er all die fremde Landschaft und Wildnis ihrer Haut.

Einen Moment lang konnte er nichts erkennen, und Alisons Arm umklammerte seinen Hals. Als er deutlicher sehen konnte, erkannte er ihren glatten nassen Haarschopf. Ihre harten

Backenknochen preßten sich gegen sein Kinn. Mit aller Kraft löste er die Umklammerung ihrer Arme und zog sie über sich. Die Biegung ihres Halses drückte seinen Kopf unter Wasser, und er konnte ihr Lachen hören. Sie strampelten beide mit den Beinen, umschlangen sich. Sie waren wieder unter Wasser, prustend, kämpfend. Und der Nebel in seinem Verstand zwang sie immer tiefer in das kalte Wasser. Seine Ohren dröhnten, als ihre Schläge sie trafen.

Das Dröhnen war überall. Das Wasser erstickte ihn, ihre schlüpfrige Vollkommenheit kämpfte gegen ihn. Sie tauchten auf und holten noch einmal Luft. Dann explodierte das Wasser. Ihr Lachen verstummte, sie griff nach seinem Kopf, preßte ihm die Ohren schmerzhaft nach vorne. Und dann schien da mehr zu sein als nur sie beide, die da gegen den Nebel, gegen das Wasser kämpften, nach Luft rangen und das Schicksal herausforderten. Das Wasser brauste und tobte, und wenn immer ihre Körper, ihr einziger, gemeinsamer Körper, die Oberfläche durchstieß, schossen Geysire von Gischt empor.

Der Weg nach Arden

Es gibt keine Geschichte ohne Vorgeschichte; die Vorgeschichte macht sie uns erst verständlich. (Dieser Überzeugung
bin ich vielleicht deshalb, weil ich Vorlesungen über Novellen
und Romane halte und nicht über Gedichte.) Aber gerade weil
mir bewußt ist, wie sehr die Vergangenheit auf meiner Geschichte lastet, möchte ich sie nur dann miteinbeziehen, wenn
es unbedingt sein muß, und nicht zu Beginn schon alles vor-
wegnehmen. Ich weiß – und hier spricht der Literaturdozent
aus mir, der Beinahe-Professor für zeitgenössische Prosadich-
tung –, daß jede Geschichte, wie sehr sie auch durch ihre
Vorgeschichte belastet sein mag, auch eine sprechende Einheit
der Gegenwart ist, ein Knotenpunkt, eine Kristallisation, ein
Edelstein. Vielleicht wissen wir einen Diamanten besser zu
würdigen, wenn wir seine Geschichte kennen – eine Geschichte blutiger Fehden und zerbrochener Fürstenehen, aber
wir verstehen ihn deshalb nicht besser. Das gleiche könnte
man über die Liebe sagen, oder über Liebende – die Vorgeschichte gleichgültiger Ehefrauen oder faulenzender Ehemän-
ner liegt ausgebreitet auf dem Boden und wartet, mit den
Kleidern zusammen angezogen zu werden. Ich beginne diese
Geschichte also erst hier, im dritten Drittel dieses ungeschick-
ten Absatzes, und zwar mit mir selbst, als ich in den letzten,
gehetzten Juniwochen mit meinem zehn Jahre alten Volkswagen von New York nach Wisconsin fuhr. Ich befand mich in

jener Periode zwischen Jugend und mittleren Jahren, in der Veränderungen äußerst notwendig werden, in der neue Möglichkeiten die alten, sterbenden Visionen ersetzen müssen; und ich war seit einem Jahr geschieden. Geistig, innerlich geschieden, nicht vor dem Gesetz: Da meine Frau sechs Monate, nachdem sie mich verlassen hatte, gestorben war, erübrigte sich ein ordnungsgemäßes Scheidungsurteil (sogar nach Joans Tod ist es mir immer noch unmöglich, meine Bitterkeit zu verbergen).

Ich war seit eineinhalb Tagen unterwegs und so schnell gefahren, wie es mein alter Volkswagen und die Polizei erlaubten. Die Nacht hatte ich in einem schäbigen Motel in Ohio verbracht – einem Motel, das so gewöhnlich war, daß ich seinen Namen und die Stadt, an deren Rande es lag, in dem Moment wieder vergaß, in dem ich auf den Freeway zurückfuhr. Ich hatte einen besonders schlimmen Alptraum gehabt und lechzte nach Freiheit, nach frischer Luft und einer neuen Umgebung. Jede Zelle, jeder Nerv meines Körpers war verstopft mit Bösartigkeit, mit den Ablagerungen der Auspuffgase, mit unterdrückter Empörung. Ich brauchte matten grünen Frieden, neue Tage, in denen ich meine Dissertation fertig ausarbeiten wollte – das heißt, eigentlich war das meiste noch ungeschrieben –, damit ich meine Stellung behalten könnte.

Denn, wie schon gesagt, ich bin kein ordentlicher Professor, nicht einmal, um der Wahrheit die Ehre zu geben, ein Beinahe-Professor. Ich bin Dozent. Ein Dozent, dessen Stellung arg wackelte.

Autos machen mich nervös und anfällig für Temperamentsausbrüche. Jeder Mensch sitzt allein in seinem Zwei-Meter-Metallsarg, und Verkehrsstauungen sind wie lärmerfüllte Friedhöfe. (Ich mag zwar als Techniker ungeschickt sein, aber ich kann den Tod in eine Metapher verwandeln – am Morgen nach der Nacht, in der ich von ihm geträumt habe!) Ich bin dann geneigt, Dinge zu »sehen«, während meine Halluzinationen normalerweise alle durch ein anderes Organ in mich eindringen – nämlich durch die Nase (andere Leute sehen die Dinge, ich rieche sie). Einmal, in Massachusetts, zu einer Zeit, als ich gerade Vorlesungen über ›Tom Jones‹ hielt, fuhr ich spät nachts auf einer Landstraße weit außerhalb von Boston. Ein Warnschild zeigte eine scharfe Kurve an. Beim Einfahren in die Kurve sah ich, daß die Straße dort steil anzusteigen begann, und ich trat den Gashebel bis zum Anschlag durch. Bergaufwärts fahre ich gern so schnell wie möglich. Als ich mitten in der steilen Kurve war – die kleine Käfermaschine röhrte wütend –, hörte ich plötzlich ein fürchterliches Rattern von der Hügelkuppe. In der nächsten Sekunde stockte mir das Blut: eine Kutsche sauste in halsbrecherischem Tempo den Hügel herunter, sie wurde hin- und hergeschleudert, offenbar völlig außer Kontrolle. Ich konnte die vier Pferde in ihrem Geschirr rasen sehen, die Wagenlaternen flackerten; der Kutscher zerrte vergeblich an den Zügeln, die Panik stand ihm im Gesicht. Der hohe Kasten schwankte quer über die Straße auf mich zu. Mein letzter Augenblick schien gekommen. In meiner Angst fummelte ich am Armaturenbrett herum und konnte mich nicht entscheiden, ob ich zurückschalten, den Motor abstellen oder mein Glück versuchen und an der stürzenden Kutsche noch vorbeizukommen trachten sollte. Im allerletzten Augenblick begann mein Verstand wieder zu funktionieren, und ich wich scharf nach rechts aus. Die Kutsche raste vorbei und verfehlte meinen Wagen nur um Zentimeter. Ich konnte den Schweiß der Pferde riechen und das Lederzeug knirschen hören.

Nachdem ich mich einigermaßen beruhigt hatte, setzte ich meinen Weg hügelaufwärts fort. Plumpe Scherze einer Studentenverbindung oder irgendeines Clubs, dachte ich, verrückte Kerle von Harvard oder von der Bostoner Universität. Doch nachdem ich einen halben Kilometer gefahren war, wurde mir klar, daß es eigentlich recht spät für ein solches Unternehmen war – drei Uhr morgens – und daß man normalerweise nicht mit Kutschen bergabwärts rast. Und ich war nicht einmal mehr sicher, ob ich das Ganze überhaupt wirklich gesehen hatte. Also wendete ich und fuhr zurück. Ich folgte der Straße etwa acht Kilometer, mehr als weit genug, um das Wrack zu finden. Doch die Straße war leer. Ich fuhr nach Hause und vergaß die Sache. Etwa ein Jahr später saß ich in der Badewanne, als im Radio gerade eine Interviewsendung zum Thema übernatürlicher Phänomene lief. Da hörte ich eine Frau erzählen, daß sie auf einer Landstraße, weit außerhalb von Boston, in einer Kurve am Fuße eines Hügels einer wie toll dahinrasenden Kutsche begegnet war. Mein asthmatisches Herz blieb fast stehen vor Schreck. Beim Autofahren muß ich immer wieder daran denken. Wenn dereinst die Andere Welt über mich hereinbricht, dann wird das geschehen, während ich in einem Auto sitze.

Teagarden heiße ich, und aufgeblasen bin ich.

Ich schwitzte und war wütend. Bis Arden waren es noch etwa fünfzig Kilometer, der Motor klopfte, und auf dem Rücksitz polterten Bücher in Kartons. Ich mußte diese Arbeit schreiben, sonst würde mich der Prüfungsausschuß hinauswerfen. Ich hoffte, daß mein Vetter Duane, der jetzt in einem neuen Haus auf der großelterlichen Farm lebte, mein Telegramm bekommen und das alte Haus für mich hergerichtet hatte. Bei Duane war das allerdings eher unwahrscheinlich.

Als ich in die Stadt Plainview kam, die ich von früher her kannte, hielt ich bei einem Restaurant, um ein Chili zu essen, obwohl ich gar nicht hungrig war. Essen ist Bestätigung, Gier ist Leben, Nahrung ist das Gegengift. Nach Joans Tod war ich vor dem Kühlschrank gestanden und hatte eine ganze Sarah-Lee-Buttercremetorte verschlungen.

Meine Familie pflegte auf dem Weg zur Farm jedesmal in Plainview zum Mittagessen einzukehren, und ich mußte einen längeren Umweg machen, um hinzukommen. Damals war es ein kleines Dörfchen gewesen und hatte aus einer Straße bestanden, gesäumt von ein paar Lebensmittelläden, einem Kramladen, einem Hotel, einer Apotheke, einer Kneipe und unserem Restaurant. Das Dorf war nun zur Stadt angewachsen, und das zweite Lebensmittelgeschäft hatte einem Kino Platz gemacht, das seinerseits auch schon bankrott war; auf seiner Anzeigetafel stand zu lesen: C ARLTO HESTO IN HUR. Das Restaurant war äußerlich unverändert, doch als ich eintrat, sah ich, daß die chorstuhlartigen Holznischen an der Wand durch neue Bänke mit ewig klebrigem Plastikbezug ersetzt worden waren. Ich setzte mich ans äußerste Ende der Bar. Die Kellnerin schlenderte heran, lehnte sich über den Tresen und starrte mich an. Dann vernachlässigte sie ihren Kaugummi gerade so lange, bis ich meine Bestellung aufgegeben hatte. Ich konnte Babyöl und Zahnfäule riechen – hauptsächlich letzteres.

Obwohl sie nach nichts dergleichen roch. Wie gesagt, ich habe Geruchshalluzinationen. Ich rieche sogar Leute, mit denen ich nur telefoniere. In einem deutschen Roman habe ich einmal über ein solches Phänomen gelesen, und da erschien es charmant, angenehm, eine Art Gabe. Aber bei mir ist es weder charmant noch angenehm, es ist beunruhigend und verwirrend. Die meisten Gerüche, die ich aufnehme, gehen mir furchtbar auf die Nerven.

Sie wanderte davon, während sie etwas auf einem Block notierte, und gesellte sich wieder zu einer Gruppe Männer, die am anderen Ende der Bar um ein Radio versammelt waren. Sie drängten sich zusammen und schenkten ihren gefüllten Tellern und dem dampfenden Kaffee keine Beachtung. Offensichtlich mußte es sich da um ein ernstes Ereignis von zumindest lokaler Bedeutung handeln, denn die Männer zogen die Schultern hoch in Zorn und Bestürzung. Aus dem Radio drangen nur ein paar Satzfetzen bis zu mir herüber: »Keine Fortschritte in dem erschütternden … Entdeckung des zwölf … kaum acht Stunden nach …« Einige der Männer spähten düster zu mir herüber, als hätte ich nicht einmal das Recht, auch nur so viel zu hören.

Als die Kellnerin mein Chili brachte, fragte ich: »Was zum Teufel geht hier vor?«

Einer der Männer, ein knochiger Beamtentyp, der eine randlose Brille und einen abgewetzten Zweireiher trug, stülpte den Hut auf seinen rosa schimmernden eiförmigen Kopf, ging hinaus und schlug die Tür krachend hinter sich zu.

Die Kellnerin blieb ungerührt und sah an ihrer fleckigen Uniform hinunter. Als sie den Blick zu mir hob, merkte ich, daß sie älter war als das Schulmädchen, für das ich sie gehalten hatte. Die vom Haarspray starre, weißblonde Tolle und der leuchtendrote Lippenstift wirkten etwas verloren in dem alternden Gesicht. »Sie sind nicht aus dieser Gegend«, sagte sie.

»Stimmt«, antwortete ich. »Was ist passiert?«

»Woher kommen Sie?«

»New York«, sagte ich. »Warum, hat das was zu bedeuten?«

»Es hat was zu bedeuten, Freundchen«, kam eine Stimme vom anderen Ende der Bar. Ich drehte mich um und sah mich einem dicken jungen Mondgesicht mit spärlichem Blondhaar und hoher gefurchter Stirn gegenüber. Die anderen Typen um ihn herum taten so, als hörten sie nicht zu, aber ich konnte sehen, wie sich ihre Bizepse unter den kurzen Hemdsärmeln anspannten. Mein Freund mit dem Fußballkopf lehnte sich auf seinem Hocker vor, die Handflächen auf die Knie gestützt, so daß seine Unterarme anschwollen.

Demonstrativ aß ich einen Löffel voll Chili. Es war lau und fad. Gier ist Leben. »Okay«, sagte ich. »Es hat also was zu bedeuten. Ich komme aus New York. Wenn ihr mir nicht erzählen wollt, was passiert ist, könnt ihr es ja lassen. Ich kann es mir schließlich selbst im Radio anhören.«

»Entschuldige dich sofort bei Grace-Ellen!«

Ich war verblüfft. »Wofür denn?«

»Fürs Fluchen.«

Ich sah die Kellnerin an. Sie lehnte an der Wand hinter dem Tresen; ich hatte den Eindruck, daß sie sich große Mühe gab, beleidigt auszusehen.

»Falls ich geflucht haben sollte, bitte ich um Entschuldigung«, sagte ich.

Die Männer saßen da und starrten mich an. Ich fühlte, wie sich Gewalttätigkeit zusammenbraute; es war noch unsicher, ob und in welcher Richtung sie sich entladen würde.

»Mach, daß du rauskommst, Klugscheißer«, sagte der junge Mann. »Nein. Wart mal. Frank, schreib die Autonummer von diesem Großkotz auf.« Seine massive Hand, die er erhoben hatte, gebot mir Halt, während ein kleiner Mann in Hosenträgern, der geborene Speichellecker, diensteifrig von seinem Hocker sprang und nach draußen rannte, wo er sich vor meinem Auto aufpflanzte. Durch das Fenster sah ich ihn ein Stück Papier aus seiner Hemdtasche ziehen und etwas aufschreiben.

Mein Freund senkte die fleischige Hand. »Ich werde die Nummer der Polizei übergeben«, sagte er. »Willst du jetzt hier sitzenbleiben und weiter Mist verzapfen, oder wirst du endlich verduften?«

Ich stand auf. Sie waren zu dritt, Frank nicht mitgerechnet, der zählte nicht. Kalter Schweiß rann mir an den Seiten herab. In Manhattan kann ein solches Geplänkel eine Viertelstunde dauern, während alle Beteiligten sich darüber im klaren sind, daß keiner zum Schluß etwas Dramatischeres tun wird als einfach davonzugehen. Aber der blonde Muskelprotz zeigte keine Spur des New Yorker Stils in seinen Beleidigungen und Drohungen, also riskierte ich nur noch eine letzte Bemerkung.

»Ich habe ja nur eine Frage gestellt.« Ich haßte ihn, sein Mißtrauen gegenüber Fremden und sein Dorftyrannen-Gehabe. Und ich wußte, ich würde mich selbst dafür hassen, daß ich den Rückzug antrat.

Er sah mich mit stumpfen Augen an.

Ich ging langsam an ihm vorbei. Alle Männer hatten mir ihre ausdruckslosen Gesichter zugekehrt. Einer von ihnen rückte geringschätzig ein Stückchen zur Seite, damit ich die Tür öffnen könne.

»Er muß das Chili noch bezahlen«, rief Grace-Ellen und erwachte zum Leben.

»Halt dein Scheißmaul«, sagte ihr Beschützer. »Wir brauchen sein gottverdammtes Geld nicht!«

Ich zögerte eine Sekunde und überlegte, ob ich es wagen sollte, einen Dollarschein auf den Boden fallen zu lassen. »Was auch immer es war«, sagte ich, »ich hoffe, es passiert wieder. Ihr habt's nicht besser verdient!« Ich schlug die Tür hinter mir zu, schob den kleinen Riegel an ihrer Außenseite vor und sprintete zum Volkswagen. Grace-Ellens Stimme kreischte gerade »Ihr dürft die Tür nicht aufbrechen!«, als ich den Motor startete und losfuhr.

Fünf Minuten außerhalb von Plainview arbeitete mein Verstand wieder auf Hochtouren. Ich erfand allerhand geistreiche und drohende Antworten, stellte mir plötzliche brutale Angriffe vor. Mir fielen hundert Dinge ein, die ich hätte tun können, von einer vernünftigen Aussprache bis zum Eintauchen des Mondgesichts in mein Chili. Schließlich zitterte ich so sehr, daß ich anhalten und aussteigen mußte. Ich brauchte Erleichterung. Ich schlug die Tür so heftig zu, daß der ganze Wagen vibrierte; ich rannte nach hinten und trat gegen eines der Räder, bis mein Fuß schmerzte. Dann hämmerte ich eine Weile mit den Fäusten auf die Motorhaube des Käfers ein und hatte dabei das Mondgesicht vor Augen. Schließlich ließ ich mich erschöpft ins staubige Gras am Straßenrand fallen. Die Sonne brannte heiß auf mein Gesicht. In meinen Händen pochte der Schmerz, und endlich merkte ich, daß ich mir einen dreieckigen Fetzen Haut aus der linken Hand gerissen hatte, die sich zusehends mit Blut füllte. Ungeschickt wickelte ich mein Taschentuch darum. Wenn ich fest anzog, pochte die Wunde mehr, blutete aber weniger, und beides waren sehr befriedigende Empfindungen. Eine Erinnerung überfiel mich, pulste zusammen mit meinem langsamen Blut hervor.

Es war die Erinnerung an ehelichen Unfrieden. Eine Erinnerung an Zerrüttung. Meine Ehe bestand größtenteils aus Zerrüttung, und man könnte eigentlich weder Joan noch mir die Schuld daran geben; sie lag einfach in der Unvereinbarkeit zweier völlig gegensätzlicher Charaktere. Meine Lieblingsfilme handelten hauptsächlich von Leuten mit Revolvern, ihre von Leuten, die Französisch sprachen. Ich las abends gern und hörte Schallplatten, sie mochte Parties mit Spießbürgern in weißem Hemd und gestreifter Krawatte. Ich war von Natur aus monogam, sie polygam. Sie gehörte zu den Menschen, für die sexuelle Treue einfach unmöglich ist, so etwas wie den Tod der Phantasie bedeuten würde. Im Laufe unserer Ehe – und bis sieben Monate vor ihrem Tod – hatte Joan meines Wissens fünf Liebhaber gehabt, und ein jeder von ihnen verletzte mich zutiefst. Ihr letzter war ein gewisser ..., nennen wir ihn Dribble. Mit ihm war sie zusammen, als sie, in angeheitertem Zustand, ertrank. Bei der Gelegenheit, an die ich mich jetzt erinnerte, waren wir zum Dinner in Dribbles Haus eingeladen. Umgeben von den seinerzeit gerade beliebten Postern (Chés Ikonengesicht, Krieg ist ungesund für Kinder und andere Lebewesen) und den Taschenbuchausgaben von Edgar Rice Burroughs und Carlos Castaneda aßen wir Chili und tranken roten Almadén Mountain. Erst während des musikalischen Teils des Abends, als Joan mit Dribble zu einer Stones-Platte tanzte, wurde mir plötzlich klar, daß sie seine Geliebte geworden war. Zunächst hatte ich getobt. Ich hatte geglaubt, daß alles zwischen uns in Ordnung sei, und ich fühlte mich doppelt betrogen. Ich beschuldigte sie. Sie leugnete heftig. Dann lehnte sie es genauso heftig ab zu leugnen. Ich schlug sie. Wie sich ein optimistisches Herz doch täuschen kann. Sie keuchte, nannte mich »Schwein«. Sie sagte, ich hätte sie nie geliebt; daß ich aufgehört hätte, irgend etwas außer Alison Greening zu lieben. Etwas Schlimmeres hätte sie nicht sagen können. Es war ein gezielter Angriff auf mein geheiligtes Territorium. Sie rannte davon und zu Dribble, und ich fuhr in die nachts geöffnete Universitätsbibliothek und spielte den

Clown für die Studenten. Meine sechsjährige Ehe war zu Ende.

Es war die Erinnerung an diese ekelhafte letzte Szene, die mich jetzt überfiel, als ich neben meinem Wagen im Staub saß. Ich mußte beinahe lächeln. Vielleicht aus Scham – ich glühe vor Scham darüber, daß ich Joan schlug –, oder vielleicht war es auch eine Antwort auf ein plötzliches, merkwürdiges und starkes Gefühl. Es war das Gefühl absoluter Freiheit, das Gefühl, ein klareres Bild von mir selbst gewonnen zu haben, für immer aus meinem alten Leben verbannt zu sein. Es war wie kühle Luft, wie kaltes blaues Wasser.

Wie Sie bemerkt haben werden, haben diese beiden Szenen eines gemeinsam: Zorn – Zorn, der in mich zurückflutete und mir das Gefühl absoluter Freiheit gab, wie ich erst jetzt erkenne. Zorn ist eine für mich atypische Emotion. Im allgemeinen schlängle ich mich so durchs Leben und lasse jedermanns Meinung gelten. Doch der folgende Monat, der sicherlich der eigenartigste meines Lebens wurde, brachte mir ebensoviel Zorn wie Angst. In meinem gewöhnlichen Leben daheim in Long Island war ich schüchtern und ein wenig tölpelhaft, ein Tölpel aus Schüchternheit. Seit meiner Jugend schien mir der Zugang zu gewissen Geheimnissen des Könnens und des Verstehens versperrt. Naiverweise hatte ich immer angenommen, daß Zorn sich seine eigene moralische Autorität schaffe.

Ich erhob mich aus dem Staub und stieg schweratmend wieder in den Wagen. Das Blut hatte das Taschentuch durchtränkt und war auch auf meine Schuhe getropft, wo die Hosenbeine es verwischten. Das Echo eines Traumes hallte in meinem Bewußtsein, aufrüttelnd und heftig. Ich schüttelte es ab, indem ich den Wagen zu starten versuchte. Meine Attacke gegen die Motorhaube mußte wohl auch die empfindliche kleine Maschine betroffen haben, denn sie stotterte erst ziemlich lange und soff dann ab. Immer noch schnaufend saß ich eine Weile da und versuchte es dann nochmals: der Motor jaulte einmal auf und sprang dann an.

Nachdem ich etwa den halben Weg nach Arden zurückgelegt hatte, stellte ich das Radio an und drehte den Knopf, bis ich den Lokalsender von Arden gefunden hatte. Dann erfuhr ich, worum es vorhin bei der sonderbaren Szene im Restaurant gegangen war. Reporter Michael Moose verkündete mir, wie er sagte, zu jeder vollen und halben Stunde die neuesten Nachrichten von lokaler und weltweiter Bedeutung. Mit seiner tiefen, hohlen Ansagerstimme teilte er mit: »Wie seitens der Polizei verlautet, konnten noch keine Fortschritte bei der Suche nach Hinweisen auf den Täter des erschütternden Verbrechens in Arden erzielt werden, des Sexualmordes an Gwen Olson. Die Leiche des zwölfjährigen Mädchens wurde heute früh in einer einsamen Gegend des Ödlandes am Blundell-Fluß entdeckt. Polizeichef Hovre berichtet, daß er und seine Leute an diesem Fall arbeiten werden, bis er gelöst ist. Kaum acht Stunden nach ...« Ich stellte ab.

Obwohl jeder beliebige amerikanische Städter diese Geschichten schon beim Frühstück serviert bekommt, stellte ich nicht etwa aus Überheblichkeit ab, sondern weil mich plötzlich eine Gewißheit erfüllte – die Gewißheit, daß ich Alison Greening wiedersehen würde; das Gelübde, das wir vor zwanzig Jahren abgelegt hatten, würde erfüllt werden. Meine Cousine Alison Greening – ich hatte sie seit jener Nacht nicht wiedergesehen, da unser Nacktbade-Abenteuer mit unserer endgültigen Trennung endete.

Ich habe keine Erklärung für diese plötzliche Überzeugung, daß Alison ihren Schwur halten würde. Vielleicht hatte sie ihren Ursprung in jener Flut eines wunderbaren Hochgefühls von Freiheit, als das Blut in mein Taschentuch tropfte. Als ich sie gekannt und geliebte hatte, hatte sie für mich die Freiheit verkörpert, Freiheit und Willensstärke – sie war nur ihren eigenen Gesetzen gefolgt. Jedenfalls kostete ich dieses Gefühl einen Moment lang aus, meine Hand noch am Radioknopf; dann drängte ich es zurück und dachte: was geschehen soll, wird geschehen. Ich wußte, daß der Hauptgrund für meine Rückkehr nach Arden die Erfüllung meines Anteils an unserem Pakt war.

Der vierspurige Highway führte jetzt einen Hügel hinauf, den ich wiedererkannte, und dann steil hinunter und über eine Stahlbrücke – für mich das erste echte Zeichen meiner Heimat. Mein Vater pflegte beim Bergabfahren immer zu sagen, »diesmal werden wir hinüberfliegen«; dann lehnte er sich zurück und gab Gas. Wir kreischten vor Erwartung, und wenn wir dann an den Pfeilern und Trägern vorbeirasten, hatten wir tatsächlich für einen Augenblick das Gefühl zu fliegen. Von hier aus hätte ich zur Farm laufen können – mitsamt Herzbeschwerden, Bauchansatz, Koffer und Kartons. Mein Blick flog über die weiten flachen Kornfelder auf beiden Seiten, und ein Hochgefühl überflutete mich.

Doch es gab noch viele andere Zeichen zwischen der Brücke und Großmutters Farm – ich kannte die Straße, die wenigen Gebäude, ja sogar die Bäume noch auswendig, auch wenn sie in meiner Kindheit durch den Überschwang meiner Ferienstimmung verklärt gewesen waren. Sie waren alle wichtig gewesen, aber nur drei hatten lebenswichtige Bedeutung. Nach der Brücke verließ ich den Highway über die erste Ausfahrt, überquerte eine andere, niedrigere Brücke und folgte einer schmaleren Straße ins Tal. Direkt an der Einfahrt ins Tal, wo die bewaldeten Hügel sichtbar wurden, die jenseits der Felder anstiegen, zweigte die noch engere und holprigere Straße zu Tante Rinns Haus ab. Ich überlegte, was wohl aus diesem festen kleinen Holzhaus geworden sein mochte, nachdem die alte Frau ja nun sicherlich längst tot war. Kinder haben zwar keine rechte Vorstellung vom Alter der Erwachsenen, und für einen Zehnjährigen besteht kein großer Unterschied zwischen vierzig und siebzig, aber Tante Rinn, Großmutters Schwester, war für mich schon immer alt gewesen. Sie hatte nie zu den fetten, lebenslustigen, lauten Farmersfrauen gezählt, die sich bei Picknicks der christlichen Frauen hervortaten, sondern zu dem anderen Typ, dünn und zäh von Jugend an. Im Alter erscheinen diese Frauen fast gewichtslos – von Falten und Runzeln zusammengehaltene Durchsichtigkeit. Trotzdem bewirtschafteten manche von ihnen noch kleine Farmen fast ohne fremde Hilfe. Aber Tante Rinns Zeit war natürlich längst vorbei, dessen war ich sicher; meine Großmutter war vor sechs Jahren im Alter von neunundsiebzig Jahren gestorben, und Tante Rinn war noch älter gewesen als sie.

Rinn hatte im Tal den Ruf einer höchst exzentrischen Frau genossen, und es war immer ein bißchen abenteuerlich gewesen, sie zu besuchen. Sogar jetzt noch, da ich doch wußte, daß ihr Haus wahrscheinlich von einem rotgesichtigen jungen Farmer bewohnt wurde, der sich als mein Cousin um mehrere Ecken erweisen würde, sogar jetzt noch wirkte die schmale Straße hinauf zu ihrem Haus gespenstisch auf mich, wie sie sich durch die Felder über den Hügel zu den Bäumen hinschlängelte. Das Haus war so dicht von Bäumen umgeben gewesen, daß nur wenig Sonnenlicht den Weg zu seinen Fenstern gefunden hatte.

Ich glaube, das Sonderbare an Tante Rinn lag darin begründet, daß sie unverheiratet war. Das gilt natürlich auf dem Lande, wo Fruchtbarkeit ein Zeichen der Gnade ist, sowieso schon als Anomalität. Während meine Großmutter einen jungen Farmer aus der Nachbarschaft, Einar Updahl, geheiratet und es »zu etwas gebracht« hatte, war Tante Rinn einem jungen Norweger versprochen gewesen, den sie nie gesehen hatte. Die Verlobung war von Tanten und Onkeln in Norwegen arrangiert worden. Das war übrigens die einzige Art von Verlobung, mit der Tante Rinn meiner Meinung nach jemals hatte einverstanden sein können – mit einem Mann, der Tausende Meilen entfernt war und bei dem keine Gefahr bestand, daß er in ihr Leben eingreifen könnte. Soweit ich mich an die Geschichte erinnere, hatte der junge Mann in dem Augenblick aufgehört, Rinns Unabhängigkeit zu bedrohen, als er ihr am nächsten kam: er starb an Bord des Schiffes, das ihn nach Amerika bringen sollte. Die ganze Familie, mit Ausnahme von Rinn, empfand das als Tragödie. Sie hatte sich von ihrem Schwager, meinem Großvater, ein Haus bauen lassen, und sie bestand darauf, es zu bewohnen. Jahre später, als meine Mutter noch ein Kind war, hatte meine Großmutter einmal Tante Rinn besucht und sie dabei überrascht, wie sie in der Küche wortreiche Reden führte. »Redest du jetzt schon mit dir selbst«, fragte meine Großmutter. »Natürlich nicht«, sagte Rinn. »Ich rede mit meinem Verlobten.« Ich habe nie ein Anzeichen dafür bemerkt, daß sie in einem besonders vertrauten Verhältnis zu dem Verstorbenen gestanden hätte, aber sie sah wirklich so aus, als kenne sie Dinge, von denen die meisten anderen Menschen keine Ahnung hatten. So waren mir auch zwei Versionen der Geschichte von Rinn und der jungen Kuh bekannt: Der ersten Fassung zufolge war Rinn an der Farm des Nachbarn vorbeigegangen, hatte sein Vieh gesehen, kehrtgemacht und war den Weg zu seinem Haus hinaufmarschiert. Sie holte ihn hinunter zur Straße, zeigte auf eine junge Kuh auf der Weide und sagte, das Tier werde am folgenden Morgen sterben, und das tat es dann auch. Dies ist die hellseherische Version. In der anderen, kausalen Version hatte der benachbarte Farmer Rinn irgendwie beleidigt, und sie nahm ihn mit zur Weide und sagte, diese Kuh dort wird morgen sterben, wenn du nicht aufhörst – was war es gleich? Über mein Land zu gehen? Mir mein Wasser abzugraben? Was auch immer es war, der Nachbar lachte sie aus, und die Kuh starb. Diese Fassung stammte sicherlich von mir. Als Kind hatte ich eine Todesangst vor ihr gehabt – ich litt unter der Vorstellung, daß sie mich mit einem Blick aus ihren wäßrigen blauen norwegischen Augen in eine Kröte verwandeln könnte, wenn sie es für angebracht hielt.

Man muß sie sich als eine kleine, gebeugte, magere alte Frau vorstellen, das üppige weiße Haar locker von einem Tuch zusammengehalten; sie trug die übliche Bauernkleidung – Arbeitskittel, oft mit verschiedenen wunderlichen Umhängen darüber. Sie hatte in einem riesigen, scheunenartigen Gebäude nahe ihrem Haus eine Hühnerzucht betrieben und die Eier an die Genossenschaft verkauft. Ihr Land hatte sich nie gut zum Ackerbau geeignet, da es zu hügelig und bewaldet war. Wenn ihr Verlobter gekommen wäre, hätte er es sicherlich recht schwer gehabt, und vielleicht erzählte sie ihm, wenn sie mit ihm sprach, daß er es dort, wo er war, besser hatte; besser jedenfalls, als wenn er versucht hätte, auf ihrem Land Getreide oder Luzerne anzubauen.

Mit mir hatte Tante Rinn hauptsächlich über Alison gesprochen, die sie nicht mochte (allerdings hatten die wenigsten Erwachsenen Alison gemocht).

Sechs Minuten von der schmalen Straße zu Tante Rinns Haus entfernt und abseits der Hauptstraße lag hinter dem einzigen Laden des Tales mein zweites Wahrzeichen. Ich bog auf den schlammigen Parkplatz vor Andy's Laden ein und ging herum auf die andere Seite, um mir das Bauwerk anzusehen: Es wirkte genauso komisch und traurig wie eh und je, nur waren jetzt alle Fensterscheiben zerbrochen, und was vorher nur schief gewesen war, wirkte nun baufällig und duckte sich in das wuchernde Unkraut und hohe Gras eines brachliegenden Feldes. Heute wird mir klar, daß diese beiden Wahrzeichen mit nicht zustande gekommenen Ehen zu tun haben, mit zwei Menschenleben, die von sexuellen Enttäuschungen gezeichnet und verändert wurden. Und beide haben etwas Eigenartiges an sich, etwas ausgesprochen Seltsames. Ich war mir sicher, daß Duanes monströses kleines Haus in den vergangenen fünfzehn Jahren bei den Kindern des Tales in den Ruf eines Spukhauses geraten war.

Dies war also das Haus, das Duane eigenhändig für seine erste Liebe gebaut hatte (und das meinem Vater als bevorzugte Zielscheibe für seine Witze diente). Sie war eine Polin aus Arden gewesen, und meine Großmutter hatte sie verabscheut. In jenen Tagen pflegten die norwegischen Farmer sich nicht mit den Polen einzulassen, die aus der Stadt kamen. Wenn meine Eltern unter sich waren, sprachen sie nur von »Duanes Traumschloß«. Seine Eltern hingegen taten so, als wäre mit dem Haus alles in bester Ordnung, und jede Witzelei über das Thema stieß auf beleidigte Verständnislosigkeit. Die Baupläne waren in Duanes Kopf entstanden und dort offenbar verkümmert, denn das Haus, das er so liebevoll für seine Verlobte errichtete, hatte ungefähr die Größe einer kleinen Kornkammer – oder sagen wir, eines großen Puppenhauses, in dem man stehen konnte, falls man nicht größer als einen Meter siebzig war. Es hatte zwei Stockwerke mit je zwei völlig gleichen, winzigen Zimmerchen; es war, als hätte er vergessen, daß Leute kochen und essen und scheißen müssen, und das ganze wunderliche Gebilde neigte sich jetzt entschieden nach rechts – ich nehme an, es war ungefähr so stabil wie ein Haus aus Stroh.

So wie es seine Verlobung gewesen war. Das polnische Mädchen bestätigte insofern Großmutters schlimmste Befürchtungen, als ihre Eltern nicht von ihrer Hände Arbeit lebten und sie selbst eines schönen Tages mit einem Automechaniker aus Arden durchging – »noch so ein fauler Polacke ohne Hirn«, sagte Großmutter zu meiner Mutter. »Als Einar noch mit Pferden handelte – Miles, dein Großvater war ein großer Pferdehändler hier im Tal, und es hat noch niemals faule oder dumme Männer gegeben, die sich mit Pferden auskannten –, da pflegte er immer zu sagen, das einzige, was ein Arden-Pole von Pferden wisse, sei, daß man ihre Zähne anschauen müsse. Er wisse aber nicht, an welchem Ende er die suchen sollte. Und, falls er sie doch fände, wüßte er nicht, was er daran erkennen sollte. Dieses Mädchen von Duane war genau wie alle anderen: Sie stürzte sich einfach ins Unglück, bloß weil ein Bursche ein verrücktes Auto hatte.«

Das Mädchen hatte das Haus nicht einmal gesehen, das er für sie gebaut hatte. Nach dem, was ich allmählich über die Geschichte erfuhr, hatte Duane sich in den Kopf gesetzt, daß seine Braut das Haus zum erstenmal sehen sollte, wenn er sie nach der Trauung über die Schwelle tragen würde. War sie

vielleicht eines Nachts mit ihrem Mechaniker heimlich hergekommen und beim Anblick des Hauses davongelaufen? Duane hatte sie in der Weihnachtswoche 1955 in Arden besuchen
wollen, und ihre Eltern hatten ihn weinerlich und feindselig
empfangen. Es hatte lange gedauert, bis er herausbekam, daß
sie in der vergangenen Nacht nicht nach Hause gekommen
war und daß man ihm, Duane, dem gläubigen Protestanten,
Norweger und Farmer, die Schuld am Verschwinden der
Tochter gab. Er rannte hinauf in ihr Zimmer und fand es leer:
alle ihre Kleider, alles, woran sie irgendwie gehangen hatte,
war weg. Dann lief er zu dem Kramladen, in dem sie gearbeitet hatte, und mußte vom Geschäftsführer erfahren, daß sie
am Vortage erklärt hatte, sie würde nicht wiederkommen.
Und von da ging er zur Tankstelle, um mit dem Burschen zu
reden, von dessen Existenz er bis dahin nur gerüchtehalber
wußte. Auch der war verschwunden. »Einfach abgehauen
gestern abend, mit dem neuen Studebaker«, sagte der Be-
sitzer. »Muß wohl mit deinem Mädchen durchgebrannt sein,
glaub' ich.«

Wie eine Figur aus der Parodie eines Dreigroschenromans
hatte er nie wieder von dem Mädchen gesprochen und war
auch nie wieder in diesem scheußlichen kleinen Haus gewesen. Und keines der beiden wurde je in seiner Gegenwart
erwähnt. Er tat einfach so, als ob er nie verlobt gewesen wäre.
Vier Jahre später lernte er ein anderes Mädchen kennen, eine
Farmerstochter aus dem nächsten Tal. Er heiratete sie, und sie
bekamen ein Kind, aber auch diese Ehe endete tragisch.

Das absurde Bauwerk lehnte so schief da, als hätte es ein
Riese im Vorbeieilen gestreift; sogar die Fenster waren rauten-
förmig verzogen. Ich ging durch das dichte hohe Unkraut
hinüber. Kletten und Flocken hefteten sich an meine Hosen-

beine. Ich blickte durch die beiden Fenster hinein. Der Raum war völlig verwüstet. Die Bodenbretter hatten sich aufgeworfen und waren so verrottet, daß an einigen Stellen das Unkraut durchgestoßen war, und Vogelmist und Mäusedreck bedeckten den Boden – es sah aus wie in einem dreckigen leeren Sarg. In einer Ecke lag ein Bündel Decken, umgeben von Zigarettenkippen. An den Wänden mit Filzschreibern gemalte Kritzeleien. Ich hatte genug, der Anblick dieser Ausgeburt von meines Vetters Tollheit widerte mich an. Ich wandte mich zum Gehen, da verfing sich mein Fuß in einem besonders dichten Unkrautbüschel. Mir war, als hätte dieses bösartige, zwergenhafte Haus nach mir gegriffen, und ich trat wild und mit aller Kraft um mich. Ein Dorn drang mir in den Knöchel, wie der Stachel einer Wespe. Fluchend und ernüchtert entfernte ich mich von Duanes kleinem Haus und ging durch den Staub hinüber zu Andy's Laden.

Der war mein drittes Wahrzeichen und bot einen wesentlich angenehmeren Anblick, wirkte viel normaler. Wir hatten immer bei Andy Zwischenstation gemacht, bevor wir zur Farm weiterfuhren. Wir hatten flaschenweise Dr. Pepper's Limonade für mich und einen Kasten Bier für meinen Vater und Onkel Gilbert, Duanes Vater, aufgeladen. Andy's Laden war das, was die Leute damals als Warenhaus bezeichneten, ein Geschäft, in dem man nahezu alles kaufen konnte: Arbeitsjacken und -hosen, Mützen, Äxte, Mehl, Uhren, Seife, Stiefel, Süßigkeiten, Decken, Zeitschriften, Spielzeug, Koffer, Bohrer, Hundefutter, Papier, Haken und Ösen, Hühnerfutter, Benzinkanister, Taschenlampen, Brot und vieles mehr. Er befand sich in einem langen weißen Holzbau, der auf dicken roten Ziegelpfeilern ruhte. Davor standen drei weiße Benzinzapfsäulen an der Straße. Ich erreichte die Stufen und trat durch die Gittertür ins kühle dunkle Innere.

Es roch wie damals: eine wundervolle Mischung von Düften verschiedenster neuer Dinge. Als die Tür hinter mir zufiel, fuhr Andys Frau auf; sie hatte zeitunglesend hinter dem Ladentisch gesessen. An ihren Namen konnte ich mich nicht erinnern. Sie runzelte die Stirn, warf noch einen Blick auf die Zeitung, und als ich mich zwischen den Regalen und Gestellen hindurchschlängelte, wandte sie den Kopf und rief irgend etwas nach hinten in den Lagerraum. Sie war eine dunkelhaarige, aggressive kleine Person, die mit zunehmendem Alter noch trockener und härter geworden war. Als sie mißtrauisch wieder zu mir herübersah, fiel mir ein, daß wir nie gut miteinander ausgekommen waren und daß ich ihr Grund gegeben hatte, mich nicht zu mögen. Allerdings glaubte ich nicht, daß sie mich wiedererkannt hatte – schließlich sah ich jetzt ganz anders aus als früher. Ich spürte, daß etwas Ungutes in der Luft lag, daß es der denkbar ungünstigste Moment war. Ich wußte es, und meine gehobene Stimmung von vorhin war verflogen, ich fühlte mich mies und deprimiert. Ich hätte den Laden in genau diesem Augenblick verlassen sollen.

»Was soll's denn sein, Mister?« fragte sie im charakteristischen Tonfall des Tales, der mir zum erstenmal unfreundlich und fremd vorkam.

»Ist Andy da?« fragte ich und trat näher an den Ladentisch.

Wortlos verließ sie ihren Platz und verschwand im Hintergrund des Ladens. Eine Tür schloß sich, öffnete sich wieder. Einen Augenblick danach sah ich Andy auf mich zukommen. Er war dicker und kahler geworden, sein feistes Gesicht wirkte geschlechtslos und ständig besorgt. Am Ladentisch blieb er stehen und lehnte sich dagegen, wodurch sich sein Bauch in wulstige Falten legte. »Was kann ich für Sie tun?« fragte er. Die Freundlichkeit der Frage paßte nicht zu seinem kautschukartigen entstellten Gesicht und seinem bäurischen Mißtrauen. Sein früher brauner Haarkranz war inzwischen fast grau geworden.

»Sie sind doch wohl keiner von den Klinkenputzern? Repräsentanten, wie sie sich jetzt nennen?«

»Ich wollte nur hereinschauen und guten Tag sagen«, erklärte ich. »Ich bin früher oft mit meinen Eltern hergekommen. Ich bin Eve Updahls Sohn.« Ich benutzte die Floskeln, die mich im Tal als einen Einheimischen ausweisen würden.

Er sah mich einen Moment scharf an, dann nickte er und sagte: »Miles. Dann bist du also Miles. Bist du richtig auf Besuch gekommen, oder nur auf Stippvisite?« Andy würde sich genau wie seine Frau an meine Jugendsünden von vor zwanzig Jahren erinnern.

»Hauptsächlich, um zu arbeiten«, sagte ich. »Ich habe mir gedacht, die Farm wäre ein schönes friedliches Plätzchen zum Arbeiten.« Schon gab ich Erklärungen ab, obwohl ich gerade das hatte vermeiden wollen – er drängte mich in die Defensive.

»Fürchte, ich weiß nicht mehr, bei welcher Art von Arbeit du schließlich gelandet bist.«

»Ich bin Lehrer an einem College«, sagte ich, und der Dämon Ärger ließ mich Gefallen an seiner sichtlichen Überraschung finden. »Englischlehrer.«

»Na ja, du sollst ja schon immer gescheit gewesen sein«, meinte er. »Unsere Tochter lernt Steno und Schreibmaschine auf der Handelsschule in Winona. Sie kommt da recht gut voran. Nehme nicht an, du unterrichtest hier irgendwo in der Gegend?«

Ich nannte ihm den Namen meiner Universität.

»Ist das nicht irgendwo im Osten?«

»Ja, auf Long Island.«

»Eve hat schon immer gesagt, sie hat Angst, daß du irgendwo im Osten landen wirst. Also was ist das für 'ne Arbeit, die du da machen sollst?«

»Ich muß ein Buch schreiben, das heißt, ich bin schon dabei, es zu schreiben. Über D.H. Lawrence.«

»Ah, aha. Was war eigentlich mit dem?«

»Er hat ›Lady Chatterley und ihre Liebhaber‹ geschrieben.«

Andy schlug in einer Art die Augen zu mir auf, die verschlagen und gleichzeitig irgendwie mädchenhaft wirkte. Er sah aus, als wolle er sich im nächsten Augenblick die Lippen lecken. »Dann stimmt das also, was man sich über diese Colleges draußen im Osten erzählt, hä?« Aber diese Bemerkung war nicht die Einladung zu einem Gespräch unter Männern, die sie hätte sein können, sondern schlaue Boshaftigkeit.

»Das ist ja nur eines von vielen Büchern, die er geschrieben hat«, sagte ich.

Wieder zwinkerte er mir verschlagen zu. »Das eine reicht mir, denke ich.« Er wandte sich zur Seite und sah seine Frau im hinteren Ladenteil lauern und mich anstarren. »Das ist Miles, Eves Sohn«, sagte er. »Hätte ihn fast nicht erkannt. Sagt, er will hier ein schmutziges Buch schreiben.«

Sie kam näher und funkelte mich an. »Wir haben gehört, Sie und Ihre Frau haben sich scheiden lassen. Duane hat's gesagt.«

»Wir lebten getrennt«, sagte ich ein bißchen schroff. »Dann ist sie gestorben.«

Überraschung zeigte sich auf beiden Gesichtern.

»Davon haben wir nichts gehört, mein' ich«, sagte Andys Frau. »Wollten Sie eigentlich was Bestimmtes?«

»Ich könnte ja einen Kasten Bier für Duane mitnehmen. Welche Sorte trinkt er denn?«

»Wenn's um Bier geht, trinkt er alles«, sagte Andy. »Blatz, Schlitz oder Old Milwaukee? Nehme an, wir haben auch irgendwo noch Bud.«

»Irgendeines«, sagte ich, und Andy polterte davon ins Lager, wo er die Bierkästen gestapelt hatte.

Seine Frau und ich sahen uns betreten an. Sie fing als erste wieder zu reden an, ihr Blick senkte sich und schoß dann hinaus, wo mein Auto stand. »Haben Sie sich aus Schwierigkeiten raushalten können?«

»Natürlich. Ja.«

»Aber Sie schreiben doch Schundbücher, sagt er.«

»Er hat mich mißverstanden. Ich bin hergekommen, um meine Dissertation zu schreiben.«

Sie fuhr mich zornig an: »Und Sie glauben, Andy ist zu blöd, um Sie zu verstehen! Sie waren ja schon immer zu gut für uns hier oben, stimmt's? Sie waren zu gut fürs einfache Volk – und zu gut, um sich an die Gesetze zu halten!«

»Halt! Warten Sie mal«, sagte ich. »Mein Gott, das ist doch alles ewig her!«

»Und so gut, daß Sie den Namen des Herrn leichtfertig in Ihr Schandmaul nehmen können. Du hast dich nicht geändert, Miles! Weiß Duane, daß du kommst?«

»Na klar«, sagte ich. »Meckern Sie doch nicht gleich. Hören Sie, es tut mir leid. Ich war zwei Tage unterwegs und hatte ein paar Unannehmlichkeiten.« Ich sah ihren Blick auf meiner verbundenen Hand. »Alles, was ich hier will, ist Ruhe und Frieden.«

»Du hast schon immer nur Ärger gemacht«, sagte sie. »Du und deine Cousine Alison, ihr wart beide gleich. Ich bin froh, daß keiner von euch beiden hier im Tal aufgewachsen ist. Eure Großeltern waren welche von uns, Miles, und deinen Vater haben wir aufgenommen, als wenn er einer von uns gewesen wäre. Aber momentan, glaube ich, haben wir hier auch ohne dich schon genug Ärger.«

»Guter Gott«, sagte ich. »Was ist nur aus eurer Gastfreundschaft geworden!«

Sie starrte mich wild an. »Wir wollen Dich hier nicht mehr haben, seit du uns das erstemal bestohlen hast! Ich werde Andy mit dem Bier zum Auto rausschicken. Das Geld kannst du auf den Ladentisch legen.«

Aus der Aussage der Margaret Kastad:

16. Juli

Daß das Miles Teagarden war, hab' ich schon in dem Moment gewußt, in dem er den Fuß über unsere Schwelle setzte. Obschon Andy behauptet, daß er ihn erst erkannt hat, als er sagte, er sei Eves Sohn. Der hatte noch genau den gleichen Ausdruck wie früher, so als ob er ein böses Geheimnis hätte. Eve hat mir ja schon immer leid getan, sie war so ein anständiger Mensch, ihr ganzes Leben lang. Aber ich denk' mir, man kann nie wissen, was aus den Kindern wird, wenn man sie in so 'ner komischen Umgebung aufzieht. Eve konnte bestimmt nichts dafür, daß sie so einen Sohn hatte! Wo wir jetzt alles über ihn wissen, bin ich richtig froh, daß sie gestorben ist und nicht mehr erleben mußte, was Schreckliches aus ihm geworden ist! Gleich am ersten Tag hab' ich ihn aus dem Laden rausgeschmissen. Miles, hab' ich gesagt, uns kannst du nicht hinters Licht führen, keinen von uns hier. Wir kennen dich. Jetzt mach', daß du rauskommst aus unserem Laden. Andy bringt dir das Bier zum Auto. Ich konnte sehen, daß er eine Rauferei

oder sowas gehabt hatte – er sah erschöpft und verängstigt aus,
und seine Hand war voller Blut. Ich hab's ihm gesagt, und ich
würd's wieder sagen. Er hat nie was getaugt, oder? Obwohl er
angeblich so einen großartigen Verstand hat. Er war so sonder-
bar – einfach sonderbar. Wenn er ein Hund wär oder ein
Pferd, dann könnt' man ihn einfach einsperren oder glatt nie-
derschießen. Einfach weg damit. Der und sein verschlagener
Blick und das blutige Taschentuch um die Hand!«

Ich sah schweigend zu, wie Andy den Kasten Bier auf den
Rücksitz des Volkswagens hievte und neben die Schachteln
voll Bücher und Hefte zwängte. »Hast dir die Flosse verletzt,
hä?« fragte er. »Die Frau sagt, du hast drinnen schon bezahlt.
Also dann, schöne Grüße an Duane, und hoffentlich wird
deine Pfote bald besser.« Er trat zurück und wischte sich die
Hände an der Hose ab, als hätte er sie sich schmutzig gemacht,
und ich setzte mich wortlos hinters Lenkrad. »Wiedersehen
dann«, sagte er, und ich schaute ihn kurz an und fuhr los. Im
Rückspiegel sah ich, wie er die Achseln zuckte. Als ich die
Kurve bei dem roten Sandsteinfelsen hinter mir hatte und ihn
nicht mehr sehen konnte, stellte ich das Radio an. Ich hoffte
auf eine Musiksendung, hörte aber wieder Michael Moose
über Gwen Olsons Tod reden und drehte ungeduldig ab.
 Ich fuhr das Tal entlang, und als ich bei der ehemaligen
Schule ankam, in der meine Großmutter alle acht Klassen
unterrichtet hatte, hielt ich an und versuchte mich zu entspan-
nen. Es gibt ein spezielles Gefühl, das durch die Produktion
von Alphawellen entsteht, und ich suchte ganz bewußt, diesen
sanften Zustand zu erreichen. Es wollte mir diesmal nicht
gelingen, und so saß ich einfach da im Wagen und starrte
abwechselnd auf die Straße, auf die weiten grünen Kornfelder

zu meiner Rechten und auf die Ruine des Schulhauses. Dann hörte ich das Brummen eines Motorrades näher kommen, und bald sah ich die Maschine die Straße herunter auf mich zu sausen, bis ich den Fahrer, der einen Helm und eine schwarze Jacke trug, und seine blonde Begleiterin sehen konnte. Ihre prallen Schenkel umklammerten ihn, und ihr Haar flatterte im Fahrtwind. Bei der Kurve am Sandsteinfelsen änderte sich das Motorengeräusch und erstarb dann völlig.

Warum müssen dir deine alten Sünden für immer auf die Stirn geschrieben bleiben? Für jeden deutlich sichtbar? Es war dumm und unfair. Ich würde meine Einkäufe eben in Arden erledigen, obwohl es natürlich unpraktisch war, jedesmal extra zehn Meilen zu fahren, wenn ich irgend etwas brauchte. Aber als ich diese Entscheidung getroffen hatte, wurde mir wohler, und nach ein oder zwei weiteren Minuten spürte ich, daß ich doch allmählich ruhiger wurde.

Wo war denn der Clown geblieben, könnten Sie sich jetzt fragen, der Spaßvogel wider Willen, der ich zu sein behauptet hatte? Ich war selbst überrascht, wie schnell sich so etwas abnutzt. Eine Frau wie Andys empfand das Wort »meckern« in einem anderen Zusammenhang als mit der Tierwelt natürlich als äußerst skandalös. Was für ein emotionsgeladener Vormittag! Meine früheren Diebstähle! Wahrscheinlich war es einfach zuviel verlangt, daß man sie vergessen haben könnte.

Hundert Meter hinter der verlassenen Schule stand die Kirche. Die Lutherische Gethsemane-Kirche war ein rotes Ziegelgebäude und machte einen stabilen, pompösen, friedlichen Eindruck; dazu trugen wahrscheinlich die palladianischen Säulen oberhalb der Stufen bei. Meiner Großmutter zuliebe, die damals schon recht gebrechlich gewesen war, hatten Joan und ich in dieser Kirche geheiratet. Die Idee hatte von meiner Mutter gestammt.

Hinter der Kirche scheint sich das Land zu öffnen, und so weit das Auge reicht, dehnen sich hauptsächlich Kornfelder aus. Ich fuhr an der Sunderson-Farm vorbei: zwei Lieferwagen standen oben auf dem abschüssigen Rasen, ein Hahn stolzierte im Staub der Auffahrt. Ein stämmiger Mann in Overall und Kappe kam gerade aus dem Haus. Er starrte zu mir herüber und entschloß sich dann, mir zuzuwinken, aber ich hatte noch nicht genügend Alphawellen produziert, um seinen Gruß zu erwidern.

Eine halbe Meile jenseits der Sunderson-Farm kamen dann das alte Haus meiner Großmutter und das Land der Updahls in Sicht. Die Nußbäume am Rand des Rasens waren dicker geworden und sahen jetzt aus wie eine Reihe schwerfälliger alter Farmer. Ich fuhr zur Vorderseite des Anwesens, bog in die Auffahrt ein, und als ich an den Bäumen vorbeikam, spürte ich, wie die Wagenräder über die Wurzeln holperten. Ich wartete, daß irgendein starkes Gefühl in mir aufwallte, als ich nun das langgestreckte weiße Haus wiedersah, doch meine Empfindungen schienen stumpf und leblos. Da war einfach nur ein zweistöckiges Haus mit Veranda, ein ganz gewöhnliches Farmhaus. Doch als ich ausstieg, nahm ich die alten, vertrauten Gerüche der Farm wahr, eine üppige Duftmischung aus Kühen und Pferden und Dünger und Milch und Sonnenschein, die alles durchdringt und sich überall festsetzt. Wenn meine Familie in Fort Lauderdale Besuch von der Farm bekam, hatte der Geruch in ihren Kleidern, an ihren Händen und Schuhen gehaftet. All dies wieder zu riechen, gab mir augenblicklich das Gefühl, wieder dreizehn Jahre alt zu sein. Ich hob den Kopf, streckte Hals und Rücken. Dann sah ich hinter dem Fliegengitter der Veranda eine schwere Gestalt. An dem schlenkernden, schwerfälligen Gang erkannte ich Duane, der wohl unsichtbar in der Ecke der Veranda gesessen hatte, genau wie damals, in jener schrecklichen Nacht vor zwanzig Jahren. Als Duane jetzt aus der Veranda in die Sonne trat, versuchte ich ihn anzulächeln. Der Anblick meines Vetters hatte mir wieder zu Bewußtsein gebracht, wieviel Feindseligkeit immer zwischen uns geherrscht hatte, wie wenig wir uns hatten leiden können. Das würde jetzt anders werden, hoffte ich.

2

»Hier ist ein Kasten Bier für dich, Duane«, sagte ich und versuchte es zunächst mit gespielter Freundlichkeit.

Er schien verwirrt – es war tatsächlich Verwirrung, die aus seinem großen flächigen Gesicht sprach –, doch er war darauf eingestellt gewesen, die Hand auszustrecken und Hallo zu sagen, und das tat er dann auch. Seine Hand war riesig, eine echte Bauernhand, und so rauh, als sei sie aus einem weniger verletzlichen Material als Haut. Duane war klein und stämmig, wie ein Faß, aber seine Arme waren so lang, als seien sie für einen viel größeren Mann bestimmt gewesen. Als wir uns die Hände schüttelten und er mich halb lächelnd anzwinkerte und offenbar überlegte, wie ich das wohl mit dem Bier gemeint hatte, erkannte ich, daß er offenbar schon von einer morgendlichen Arbeit zurückgekommen war. Er trug einen stark verschmutzten Drillich-Overall und von Dreck und Mist verkrustete Stiefel. Er strömte all die üblichen Farmgerüche aus, vermischt mit Schweiß und überlagert von seinem ureigenen Geruch nach Schießpulver.

Schließlich ließ er meine Hand los. »Hattest du eine gute Fahrt?«

»Aber sicher«, sagte ich. »Dieses Land ist nicht so groß, wie wir immer denken. Und dauernd schwirren irgendwelche Leute von einem Ende zum andern.« Die Macht der Gewohnheit: obwohl Duane fast zehn Jahre älter war als ich, hatte ich ihm gegenüber schon immer diesen Ton angeschlagen.

»Freut mich, daß du eine gute Fahrt hattest. War echt überrascht, daß du mal wieder hier herauskommen wolltest.«

»Du hast wohl gedacht, ich bin an den Fleischtöpfen des Ostens hängengeblieben.«

Er mißtraute dem Wort »Fleischtöpfe«, da er nicht sicher war, was damit gemeint war. Das war also schon das zweite Mal, daß ich ihn aus dem Gleichgewicht brachte. »Ich war nur ein bißchen überrascht«, sagte er. »Übrigens, Miles, tut mir leid wegen deiner Frau. Vielleicht wolltest du einfach Abstand gewinnen?«

»Genau«, sagte ich. »Ich wollte einfach Abstand gewinnen. Bist du von deiner Arbeit weggelaufen, um mich in Empfang zu nehmen?«

»Na ja, ich wollte nicht, daß du ankommst und niemand zu Hause ist. Die Kleine ist irgendwo unterwegs, du kennst ja Kinder, man kann sich mit nichts auf sie verlassen. Darum hab' ich gedacht, am besten werde ich nach dem Essen mal abwarten und dich begrüßen. Damit du dich willkommen fühlst. Und ich habe gedacht, ich könnte auf der Veranda ein bißchen Radio hören und sehen, ob es was Neues gibt in dieser schrecklichen Sache da. Meine Tochter hat dieses Olson-Mädchen gekannt.«

»Könntest du mir vielleicht helfen, meine Sachen reinzutragen?« sagte ich.

»Hä? O ja, natürlich.« Er beugte sich herein über den Sitz und hob zwei schwere Kartons mit Büchern und Heften heraus. Als er sich wieder aufgerichtet hatte, fragte er: »Ist der Kasten Bier da drin für mich?«

»Ich hoffe, es ist deine Marke«, sagte ich.

»Solange es flüssig ist . . .«, grinste er. »Ich werde es in den Tank legen, wenn wir dich untergebracht haben.« Bevor wir zur Veranda gingen, drehte sich Duane zu mir um und sah mich mit diesem erstaunlichen Ausdruck von Verlegenheit an. »Sag mal, Miles, vielleicht hätte ich das nicht sagen sollen wegen deiner Frau. Weil ich sie ja nur einmal gesehen habe.«

»Ist schon gut.«

»Nein. Ich sollte wirklich nicht über anderer Leute Weibersorgen den Mund aufreißen.«

Ich wußte, daß er sich damit auf sein eigenes eheliches Unglück bezog, aber auch noch auf etwas anderes. Duane war Frauen gegenüber mißtrauisch. Er war einer jener Männer, die sexuell in jeder Beziehung an sich völlig normal sind, sich aber nur in Gesellschaft anderer Männer wohl fühlen. Ich glaube, er hatte eine radikale Abneigung gegen Frauen. Sie waren für ihn immer nur Anlaß zu Schmerz gewesen, mit Ausnahme seiner Mutter und seiner Großmutter (über seine Tochter konnte ich zu dem Zeitpunkt noch nichts sagen). Nach seiner ersten Enttäuschung hatte er ein Mädchen von einer Farm im Französischen Tal geheiratet, und sie war bei der Geburt des Kindes gestorben. Durch ein Mädchen hatte er – wie berichtet – eine tiefe Demütigung erlitten (wobei die Demütigung durch die offensichtliche Genugtuung seiner Großmutter nicht gemildert wurde), dann folgten vier Jahre ohne Frauen, während er in den Bars von Arden die Spötteleien über sein

Liebesleben ertragen mußte, dann war er ganze elf Monate verheiratet gewesen, und seither hatte er ohne die Gesellschaft einer erwachsenen Frau gelebt. Ich hegte den Verdacht, daß sein Mißtrauen gegenüber Frauen zum großen Teil aus Haß bestand. Sie hatten sich ihm genähert und dann abrupt wieder entzogen, ohne das allerletzte Mysterium ihres Geschlechts preiszugeben. Als ihm seinerzeit das polnische Mädchen Kummer bereitete, hatte ich oft gespürt, daß sein Benehmen Alison Greening gegenüber etwas verriet, das tiefer ging als bloße Begierde. Ich glaube, er haßte sie. Haßte sie, weil sie Begierde in ihm weckte und weil sie diese Begierde lächerlich fand, sie als wertlose Sache ohne Sinn und Verstand betrachtete. Alison hatte ihn tatsächlich absurd gefunden.

Aber Duane war ein vitaler Mann, und sein Junggesellendasein muß zeitweise eine Qual für ihn gewesen sein. Doch ich glaube, daß er zu der Sorte Männer gehörte, die über ihre eigenen Phantasien verwirrt und schockiert sind; daß sich nur in Gesellschaft von Frauen wohl fühlte, die mit seinen Freunden verheiratet waren. Er hatte seine Sexualität schon so lange mit Arbeit betäubt, daß er das gleiche von anderen Männern erwartete; aus Gewohnheit war Prinzip geworden, und seine Erfolge berechtigten ihn dazu. Duane hatte zweihundert Morgen angrenzendes Land dazugekauft, und seine Farm war jetzt so groß, daß er sie gerade noch allein bewirtschaften konnte, wenn er zehn Stunden am Tag arbeitete. Wie zum Beweis für das physikalische Gesetz, daß Aktionen Gegenaktionen hervorrufen, hatte seine sexuelle Enthaltsamkeit sein Bankkonto anschwellen lassen.

Der direkte Beweis für seinen Wohlstand fiel mir sofort ins Auge, als wir meine Schachteln und Koffer in Großmutters altes Haus trugen. »Mein Gott, Duane!« sagte ich, »du hast ja neue Möbel gekauft!« Großmutters schlichte alte Holzmöbel, ihr abgenütztes Sofa, waren durch eine »Gesellschaftszimmer-einrichtung« Jahrgang 1950 ersetzt: gemusterte Couch mit passenden Sesseln, heller Rauchtisch, sehr funktionelle Tischlampen an Stelle der Petroleumlampen, sogar gerahmte Reproduktionen mittelmäßiger Ölgemälde. In diesem alten Haus wirkte das undefinierbare Mobiliar mehr taktlos als chic. Die nüchterne Bauernwohnstube glich jetzt eher einem Zimmer in einem Motel. Doch es gab noch eine andere Ähnlichkeit, auf die ich aber nicht sofort kam.

»Nehme an, du glaubst, ich mach' das aus Spaß, daß ich neues Zeug für das alte Haus angeschafft habe, oder?« fragte er mich. »Die Sache ist nämlich die, daß ich hier oben mehr Besuch kriege, als du dir vorstellen kannst. Im April waren George und Ethel hier, im Mai Nella aus St. Paul und –« Er fuhr fort, eine lange Liste von Leuten aufzuzählen, die jeweils eine Woche oder mehr im Haus gewohnt hatten. »Hier geht's manchmal zu wie in einem richtigen Hotel. Nehme an, all diese Stadtleute wollen ihren Kindern mal zeigen, was eine richtige Farm ist.«

Während er sprach, bemerkte ich, daß die alten Fotografien der Enkelkinder noch wie damals an den Wänden hingen. Ich kannte sie alle: da war ein Bild von mir selbst im Alter von neun Jahren und eines von Duane mit fünfzehn, auf dem er so finster und mißtrauisch in die Kamera blickte, als ob ihm diese etwas Unerfreuliches mitzuteilen drohte. Darunter hing eine Fotografie von Alison, die ich zu mir herüberstrahlen fühlte, die ich aber nicht direkt anzusehen wagte. Der Anblick dieses schönen wilden Gesichts hätte mir den Atem genommen. Und dann fiel mir auf, daß das Haus makellos sauber war.

»Na jedenfalls«, sagte Duane gerade, »ein Warenhaus voll von Büromöbeln unten in Arden veranstaltete einen Räumungsverkauf, gerade als ich meine Rückzahlung gekriegt hatte, und nachdem all der Möbelkram ganz schön billig war, hab ich gedacht, ich könnte eigentlich die alte Bude etwas herrichten. Dann bin ich mit dem Lastwagen runter und hab einfach das ganze Zeug mitgebracht.«

Das war also die andere Ähnlichkeit, die mir aufgefallen war: der Raum sah auch aus wie das Büro eines heruntergekommenen Konzerns.

»Mir gefällt das Moderne«, sagte Duane, wie um sich zu verteidigen. »Und es ist billig.« Er schaute mich prüfend an und fügte hinzu: »Allen anderen scheint es auch zu gefallen.«

»Es ist großartig, mir gefällt es auch«, sagte ich, abgelenkt durch Alisons Bild an der Wand. Ich kannte dieses Foto gut. Es war in Los Angeles aufgenommen worden, damals, als sie schon langsam aufhörte, ein Kind zu sein, und bevor sich ihre Eltern scheiden ließen und Alison mit ihrer Mutter nach San Francisco zog. Es zeigte nur ihr Gesicht. Schon in ihrer Kindheit war ihr Gesicht schön und kompliziert gewesen, fast magisch, und die Aufnahme brachte all das deutlich zur Geltung – die Schönheit und die magischen Komplikationen. Sie sah aus, als kenne sie alles und wolle es umarmen. Bei dem Gedanken an diesen überwältigenden Ausdruck in ihrem Kindergesicht kribbelte es mir im Magen, und nur, damit ich nicht zu diesem Bild hinschaute, sagte ich: »Ich wollte, du hättest auch einen Schreibtisch mitgebracht, wenn du schon mal dabei warst. Ich brauche einen für meine Arbeit.«

»Das ist kein Problem«, sagte Duane. »Ich hab' eine alte Tür und ein paar Sägeböcke, da können wir sie drüberlegen.«

»Fein«, sagte ich. »Du bist wirklich ein guter Gastgeber, Duane. Und alles sieht auch so sauber aus.«

»Du erinnerst dich doch an Mrs. Sunderson? Tuta Sunderson? Von unten an der Straße? Ihr Mann ist vor ein paar Jahren gestorben, und sie lebt jetzt da mit ihrem Sohn Red und seiner Frau. Red ist fast so ein guter Farmer geworden wie Jerome einer war. Na, jedenfalls hab ich mit Tuta geredet, und sie hat gesagt, sie kommt jeden Tag her und macht Frühstück und Mittagessen für dich und räumt auf. Gestern ist sie schon hier gewesen.« Er hielt inne, hatte aber noch etwas zu sagen. »Sagte, das macht fünf Dollar die Woche, und du mußt deine Lebensmittel selbst einkaufen. Sie kann nämlich nicht Auto fahren, weil sie am Grauen Star operiert worden ist. Bist du einverstanden?«

Ich sagte, das sei mir sehr recht. »Aber sagen wir lieber sieben Dollar, sonst hätte ich das Gefühl, sie auszunutzen.«

»Wie du willst. Aber sie hat fünf Dollar gesagt, und wahrscheinlich kannst du dich noch an sie erinnern. Komm, wir bringen das Bier in den Tank.« Er schlug die Hände zusammen.

Wir traten wieder hinaus in die heiße Sonne und die Farmgerüche. Duanes Schießpulvergeruch war im Freien stärker, und um ihm zu entgehen, beugte ich mich schnell in den Wagen und zog den Kasten Bier herâus. Er stapfte neben mir her auf dem ansteigenden langen Weg, vorbei am Geräteschuppen, am Kornspeicher und weiter oben an seinem weißverschalten Haus, bis zu dem Tank neben dem Kuhstall.

»In deinem Brief stand was von einem Buch, an dem du arbeitest.«

»Meine Dissertation.«

»Worüber denn?«

»Über einen englischen Schriftsteller.«

»Hat er viel geschrieben?«

»Ja«, sagte ich und lachte. »Verdammt viel.«

Duane lachte auch. »Wieso hast du dir den ausgesucht?«

»Das ist eine lange Geschichte«, sagte ich. »Ich glaube, ich werde ziemlich viel zu tun haben. Aber gibt es eigentlich hier noch jemanden, den ich kenne?«

Er dachte darüber nach, während wir an der braunen, wie eine Narbe aussehenden Stelle vorbeikamen, an der das Sommerhaus gestanden hatte. »Hast du nicht auch Eisbär Hovre gekannt? Der ist jetzt Polizeichef drüben in Arden.«

Ich ließ beinahe den Kasten Bier fallen. »Eisbär? Dieser verrückte Typ?« Als ich zehn war und er siebzehn, hatten Eisbär und ich in der Gethsemane-Kirche von der Empore aus auf die Gemeinde gespuckt.

»Er ist ziemlich vernünftig geworden«, sagte Duane. »Macht seine Sache ganz gut.«

»Ich muß ihn mal besuchen. Wir haben viel Blödsinn zusammen getrieben. Obwohl er für meinen Geschmack zuviel für Alison übrig hatte.«

Duane warf mir einen sonderbar erschreckten Blick zu, beschränkte sich aber darauf zu bemerken, daß er, Eisbär, jetzt jedenfalls viel Arbeit habe.

Eine andere Gestalt aus meiner Kindheit fiel mir ein, wirklich der netteste und intelligenteste von allen Jungen hier in Arden, die ich damals kannte. »Was ist mit Paul Kant? Ist er noch hier? Ich vermute, er ist auf irgendeine Universität gegangen und nie zurückgekehrt.«

»O nein. Paul ist noch hier. Arbeitet in Arden, in diesem Zumgo-Warenhaus. Hab' ich jedenfalls gehört.«

»Nicht zu glauben! In einem Warenhaus arbeitet er? Ist er da Geschäftsführer oder so?«

»Arbeitet einfach da, schätze ich. Hat nie viel getan.« Duane sah mich wieder an, ein wenig scheu diesmal. »Er ist ein bißchen komisch. Sagt man jedenfalls.«

»Komisch?« fragte ich ungläubig.

»Na, du weißt ja, wie die Leute manchmal so reden. Hätte aber niemand was dagegen, wenn du ihn mal besuchst, schätze ich.«

»Ja, ich weiß, wie die Leute manchmal so reden«, sagte ich und dachte an Andys Frau. »Über mich haben sie auch schon genug geredet. Manche tun es heute noch.« Wir waren beim Tank angekommen, und ich lehnte mich über den moosbedeckten Rand und begann, die Flaschen in das grüne Wasser hinabzulassen.

Aus der Aussage des Duane Updahl

16. Juli

Na klar kann ich was über Miles erzählen. Eine ganze Menge kann ich über diesen Burschen erzählen. Er hat nie hierher gepaßt, schon als er noch ein kleiner Knirps war, und ich hab' gleich gewußt, daß er diesmal genausowenig hierher passen würde. Er hat schauerlich ausgesehen. Kann man wohl so sagen, schätze ich. Hat geredet, wie wenn er Pfeffer im Arsch hätte. So nach Städter Art. Wie wenn er sich über mich lustig machen wollte. Als er sagte, er wolle Polizeichef Hovre besuchen, da hätte man mich mit einer Feder umstoßen können. (Lacht.) Schätze, der Wunsch ist ihm in Erfüllung gegangen, was? Wir waren gerade dabei, Bier in meinen kleinen Tank zu legen, den ich da bei meinem Kuhstall habe, und da sagte er das über Eisbär – ich meine, Galen, und dann sagte er, er wolle

Kant besuchen. (Lacht.) Und ich sagte, na klar, geh doch (lacht), und dann hat er noch was gesagt, ich weiß nicht so recht, daß die Leute über ihn reden. Und dann hat er doch, verdammt noch mal, beinahe die Bierflaschen kaputtgemacht, weil er sie gegen den Tankboden geknallt hat. Aber so richtig merkwürdig hat er sich erst benommen, als meine Tochter hereinkam.

Der Verschluß einer der letzten Bierflaschen verfing sich in meinem Taschentuch, als ich meine Hand aus dem Tank zurückzog, und das nasse Tuch löste sich von meiner Hand und versank. Das kühle Wasser kribbelte und schmerzte in der offenen Wunde, und ich stöhnte. Blut begann herauszuquellen, wie Rauch oder eine Fahne – ich mußte an Haie denken.

»Ist dir jemand in die Quere gekommen, der dich nicht leiden konnte?« Duane hatte sich neben mich geschoben und starrte auf meine Hand; Blut floß in seinen Tank.

»Das ist ein bißchen schwierig zu erklären.« Ich zog meine Hand aus dem kalten Wasser, lehnte mich über den Tank und preßte die Handfläche an den gegenüberliegenden Rand, wo das Moos zentimeterdick wucherte. Sofort ließ das Pochen und Stechen nach, als hätte ich ein Zaubermittel angewandt. Wenn ich dort den ganzen Tag hätte bleiben und die Hand gegen das kühle, schleimige Moos pressen können, wäre meine Hand geheilt, Millionen neuer Zellen hätten sich jede Sekunde gebildet.

»Ist dir schwindlig?« fragte Duane.

Ich schaute über die Straße auf seine Felder. Luzerne und hohes Getreide wuchsen abwechselnd in Streifen zu beiden Seiten des Baches, der Weide und der Baumwollfelder. Die runde Kuppe eines Hügels weiter oben war genau in der Mitte in zwei Felder geteilt. Alles, was Duane anbaute, war für Futterzwecke bestimmt, da er sich seit Jahren auf Rinderzucht spezialisiert hatte. Oberhalb des zweigeteilten Hügels begannen die Wälder, die bis zu den Gipfeln reichten. Sie schienen so unwahrscheinlich makellos wie auf einem Bild von Rousseau. Am liebsten hätte ich eine Handvoll Moos genommen, wäre dort hinaufgegangen, und hätte mir eine Hütte gebaut um alles andere zu vergessen, den Lehrerberuf, mein Buch und am Ende auch New York.

»Ist dir schwindlig?«

Blut sickerte durch das dichte Moos hinunter ins Wasser. Ich schaute noch immer zum Rande des Feldes hinüber, dorthin, wo der Wald begann. Ich glaubte, eine schlanke Gestalt gesehen zu haben, die für einen Moment zwischen den Bäumen aufgetaucht war, zu uns herübergeblickt hatte und dann wieder in Deckung zurückgeschlüpft war wie ein Fuchs. Es konnte ein Junge gewesen sein. Bis ich Zeit hatte, die Erscheinung richtig wahrzunehmen, war sie schon wieder verschwunden.

»Alles in Ordnung mit dir?« Duanes Stimme klang etwas ungeduldig.

»Aber ja, mir geht's gut. Gibt es da viele Kinder, die oben in den Wäldern herumlaufen?«

»Der Wald ist ganz schön dicht. Da geht fast niemand hin. Warum?«

»Ach nichts. Wirklich, nichts.«

»Gibt da auch immer noch ein paar Tiere. Ist aber nicht gut zum Jagen – es sei denn, du hast eine Flinte, mit der du um die Bäume herumschießen kannst.«

»Die gibt's bestimmt bei Andy.« Ich nahm meine Hand vom Moos weg; sofort begann die Wunde wieder zu stechen und zu pulsieren. Das Zaubermittel wirkte eben nicht mehr.

Er plante etwas, die ganze Zeit über. Da war etwas, das Macht über ihn hatte, das ihn beherrschte, könnte man sagen. Man brauchte bloß zu sehen, wie er den Tank anfaßte mit seiner verletzten Flosse. Ich hätte mir ja denken können, daß da was passieren würde, oben in den Wäldern – schon wegen der Art, wie er da hinaufstarrte und komische Fragen stellte.

Zaubermittel sind etwas Geheiligtes, Schmerzlinderndes, Heilendes. Als Duane sagte, »komm, gehen wir zum Haus, und ich werde dir deine Flosse verbinden«, überraschte ich ihn, indem ich eine Handvoll Moos ausrupfte, wodurch eine graue rostige Stelle am Tank sichtbar wurde, und das grüne glitschige Zeug auf die Wunde legte. Ich preßte die Hand fest zusammen, und der stechende Schmerz ließ etwas nach.

»Gab mal eine alte Indianerin hier, die machte so was«, sagte Duane und betrachtete die breiige Masse in meiner Hand. »Machte Medizin aus Kräutern und sowas. Rinn übrigens auch. Aber was du da hast, sieht ziemlich dreckig aus. Werden wir auswaschen müssen, bevor wir Mull draufgeben. Wie ist denn das überhaupt passiert?«

»Ach, das war so ein blöder Wutanfall.«

Das Moos war jetzt ganz dunkel von Blut und fühlte sich ekelhaft an. Ich ließ es ins Gras fallen und machte mich auf den Weg zu Duanes Haus. Ein Hund lag hechelnd beim Kornspeicher und sah aufmerksam zu dem blutigen Klumpen hinüber.

»Schlägerei gehabt?«

»Eigentlich nicht. War nur ein kleiner Unfall.«

»Weißt du noch, wie du damals den Totalschaden gebaut hast? Unten bei Arden?«

»Ich glaube kaum, daß ich das jemals vergessen könnte«, sagte ich. »Ich mußte den Neuwert bezahlen.«

»War das nicht an dem Abend, als du da draußen am –«

»Stimmt genau«, fiel ich ihm ins Wort, denn ich wollte nicht, daß er das Wort »Steinbruch« aussprach.

»Das war vielleicht eine verrückte Sache«, sagte er. »Ich bin mit meinem Lastwagen direkt hinter euch hergefahren, aber du bist rechts abgebogen auf die 93er, und ich fuhr gerade weiter Richtung Liberty. Bin dann einfach so herumgefahren. Nach einer Stunde oder so –«

»Okay, das reicht.«

»Na weißt du, ich wollte doch –«

»Das reicht. Das ist doch alles längst vorbei.« Ich wollte ihn zum Schweigen bringen, und es ärgerte mich sehr, daß wir auf dieses Thema gekommen waren. Hinter mir begann der Hund zu knurren und zu heulen. Duane bückte sich, hob einen Stein auf und warf ihn nach dem Tier. Ich ging geradeaus weiter. Ich hielt meine Hand seitlich von mir gestreckt und ließ das Blut an den Fingern hinunterrinnen. Ich stellte mir vor, daß dieses lauernde, schleichende, schwarz-weiße Scheusal auf mich zukroch. Der Stein traf, der Hund jaulte auf, und ich hörte ihn davonlaufen. Ich sah mich um und bemerkte eine Fährte hellroter Tropfen im Gras.

»Wirst du Tante Rinn gleich heute besuchen?« Duane war bei den Betonstufen zu seinem Haus angekommen, er stand da und sah zu mir auf. »Hab' ihr erzählt, daß du kommst, Miles. Und ich glaube, sie hat's verstanden. Möchte dich anscheinend gerne sehen.«

»Rinn?« fragte ich ungläubig. »Sie lebt noch? Ich habe gerade erst gedacht, daß sie seit Jahren tot sein muß.«

Er lächelte mit der aufreizenden Ungläubigkeit des Einge-

weihten. »Tod? Diese alte Krähe? Die kann doch nichts umbringen.«

Er ging die Stufen hinauf, und ich folgte ihm in sein Haus.
Die Tür öffnete sich in einen Vorraum der Küche, die noch
fast so aussah wie zu Onkel Gilberts Zeiten: gemustertes Linoleum auf dem Boden, ein langer Eßtisch mit Kunststoffplat-
te, derselbe alte Kachelofen. Doch die Wände sahen gelblich
aus, und der ganze Raum machte einen schmutzigen, ver-
wahrlosten Eindruck, der nur teilweise durch die schmierigen
Handabdrücke am Kühlschrank und den Stapel ungewasche-
nen Geschirrs im Spülstein entstand. Sogar auf dem Spiegel
war Staub. Es war, als ob eine Armee von Mäusen und Amei-
sen hinter den Wänden nur darauf wartete, daß die Lichter
ausgingen.

Duane merkte, daß ich mich umsah. »Dieses verdammte
Mädel sollte eigentlich die Küche in Ordnung halten, aber die
hat ungefähr soviel Pflichtgefühl wie ... wie ein Kuhfladen.«
Er zuckte mit den Schultern.

»Stell dir vor, was deine Mutter sagen würde, wenn sie das
sehen könnte.«

»Ach, ich hab' mich schon dran gewöhnt, und außerdem hat
es keinen Zweck, der Vergangenheit hinterherzujammern«,
sagte er und blinzelte.

Ich fand, daß er damit unrecht hatte. Ich habe mich immer
an die Vergangenheit gehalten, ich war der Meinung, daß sie
sich ständig wiederholen würde und könnte und sollte, daß sie
das atmende Leben im Herzen der Gegenwart war. Doch
darüber konnte ich mit Duane nicht sprechen. »Erzähl' mir
was über Tante Rinn«, sagte ich. »Hast du andeuten wollen,
daß sie taub ist?« Ich ging zum Spülstein und hielt meine
tropfende Hand darüber.

»Warte hier, ich geh Verbandzeug holen«, sagte er und trottete zum Badezimmer. Nachdem er zurück war, nahm er meine Hand und hielt sie unter den kalten Wasserstrahl. »Man kann nicht sagen, daß sie taub ist. Man kann nicht sagen, daß sie blind ist. Ich meine, sie sieht, was sie sehen will, und hört, was sie hören will. Brauchst gar nicht um den heißen Brei zu reden. Wenn sie dich hören will, wird sie dich hören. Sie ist auf Draht, sie weiß ganz genau, was vorgeht.«

»Kann sie noch laufen?«

»Sie geht nicht mehr viel aus dem Haus. Die Nachbarn kaufen für sie ein, das bißchen, das sie braucht, aber sie betreibt noch immer ihr Eiergeschäft. Und ihr kleines Feld hat sie an Oscar Johnstad verpachtet. Schätze, sie kommt schon zurecht. Aber seit sie achtzig ist, sehen wir sie nicht mal mehr in der Kirche.«

Erstaunlicherweise war Duane recht gut als Krankenschwester. Während er sprach, trocknete er schnell mit einem Geschirrtuch meine Hand ab, dann preßte er ein großes Stück saugfähigen Mull auf die Wunde und wickelte dann oberhalb und unterhalb des Daumens eine breite Bandage um meinen Handteller. »Gleich wirst du wie ein Farmer aussehen«, sagte er.

Auf Farmen gibt es massenhaft Unfälle und Armschlingen, Bandagen und amputierte Gliedmaßen sind in ländlichen Gemeinden an der Tagesordnung, genauso wie Irrsinn, Selbstmord und Melancholie. Bezüglich der drei letzten Erscheinungen gleichen sie akademischen Gemeinschaften. Beide hält man im allgemeinen irrtümlich für Häfen der Gelassenheit. Ich befaßte mich mit diesen Überlegungen, während Duane das letzte Stück der Bandage an meinem Handgelenk befestigte. Ich sah wirklich wie ein Farmer aus – ein gutes Omen für die Fertigstellung meiner scheußlichen Arbeit.

O ja, sie war wirklich scheußlich, eine Sünde wider den Geist. Als die Finger meiner linken Hand zu kribbeln begannen und ich vermuten mußte, daß Duane die Bandage zu eng gewickelt hatte, wurde mir klar, wie sehr ich es verabscheute, wissenschaftlich über Literatur zu schreiben. Ich faßte den Entschluß, daß ich nach Fertigstellung meines Buches und Sicherung meines Arbeitsplatzes nie wieder so etwas verfassen würde.

»Du könntest sie doch auf jeden Fall anrufen oder einfach hingehen«, sagte Duane.

Das würde ich tun. Gleich am nächsten oder übernächsten Tag, sobald ich mich im alten Farmhaus eingerichtet hatte, würde ich zu ihr hinüberfahren. Tante Rinn war von etwas Spirituellem erfüllt, dachte ich, sie war Geist in einer seiner Erscheinungsformen, genau wie das Mädchen, dessen Bild meine Zunge zu Stein verwandeln konnte. Ich hörte, wie sich die Tür hinter mir öffnete und schloß.

»Alison«, sagte Duane sachlich, aber mit einem ärgerlichen Unterton. »Vetter Miles hat sich schon gewundert, wo du bleibst.«

Ich drehte mich um und war mir bewußt, daß ich nicht normal aussehen konnte. Zynisch, geringschätzig, wenn auch mit einer Spur Interesse – wobei die Geringschätzung defensiv und automatisch war – starrte sie mich an: ein ziemlich stämmiges, sehr nordisch-blondes Mädchen von siebzehn oder achtzehn. Seine Tochter. Natürlich. »Großartig«, sagte sie. Sie war das Mädchen, das ich heute vormittag an dem Motorradfahrer kleben gesehen hatte. »Er sieht verstört aus. Hast du ihn bedroht oder so was?«

Ich schüttelte den Kopf, noch immer zitternd, fing aber an, meine Fassung zurückzugewinnen. Es war dumm von mir gewesen, ihren Namen zu vergessen. Trotz der schweren Brüste unter dem T-Shirt, der breiten Hüften und prallen Schenkel war sie ein attraktives Mädchen, und ich empfand deutlich, was für eine eigenartige Gestalt ich in ihren Augen sein mußte.

Duane sah zu mir herüber, schaute dann ein zweites Mal hin und bemerkte meine Verstörung. »Das ist meine Tochter Alison, Miles. Willst du dich setzen?«

»Nein. Mir geht's gut. Danke.«

»Wo warst du?« fragte Duane.

»Was geht dich das an?« sagte die stämmige blonde Kriegerin. »Ich bin ausgegangen.«

»Allein?«

»Also, falls es dich was angehen sollte, ich war mit Zack zusammen.« Wieder dieser wilde Blick, der sicherlich Glas zerbrechen konnte. »Wir sind an ihm vorbeigefahren. Er würde es dir ja wahrscheinlich sowieso erzählen, also kann ich's gleich selber sagen.«

»Ich habe kein Motorrad gehört.«

»Jesus«, stöhnte sie, und ihr Gesicht verzog sich zu einer häßlichen Grimasse der Verachtung. »Okay. Er hat unten beim anderen Haus angehalten, damit du es nicht hörst. Ich bin die Straße heraufgelaufen. Zufrieden? Okay?«

Ihr Gesicht zuckte, und ich sah, daß es nur Verlegenheit war, was ich für Verachtung gehalten hatte. Es war die quälende Verlegenheit eines Teenagers, und ihre Waffe dagegen war Aggressivität.

»Ich will nicht, daß du dich mit ihm triffst.«

»Versuch's doch und hindere mich daran!« Sie stelzte an uns vorbei und aus der Küche. Einen Augenblick später wurde ein

Fernsehapparat eingeschaltet; dann kam ihre Stimme aus einem anderen Raum: »Du solltest sowieso auf dem Feld sein und arbeiten.«

»Sie hat recht«, sagte Duane. »Was willst du jetzt machen? Du siehst ein bißchen komisch aus.«

»Ich habe mich nur im Moment ein bißchen schwach gefühlt. Was ist denn so Schlimmes an diesem Zack? Deine Tochter –« Ich war noch nicht fähig, diese mürrische Amazone Alison zu nennen; in meiner Vorstellung schien sie durch einen Wald zu schreiten und mit weitausholenden Axthieben Bäume zu fällen. »Sie scheint ihren eigenen Willen zu haben.«

»Tja«, meinte er und brachte ein schiefes Lächeln zustande. »Das ist eine Sache, die sie wirklich versteht. Ist aber trotzdem ein gutes Mädchen. So gut, wie man das von einem Weib überhaupt erwarten kann, jedenfalls.«

»Na sicher«, stimmte ich zu, obwohl mich diese Qualifizierung etwas unsicher machte. »Was stimmt denn nicht mit diesem Zack?«

»Er taugt nichts. Ist ein komischer Typ. Hör mal, Alison hat recht, ich muß aufs Feld und arbeiten, aber wir wollten doch noch deinen Schreibtisch aufstellen. Oder ich sag' dir einfach, wo alles ist, und du kannst ihn dir selbst aufstellen. Ist überhaupt keine Arbeit.«

Den Lärm aus dem Fernseher überschreiend erklärte er mir, wo ich im Keller die Tür und die Holzböcke finden würde, sagte dann, »mach's dir gemütlich«, und ging hinaus. Ich beobachtete ihn durch das seitliche Küchenfenster, wie er schwerfällig zum Geräteschuppen hinübermarschierte, darin verschwand und kurz danach auf einem riesigen Traktor wieder herauskam. Er wirkte entspannt und gelassen, so wie manche Menschen auf einem Pferderücken ganz natürlich aussehen. Er hatte eine hohe Kappe aufgesetzt, die ich noch sehen konnte, als er selbst mit seinem Traktor schon hinter dem hohen Korn des weiten Feldes verschwunden war.

Ich folgte dem Geräusch des Fernsehers in das Zimmer, in dem Alison Updahl war. Dieser Raum war zu meiner Kinderzeit sehr beengt und wie die Küche mit Linoleum ausgelegt gewesen; ein durchgesessenes Davenport-Sofa und ein untaugliches Fernsehgerät hatten die wichtigsten Einrichtungsgegenstände dargestellt. Duane hatte offensichtlich umgebaut; seine diesbezüglichen Fähigkeiten hatten seit der Zeit des Traumschlosses merklich zugenommen. Das Zimmer war jetzt dreimal so groß wie früher, mit einem luxuriösen dicken Teppich ausgestattet und in einer Weise möbliert, die sicher recht kostspielig war. Die Tochter meines Cousins hatte sich auf der braunen Couch ausgestreckt und schaute einen Film in dem Farbfernseher an. Barfuß, in T-Shirt und Jeans wirkte sie wie ein Teenager aus einem Villenvorort von Chicago oder Detroit. Sie sah nicht auf, als ich eintrat. Sie war steif vor Verlegenheit.

Ich sagte: »Was für ein hübsches Zimmer. Ich kannte es noch gar nicht.«

»Es stinkt.« Sie betrachtete noch immer den Bildschirm, wo Fred Astaire in einem Rennwagen saß. Einen Moment später fiel mir auf, daß der Wagen in einer geschlossenen Garage aufgebockt war.

»Vielleicht riecht es nur neu«, sagte ich und erntete einen kurzen Blick. Aber das war alles. Sie schnaubte durch die Nase und wandte sich wieder dem Fernsehen zu.

»Was ist das für ein Film?«

Ohne aufzusehen sagte sie »›Das letzte Ufer‹. Ist super.« Sie verscheuchte eine Fliege, die sich auf ihr Bein gesetzt hatte.

»Wie wär's, wenn du mich in Ruhe läßt, damit ich ihn mir ansehen kann?«

»Ganz wie du willst.« Ich setzte mich in einen großen, bequemen Sessel an der Wand und betrachtete Alison eine oder zwei Minuten lang, ohne daß einer von uns sprach. Sie begann, mit dem Fuß rhythmisch auf- und abzuwippen, dann schnitt sie Gesichter. Nach einer Weile begann sie zu reden.

»Es geht um das Ende der Welt. Ist eine gute Idee, finde ich. Zack hat gesagt, ich soll mir den Film ansehen. Er hat ihn nämlich früher schon mal gesehen. Wohnst du in New York?«

»Auf Long Island.«

»Das ist doch New York. Ich möchte gern mal hin. Da ist was los!«

»So?«

»Das solltest du doch wissen. Zack sagt, daß es ziemlich bald mit allem aus sein wird, weil die Leute Bomben werfen, oder durch Erdbeben, ist ja auch egal wodurch, und daß jeder glaubt, New York wird zuerst drankommen. Wird es aber nicht. Es wird zuerst hier passieren. Der ganze Mittelwesten wird mit Leichen übersät sein, sagt Zack.«

Ich sagte, das höre sich ganz so an, als ob Zack sich darauf freue.

Sie setzte sich kerzengerade auf, wie ein Ringer auf der Matte, und wandte ihre Aufmerksamkeit für einen Augenblick vom Bildschirm ab. Ihre Augen waren sehr hell. »Weißt du, was man vor zwei Jahren in Arden auf der Müllkippe gefunden hat? Gerade, als ich in die Oberschule kam? Zwei Köpfe in Papiersäcken. Frauenköpfe. Sie haben nie herausgefunden, wem sie gehörten. Zack sagt, das war ein Zeichen.«

»Ein Zeichen wofür?«

»Daß es anfängt. Bald wird es keine Schulen mehr geben,

keine Regierungen, keine Armeen. Nichts von dieser ganzen Scheiße. Dann wird bloß noch getötet werden. Lange Zeit. Wie unter Hitler.«

Ich merkte, daß sie mich schockieren wollte. »Ich glaube, ich verstehe, warum dein Vater diesen Zack nicht mag.«

Sie sah mich an und wandte ihren Blick dann wieder dem Fernseher zu.

Ich sagte: »Du hast doch dieses Mädchen gekannt, das da umgebracht wurde.«

Sie blinzelte. »Natürlich hab' ich sie gekannt. Es war entsetzlich.«

»Ich nehme an, dieser Mord stützt deine Theorien.«

»Erzähl keine Schauermärchen.« Wieder traf mich ein helläugiger mürrischer Blick der kleinen Kriegerin.

»Dein Name gefällt mir.« In Wirklichkeit und trotz ihrer schlechten Manieren begann sie mir zu gefallen. Zwar hatte sie weder das Selbstvertrauen noch den beängstigenden Charme ihrer Namensschwester, aber sie hatte deren Energie.

»Uff.«

»Nach wem bist du benannt worden?«

»Hör mal, ich weiß es nicht, und es ist mir auch völlig egal. Okay?«

Unsere Unterhaltung war beendet. Mit einer Miene, als wolle sie den Rest ihres Lebens in dieser Lage verbringen, hatte Alison sich wieder dem Fernseher zugewendet. Gregory Peck und Ava Gardner schlenderten Arm in Arm über eine Wiese und sahen so aus, als hielten auch sie das Ende der Welt für eine gute Idee. Bevor ich mich erheben und den Raum verlassen konnte, sprach sie wieder.

»Du bist doch nicht verheiratet, oder?«

»Nein.«

»Warst du's nicht mal?«

Ich erinnerte sie daran, daß sie bei meiner Hochzeit gewesen war.

Jetzt starrte sie mich schon wieder an und vergaß Gregory Pecks zuckendes Kinn und Ava Gardners bebenden Busen. »Du hast dich scheiden lassen. Warum?«

»Meine Frau ist gestorben.«

»Heiliger Bimbam! Gestorben? Hat es dir was ausgemacht? War es Selbstmord?«

»Sie kam bei einem Unfall ums Leben«, sagte ich. »Ja, es hat mir etwas ausgemacht, aber nicht aus dem Grund, den du dir vorstellst. Wir hatten schon einige Zeit nicht mehr zusammen gelebt. Es machte mir einfach etwas aus, daß ein anderes menschliches Wesen, eines, das mir nahestand, sinnlos gestorben war.«

Sie reagierte ziemlich stark auf mich, beinahe sexuell – ich konnte fast sehen, wie ihre Temperatur stieg, und ich glaubte, Blut zu riechen. »Hast du sie verlassen, oder hat sie dich verlassen?« Sie hatte ein Bein unter sich gezogen, lehnte sich gegen das Polster der Couch und sah mich mit ihren Meerwasseraugen an. Ich war besser als der Film.

»Ich bin nicht so sicher, ob das von Bedeutung ist. Und ich bin auch nicht sicher, ob es dich überhaupt etwas angeht.«

»Sie hat dich verlassen!« Die Betonung lag auf den beiden Personalpronomina.

»Vielleicht haben wir uns gegenseitig verlassen.«

»Glaubst du, sie hat's verdient? Was ihr zugestoßen ist?«

»Natürlich nicht«, sagte ich.

»Mein Vater würde aber so denken.« Jetzt verstand ich endlich den Zweck ihrer eigenartigen Fragen, und ich empfand plötzlich Mitleid für sie. Ihr ganzes Leben hatte sie unter dem

Mißtrauen ihres Vaters gegenüber allem Weiblichen leiden müssen. »Und Zack auch.«

»Nun ja, man kann sich manchmal in den Leuten täuschen.«

»Ha!« höhnte sie. Es war eine angemessene Zurückweisung meines Klischees. Dann setzte sie sich wieder auf und sah sich den Film weiter an. Die Audienz war endgültig beendet, und sie entließ mich.

»Gib dir keine Mühe, ich finde schon allein den Weg hinaus«, sagte ich und verließ den Raum. Auf der anderen Seite der Küche, in dem kleinen Vorraum, war der Kellereingang. Ich öffnete die Tür und tastete nach dem Lichtschalter. Als ich ihn endlich gefunden und angeknipst hatte, beleuchtete die Glühbirne nur die Holztreppe und einen kleinen Flecken festgetretener Erde ganz unten. Ich stieg vorsichtig hinab.

Es quält mich noch immer, daß ich nicht zu Duane ging, um mit ihm über die verrückten Theorien seiner Tochter zu sprechen. Aber ich habe noch viel phantastischere Ideen von meinen Studenten zu hören bekommen – auch von vielen meiner Studentinnen. Und als ich durch Duanes Keller stolperte, vorgebeugt und mit ausgestreckten Händen, überlegte ich, daß er es sicherlich längst schon alles gehört hatte, direkt aus dem Mund dieser Bauchrednerpuppe, seiner Tochter. Er hatte gesagt, dieser Zack sei ein komischer Typ, und ich neigte zu der gleichen Ansicht. Wahrscheinlich waren wir aufgrund derselben Tatsachen zu dieser Schlußfolgerung gekommen. Und dann waren ihre Familienprobleme für mich ja auch von zweitrangiger Bedeutung, oder von drittrangiger oder sogar viertrangiger, wenn ich Alison Greening, meine Arbeit und mein eigenes Wohlergehen bedachte. Mea culpa.

Außerdem wollte ich Alison Updahl nicht noch mehr Schwierigkeiten bereiten, als sie als Tochter ihres Vaters ohnehin schon hatte.

Ich stieß mit der bandagierten Hand gegen einen glatten flächigen Gegenstand und brachte ihn zum Schwingen. Schnell faßte ich mit der rechten Hand zu, um ihn festzuhalten, erwischte aber einen langen Holzstiel. Auch dieser begann zu schwingen. Es war, wie sich nach weiterem Betasten herausstellte, eine Axt. Ich hätte sie leicht aus ihrer Halterung stoßen und mir eine weitere Verletzung zuziehen können. Laut fluchend fühlte ich ringsum nach weiteren Äxten in der Luft. Meine Hand berührte einen zweiten Griff, dann noch einen, und danach einen vierten. Inzwischen hatten sich meine Augen an die Dunkelheit des Kellers gewöhnt, und so konnte ich die vier Schäfte erkennen, die schattenhaft in einer Reihe von einem Gestell an der Decke herabhingen. Rechen und Gartenharken hingen daneben. Ich wich ihnen aus und trat dabei auf Säcke mit Zement und Kunstdünger. Dann stieg ich über einen Stoß Prospekte und Kataloge. Dahinter lehnte eine Reihe von Dingen an der Wand – ich mußte an die vertrockneten Mumien von Zwergen denken. In der nächsten Sekunde erkannte ich, daß es Gewehre in Stoffhüllen waren. Daneben waren Patronenschachteln aufgestapelt. Wie die meisten Farmer fand auch Duane es unnötig, mit seinen Waffen zu protzen. Dann fand ich, was ich suchte. Genau wie Duane es beschrieben hatte, lehnte eine alte weiße Tür an der Wand, eine vollkommen glatte Platte für meinen Schreibtisch. Sie hatte merkwürdige Türgriffe, aber die ließen sich leicht entfernen – Duane konnte sie vielleicht noch gebrauchen. Als ich näher hinsah, erkannte ich, daß sie aus geschliffenem Glas waren. Neben der Tür waren zwei Holzböcke – sie steckten übereinander, wie kopulierende Insekten. Davor stand ein Karton mit leeren Cola-Flaschen, die alte bauchige Form. Der Karton war aufgerissen und entblößte die offenen, saugenden Münder der Flaschen.

Ich dachte daran, Alison Updahl zu rufen und sie zu bitten, mir zu helfen, entschied mich dann aber dagegen. Es war ein Tag voller Fehler gewesen, und ich wollte nicht noch einen weiteren begehen und den zerbrechlichen Frieden zwischen uns gefährden. Also trug ich zunächst die Sägeböcke hinauf und stellte sie neben Duanes Hintertür ins Gras und ging dann zurück, um meine Schreibtischplatte zu holen.

Das lange, schwere hölzerne Rechteck war weitaus unhandlicher, doch ich brachte es fertig, es bis zur Treppe zu bugsieren, ohne ein Gewehr umzuwerfen oder eine Axt hinunterzustoßen oder die alten Cola-Flaschen zu zertrümmern. Als ich es schließlich die Stufen hinaufgeschafft hatte, bedauerte ich doch, auf Alisons Hilfe verzichtet zu haben, dann in meiner Brust sprang und kopfte es, als ob darin eine Forelle ihren Todeskampf kämpfte. Meine verletzte Hand schmerzte. Ich schleifte die Tür über das Linoleum, wobei ein paar Häkelteppiche zerknüllt wurden, stieß dann mit dem Ellbogen die Tür auf und zerrte meine Schreibtischplatte hinaus und die Betonstufen hinunter. Ich schwitzte und atmete schwer. Mit dem Ärmel wischte ich mir die Stirn ab, lehnte die Tür gegen die Böcke und betrachtete sie mit Unbehagen. Spinnweben, Staub und Insekten hatten deutliche Spuren auf der weißen Platte hinterlassen.

Die Lösung des Problems lag zu meinen Füßen: ein Gartenschlauch. Ich drehte den Hahn auf und ließ den Wasserstrahl so lange über die Tür gleiten, bis der Dreck weggespült war. Ich war sogar versucht, mich selbst abzuspritzen. Meine Hände waren schwarz, mein Hemd war rettungslos ruiniert, und von meiner Stirn rann der Schweiß in Strömen. Aber ich hielt nur die Hände in den Wasserstrahl und versuchte, die Bandage dabei möglichst wenig naß zu machen. Anwendung von Zaubermitteln.

Kaltes Wasser!

Ich ließ den immer noch wasserspeienden Schlauch fallen und ging über Duanes Rasen Richtung Stall. Wenn ich nach rechts hinüberschaute, konnte ich den Kopf und den Oberkörper meines Cousins sehen, der von dem unsichtbaren Traktor dahingetragen wurde wie von einem launischen, böigen Wind. Ich ging über den Kies und durch den Staub der Auffahrt. Der Hund begann, auf mich loszufluchen, mit derben, prahlerischen, anzüglichen Flüchen. Ich kam zum Tank, tauchte meine gesunde Hand in das grünliche Wasser und griff nach einer Bierflasche, an der mein blutiges Taschentuch hing. Ich warf es ins Unkraut. Ich zog die tropfende Bierflasche heraus und hatte gerade den Verschluß geöffnet und zu trinken begonnen, als ich das blondgerahmte Gesicht der kleinen Kriegerin sah, die mich aus dem Küchenfenster anstarrte. Sie zwinkerte mir zu. Plötzlich grinsten wir uns gegenseitig an, und ich fühlte, wie sich der Knoten der Emotionen, den dieser Tag in mir geknüpft hatte, zu lösen begann. Es war, als hätte ich eine Verbündete gefunden. Wirklich, für so ein kühnes Mädchen konnte es nicht leicht sein, meinen Cousin Duane zum Vater zu haben.

3

Nachdem ich meinen Schreibtisch von den Drehknöpfen befreit und in dem leeren Schlafzimmer im Obergeschoß von Großmutters Haus aufgestellt hatte, sah er stabil und brauchbar aus, ein weiteres Exemplar in der langen Reihe von Schreibtischen, an denen ich schon gesessen hatte. Der Raum selbst war klein und weiß und hatte einen Fichtenholzboden. Es war der ideale Platz zum Schreiben, denn die leeren Wände regten zum Nachdenken an, und nur das einzige Fenster, das sich auf den Stall und auf den Weg zu Duanes Haus öffnete, bot Ablenkung. Bald hatte ich mein gesamtes Arbeitsmaterial auf dem Schreibtisch zurechtgelegt – Schreibmaschine, Papier, Notizhefte, den Anfang meiner Niederschrift und die Gliederung. »Tipp-ex«, Kugelschreiber, Bleistifte, Büroklammern. Die Romane legte ich in mehreren Stapeln neben dem Stuhl auf den Boden. Für einen Moment spürte ich, daß Arbeit, intensive Arbeit, etwas Spirituelles ist. Je tiefgründiger und beziehungsloser die Arbeit, desto besser. Meine verbissene Arbeit an der Dissertation würde meine Verbindung zu Alison Greening herstellen; sie würde sie herbeizitieren, heraufbeschwören.

An diesem Tag jedoch arbeitete ich nicht. Ich saß an meinem Schreibtisch und schaute aus dem Fenster: Die Tochter meines Cousins überquerte hin und wieder die Wiese und den Weg, wenn sie zum Geräteschuppen oder zum Stall hinunterging, und warf neugierige Blicke zu meinem Fenster hinauf. Dann sah ich Duane mit seinem Riesentraktor von der Straße heraufkommen. Er stellte ihn im Geräteschuppen ab und stapfte dann hinüber zu seinem Haus, während er sich heftig am Hintern kratzte. Ich fühlte mich einsam und freudig erregt, für ein kommendes Ereignis gerüstet, aber gleichzeitig noch flau und hohl, als wäre ich nicht der, der ich vorgab zu sein, sondern nur ein Schauspieler, der auf sein Stichwort wartet. Dieses Gefühl habe ich oft.

Ich saß da und beobachtete, wie der Himmel über dem Schuppen allmählich dunkler wurde. Den Pfad sah ich nur noch undeutlich, und die Dächer von Duanes Haus und dem Schuppen stachen mit größerer Schärfe gegen den Hintergrund des dunkelnden Blaus ab und wurden dann allmählich vom Himmel absorbiert, als würden Stücke aus ihnen herausgebissen. In Duanes Haus gingen nach und nach die Lichter an, in gleichmäßigen Abständen leuchtete ein Fenster nach dem anderen auf. Ich dachte, Alison könnte auf dem Pfad erscheinen, ihr T-Shirt würde im Mondlicht funkeln, und sie würde trotzig auf mich zukommen, das lange glatte Haar im Rhythmus ihrer schweren Schenkel wippend. Nach einer Weile döste ich ein. Ich hatte sicher nicht mehr als eine Stunde geschlafen, aber als ich meine Augen wieder öffnete, war in Duanes Haus nur noch ein Licht zu sehen, und die Wiese zwischen unseren Behausungen war so dunkel und weglos wie ein Dschungel. Hungrig tastete ich mich die Treppe hinunter in die Küche. Das Haus war klamm und muffig, und alles fühlte sich kalt an. Ich öffnete den Kühlschrank und stellte fest, daß Duane oder Mrs. Sunderson ihn mit genügend Lebensmitteln für den heutigen Abend und den nächsten Morgen gefüllt hatte – Butter, Brot, Eier, Kartoffeln, zwei Lammkoteletts, Käse. Ich briet die Koteletts und schlang sie mit ein paar Butterbroten hinunter. Eine Mahlzeit ohne Wein ist keine Mahlzeit für einen erwachsenen Mann. Als Nachtisch nagte ich ein bißchen an einem

Cheddarkäse. Dann stellte ich das Geschirr für die Putzfrau in das Spülbecken und stieg rülpsend wieder hinauf ins Schlafzimmer. Als ich in meinen Arbeitsraum blickte, sah ich, daß in Duanes Haus noch immer ein einzelnes Licht brannte, allerdings am entfernteren Ende. Alisons Schlafzimmer wahrscheinlich. Während ich noch hinüberschaute, hörte ich das Brummen eines Motorrads die Straße heraufkommen. Es wurde immer stärker, bis es etwa auf meiner Höhe war, und hörte dann plötzlich auf. Mein Schreibtisch sah bösartig aus, wie der fette schwarze Mittelpunkt eines Spinnennetzes.

Mein Schlafzimmer war einmal das Zimmer meiner Großmutter gewesen. Allerdings hatte sie diesen kühleren, kleineren Raum erst nach dem Tod meines Großvaters bezogen. Aus diesem Grund gab es da ein neueres Bett, und aus diesem Grund wiederum hatte ich es ausgewählt. Es war vom alten Schlafzimmer so weit wie möglich entfernt – an der gegenüberliegenden Seite des Hauses und oben an der Treppe. Mein Großvater war gestorben, als ich noch ein kleines Kind gewesen war, daher hatte ich meine Großmutter nur als Witwe in Erinnerung, eine runzelige alte Frau, die die Treppe hinauf zu Bett ging. Wie manche alte Frauen schwankte sie von einem Extrem zum anderen, was Gewicht und Umfang betraf, entschloß sich aber schließlich, dünn zu bleiben, und starb auch so. Nachdem dieser Raum eine solche Geschichte hatte, war es nicht verwunderlich, daß ich von meiner Großmutter träumte; doch ich fand die emotionelle Gewalt meines Traumes erschreckend.

Ich war im Wohnzimmer, das nicht mit Duanes Bürozeug, sondern wie früher möbliert war. Meine Großmutter saß auf dem alten Sofa und betrachtete nervös ihre Hände. »Warum bist du zurückgekommen?«

»Wie?«

»Du bist ein Narr.«

»Ich versteh' dich nicht.«

»Sind denn nicht schon genug Leute gestorben?«

Dann stand sie plötzlich auf, ging aus dem Zimmer und auf die Veranda, wo sie sich in die rostige alte Schaukel setzte. »Miles, du bist naiv.« Sie hob ihre Faust gegen mich, und ihr Gesicht verzerrte sich, wie ich es niemals gesehen hatte. »Narr, Narr, Narr, naiver Narr!«

Ich saß neben ihr, und sie begann, mich auf den Kopf und die Schultern zu schlagen, und ich senkte meinen Kopf, um ihre Schläge zu empfangen. Ich wünschte mir den Tod.

Sie sagte: »Du hast es in Gang gebracht, und es wird dich vernichten.«

Alles Leben wich aus mir, und meine Umgebung entfernte sich von mir, bis ich weit weg in einem blauen Gas schwebte. Die Entfernung war enorm. Ich war an einem fernen blauen Ort, der dahintrieb, und weinte noch immer. Dann verstand ich, daß dies der Tod war. Entfernte Gespräche, entferntes Gelächter drangen zu mir wie durch dicke Wände. Als mir bewußt wurde, daß noch andere Körper wie der meine dahinschwebten, Hunderte, Tausende von Körpern, wirbelnd wie vom Baum fallende Blätter inmitten dieses blauen Schreckens, hörte ich das Geräusch von lautem Händeklatschen. Dreimal. Dreimaliges lautes Händeklatschen in großen Abständen, unaussprechlich zynisch. Das war der Klang des Todes, und er war ohne Würde. Es war das Ende einer schlechten Vorstellung.

Schwitzend und keuchend warf ich mich in meinem Bett

herum. Der Traum schien Stunden gedauert zu haben – ich mußte seit dem Einschlafen in ihm gefangen gewesen sein. Ich lag schweratmend da, wie unter einer großen Last von Schuld und Panik. Ich wurde für den Tod vieler Menschen verantwortlich gemacht; ich hatte diese Tode verursacht, und jedermann wußte es.

Erst als ich allmählich das Licht wahrnahm, das sich durch das Fenster hereinstahl, gewann die Vernunft wieder die Oberhand. Ich hatte niemanden umgebracht. Meine Großmutter war tot. Ich war hier im Tal, um zu arbeiten. Ganz ruhig, sagte ich laut. Nur ein Traum. Ich versuchte, Alphawellen zu erzeugen, und atmete tief und gleichmäßig. Es dauerte lange, bis das übermächtige Schuldgefühl verschwand.

Ich hatte schon immer unter einem enormen Schuldkomplex gelitten. Meine eigentliche Berufung ist die eines Experten in Sachen Schuld.

Eine Dreiviertelstunde lang versuchte ich, wieder einzuschlafen, aber mein Organismus ließ es nicht zu, meine Nerven waren wie in Koffein gebadet, also stand ich kurz nach fünf Uhr auf. Durch das Schlafzimmerfenster sah ich, wie der Morgen langsam heraufdämmerte. Tau lag silbrig auf dem alten schwarzen eisernen Schweinetrog auf dem Feld bei dem Schuppen, wo mein Großvater Hunde gehalten hatte. Das Feld diente jetzt als Weide für ein Pferd und die Kühe eines Nachbarn. Neben den kauernden Kühen schlief stehend die große, kastanienbraune Stute, den langen Hals tief geneigt. Weiter oben begann ein Sandsteinhügel voller kleiner Höhlen, überwuchert von Büschen, Schlingpflanzen und Unkraut. Er sah noch so aus wie in meiner Kindheit. Ein sehr leichter Nebel, fast nur ein Dunst, hing über dem unteren Teil des Feldes. Als ich so am Fenster stand und den Frieden in mich aufnahm, der von dieser weiten grünen, verschleierten Landschaft ausging, geschahen zwei Dinge, die mir, ohne daß ich es zunächst merkte, den Atem raubten. Ich hatte meinen Blick über die Straße und über die Felder schweifen lassen – die Farben von Duanes Getreide waren durch das graue Licht wunderschön gedämpft, und die Wälder waren von tieferem Schwarz als bei Sonnenlicht. Leichter Nebel wand sich wie zarte Rauchfahnen aus der Masse der dunklen Bäume empor. Dann sah ich ganz deutlich eine Gestalt hervorkommen, vom Nebel umhüllt, und an der Grenze zwischen Wald und Feld für einen Moment zögern. Mir fiel ein, daß meine Mutter von einem Wolf erzählt hatte, der vor vierzig Jahren aus diesen Wäldern gekommen war – von einem Wolf, den sie vielleicht an derselben Stelle gesehen hatte, gespannt, hungrig, die Nase auf das Haus und den Stall gerichtet. Ich war fast sicher, daß es der gleiche Mensch war, den ich am vorigen Nachmittag dort gesehen hatte. Wie ein Wolf stand diese Gestalt da und wartete und spähte zum Haus herüber. Mein Herz setzte aus. Ich dachte: ein Jäger. Nein, kein Jäger. Ich wußte nicht, warum, aber ein Jäger war es nicht. Im selben Augenblick hörte ich das Brummen eines Motorrads.

Ich schaute zur leeren Straße hinüber und dann zurück zum Waldsaum. Die Gestalt war verschwunden. Einen Augenblick später kam das Motorrad in mein Blickfeld.

Alison trug einen wollenen Poncho gegen die Morgenkühle und preßte sich eng an den Fahrer. Er war ganz in Schwarz gekleidet, von der Weste bis zu den Stiefeln. Gleich nachdem sie aus meiner Sicht waren, verstummte der Motor, und ich schlüpfte in den Bademantel und eilte die Treppen hinunter. Leise trat ich auf die Veranda. Sie küßten sich weder, noch umarmten sie sich, wie ich es erwartet hatte, sondern sie standen einfach auf der Straße und blickten in verschiedene Richtungen. Sie legte ihm die Hand auf die Schulter; ich konnte sein knochiges, angespanntes Gesicht sehen, das Gesicht eines Fanatikers, ein wildes Gesicht. Er hatte rabenschwarzes langes Haar und trug es in einer Welle in die Stirn gekämmt, in altmodischer Rock'n Roll-Manier. Als sie ihre Hand von seiner Schulter nahm, nickte er knapp. Die Geste schien sowohl Abhängigkeit als auch Führerschaft auszudrücken. Ihre Finger berührten flüchtig sein Gesicht, dann begann sie, die Straße hinaufzugehen. Wie ich beobachtete auch er sie, wie sie mit dem steifen Gang eines Soldaten dahinmarschierte, dann sprang er auf sein Motorrad, trat es an, vollführte eine prächtige Evel Knievel-Wende und brauste davon.

Ich ging wieder hinein und bemerkte, daß das Hausinnere genauso kalt und feucht war wie die Veranda. Auf bloßen Füßen tappte ich in die Küche und stellte einen Kessel mit Wasser auf den Herd. Nach einigem Suchen fand ich ein Glas »Nescafé« in einem Schrank. Dann trat ich wieder auf die feuchten Bohlen der Veranda hinaus. Die Sonne tauchte gerade auf, riesig und grell. Nach ein oder zwei Minuten erschien Alison leise, mit großen Schritten an der Seite des Hauses. Sie ging an der Rückwand entlang, bis sie zu ihrem Fenster kam, wo noch immer das Licht brannte. Sie schob das Fenster hoch, bis sie auf den Zehenspitzen stand, dann hievte sie sich hinein.

Nach zwei Tassen bitteren Kaffees, den ich, im Bademantel und barfuß auf dem kalten Küchenboden stehend, getrunken hatte, und nachdem ich zwei in Butter gebratene Eier und eine Scheibe Toast am alten runden Holztisch sitzend gegessen hatte, während die Sonne allmählich den Nebel auflöste; nachdem ich mit Genugtuung festgestellt hatte, daß durch das Kochen die Küche erwärmt wurde; nachdem ich noch mehr schmutziges Geschirr ins Spülbecken gestellt hatte; nachdem ich mich im Badezimmer ausgezogen und mit Abscheu meinen immer dicker werdenden Bauch betrachtet hatte; nach einer ähnlich unbefriedigenden Prüfung meines Gesichts; nach einer Dusche in der Badewanne; nach dem Rasieren; nachdem ich frische Kleidung aus meinem Koffer genommen und ein kariertes Hemd, Jeans und Stiefel angezogen hatte – nach alldem konnte ich noch immer nicht mit meiner Arbeit beginnen. Ich saß an meinem Schreibtisch und prüfte die Spitzen der Bleistifte, unfähig, meine Gedanken von diesem furchtbaren Traum zu befreien. Obwohl es draußen schnell wärmer wurde, schienen mein kleines Zimmer und das ganze Haus von kaltem Atem erfüllt zu sein, von einem frostigen Geist.

Ich ging hinunter und nahm Alisons Bild von der Wand im Wohnzimmer. Wieder oben in meinem Arbeitszimmer, stellte ich es auf meinen Schreibtisch, drehte es um und lehnte es gegen die Wand. Dann fiel mir ein, daß es noch ein anderes Foto gegeben hatte – tatsächlich hatten da noch viele andere gehangen, und Duane hatte wahrscheinlich nach Großmutters Tod die meisten zusammen mit den Möbeln weggeräumt. Aber von all diesen Fotos verschiedener Enkel und Neffen und Kindern von Neffen interessierte mich nur ein einziges. Es war eine Aufnahme von Alison und mir, die Duanes Vater zu Beginn des Sommers 1955 gemacht hatte. Wir standen vor einem Nußbaum, hielten uns an den Händen und blickten in die unbegreifliche Zukunft. Allein der Gedanke an das Bild ließ mich nun erschauern.

Ich sah auf die Uhr. Es war erst halb sieben. Mir wurde klar, daß ich in meiner gegenwärtigen Verfassung und um diese Zeit doch nichts zustande bringen würde. Es war schon ungewöhnlich für mich, überhaupt vor dem Lunch zu schreiben. Ich fühlte mich rastlos, ich mußte aus meinem Arbeitsraum heraus, wo Schreibmaschine, Bleistifte, ja sogar der Schreibtisch mich zu tadeln schienen.

Unten hockte ich dann auf Duanes Sofa, während ich die dritte Tasse Kaffee schlürfte. Ich dachte über D. H. Lawrence nach. Ich dachte über Alison Updahls nächtlichen Ausflug nach; ich neigte dazu, ihn eher zu billigen, wenn ich ihr auch einen besseren Partner gewünscht hätte. Wenigstens würde die Tochter mehr Erfahrungen sammeln als ihr Vater; bei ihr würde es einmal keine Luftschlösser geben. Dann forderte D. H. Lawrence wieder sein Recht. Den größten Teil meines Buches hatte ich schon geschrieben, aber Anfang und Schluß hatte ich mir bis zuletzt aufgespart – das Ende war wohl in groben Zügen entworfen, aber ich hatte noch nicht die geringste Vorstellung, wie ich anfangen sollte. Ich brauchte einen ersten Satz, vorzugsweise einen mit mehreren gelehrten Floskeln, aus denen sich dann wie von selbst vierzig Seiten einer eindrucksvollen, überzeugenden Einleitung ergeben würden.

Ich ging in die Küche, die nun wieder kalt und feucht war, und stellte meine Tasse zu dem übrigen schmutzigen Geschirr in den Spülstein. Dann nahm ich das Telefonbuch aus dem Regal unter dem alten Wandtelefon. Es war sehr dünn, etwa wie ein Band mit Erstlingsgedichten. Die Titelseite schmückte ein idyllisches Landschaftsbild: Zwei kleine Jungen fischen auf einem Steg. Die Kinder waren von kalt aussehendem blauem, millionenfach gekräuseltem Wasser umgeben. Obwohl sie barfuß waren, trugen sie dicke Pullover. Jenseits des Flusses erhob sich die ununterbrochene Linie eines dichten Waldes – buschig wie die Augenbraue eines Unholds. Als ich das Bild länger als eine Sekunde betrachtet hatte, war es plötzlich nicht mehr idyllisch, sondern eher unheilvoll, bedrohlich. Auch ich war auf kalten Planken barfuß gelaufen. Auch ich hatte fischend an verschiedenen blauen Wassern gestanden. Auf der Fotografie ging die Sonne unter. Ich schlug die Titelseite um und blätterte bis zu der Seite, die ich brauchte, und wählte die Nummer.

Während das Telefon am anderen Ende der Leitung klingelte, sah ich unwillkürlich durchs Fenster hinaus auf die Wiese und die Straße, und zwischen den Nußbäumen erblickte ich Duane, der schon wieder auf seinem Traktor saß und majestätisch über das Feld am Waldrand fuhr. Er kam zum Ende der Strecke und wendete den schweren Traktor so leicht wie ein Fahrrad. Nach dem dritten Zeichen wurde abgehoben. Rinn sagte nicht Hallo, also sprach ich selbst nach einem Moment.

»Rinn? Bist das du, Tante Rinn?«

»Natürlich.«

»Hier ist Miles, Tante Rinn. Miles Teagarden.«

»Ich weiß schon, wer du bist. Denk dran, daß du laut sprechen mußt. Ich benutze nämlich nie diese schreckliche Erfindung.«

»Duane sagte, er habe dir erzählt, daß ich komme.«

»Was?«

»Duane sagte – Tante Rinn, könnte ich heute morgen zu dir hinüberkommen? Ich kann nicht arbeiten, und ich konnte nicht schlafen.«

»Nein«, sagte sie, als wüßte sie schon Bescheid.

»Darf ich kommen? Oder ist es noch zu früh für einen Besuch?«

»Du kennst doch die Farmer, Miles. Sogar die Alten stehen früh auf und arbeiten.«

Ich zog die Jacke an und ging durch das taunasse Gras zu

meinem Volkswagen. Kondenswasser lief von den Scheiben herab. Als ich in die Straße einbog, an der die kleine Kriegerin sich so eigenartig und emotionslos von dem Jungen verabschiedet hatte, der nur Zack sein konnte, hörte ich plötzlich die Stimme meiner Großmutter; sie wiederholte einige der Worte, die sie in meinem Traum gesagt hatte: *Warum bist zu zurückgekommen?* Es war, als säße sie neben mir. Ich nahm sogar ihren vertrauten Duft nach Holzfeuerrauch wahr. Ich fuhr an den Straßenrand, hielt an und rieb mir das Gesicht mit beiden Händen. Ich hätte nicht gewußt, was ich ihr antworten sollte.

Die Bäume am Ende der holprigen Straße, die zu Rinns Haus führte, dort, wo das Tal zu den Hügeln anzusteigen beginnt, waren größer und dicker geworden. Das fahle frühe Sonnenlicht fiel schräg ein und sprenkelte die verwitterten Stämme und den schwammigen, überwucherten Boden. Ein Stück weiter trafen die Lichtflecken die Seitenwand von Rinns Hühnerstall, dessen Dach schon im vollen Sonnenlicht lag. Es war ein großes, scheunenartiges rotes Gebäude; kleine Fenster waren wahllos über die Seitenwand verteilt. Weiter oben am Abhang stand Rinns Haus, das einmal weiß gewesen war und jetzt dringend einen neuen Anstrich brauchte. Es sah aus, als hätte man ein Spinnennetz darübergeworfen. Die Bäume waren auf den kleinen Rasen vorgedrungen, und dicke Äste hatten sich über dem Dach verschlungen.

Als ich aus dem Wagen stieg, erschien Rinn auf der kleinen Veranda. Einen Augenblick später öffnete sie die Tür und kam heraus. Sie trug ein uraltes bedrucktes blaues Kleid, kniehohe Gummistiefel und eine alte khakifarbene Armeejacke mit einer Unzahl von Taschen.

»Willkommen, Miles«, sagte sie in ihrem norwegischen

Tonfall. Ihr Gesicht war runzeliger denn je, aber es strahlte. Eines ihrer Augen war mit einem milchigen Schleier überzogen. »Du bist nicht mehr hier gewesen, seit du ein Junge warst, und jetzt bist du ein Mann. Ein hübscher großer Mann. Du siehst aus wie ein Norweger.«

»Das sollte ich wohl auch, mit dir in der Verwandtschaft.« Ich bückte mich, um sie zu küssen, aber sie streckte mir die Hand entgegen, und ich nahm sie. Sie trug fingerlose gestrickte Handschuhe, und ihre Hand fühlte sich an, als bestünde sie aus losen, in einen Lappen gewickelten Knochen. »Du siehst wunderbar aus«, sagte ich.

»Ach du meine Güte! Ich habe Kaffee auf dem Ofen, falls du ein Kaffeetrinker bist.«

In der winzigen überheizten Küche warf sie Holzscheite in den Ofen, bis es in dem eisernen Topf brodelte. Der Kaffee schoß in einem dünnen schwarzen Strahl heraus.

»Du stehst wohl nicht immer so früh auf«, sagte sie. »Hast du Sorgen?«

»Ich weiß nicht so recht. Ich habe Schwierigkeiten, mit meiner Arbeit anzufangen.«

»Das ist wohl nicht die richtige Arbeit für dich, oder?«

»Ich weiß nicht.«

»Männer sollten Arbeiter sein. Mein Verlobter war ein Arbeiter.« Ihr gesundes Auge, fast so hell wie Alisons Augen und tausendmal wissender, sah mich über den Rand der Tasse hinweg prüfend an. »Duane ist ein guter Arbeiter.«

»Was hältst du von seiner Tochter?« Ihre Meinung interessierte mich.

»Man hat ihr den falschen Namen gegeben. Duane hätte sie Jessie nennen sollen, nach meiner Schwester. Es wäre richtiger gewesen, sie nach seiner Großmutter zu nennen. Das Mädchen braucht eine feste Hand. Sie ist überspannt.« Rinn zog ein Tuch von einem Teller mit flachen runden Scheiben einer brotähnlichen Substanz, die ich gut kannte. »Aber sie ist viel netter, als sie sich anmerken lassen will.«

»Sag' bloß, du machst noch Lefsa!« sagte ich lachend, begeistert. Es war eine der Spezialitäten des Tales.

»Lefsa und Sonnbockles. Natürlich mache ich sie noch. Ich kann doch noch mit einem Nudelholz umgehen. Ich mache sie immer, wenn ich einigermaßen gut sehen kann.«

Ich strich mir die Butter dick auf eine Scheibe und rollte sie zu einer zigarrenartigen Form. Dieses Brot schmeckte noch immer, als wäre es von Engeln bereitet.

»Wirst du in diesem Sommer allein sein?«

»Ich bin jetzt auch allein.«

»Es ist besser, allein zu sein. Besser für dich.« Sie meinte mich persönlich, nicht die Menschheit im allgemeinen.

»Na ja, ich hab' nicht viel Glück gehabt in meinen Beziehungen.«

»Glück!« schnaubte sie und beugte sich noch weiter über den Tisch. »Miles, du darfst das Unheil nicht heraufbeschwören.«

»Unheil?« Ich war ehrlich erschrocken. »Aber so schlimm ist es doch wohl nicht.«

»Miles, es herrscht eine große Unruhe hier im Tal. Du hast ja wohl die Nachrichten gehört. Halte dich da heraus. Du mußt allein und abseits bleiben und deine Arbeit tun. Du bist ein Außenseiter, Miles. Von Natur aus ein Außenseiter, und die Leute werden es übelnehmen, daß du in der Nähe bist. Die Leute wissen über dich Bescheid. Du hast früher schon Ärger bekommen; diesmal mußt du das unbedingt vermeiden. Jessie fürchtet, daß du hineingezogen wirst.«

»Ha?« Mit solchen Reden hatte sie mich schon als Kind zu Tode erschreckt.

»Du bist naiv«, sagte sie – dieselben Worte, die meine Großmutter in meinem Traum gebraucht hatte. »Aber du weißt, was ich meine.«

»Mach' dir keine Sorgen. Und wenn sie noch so provozierend sind, kleine Mädchen interessieren mich nicht. Aber ich verstehe nicht, was du mit naiv meinst?«

»Ich meine, daß du dir zuviel erwartest«, sagte sie. »Ich glaube, ich verwirre dich nur. Willst du noch etwas essen, oder möchtest du mir beim Eiereinsammeln helfen?«

Ich dachte an ihre Kommentare zum Thema Arbeit und stand auf. Ich folgte ihr hinaus und durch die Bäume den Abhang hinunter zum Hühnerhaus. »Sei leise beim Hineingehen«, sagte sie. »Die Vögel regen sich leicht auf, und dann könnten sie sich gegenseitig erdrücken vor Panik.«

Sehr vorsichtig öffnete sie die Tür des hohen roten Gebäudes. Ein fürchterlicher Gestank drang mir entgegen, nach Asche, Dung und Blut. Dann gewöhnten sich meine Augen an das Dunkel, und ich sah die Hühner reihenweise auf ihren Nestern sitzen wie Bücher im Regal. Es sah aus wie eine Karikatur meiner Hörsäle auf Long Island. Wir gingen hinein. Einige Hühner gackerten. Ich stand mitten in dem Dreck aus Sägemehl, Federn, einer allgegenwärtigen weißen Substanz und Eierschalen. Der Gestank, scharf und mächtig, erfüllte die Luft.

»Schau zu, wie ich das mache«, sagte Rinn. »Ich kann bei diesem Licht nichts sehen, aber ich weiß, wo sie alle sind.« Sie steckte ihre Hand in das nächste Nest, zwischen Tier und Stroh, ohne das Tier zu berühren. Es blinzelte und starrte sie wild an. Rinns Hand brachte zwei Eier zum Vorschein, dann holte sie noch ein drittes hervor. Ein paar Federn klebten an den Eiern. »Du fängst an dem Ende dort an«, sagte Rinn und deutete in die andere Richtung, »ein Korb steht dort auf dem Boden.«

Sie war mit ihrer Hälfte schon fertig, als ich den Hühnern erst ein Dutzend Eier herausgelockt hatte. Der dicke Verband behinderte mich, ich war ungeschickt. Dann stieg ich eine Leiter hinauf, wo die Luft noch schlechter war, und stahl noch mehr Eier von immer aufgeregteren Hennen; eine der letzten pickte mich in die Hand, als ich nach ihren drei noch warmen Produkten griff. Es war, als würde man mit einer Gabel gestochen.

Schließlich waren wir fertig und standen draußen in der zunehmend warmen Luft unter den weitausladenden Bäumen. Ich machte mehrere tiefe Atemzüge. Neben mir sagte Rinn: »Danke dir für deine Hilfe. Aus dir könnte eines Tages noch ein Arbeiter werden, Miles.«

Ich sah hinunter auf die magere gebeugte Gestalt in den merkwürdigen Kleidern. »Hast du vorhin gemeint, daß du zu Großmutter sprichst? Zu Jessie?«

Sie lächelte, und dabei sah ihr Gesicht fast chinesisch aus. »Ich habe gemeint, daß sie zu mir spricht. Habe ich das nicht gesagt?« Doch bevor ich antworten konnte, sagte sie: »Sie wacht über dich, Miles. Jessie hat dich immer sehr liebgehabt. Sie will dich beschützen.«

»Also, ich bin geschmeichelt. Vielleicht –« Ich hatte sagen wollen, daß ich vielleicht deshalb von ihr geträumt hatte, aber ich zögerte, Tante Rinn diesen Traum zu schildern. Sie hätte zuviel daraus gefolgert.

»Ja?« Die alte Frau schien auf etwas zu lauschen, was für mich unhörbar war. »Ja? Hast du noch etwas gesagt? Ich verstehe oft nicht richtig.«

»Warum hast du geglaubt, daß ich mich mit Alison Updahl

einlassen würde? Das wäre doch wohl ein bißchen weit hergeholt, sogar für mich. Glaubst du nicht auch?«

Ihr Gesicht verschloß sich wie eine Auster, und alles Leuchten verschwand daraus. »Ich habe Alison Greening gemeint.
Deine Cousine, Miles. Deine Cousine Alison.«

»Aber –«, ich wollte sagen: Aber ich liebe sie, doch der
Schock erstickte das unfreiwillige Geständnis.

»Entschuldige, aber ich kann nichts mehr hören.« Sie entfernte sich von mir, blieb dann jedoch stehen und sah sich
nach mir um. Ich glaubte, das milchige Auge sei auf mich
gerichtet. Sie schien zornig und ungeduldig, aber vielleicht
war sie nur müde. »Du bist hier immer willkommen, Miles.«
Dann trug sie ihren Korb und den meinen zurück in ihr Haus,
das im Baumschatten lag. Ich war schon an der Kirche vorbei,
als mir einfiel, daß ich eigentlich ein Dutzend Eier von ihr
hatte kaufen wollen.

Ich parkte den Wagen in der sandigen Auffahrt und ging über
die Veranda und durch den vorderen Raum zur Treppe. Im
Haus war es noch immer feucht und kalt, trotz der Hitze
draußen. Ich setzte mich an meinen Schreibtisch und versuchte nachzudenken. D. H. Lawrence schien mir noch fremder als
am Tag zuvor. Tante Rinns letzte Worte über meine Cousine
erregten und verwirrten mich. Einen anderen Menschen von
Alison Greening sprechen zu hören, war, als gäbe jemand
anderer meine Träume als die seinen aus. Ich blätterte im
›Weißen Pfau‹, viel zu nervös, um arbeiten zu können. Die
Erwähnung ihres Namens hatte mich gereizt gemacht. Ich
hatte ihren Namen als Waffe gegen Duane gebraucht, und
Rinn hatte denselben Trick bei mir angewandt.

Von unten hörte ich einen plötzlichen Krach: eine Tür, die

zugeschlagen worden war? Ein Buch, das herunterfiel? Es folgte das Geräusch von Schritten, die über den Boden huschten. Alison Updahl, da war ich sicher, war gekommen, um zu flirten und gleichzeitig die verrückten Philosophien ihres Freundes zu verbreiten. Ich stimmte mit Rinn überein, daß sie ein weitaus netteres Mädchen war, als sie irgend jemanden wissen lassen wollte, aber gerade in diesem Moment konnte ich den Gedanken nicht ertragen, daß sich jemand anmaßte, in mein Reich einzudringen.

Ich stieß meinen Stuhl vom Schreibtisch zurück und stürmte die schmale Treppe hinunter. Ich stürzte ins Wohnzimmer. Es war niemand da. Dann hörte ich ein klapperndes Geräusch aus der Küche und stellte mir vor, wie sie neugierig in meinen Schränken stöberte. »Also los, mach daß du rauskommst«, rief ich. »Sag' es mir gefälligst, wenn du herüberkommen willst, und vielleicht lade ich dich dann ein. Ich versuche nämlich zu arbeiten!«

Das Klappern hörte auf. »Sofort machst du, daß du aus der Küche rauskommst!« kommandierte ich und ging mit großen Schritten auf die Tür zu.

Eine dicke, blasse, verwirrte Frau erschien. Sie trocknete die Hände an einem Tuch ab, ihre fetten Oberarme schwabbelten. Entsetzen stand auf ihrem Gesicht und in ihren durch eine dicke Brille vergrößerten Augen.

»O mein Gott«, stammelte ich. »Wer sind Sie?«

Ihr Mund zuckte.

»Mein Gott, tut mir so leid! Ich dachte, es wäre jemand anders.«

»Ich bin –«

»Tut mir leid. Tut mir ehrlich leid. Bitte, setzen Sie sich doch.«

»Ich bin Mrs. Sunderson. Ich hab' gedacht, das wär' richtig so. Ich bin gekommen um zu arbeiten, und die Tür war offen ... Sind Sie – sind Sie Eves Sohn?« Sie wich vor mir zurück und wäre beim Rückwärtsgehen beinahe über die Stufe zur Küche hinuntergefallen.

»Wollen Sie sich nicht bitte setzen? Es tut mir ja so furchtbar leid, wirklich. Ich wollte nicht –« Sie wich noch immer zurück, wobei sie das Geschirrtuch wie ein Schild vor sich hielt. Ihr stierer Blick wurde durch die Brille noch verstärkt.

»Wollen Sie es sauber hier haben? Wollen Sie, daß ich für Sie saubermache? Duane hat neulich gesagt, ich soll heute kommen. Ich hab' nicht gewußt, ob ich soll, wo doch – ich meine, seit wir, seit dieses entsetzliche ... Aber Red hat gesagt, ich soll. Nicht dran denken, hat er gesagt.«

»Ja. Ja, natürlich! Ich möchte, daß Sie kommen. Bitte, entschuldigen Sie. Ich dachte, es wäre jemand anderes. Bitte, setzen Sie sich doch einen Moment.«

Sie setzte sich schwerfällig auf einen Stuhl am Tisch. Auf ihrem Gesicht erschienen rote Flecken.

»Sie sind hier sehr willkommen«, sagte ich schwach. »Ich nehme an, Sie wissen, was Sie hier tun sollen?«

Sie nickte, und ihre Augen waren ölig und trübe hinter den dicken Linsen.

»Ich möchte, daß Sie früh genug kommen, um mir mein Frühstück zu machen, das Geschirr abwaschen und das Haus sauber halten. Lunch möchte ich um eins. Ist das in Ordnung? Sind Sie damit einverstanden? Und noch etwas: Bitte, kümmern Sie sich nicht um das Zimmer, in dem ich arbeite. Ich will in diesem Raum nichts verändert haben.«

»Das Zimmer ...?«

»Oben, ja.« Ich deutete zur Decke. »Wenn Sie morgens kommen, werde ich meistens schon auf sein und arbeiten. Also rufen Sie mich einfach, wenn Sie das Frühstück fertig haben. Haben Sie so eine Arbeit schon einmal gemacht?«

Unmut zeigte sich für einen Augenblick auf ihrem aufgedunsenen Gesicht. »Ich habe meinem Mann und meinem Sohn vierzig Jahre lang den Haushalt geführt.«

»Aber natürlich. Das hätte ich ja wirklich wissen müssen. Tut mir leid.«

»Hat Duane Ihnen das wegen dem Auto gesagt? Daß ich nicht fahren kann? Sie werden selbst einkaufen müssen.«

»Ja, okay. Ich werde gleich heute nachmittag losfahren. Ich wollte sowieso Arden wiedersehen.«

Sie starrte mich weiterhin stumm an. Mir war durchaus bewußt, daß ich sie wie eine Dienstbotin behandelte, aber ich konnte einfach nicht anders. Vor Verlegenheit und falscher Überheblichkeit war ich ganz starr. Wenn es sich um die kleine Kriegerin gehandelt hätte, wäre mir eine Entschuldigung leicht gefallen.

»Ich hatte gesagt, fünf Dollar die Woche?«

»Seien Sie nicht albern. Sie verdienen sieben. Ich kann Ihnen geradesogut den ersten Wochenlohn im voraus zahlen.« Ich zählte sieben Dollarnoten vor sie auf den Tisch. Sie starrte grollend auf das Geld.

»Ich habe fünf gesagt.«

»Dann nennen Sie die zwei Extra-Dollar eben Schwerarbeit-Zulage. Also, um das heutige Frühstück brauchen Sie sich nicht mehr zu kümmern. Ich war schon sehr früh auf und hab' mir selbst etwas gemacht. Aber Lunch hätte ich gern so um eins. Wenn Sie das Geschirr gespült haben, können Sie gehen, wenn Sie finden, daß die unteren Zimmer sauber sind. In

Ordnung? Es tut mir wirklich leid wegen des Anschreiens. Es war einfach eine Verwechslung.«

»Ah«, sagte sie. »Ich habe fünf gesagt.«

»Ich will Sie nicht ausnutzen, Mrs. Sunderson. Bitte nehmen Sie die zwei Extra-Dollar, meinem Gewissen zuliebe.«

»Ein Bild fehlt. Aus dem Salon.«

»Das habe ich mit hinaufgenommen. Also, wenn Sie jetzt mit Ihrer Arbeit weitermachen wollen, dann mach' ich mich an meine.«

Aus der Aussage der Tuta Sunderson

18. Juli

Leute, die sich so benehmen, sind nicht ganz richtig im Kopf. Er war wie ein Irrer, und dann wollte er mich mit seinen zwei Extra-Dollar bestechen. Also, so sind wir nicht hier oben, oder? Red hat gesagt, ich soll nicht wieder hingehen, zu diesem Irren, aber ich bin weiter hingegangen, und darum habe ich ja auch so viel über seine Eigenarten erfahren.

Ich wollte, Jerome lebte noch. Er hätte es ihm schon gegeben! Jerome hätte das nicht geduldet, wie dieser Mann zu mir gesprochen hat, und überhaupt sein ganzes Benehmen!

Sie brauchen sich doch nur selbst zu fragen – wen hat er eigentlich wirklich erwartet? Und wer ist gekommen?«

Ich saß an meinem Schreibtisch und war nicht fähig, auch nur einen einzigen klaren Gedanken über D. H. Lawrence zu fassen. Mir wurde klar, daß ich niemals mehr als zwei seiner Romane gemocht hatte. Wenn ich aber wirklich ein Buch über Lawrence veröffentlichen sollte, dann wäre ich dazu verurteilt, für den Rest meines Lebens über ihn zu reden. Jedenfalls aber konnte ich nicht arbeiten, solange ich diese vorwurfsvolle

Frau im Hause wußte. Ich legte den Kopf für einen Moment auf die Schreibtischplatte, um auszuruhen. Da spürte ich, daß ein Lichtstrahl von Alisons Bild auf meinen Kopf fiel. Meine Hände begannen zu zittern, und eine Ader an meinem Hals pochte wild. Ich schwelgte in dieser schmelzenden, umarmenden Wärme. Anwandlung von Sie-wissen-schon-was. Als ich aufstand und wieder hinunterging, merkte ich, daß auch meine Knie zitterten.

Tuta Sunderson kniete neben einem Eimer Wasser auf dem Boden und warf mir einen flüchtigen Blick aus den Augenwinkeln zu, als ich wortlos an ihr vorbeiging. Verständlicherweise sah sie so aus, als müsse sie darauf gefaßt sein, daß ich ihr einen Tritt in die Kehrseite versetzte. »Oh, es ist ein Brief für Sie gekommen«, murmelte sie. »Ich hab' vorhin vergessen, es Ihnen zu sagen.« Sie zeigte vage auf die Anrichte, und ich schnappte mir den Brief im Hinausgehen.

Mein Name stand in schwungvoller Schrift auf dem cremefarbenen Umschlag. Nachdem ich mich in der Backofenhitze des Volkswagens niedergelassen hatte, riß ich ihn auf. Ich zog ein Blatt Papier heraus. Ich drehte es um. Verwirrt drehte ich es nochmals um. Es war leer. Ich stöhnte. Nachdem ich das Kuvert vom Wagenboden aufgehoben hatte, sah ich, daß es keine Absenderangabe trug und am vorhergehenden Abend in Arden abgestempelt war.

Ich schoß im Rückwärtsgang aus der Auffahrt, ohne mich darum zu kümmern, ob vielleicht ein anderes Auto kam. Als Duane weit draußen auf dem Feld die Reifen quietschen hörte, wandte er den Kopf in meine Richtung. Ich raste davon wie vom Schauplatz eines Verbrechens. Das leere Blatt und der Umschlag lagen neben mir auf dem Sitz. Der Motor begann zu stottern, am Armaturenbrett leuchteten die Lichter auf, als hätte der Geist momentan eingegriffen und sie berührt; instinktiv sah ich auf und schaute über die Felder zum Waldrand. Es stand niemand dort. Weder Jäger noch Wolf. Wenn es ein Streich sein sollte, ein sinnloser Scherz – wer? Ein alter Feind in Arden? Ich war nicht sicher, ob ich dort noch Feinde hatte; aber ich hatte ja auch nicht erwartet, daß Andys Frau ihre Feindseligkeit gegen mich noch immer zur Schau trug, wie ein Messer in der erhobenen Hand. Wenn es ein Zeichen sein sollte – wofür? Für eine künftige Botschaft? Ich griff mir nochmals den Umschlag. »Verdammt«, knirschte ich dann, warf das Kuvert wieder auf den Nebensitz und trat den Gashebel durch.

Von diesem Augenblick an ging alles schief. Mein Fehlverhalten gegenüber Tuta Sunderson, dieser verstörende Brief – vielleicht hätte ich vernünftiger gehandelt, wenn es nicht schon früher diese bedrohliche Szene in dem Lokal in Plainview gegeben hätte. Doch ich glaube, lange bevor sich der bewußte Gedanke formte, ahnte ich im Grunde schon, was ich in Arden tun würde. Meine übliche Reaktion auf Streß. Und ich glaubte, die Handschrift auf diesem Umschlag zu kennen.

Mit Höchstgeschwindigkeit raste ich über die kurvenreiche hügelige Straße nach Arden. Beinahe hätte ich einen Traktor von der Straße gedrängt. »Bunny-Brot« ist das beste; »Surges' Melkmaschinen«; »Bezirk Holsum«; »Nutrea Futter«; »Highway 93«; »DeKalbs Weizen« (orangefarbene Schrift auf grünem Grund): Die Reklametafeln und Verkehrsschilder sausten vorbei. Auf der Kuppe des langgestreckten Hügels, von der sich einem eine Aussicht bietet wie auf einem italienischen Gemälde – endloses Grün, getupft mit weißen Gebäuden und dichten Baumgruppen – verkündete ein großes Schild mit einem gemalten Thermometer und einem Pfeil, daß die Gemeindekasse von Arden einen Betrag von 4500 Dollar anstrebte. Ich schaltete das Radio ein und hörte die hohle gekünstelte Stimme von Michael Moose. »... keine Fortschritte in dem erschütternden ...« Ich drehte weiter und ließ Rockmusik auf mich einhämmern, weil ich sie haßte.

Eine Reihenhaussiedlung, das R.D.N.-Motel, und schon fuhr ich die Main Street hinunter und an der Oberschule vorbei und war in Arden. Tauben umkreisten den Ziegelturm des Gerichts und des Rathausgebäudes, und in der eigenartigen Stille des Augenblicks hörte ich ihre Flügel schlagen, nachdem ich in eine Parklücke vor dem Coast-to-Coast-Kaufhaus eingebogen war und den Motor abgestellt hatte. Das Flügelschlagen erfüllte und bewegte die Luft wie Trommelwirbel; als ich aus dem Wagen stieg, sah ich, daß die Vögel den Turm verlassen hatten und nun über der Main Street flatterten. Abgesehen von einem alten Mann, der auf den Stufen vor Freebo's Bar saß, waren sie die einzigen sichtbaren Lebewesen. Irgendwo hinter mir klapperte ein Blechschild. Es war, als hätte eine böse Heimsuchung jedermann in Arden dazu getrieben, sich in seinem Haus einzuschließen.

Ich ging ins Kaufhaus und besorgte genügend Lebensmittel für eine Woche; die beiden Frauen an den Kassen sahen mich eigenartig an, mieden aber meinen Blick. Die Atmosphäre in dem Laden schien fast ostentativ feindlich, fast theatralisch – diese Frauen sahen mich an, schlugen dann die Augen nieder, durchbohrten mich mit versteckten Seitenblicken. *Wer bist du, und was willst du hier?* Es war, als hätten sie es ausgesprochen. Ich legte mein Geld auf den

Ladentisch, eilte hinaus und verstaute meine Einkaufstüten im Wagen. Ich brauchte unbedingt eine Flasche Whisky.

Die Straße herunter, am Hotel und an der Angler-Bar vorbei, kam in gebücktem schlurfendem Gang, begleitet von seiner sauertöpfisch blickenden Frau, Pastor Bertilsson auf mich zu. Er war der Geistliche, den ich am allerwenigsten mochte. Er hatte mich noch nicht erspäht. Voller Panik sah ich mich um. Auf der anderen Straßenseite war ein zweistöckiges Gebäude mit der Aufschrift Zumgo, ein Name, den ich, wie mir schien, kürzlich gehört hatte. Richtig, Duane hatte gesagt, daß Paul Kant dort arbeitete. Ich kehrte den Bertilssons den Rücken und eilte mit langen Schritten über die Straße.

Im Gegensatz zu dem Laden in Plainview hatte Zumgo allen Versuchungen widerstanden zu modernisieren, und ich genoß zunächst einmal den Anblick der altmodischen Ausstattung des Ladens. Das Wechselgeld wurde, in Metallzylindern verschlossen, an Drähten rasselnd von einem auf einer Plattform unter der Decke befindlichen Büro heruntergeschickt, die Ladentische waren aus massivem Holz, der Parkettboden war abgenutzt und stellenweise verzogen. Dann merkte ich, wie schäbig und deprimierend doch das alles war: Die Tische waren nur spärlich mit Waren bestückt, und die Verkäuferinnen – die mich mit Mißvergnügen musterten – waren schäbige alte Schreckschrauben mit rotgetünchten schlaffen Wangen. Etliche übergewichtige Frauen stöberten ziellos in Unterwäsche, die auf einem der Tische ausgebreitet war. Ich konnte mir nicht vorstellen, daß Paul Kant an einem solchen Ort arbeitete.

Die Frau, an die ich mich wandte, schien der gleichen Ansicht zu sein wie ich. Sie verzog ihre Lippen über falschen Zähnen zu einem Lächeln. »Paul? Sind Sie ein Freund von Paul?«

»Ich habe nur gefragt, wo er arbeitet. Ich möchte zu ihm.«

»Nun ja, er arbeitet nicht. Sind Sie ein Freund von ihm?«

»Sie meinen, er arbeitet nicht hier?«

»Wenn er da wäre, würde er wohl arbeiten, nehme ich an. Er ist krank und zu Hause. Zumindest hat er das Miss Nord erzählt. Sagte, daß er heute nicht kommen kann. Schon eigenartig, finde ich. Sind Sie ein Freund von ihm?«

»Ja. Zumindest war ich es einmal.«

Aus irgendeinem Grunde verwandelte diese Antwort ihr hündisches, gieriges Interesse für mich in Belustigung. Sie ließ mich ihre plastikbedeckten Gaumen sehen und rief einer anderen Frau hinter dem Ladentisch zu: »Er ist ein Freund von Paul. Sagt, er weiß nicht, wo er ist.« Die andere Frau fiel in das Gelächter ein. »Ein Freund von Paul?«

»Himmel«, murmelte ich und wandte mich ab. Dann ging ich nochmals zurück und fragte: »Wissen Sie, ob er morgen hier sein wird?« Aber ich bekam nur boshafte Blicke als Antwort. Ich merkte, daß zwei oder drei Kunden mich anstarrten. Tante Rinns Ratschlag fiel mir ein. Einige von diesen Frauen schienen tatsächlich die Anwesenheit eines Fremden übelzunehmen.

Verblüfft und ärgerlich lief ich in dem Laden herum, bis die Weiber aufgehört hatten zu kichern und über mich zu klatschen. Ich verfolgte ein Ziel, das ich zu dem Zeitpunkt noch nicht einmal mir selbst gegenüber eingestand. Ich prüfte unbeschreibliche Kleidungsstücke; ich betrachtete trauriges Spielzeug und staubiges Briefpapier und ganze Ballen von Stoff, der bestenfalls für Pferderücken geeignet war. Meine alte Reaktion auf Streß kam mir zu Bewußtsein. Ich nahm eine Fünfdollarnote und hielt sie gefaltet in der geschlossenen Hand.

Obwohl ich wußte, daß ich hinausgehen sollte, war ich machtlos.

Im zweiten Stock drehte ich einen Ständer mit Taschenbüchern. Einer der Umschläge und Titel erregte meine Aufmerksamkeit. Mein Doktorvater, ein berühmter Gelehrter, hatte das Buch geschrieben. Es war Maccabees bekanntestes Werk, ›The Enchanted Dream‹. Eigentlich war es eine sachliche Abhandlung über Dichter des 19. Jahrhunderts, aber es war trickreich aufgeputzt worden, und der auffallende Umschlag zeigte einen langhaarigen jungen Mann, der etwas offenbar Illegales rauchte und sich von den schimmernden Beinen und langen Locken eines nicht sehr schönen, nackten Mädchens verführen ließ. Unfähig, den Impuls, der mein Ziel war, unter Kontrolle zu bringen – ich hatte nicht mit so einem erstaunlichen Zufall gerechnet –, nahm ich das Buch von dem Gestell und ließ es in meine Tasche gleiten. Es war Maccabee gewesen, der mir Lawrence als Thema vorgeschlagen hatte. Dann drehte ich mich vorsichtig um (als es für Vorsicht zu spät war) und sah, daß niemand meinen Diebstahl beobachtet hatte. Mein Herz pochte; das Buch steckte unauffällig in meiner Jackentasche. Ich zupfte die Taschenklappe über dem Buch zurecht. Als ich an der Kasse vorbeikam, ließ ich den Geldschein auf den Ladentisch fallen und ging hinaus auf die Straße.

Und lief Bertilsson fast in die Arme. Ich schwöre, daß sein heuchlerisches rosa Pfannkuchengesicht und sein falsches Lächeln zuerst auf meine Rocktasche mit dem Buch gerichtet waren, bevor er sich entschließen konnte, mein Gesicht damit zu beehren. Er war kahler und fetter und sogar noch abstoßender, als ich ihn in Erinnerung hatte. Seine Frau, die ihn um etliche Zentimeter überragte, stand stocksteif neben ihm, und ihre Haltung brachte deutlich zum Ausdruck, daß sie von mir jeden Moment einen Akt abscheulicher Perversität erwartete.

Den ich ja auch verübt hatte, zumindest in ihren Augen. Als Joan und ich heirateten, hatte Bertilsson sich große Mühe gegeben, in seiner Predigt ein paar Anspielungen auf meine früheren Missetaten unterzubringen; kurz darauf schrieb ich ihm an einem feuchtfröhlichen Abend während unserer Flitterwochen einen beleidigenden Brief und warf ihn sofort in den Postkasten. Ich glaube, ich hatte geschrieben, daß er es nicht wert sei, den Kragen eines Geistlichen zu tragen.

Sicher erinnerte er sich an diesen Brief, als seine tückischen Augen eisig aufblitzten, während er mich scheinheilig begrüßte: »Der junge Miles! Schau an, wen wir da haben, den jungen Miles!«

»Wir haben schon gehört, daß Sie hier sind«, sagte seine Frau.

»Ich erwarte dich morgen zum Gottesdienst.«

»Sehr interessant. Aber ich muß jetzt –«

»Ich war sehr bestürzt, von deiner Scheidung zu hören. Die meisten der Ehen, die ich einsegne, sind von dauerhafterer Art. Aber natürlich sind nur wenige der Paare, die ich zu vereinen die Ehre habe, so kultiviert wie du und deine – Judy, so hieß sie doch, oder? Und nur wenige schreiben so charakteristische Dankesbriefe wie du.«

»Sie hieß Joan. Wir sind nie geschieden worden, jedenfalls nicht in dem Sinn, den Sie meinen. Sie ist tot.«

Seine Frau schluckte, doch Bertilsson war trotz all seiner salbungsvollen Art kein Feigling. Er sah mir weiterhin gerade in die Augen, und die Bösartigkeit hinter seinem scheinheiligen Gehabe war unvermindert. »Das tut mir aber leid. Tut mir aufrichtig leid für dich, Miles. Vielleicht ist es ein Segen, daß deine Großmutter nicht mehr erleben mußte, daß du ...« Er zuckte die Schultern.

»Daß ich was?«

»... daß du tragischerweise dazu neigst, in der Nähe zu sein, wenn junge Frauen ihr Leben lassen müssen.«

»Ich war nicht mal in der Stadt, als dieses Olson-Mädchen umgebracht wurde«, sagte ich. »Und als Joan starb, war sie alles andere als in meiner Nähe.«

Ich hätte genausogut zu einem Bronze-Buddha sprechen können. Er lächelte. »Ich muß mich wohl entschuldigen. So war meine Bemerkung nicht gemeint. Nein, nicht im geringsten. Allerdings, nachdem du nun einmal das Thema angeschnitten hast: Mrs. Bertilsson und ich sind gerade wegen einer diesbezüglichen Angelegenheit in Arden unterwegs. In einer Art Mission der Barmherzigkeit – so kann man es wohl beschreiben –, der Barmherzigkeit des Herrn. Im Zusammenhang mit einem Ereignis, von dem du nichts zu wissen scheinst.«

Er war schon längst in den Tonfall seiner langweiligen Predigten verfallen; allerdings war es im allgemeinen wenigstens möglich gewesen, herauszufinden, worüber er eigentlich redete. »Hören Sie, es tut mir leid, aber ich muß jetzt gehen.«

»Wir waren gerade bei den Eltern.« Er lächelte noch immer, doch jetzt verbreitete dieses Lächeln falsche, tieftraurige Feierlichkeit.

Du lieber Gott, wie konnte er nur annehmen, daß ich davon nichts gehört hatte?

»Oh, ja.«

»Du weißt es also schon? Hast du davon gehört?«

»Ich weiß nicht, was ich gehört habe. Jedenfalls werde ich jetzt gehen.«

Da ergriff seine Frau zum erstenmal wieder das Wort: »Sie täten gut daran, dorthin zu gehen, wo Sie herkommen, Miles. Wir halten hier nicht sehr viel von Ihnen. Sie haben zu viele schlechte Erinnerungen hinterlassen.« Ihr Mann behielt sein falsches demütiges Lächeln bei.

»Sie können mir ja noch einen anonymen Brief mit leeren Blättern schreiben«, sagte ich und ging. Ich überquerte die Straße wieder, stieg über den Betrunkenen vor Freebo's Bar und betrat das Lokal. Während ich ein paar Drinks konsumierte, wetteiferte der nur teilweise hörbare Michael Moose mit dem Gemurmel der Männer, die es einhellig vermieden, mich anzusehen. Ich nahm noch ein paar Drinks zu mir und erregte dann ein bißchen Aufmerksamkeit dadurch, daß ich Maccabees Buch zerlegte. Zunächst entfernte ich fein säuberlich eine Seite nach der anderen, und dann riß ich das Papier büschelweise heraus. Als der Barmann herüberkam und Einspruch erhob, erklärte ich ihm: »Ich habe dieses Buch geschrieben und gerade entschieden, daß es scheußlich ist.« Ich zerriß den Umschlag, damit er Maccabees Namen nicht lesen konnte. »Darf man in dieser Bar nicht mal sein eigenes Buch zerreißen?«

»Es wäre vielleicht besser, wenn Sie jetzt gehen, Mr. Teagarden«, sagte der Barmann. »Sie können ja morgen wiederkommen.« Ich hatte nicht gewußt, daß er mich kannte.

»Darf doch wohl mein eigenes Buch zerreißen, wenn es mir Spaß macht, oder?«

»Hören Sie, Mr. Teagarden«, sagte er. »Es ist wieder ein Mädchen ermordet worden, heute nacht. Jenny Strand hieß sie, und wir haben sie alle gekannt. Wir sind alle ein bißchen durcheinander hier.«

Und so ist es geschehen:

Ein dreizehnjähriges Mädchen, Jenny Strand, war mit vier ihrer Freundinnen im Kino gewesen, wo der Woody-Allen-Film ›Liebe und Tod‹ lief. Ihre Eltern hatten ihr verboten, diesen Film zu sehen; sie wollten nicht, daß ihre Tochter durch Hollywood sexuell aufgeklärt werde, und der Filmtitel hatte sie etwas verunsichert. Sie war die einzige Tochter und hatte drei Brüder, und während ihr Vater dachte, die Jungen könnten ruhig die Dinge selbst herausfinden, wollte er, daß Jenny auf eine Weise erzogen würde, die ihr die Unschuld bewahren sollte. Er meinte, seine Frau sollte dafür sorgen; und seine Frau wartete darauf, daß Pastor Bertilsson etwas vorschlagen würde.

Wegen der Ermordung von Gwen Olson waren sie besonders besorgt gewesen, als Jenny sagte, sie wolle sich nach dem Abendessen mit ihrer Freundin Jo Slavitt treffen. – Um zehn bist du zurück, sagte ihr Vater. – Na klar, versicherte sie. Der Film würde eine Stunde früher zu Ende sein. Die Einwände der Eltern waren ja albern, und sie hatte nicht die geringste Absicht, sich durch ihre Albernheit einschränken zu lassen.

Es machte ihr überhaupt nichts aus, daß sie und Gwen Olson einander so ähnlich gesehen hatten, daß man sie in einer größeren Stadt – wo nicht jeder jeden kannte – für Schwestern hätte halten können. Jenny selbst hatte nie eine Ähnlichkeit festgestellt, obwohl ein paar Lehrer darauf hingewiesen hatten. Sie fühlte sich nicht geschmeichelt, Gwen Olson war ein Jahr jünger gewesen und ein Bauernmädchen, aus einem ganz anderen Milieu. Sie war von einem Landstreicher getötet worden, jedenfalls sagten das alle. Es gab immer wieder Landstreicher, Stromer, Zigeuner, die ein oder zwei Tage in der Stadt herumlungerten und dann weiterzogen, weiß Gott wohin.

Gwen Olson war blöd genug gewesen, sich nachts allein am Fluß herumzutreiben, außerhalb der Stadt.

Jenny Strand holte Jo von zu Hause ab, und die beiden gingen in hellem Sonnenschein die fünf Blocks bis zum Kino. Die anderen Mädchen warteten schon. Dann saßen sie zu fünft nebeneinander in der letzten Reihe und aßen feierlich Bonbons. – Meine Eltern bilden sich ein, das ist ein schmutziger Film, flüsterte Jenny ihrer Freundin zu. Jo tat, als wäre sie schockiert. In Wirklichkeit fanden sie alle den Film ziemlich langweilig.

Nachher standen sie auf dem Gehweg und wußten nichts zu sagen. Wie immer gab es nichts, wohin man noch gehen konnte. So schlenderten sie die Main Street entlang, dem Fluß zu.

»Ich fang schon an, mich zu fürchten, wenn ich bloß an Gwen denke«, sagte Marilyn Hicks, ein mageres Mädchen mit dünnem blondem Haar und einer Zahnspange.

»Dann denk doch einfach nicht dran«, schnappte Jenny. Das war doch mal wieder eine typische Marilyn-Hicks-Bemerkung gewesen!

»Was meint ihr, was mit Gwen passiert ist?«

»Ihr wißt genau, was mit ihr passiert ist!« sagte Jenny, die weniger unwissend war, als ihre Eltern vermuteten.

»Jeder könnte es gewesen sein«, sagte eines der anderen Mädchen schaudernd.

»Zum Beispiel Billy Hummel und seine Freunde da drüben?« machte sich Jenny über das andere Mädchen lustig. Sie sah hinüber zur anderen Straßenseite, wo einige der älteren Jungen aus der Fußballmannschaft der High School ihre Zeit damit vergeudeten, um das Haus der Telefongesellschaft herumzulungern. Es wurde schon dunkel, und sie sah, wie sich die Aufschriften der Clubjacken in den großen Fenstern spiegelten. In spätestens zehn Minuten würden die Jungen es leid sein, ihre eigenen Spiegelbilder in den Fenstern zu bewundern, und davonschlendern.

»Mein Vater sagt, die Polizei sollte lieber in der unmittelbaren Umgebung suchen.«

»Ich weiß schon, wen er meint«, sagte Jo. Sie wußten alle, wen Marilyns Vater meinte.

»Ich hab schon wieder Hunger. Los, gehen wir doch zum Drive-in!«

Sie wanderten die Straße hinauf. Die Jungen schenkten ihnen keinerlei Beachtung.

»Das Essen im Drive-in ist Mist«, sagte Jenny. »Die tun Kohl hinein.«

»Miesmacherin. Schaut euch die alte Miesmacherin an!«

»Und der Film war blöd.«

»Miesmacherin! Und bloß, weil Billy Hummel dich nicht angeschaut hat.«

»Na, jedenfalls glaube ich nicht, daß er jemanden umgebracht hat.«

Plötzlich hatte Jenny genug von den anderen. Sie standen im Kreis um sie herum und warteten mit hängenden Schultern und leeren Gesichtern darauf, was sie tun würde. Billy Hummel und die anderen Jungen in ihren Clubjacken marschierten in entgegengesetzter Richtung zurück in die Stadt. Sie war müde und enttäuscht – von den Jungen, von dem Film, von ihren Freundinnen. Einen Augenblick lang wünschte sie sich leidenschaftlich, erwachsen zu sein.

»Ich hab' genug vom Drive-in«, sagte sie, »ich geh' nach Hause. Ich soll sowieso in einer halben Stunde zu Hause sein.«

»Ach, nun hör' aber auf«, raunzte Marilyn. Ihr weinerlicher Ton gab den Ausschlag.

Jenny wandte sich endgültig ab und ging schnell die Straße hinunter.

Weil sie fühlte, daß alle ihr nachstarrten, bog sie in die erste Seitenstraße ein. Sollen sie doch die leere Straße anglotzen, dachte sie, sollen sie sich doch gegenseitig anöden.

Sie ging in der Mitte der unbeleuchteten Straße. In den Häusern auf beiden Seiten waren die meisten Fenster hell. Da hinten stand jemand, eine schemenhafte Gestalt auf dem Gehweg; vielleicht jemand, der sein Auto wusch, oder ein Mann, der hinausgegangen war, um frische Luft zu schnappen. Oder eine Frau, die Ruhe vor ihren Kindern haben wollte.

In diesem Augenblick hätte sie fast ihr Leben gerettet, denn sie merkte, daß sie ja doch Hunger hatte; fast wäre sie umgekehrt, zurück zu ihren Freundinnen. Aber das war unmöglich. So senkte sie den Kopf, ging bis zur nächsten Ecke. Sie überlegte, welchen Umweg sie machen sollte, der die halbe Stunde Freiheit in Anspruch nehmen würde, die ihr noch zur Verfügung stand. Als sie an der schemenhaften Gestalt auf dem Gehweg vorüberkam, nahm sie flüchtig zur Kenntnis, daß es kein Mensch, sondern ein Strauch war.

Die nächste Straße war schäbiger; zwischen den niedrigen Häusern dehnten sich zwei große, unbebaute Flächen wie riesige schwarze Löcher. Hohe Bäume ragten dunkel darüber auf. Sie hörte schleppende Schritte hinter sich. Aber sie war ja in Arden, und sie hatte nicht die geringste Angst, bis etwas Hartes, Stumpfes ihren Rücken berührte. Sie erschrak und schnellte herum, und als sie in das Gesicht sah, das sich über sie beugte, wußte sie, daß die schrecklichsten Sekunden ihres Lebens begonnen hatten.

4

In diesem Moment hätte ich noch ernsthaft bezweifelt, daß ich der Einladung des Barmanns folgen und nächsten Sonntag hierher zurückkommen würde. Doch sechsundzwanzig Stunden später war ich tatsächlich wieder in Freebo's Lokal, diesmal allerdings nicht an der Bar und nicht allein, sondern in einer Nische und in Gesellschaft.

Nach meinem ersten Besuch merkte ich erst, als ich herumfuhr, daß ich betrunken war und den VW im zweiten Gang dahinjagte; ich sang vor mich hin und legte krachend den dritten Gang ein, was das Dröhnen des Motors endlich zum Schweigen brachte. Ich raste zweifellos so wüst im Zickzack durch die Gegend wie seinerzeit Alison Greening in der Nacht vor vielen Jahren – in jener Nacht, in der ich zum erstenmal die Wärme ihres Mundes gespürt hatte und der Duft nach Parfum, Seife, Puder, geschmuggelten Zigaretten und frischem Wasser alle meine Sinne gereizt hatte. Erst als ich das rote Thermometer vor dem italienischen Panorama erreichte, dämmerte mir, daß der Tod dieses Mädchens Jenny Strand der Grund für die feindlichen Blicke der Leute in Arden war. Nachdem ich in die Auffahrt geschleudert war, ließ ich den Wagen in einer höchst verräterischen Position vor der Garage stehen und torkelte hinaus, wobei ich fast den vorderen Kotflügel umarmte. Das verdammte Kuvert mit dem leeren Blatt Papier bauschte sich zusammen mit einigen zerknüllten Seiten aus Maccabees Buch in meiner Tasche. Ich hörte Schritte im Hausinnern, dann das Schließen einer Tür. Unsicher wankte ich über den Rasen zur Verandatür und trat ein. Mir war, als spürte ich die feuchte Kühle der Bohlen selbst durch die Schuhe hindurch. Das alte Haus war voller Lärm.

Tuta Sunderson schien in zwei oder drei Räumen gleichzeitig zu sein. »Kommen Sie ruhig heraus«, sagte ich. »Ich tue Ihnen nichts.«

Stille.

»Okay«, sagte ich. »Sie können auch nach Hause gehen, Mrs. Sunderson.« Ich sah mich um, rief ihren Namen, ging zum alten Schlafzimmer im Erdgeschoß. Duanes Möbel waren makellos sauber, aber es war niemand außer mir im Zimmer. Ich zuckte die Achseln und ging ins Badezimmer.

Als ich wieder herauskam, hatte der Lärm wie durch Zauber aufgehört. Ich hörte nur das Rauschen der Wasserleitungen in den Wänden. Sie hatte in aller Eile das Feld geräumt; ich fluchte vor mich hin und überlegte, wie ich es anstellen könnte, sie zurückzuholen.

Dann hörte ich ein Hüsteln, das zweifellos aus meinem Arbeitszimmer kam. Daß meine Arbeit mitten im Satz unterbrochen dalag, machte Mrs. Sundersons Eindringen in diesen Raum und meine Privatsphäre doppelt schlimm. Ich gab mir einen Ruck und stieg die Stufen hinauf.

Ich stürmte ins Zimmer und blieb wie angewurzelt stehen. Durch das Fenster sah ich die untersetzte Gestalt von Tuta Sunderson die Straße hinunterstapfen, die Handtasche baumelte an ihrem Arm. In meinem Schreibtischsessel saß völlig unbefangen Alison Updahl.

»Was –«, fing ich an. »Also, ich mag es nicht –«

»Ich glaube, du hast sie verscheucht. Sie war sowieso schon ziemlich aus dem Häuschen, aber du hast ihr den Rest gegeben. Aber mach' dir nichts draus, die kommt schon wieder zurück.«

18. Juli

Als ich ihn aus dem Auto aussteigen sah, da habe ich gleich gewußt, daß er betrunken war, einfach sternhagelvoll, und als er dann anfing zu brüllen, da hab ich gedacht, ich hau lieber ab. Jetzt wissen wir ja, daß er gerade den Streit mit dem Pastor gehabt hatte, unten in Arden. Ich finde, der Pastor hatte recht mit allem, was er gesagt hat, am nächsten Tag. Das hätte er ruhig noch deutlicher sagen können. Red war gerade von der Polizeiwache zurück – ganz durcheinander war er natürlich, nach allem, was er da gesehen hatte! Und er hat zu mir gesagt, Ma, du gehst mir nicht zurück zu diesem Irren, ich habe mir ein paar Gedanken über ihn gemacht. Aber ich hab gesagt, die fünf Dollar von ihm sind grad so gut wie von jedem anderen, oder? Die anderen zwei Dollar hab ich unter eine Lampe gesteckt. Ich wollte wieder hingehen, darauf können Sie sich verlassen, ich lasse mich doch von dem nicht verjagen! Ich wollte da sein, damit ich ihm auf die Finger sehen konnte.

Für eine Weile schweigen wir beide – eigenartigerweise gab Alison mir das Gefühl, daß ich der Eindringling sei. Ich sah, daß sie mich und meinen Zustand taxierte. Um jeder Anspielung zuvorzukommen, sagte ich: »Ich mag niemanden in diesem Zimmer haben. Es muß völlig unangetastet bleiben, mir allein gehören. Andere Leute verderben nur die Atmosphäre.«

»Sie hat auch gesagt, daß sie hier nicht rein darf. Gerade darum bin ich reingegangen. Das war der einzige Platz im ganzen Haus, wo ich ungestört auf dich warten konnte.« Sie streckte die Beine in den engen Blue Jeans von sich. »Ich habe nichts weggenommen.«

»Es ist eine Frage der Schwingungen«, sagte ich. Wenigstens konnte ich das Wort noch richtig aussprechen, trotz des Alkohols.

»Ich kann keine Schwingungen fühlen. Was machst du hier überhaupt?«

»Ich schreibe an einem Buch.«

»Was für ein Buch?«

»Ist ja egal. Ich komme sowieso nicht weiter.«

»Ich wette, es ist ein Buch über andere Bücher. Warum schreibst du kein Buch über etwas Wirkliches? Warum schreibst du kein Buch über etwas Phantastisches, etwas Bedeutsames, das andere Leute nicht einmal sehen können? Über etwas, das wirklich unter die Haut geht?«

»Wolltest du etwas Bestimmtes von mir?«

»Zack möchte dich gern sprechen.«

»Prima.«

»Ich habe ihm von dir erzählt, und er ist echt interessiert. Ich habe ihm gesagt, daß du anders bist. Er möchte etwas über deine Ideen hören. Zack legt großen Wert auf Ideen.«

»Ich geh' heute nirgends mehr hin.«

»Heute sowieso nicht. Morgen, so um Mittag, in Arden. Kennst du Freebo's Bar?«

»Ich glaube, ich kann sie finden, wenn es hell genug ist. Hast du schon gehört, daß wieder eine von deinen Freundinnen umgebracht worden ist?«

»Das ist doch dauernd in den Nachrichten. Hörst du nie Nachrichten?« Sie blinzelte, und ich sah die Furcht hinter der Gleichgültigkeit, die sie zur Schau trug.

»Hast du sie nicht gekannt?«

»Natürlich hab' ich. In Arden kennt man doch jeden. Red Sunderson hat ihre Leiche gefunden. Darum war die alte Tuta heute so empfindlich. Er hat sie in einem Feld an der 93er entdeckt.«

»Jesus!« Ich mußte daran denken, wie ich Tuta behandelt hatte, und ich fühlte, wie ich rot wurde.

Am nächsten Tag betrat ich also in Begleitung von Alison Updahl den Schauplatz meiner zweiten Niederlage. Sie war zwar noch minderjährig, aber sie rauschte doch hinein in die Bar, als könnte sie jeden eventuell auftauchenden Widerstand mit einer Axt niederschlagen. Natürlich wußte ich inzwischen, in welchem Maße das Ganze reines Theater war, und ich bewunderte ihre Überzeugungskraft. Alison hatte mit ihrer Namensschwester doch mehr gemeinsam, als ich angenommen hatte. Das Lokal war fast leer. Zwei alte Männer hockten vor zwei fast vollen Gläsern Bier an der Bar, und ein Mann in schwarzer Jacke saß in der letzten Nische. Derselbe feiste grauhaarige Barmann, der am Vortag auch dagewesen war, lehnte neben der Kasse an der Wand, umspielt von den sprühenden Lichtern der Bierreklame. Seine Augen streiften Alison, doch dann sah er mich an und nickte.

Ich folgte ihr zu der Nische und sah Zack an. Seine Augen wanderten zwischen uns hin und her; sein Mund war eine gerade Linie. Er schien mit Enthusiasmus geladen, und er wirkte sehr jung. Ich kannte diesen Typ aus meiner Jugend in Florida – diese Außenseiter, die sich bei Tankstellen herumtrieben, größten Wert auf ihre Frisur legten, ihre Andersartigkeit hegten und pflegten. Die gefährlich werden konnten. Ich wußte nicht, daß dieser Typ noch modern war.

»Das ist er«, sagte die Tochter meines Cousins und meinte mich.

»Freebo«, sagte Zack und nickte dem Barmann zu.

Als ich ihm in der Nische gegenübersaß, merkte ich, daß er doch älter war, als ich zunächst gedacht hatte. Er war kein Teenager mehr, sondern Mitte zwanzig und hatte Falten auf der Stirn und in den Augenwinkeln. Aber er hatte noch immer den Ausdruck von unbestimmtem Enthusiasmus, was ihm insgesamt einen Anschein von Durchtriebenheit gab. Ich fühlte mich unbehaglich.

»Das Übliche, Mr. Teagarden?« fragte der Barmann, der zu unserer Nische gekommen war. Was Zack wollte, wußte er wahrscheinlich schon. Und Alison übersah er geflissentlich.

»Nur ein Bier«, sagte ich.

»Der hat mich überhaupt nicht angesehen«, stellte die kleine Kriegerin fest, als er sich abgewandt hatte. »Das haut mich echt um. Der hat Angst vor Zack; sonst würde der mich hochkantig rausschmeißen.«

Ich wollte sagen: Gib nicht so an.

Zack grinste in bester James-Dean-Manier.

Der Barmann kam zurück. Alisons und mein Bier waren in Gläsern, Zacks in einem hohen Silberkrug.

»Freebo will den Laden vielleicht verkaufen«, sagte der Junge und grinste mich an. »Sie sollten sich überlegen, ob Sie ihn nicht kaufen wollen. Sie könnten ihn wieder hochbringen. Wäre ein gutes Geschäft.«

Auch daran konnte ich mich erinnern: dieses lächerliche Auf-die-Probe-Stellen. Er roch nach Kohlepapier. Kohlepapier und Brillantine. »Für jemand anderen vielleicht. Ich bin ungefähr so geschäftstüchtig wie ein Känguruh.«

Die kleine Kriegerin grinste: Ich hielt, was sie versprochen hatte – was auch immer das war.

»Weit gefehlt. Hören Sie, ich glaube, wir könnten uns gut verstehen!«

»Wieso?«

»Weil wir außergewöhnlich sind. Glaubst du nicht auch« – er wurde plötzlich vertraulich –, »daß alle außergewöhnlichen Leute etwas gemeinsam haben?«

»Wie Jane Austen und Bob Dylan? Aber ich bitte dich! Wie machst du es eigentlich, daß deine siebzehnjährige Freundin hier bedient wird?«

»Das liegt an dem, was ich bin.« Er grinste, als meinte er Jane Austen und Bob Dylan in einer Person. »Freebo und ich sind Freunde. Er weiß, was das Beste für ihn ist.« Ich bekam die volle Dosis seiner enthusiastischen Durchtriebenheit serviert. »Aber die meisten wissen, was das Beste für sie ist. Die große Nummer Eins. Stimmt's? Es ist gut für uns, daß wir miteinander reden, daß wir miteinander gesehen werden, daß wir unsere Ideen austauschen, stimmts? Ich weiß einiges über dich, Miles. Die Leute reden hier immer noch über dich. Ich war ganz platt, als sie sagten, daß du zurückgekommen bist, Mann. Sag mal: Beschmeißen die Leute dich immer noch mit Dreck?«

»Ich weiß nicht, was du damit meinst. Es sei denn, es ist das, was du im Augenblick tust.«

»Oho«, stieß Zack leise hervor. »Du bist ja gemütlich, Mann! Bringst sie in Rage, was? Ich seh schon, hab's schon kapiert. In Rage bringen, genau! Du bist Klasse, echt Klasse. Ich hab' 'ne Menge Fragen an dich, Mann. Welches Buch der Bibel ist dein liebstes?«

»Der Bibel?« fragte ich lachend und prustete Bier in die Gegend. »Die Frage kommt eher unerwartet. Weiß ich gar nicht. Hiob? Jesaja?«

»Nein. Oder doch, ich seh schon, was du meinst. Aber das ist es nicht. Offenbarung, das ist es. Verstehst du? Das ist es, wo alles drinliegt!«

»Wo was drinliegt?«

»Der Plan.« Er zeigte mir seine große gefurchte Handfläche voller Ölflecken, als wäre der Plan darin sichtbar. »Das ist es, wo alles drinliegt. Die apokalyptischen Reiter auf ihren Pferden – der Reiter mit dem Bogen, der Reiter mit dem Schwert, der Reiter mit der Waage, und der fahle Reiter. Und die Sterne fielen herab und der Himmel verschwand, und alles stürzte hernieder. Pferde mit Löwenköpfen und Schlangenschwänzen.«

Ich sah Alison an. Es war, als lauschte sie einem Kindermärchen – sie hatte es schon hundertmal gehört. Ich hätte laut stöhnen können; sie hatte wirklich etwas Besseres verdient.

»Da heißt es, daß Leichen in den Straßen liegen werden; von Feuer, von Erdbeben, von Kriegen im Himmel ist die Rede. Krieg auch auf der Erde, hörst du? All die großen Tiere in der Offenbarung, erinnerst du dich? Das Tier 666 war Aleister Crowley, weißt du, und Ron Hubbard ist wahrscheinlich ein anderes, und dann all die Engel, die alles niedermachen auf der Erde. Bis alles voller Blut ist, sechzehntausend Klafter. Was hältst du von Hitler?«

»Was ist denn deine Meinung?«

»Na, also Hitler hat aufs falsche Pferd gesetzt, weißt du, dieses schwerfällige germanische Material, das ihm zur Verfügung stand! All dieser Mist um die Juden und die Herrenrasse – natürlich gibt es sie, die Herrenrasse, doch das ist nicht sowas Primitives wie eine ganze Nation. Aber er war eines der Tiere der Offenbarung, stimmt's? Denk mal darüber nach. Hitler wußte, daß er ausgesandt war, um uns vorzubereiten, er war wie Johannes der Täufer, nicht wahr? Und er hat uns den Schlüssel zum Verständnis gegeben, genau wie Crowley.

Ich glaube, du verstehst das alles, Miles. Es gibt so was wie eine Bruderschaft der Menschen, die das alles kapieren. Hitler war ein Spinner, zugegeben, aber er hatte den Durchblick. Er wußte, daß erst alles zu Bruch gehen muß, bevor es besser werden kann; es muß erst absolutes Chaos herrschen, bevor wir die absolute Freiheit gewinnen können; es muß erst gemordet werden, bevor das wahre Leben über uns kommt. Er hat die Bedeutung des Blutes erkannt. Leidenschaft geht über alles, stimmt's? Also, um die Materie zu befreien, um die Materie freizusetzen, müssen wir über das Mechanische hinaus zum – eh – Mythos vielleicht, zum Ritual, zum Blutopfer gelangen, zum körperlichen Geist.«

»Der körperliche Geist, der physische Geist«, sagte ich. »So wie die schwarze Wurzel der Leidenschaft, der Strom von Blut.« Willkürlich warf ich die Phrasen hin, es war ja doch hoffnungslos. Das Ende von Zacks Tirade hatte mich auf deprimierende Weise an gewisse Ideen in Lawrences Werk erinnert.

»Mann«, sagte Alison. »Oh, Mann.«

Ich hatte sie beeindruckt. Diesmal stöhnte ich beinahe wirklich laut.

»Ich hab's ja gewußt!« Zack strahlte mich an. »Wir müssen öfter solche Gespräche führen. Wir könnten jahrhundertelang miteinander reden. Ich kann gar nicht glauben, daß du ein Lehrer bist, Mann.«

»Das kann ich selbst kaum glauben.«

Vor Begeisterung über meine Antwort schlug er Alison aufs Knie. »Ich hab's ja gewußt. Weißt du, die Leute haben doch immer allerhand Zeug über dich erzählt, und ich war nie ganz sicher, ob ich das wirklich alles glauben konnte, was du so angestellt hast! – Ich hab noch eine Frage: Du hast doch Alpträume, oder?«

Ich mußte daran denken, wie ich in diesem entsetzlichen blauen Gas geschwebt war. »Ja, leider.«

»Das hab ich gewußt. Kennst du dich aus mit Alpträumen? Weißt du, daß sie uns die Offenbarung zeigen? Die Alpträume dringen einfach durch die ganze Scheiße durch und zeigen uns, was wirklich gespielt wird.«

»Sie zeigen uns, was in den Alpträumen wirklich gespielt wird«, sagte ich, um zu verhindern, daß er meine Traumzustände analysierte. Während er seine Rede hielt, hatte ich noch zwei Bier bestellt, und jetzt verlangte ich von Freebo noch einen doppelten Whisky zur Beruhigung. Zack sah aus, als erwarte er jeden Augenblick, entweder gestreichelt oder getreten zu werden. Sein wildes Gesicht war knochig und von dichten Bartkoteletten und dieser kunstvollen Haartolle eingerahmt. Als der Whisky kam, schüttete ich die Hälfte in einem Zug hinunter und wartete auf die Wirkung.

Zack fuhr fort: Meinte ich nicht auch, daß die Situation drastisch verändert werden müsse? Meinte ich nicht auch, daß Gewalt etwas Mystisches sei? Eine Individualität? Meinte ich nicht auch, daß die Realität im Mittelwesten am schwächsten sei und nur darauf warte, daß die Wahrheit durchbrechen werde? Waren die beiden Morde nicht Beweise dafür? Könnten wir nicht etwas tun, um die Realität zur Aktivität zu veranlassen?

Schließlich begann ich zu lachen. »Das erinnert mich irgendwie an das Traumschloß von Alisons Vater«, sagte ich.

»Das Haus meines Vaters?«

»Sein Traumschloß. Das Haus hinter Andys Laden.«

»Das Ding? Ist das seines?«

»Er hat es gebaut. Das mußt du doch wissen.«

Sie starrte mich ungläubig an. Zack war durch diese Unterbrechung seines Sermons offensichtlich irritiert. »Er hat nie etwas davon gesagt. Warum hat er denn so ein Haus gebaut?«

»Das ist eine alte Geschichte«, sagte ich und bedauerte schon, daß ich überhaupt davon gesprochen hatte. »Ich hätte eigentlich geglaubt, daß es inzwischen als Spukhaus verrufen ist.«

»Nein, niemand hält es für ein Spukhaus«, sagte sie und sah mich neugierig an. »Wir gehen sogar oft dahin, einige von uns zumindest. Da ist man wenigstens ungestört.«

Ich dachte an das Durcheinander von Decken und Zigarettenkippen auf dem verrotteten Boden.

Zack sagte: »Hör zu, ich hab da gewisse Pläne –«

»Wozu sollte es denn überhaupt gut sein? Warum hat er das gebaut?«

»Ich weiß nicht.«

»Warum hast du es Traumschloß genannt?«

»Das hat nichts zu bedeuten. Denk nicht mehr dran.« Ich sah, daß sie sich ungeduldig umzublicken begann, als suche sie jemanden, der ihr alles darüber erzählen würde.

»Ich muß dir unbedingt von meinen Plänen –«

»Na gut, ich werde es schon herauskriegen.«

»Ich habe da einige Sachen gemacht –«

»Denk einfach nicht mehr daran«, sagte ich. »Vergiß einfach, daß ich es überhaupt erwähnt habe. Ich gehe jetzt nach Hause. Ich hab eine Idee.«

Der Barmann war schon wieder da. »Das ist ein bedeutender Mann, wißt ihr«, sagte er und legte mir die Hand auf die Schulter. »Er hat ein Buch geschrieben. Er ist eine Art Künstler.«

»Ich werde euch ein paar Romane zu lesen geben. Die werden euch gefallen, sie passen ganz in euren Kram.«

»Ich hatte eigentlich gedacht, daß wir dich heute in der Kirche sehen würden«, sagte Duane. Er trug noch seinen Anzug, einen alten Zweireiher mit Nadelstreifen, den er schon seit mindestens zehn Jahren zum sonntäglichen Kirchgang anzog. Aber die neumodische Lässigkeit war auch an ihm nicht spurlos vorübergegangen: Unter dem Jackett leuchtete ein gemustertes blaues Hemd mit offenem Kragen hervor. Wahrscheinlich hatte er es von Alison. »Möchtest du auch etwas davon? Heute ist ja wohl Tutas freier Tag, oder?« Er deutete mit seiner großen Hand auf den brodelnden Brei auf dem Herd. Es sah aus wie Bohnen mit Speck und zuviel Tomatensoße. Seine Mutter wäre zutiefst empört gewesen, genauso wie über die allgemeine Unordnung in der Küche. Sie hatte immer die herrlichsten Mahlzeiten bereitet, mit viel saftigem Braten und wunderbar mehligen Kartoffeln. Als ich den Kopf schüttelte, sagte er: »Du solltest in die Kirche gehen, Miles. Ganz gleich, ob du an was glaubst oder nicht: einfach nur hingehen würde dir schon viel helfen in der Gemeinde.«

»Das wäre ja wohl eine himmelschreiende Heuchelei, Duane!« sagte ich. »Geht deine Tochter eigentlich?«

»Manchmal, nicht immer. Ich schätze, sie hat sowieso schon zuwenig Zeit für sich selbst, weil sie sich doch hier um alles kümmern muß und mich versorgt und so. Also gönne ich ihr schon mal ein bißchen Extraschlaf am Sonntag. Oder ein paar Stunden mit einer Freundin.«

»So wie jetzt?«

»So wie jetzt. Jedenfalls sagt sie das. Wenn man einer Frau überhaupt jemals trauen kann. Warum?«

»Ach, nur so. Hat mich einfach interessiert.«

»Na ja, sie muß sich schon anstrengen, wenn sie ihre Freunde manchmal treffen will – wer zum Teufel sie auch immer sind. Jedenfalls hättest du heute wirklich in die Kirche gehen sollen, Miles.«

Jetzt hörte ich endlich die Betonung heraus, die mir schon zu Anfang hätte auffallen müssen. Und war es nicht auch ungewöhnlich, daß Duane eine Stunde nach dem Gottesdienst noch immer seinen Anzug anhatte? Und daß er in der Küche hockte, anstatt vor dem Lunch noch eine oder zwei Stunden zu arbeiten?

»Also gut, ich beiße an: Warum gerade heute?«

»Was hältst du von Pastor Bertilsson, Miles?«

»Das will ich dir lieber ersparen. Warum?«

Duane rutschte unruhig hin und her und sah höchst verlegen drein. Er blickte auf seine tadellos polierten, schweren schwarzen Stiefel hinab. »Du hast ihn nie so richtig leiden können, oder? Ich weiß Bescheid. Vielleicht ist er wirklich ein bißchen zu weit gegangen, als ihr geheiratet habt. Ich finde, es war nicht recht von ihm, daß er all die alten Sachen wieder aufgewärmt hat, auch wenn er es zu deinem Besten getan hat. Als ich geheiratet habe, hat er über meine alten Fehler überhaupt nichts gesagt.«

Ich konnte nur hoffen, daß seine Tochter schnellstens vergessen würde, was ich über das Traumschloß gesagt hatte – das war wirklich ein schlimmer Vertrauensbruch gewesen. Während ich noch darüber nachgrübelte, wie ich ihm schonend beibringen sollte, daß ich seiner Tochter sein Geheimnis enthüllt hatte, ohne ihr allerdings Näheres darüber zu verraten, hatte Duane seine Nervosität überwunden und kam endlich zur Sache.

»Jedenfalls, wie schon gesagt, er hat heute ein paar Worte über dich gesprochen, in seiner Predigt.«

»Über mich?« Mein Schuldgefühl war wie weggeblasen.

»Wart mal, Miles. Er hat nicht direkt deinen Namen genannt. Aber wir wußten alle gleich, über wen er sprach. Schließlich hast du ja dafür gesorgt, daß du hier überall bekannt wurdest damals. Darum glaube ich, daß fast jeder wußte, wen er meinte.«

»Willst du damit sagen, daß über mich Predigten gehalten werden? Darauf kann ich mir wohl ganz schön was einbilden.«

»Also, es wäre bestimmt besser gewesen, wenn du dort gewesen wärst. Schau mal, in einer Gemeinde wie unserer – nun ja, also eine kleine Gemeinde rückt eben näher zusammen, wenn etwas Schlimmes passiert. Was mit den beiden Mädchen passiert ist, war entsetzlich, Miles. Ich finde, ein Mann, der sowas tut, der gehört abgeschlachtet wie ein Schwein. Die Sache ist die, wir wissen, daß es keiner von uns getan haben kann. Vielleicht einer aus Arden, aber keiner von uns.« Er rutschte schon wieder auf seinem Stuhl herum. »Wenn ich schon mal davon spreche, kann ich auch gleich noch was anderes sagen: Hör mal, es wäre besser, wenn du nicht herumlaufen und Paul Kant suchen würdest. Das ist alles, was ich dazu sagen möchte.«

»Was meinst du damit, Duane?«

»Genau was ich sage. Paul war vielleicht ganz in Ordnung, als er noch ein Junge war, aber selbst damals hast du ihn ja nie so richtig gekannt. Du warst schließlich nur im Sommer hier.«

»Zum Teufel damit«, sagte ich. »Jetzt erzähl mir erst mal, was Bertilsson in seiner Predigt eigentlich geschwätzt hat.«

»Na, also ich schätze, er hat nur gesagt, wie gewisse Leute –«

»Also ich.«

»– gewisse Leute sich absondern, sich über alle normalen

Maßstäbe hinwegsetzen. Er hat gesagt, das sei gefährlich, wenn doch alle zusammenhalten sollten, in einer schlimmen Zeit wie jetzt.«

»Da hat er sich selbst aber mehr schuldig gemacht als ich mich. So, und jetzt möchte ich gerne von dir wissen, welches Verbrechen Paul Kant angeblich begangen hat!«

Zu meiner Überraschung errötete Duane. Er heftete seinen Blick auf den brodelnden Kochtopf auf dem Herd. »Also, es ist eigentlich kein Verbrechen, nicht wirklich. Man kann es eigentlich kein richtiges Verbrechen nennen. Er ist einfach nicht so wie wir anderen.«

»Er setzt sich also über die normalen Maßstäbe hinweg. Na gut. Dann sind wir also zu zweit. Es wird mir ein besonderes Vergnügen sein, und ich werde darauf bestehen, ihn zu treffen.«

Wir starrten uns einige Sekunden lang an, Duane war weiterhin höchst unruhig und schien in einem moralischen Dilemma zu stecken. In einer fragwürdigen Sache hatte er fragwürdig gehandelt. Er wünschte offensichtlich, er hätte nie die Themen Bertilsson und Kant angeschnitten. Mir fiel die Idee wieder ein, die ich in Freebo's Bar gehabt hatte – eine Idee, auf die ich durch die taktlose Erwähnung von Duanes Traumschloß gekommen war. »Wollen wir das Thema wechseln?«

»Zum Teufel, ja.« Duane sah erleichtert aus. »Wie wär's, möchtest du gern ein Bier?«

»Jetzt nicht. Duane, was hast du eigentlich mit all dem Zeug aus Großmutters Haus gemacht? Mit den alten Bildern und Möbeln?«

»Also, laß mich mal nachdenken. Die Möbel habe ich unten in den Kartoffelkeller gestellt. Es schien mir nicht recht, sie zu verkaufen oder wegzuwerfen. Einiges von dem Zeug könnte sogar mal wertvoll werden, eines Tages. Und die Bilder habe ich größtenteils in eine Truhe im alten Schlafzimmer gesteckt.« Das war das Schlafzimmer im Erdgeschoß, wo meine Großeltern zu Großvaters Lebzeiten geschlafen hatten.

»O. k., Duane«, sagte ich. »Und wundere dich über gar nichts, was du zu hören bekommst.«

Aus der Aussage des Duane Updahl

17. Juli

Das hat er also gesagt, gerade bevor die Sache anfing, wirklich eigenartig zu werden. Wundere dich nicht, oder sowas, wundere dich über gar nichts. Dann schoß er davon wie eine Rakete, zum alten Haus hinüber. Er war ganz aufgeregt – und betrunken auch noch dazu. Sonntagmorgen oder nicht. Ich konnte den Fusel in seinem Atem riechen. Später hab ich dann von meiner Tochter gehört, daß er bei Freebo gewesen war, unten an der Hauptstraße. Er ist da mit Zack herumgesessen und hat seine Drinks runtergekippt, wie an einem Samstagabend. Ist schon komisch, wenn man dran denkt, was er Zack später anhängen wollte. Vielleicht hat er ihn irgendwie auf die Probe stellen wollen. Testen oder so, glaube ich wenigstens. Ich glaube, er hat auch irgendwie an Paul Kant gedacht. Wollte wohl herausfinden, ob er den auch so benutzen konnte, wie er es mit Zack versucht hat. Schöne Auswahl, was? Aber ich weiß nicht. Ich kann die ganze Sache mit Paul Kant einfach nicht verstehen. Schätze, keiner von uns wird jemals erfahren, was da wirklich geschehen ist.

Ich fand die Truhe sofort. Tatsächlich hatte ich gleich gewußt, wo sie war, als Duane das alte Schlafzimmer erwähnte. Es war eine alte norwegische Seemannslade, keine richtige Truhe, sondern ein kleiner messingbeschlagener Holzkasten, den Einar Updahls Vater nach Amerika mitgebracht hatte. Er hatte alles enthalten, was ihm gehörte. Es war ein wunderschönes altes Stück, handgeschnitzt, mit Blättern und Schnörkeln verziert.

Aber das wunderschöne alte Stück hatte auch ein Vorhängeschloß, und das war abgesperrt. Ich war viel zu ungeduldig, um zu Duane zurückzugehen und ihn zu fragen, wo er den Schlüssel aufbewahrte. Ich lief über die Veranda zur Garagentür. Es war überraschend heiß geworden, und mit Anstrengung schob ich die alten Türen auf und trat ein. Es roch wie in einem Grab. Feuchte Erde riecht immer nach Moder und Würmern. An der Wand hingen an Nägeln alte Werkzeuge, genauso, wie ich es in Erinnerung hatte. Rostige Sägen, drei Benzinkanister, Beile und Hämmer. Ich nahm ein Brecheisen und ging zurück ins Haus.

Die Spitze des Brecheisens paßte genau in den Zwischenraum unterhalb des Deckels der Truhe. Ich drückte die Stange fest nach unten und fühlte das Holz nachgeben. Als ich das zweite Mal andrückte, hörte ich es splittern. Jetzt stemmte ich mich mit meinem ganzen Gewicht auf das Brecheisen, und oberhalb des Schlosses sprang ein Stück Holz aus dem Deckel. Ich fiel auf die Knie, und die Wunde in meiner Hand pochte und schmerzte von dem harten Druck. Mit der rechten Hand schlug ich den Deckel zurück: ein heilloses Durcheinander von gerahmten und ungerahmten Fotografien. Nachdem ich sie minutenlang erfolglos durchstöbert hatte und dabei nur auf verschiedene Versionen von Duanes eckigem Gesicht und von mir selbst als Kind gestoßen war, leerte ich den ganzen Inhalt der Truhe ungeduldig auf den gehäkelten Schlafzimmerteppich, so daß die

Rahmen in alle Richtungen kollerten und die Blätter umher-
flatterten.

Dann sah ich es, wie es mir aus zwei Metern Entfernung
entgegenschaute. Es lag allein, isoliert von den anderen Fotografien. Jemand hatte es aus seinem Rahmen genommen, und
es war an beiden Seiten etwas aufgebogen. Aber es war da.
Und da waren wir, so wie uns Onkel Gilbert und alle anderen
gesehen hatten: unsere Lebensgeister zueinander drängend,
zwei Blutstropfen, die sich zu einem vereinigen; wir waren
keine Kinder mehr, sondern eingefangen im wunderschönen
Bernstein der frühen Jugend; wir hielten uns an den Händen
und lächelten glücklich.

Wenn ich nicht schon am Boden gekniet hätte, es hätte mich
in die Knie gezwungen – die Ausstrahlung jenes Gesichtes
neben dem meinen nahm mir den Atem. Es war wie ein Faust-
schlag in die Magengrube. Wenn wir auch beide schön waren
in unserer Unwissenheit und Liebe in jenem Juni des Jahres
1955: Sie war unvergleichlich viel schöner als ich. Sie verdrängte mein aufgewecktes junges Diebsgesicht glatt vom Papier, sie löschte mich aus, sie war auf einer ganz anderen
Ebene, dort, wo der Geist aus dem Körper leuchtet. Sie war
auf dem Gipfel des Seins, Leib und Seele vereint. Dieser
Trompetenstoß des Geistes, diese Erleuchtung stellten mich
ganz und gar in den Schatten. Ich hatte plötzlich das Gefühl
zu schweben, getragen von dem Zauber und dem Geist, die
von diesem Gesicht ausstrahlten, das ihr Gesicht war. Auf den
Knien zu schweben, und dabei waren meine Knie schon
wundgescheuert von dem gehäkelten Teppich!

Dieses Gesicht, das ihr Gesicht war. Durch Telepathie waren wir unser ganzes Leben lang in Kontakt geblieben – mein
ganzes Leben hindurch war ich mit ihr verbunden gewesen.

Dann wußte ich auch plötzlich, daß seit unserem letzten Beisammensein mein ganzes Leben aus dem Vorhaben bestanden hatte, sie wiederzufinden. Ihre Mutter hatte einen Schock erlitten und sich nach San Francisco zurückgezogen. Nachdem ich ein Auto gestohlen und bei einem aufsehenerregenden Unfall zu Schrott gefahren hatte – dort oben bei den gemalten Thermometer vor dem italienischen Panorama –, war ich von meinen Eltern in ein gefängnisartiges Internat in Miami gesteckt worden. Sie war in einer anderen Welt, in einer anderen Sphäre. Wir waren getrennt, aber – das wußte ich – nicht endgültig getrennt.

Nachdem unzählige Minuten verstrichen waren, rollte ich mich auf den Rücken. Ich spürte die Haare an meinen Schläfen feucht werden. Mein Kopf lag auf zerdrückten Fotografien und langen Splittern norwegischen Holzes. Ich wußte, daß ich sie sehen würde, daß sie zurückkehren würde. Das war der Grund, warum ich hier war, im Haus meiner Großmutter – das Buch war nur ein Vorwand gewesen. Das Holz war hart, auf dem ich lag, der Kopf tat mir weh. Ich hatte nie die Absicht gehabt, meine Dissertation fertigzuschreiben. Der Geist hätte es nicht erlaubt. Von jetzt an wollte ich mich nur noch auf ihr Kommen vorbereiten. Sogar der leere Brief war ein Teil der Vorbereitung gewesen, ein Teil der Prüfung des Geistes.

Ich befand mich in den letzten Phasen der Verwandlung (so dachte ich), die begonnen hatte, als ich mir an der Motorhaube meines VW die Hand aufgerissen und die Freiheit gespürt hatte, die *ihre* Freiheit war und mich überfiel und durchdrang. Die Wirklichkeit war kein Ding für sich allein, sie stieß durch das scheinbar Wirkliche wie eine Faust. Es war dieses Wissen, das immer in ihrem Gesicht zu lesen gewesen war. Die Wirklichkeit ist nur eine Anordnung von Molekülen, die durch Spannung zusammengehalten werden, eine Verkleidung, eine Tünche. Schien durch ihr Gesicht nicht auch das Gesicht, das sie als Sechsjährige gehabt hatte? Und auch das Gesicht der Fünfzigjährigen? Als ich da ausgestreckt auf dem gehäkelten Teppich lag, inmitten von Papier und gesplittertem Holz, schien sich die weiße Zimmerdecke über mir aufzulösen und in den weißen Himmel überzugehen. Ich dachte flüchtig an Zack und lächelte. Harmlos. Harmloser nichtssagender Narr. Als ich mein normales Bewußtsein verlor, träumte ich nicht, im fernen blauen Entsetzen zu treiben, sondern ich sah Alison, wie sie auf mich zuschwamm.

Dieses Bild erfüllte meine wandernde Seele. Alles war ein Teil dieser wogenden Empfindung: meine aufgerissene Hand, das leichte Unbehagen im Hals, sogar Zacks Geschwafel über die Wirklichkeit, die im Mittelwesten am schwächsten sei, sogar der Diebstahl und die Vernichtung von Maccabees fürchterlichem Buch. Am 21. Juli würde sich alles erweisen. Es gab nichts Unmögliches. Ich schlief. (Ich war ohnmächtig.)

Und ich erwachte voller Tatendrang. Als ich zu Duane gesagt hatte, er solle sich über nichts wundern, was er hören würde, hatte ich einen bestimmten Plan, dessen Verwirklichung, wie ich jetzt wußte, absolut notwendig war. Ich mußte mit den Vorbereitungen beginnen. Ich mußte für jenen Tag bereit sein. Es blieben mir ungefähr noch drei Wochen. Das war mehr als genug Zeit.

Als erstes riß ich ein Foto aus dem nächsten Rahmen, der ungefähr die richtige Größe hatte, und steckte das Bild von

Alison und mir hinein. Das andere Foto zerriß ich in kleine Stückchen und ließ die Fetzen glänzenden Papiers zu Boden flattern. Dann trug ich unser Bild ins Wohnzimmer und hängte es an die Stelle, an der sich das erste Foto von Alison befunden hatte.

Ich sah mich im Zimmer um. Das meiste würde verschwinden müssen. Ich wollte eine Umgebung schaffen, die Alison gerecht würde. Ich wollte so weit wie möglich und mit einigen zusätzlichen Verschönerungen den Zustand von vor zwanzig Jahren wiederherstellen. Duanes Büromöbel könnten im Kartoffelkeller untergebracht werden, wo jetzt Großmutters alte Möbel waren. Ich war mir nicht ganz sicher, ob ich die schweren Stücke allein über die Kellertreppe hinunterschaffen konnte, aber ich hatte keine Wahl. Ich mußte es tun.

Die Türen zum Kartoffelkeller waren am Ende der Veranda in den Boden eingelassen. Man hob sie an und klappte sie zur Seite – es war die altmodischste Art, und sicher war auch Duanes dunkler Keller ursprünglich von der gleichen Bauart gewesen und nur nachträglich durch den Einbau der Treppe vom Hausinnern modernisiert worden. Mit einiger Anstrengung öffnete ich eine der Türen und verrenkte mir beinahe den Rücken dabei; die Zeit hatte die beiden Türflügel zusammengeschweißt.

Die in die Erde gehauenen Stufen sahen verdächtig aus, sie waren sehr steil und teilweise zerbröckelt. Ein Teil der Schäden war schon alt, aber sicher hatte Duane einige der Stufen beschädigt, als er das alte Mobiliar hinunterbrachte. Ich stellte einen Fuß auf die oberste Stufe und probierte, ob sie mein Gewicht aushielt. Sie erwies sich als erstaunlich elastisch und widerstandsfähig. Nachdem ich noch mehrere Stufen ausprobiert hatte, wurde ich sorglos und setzte meinen Fuß darauf, ohne zu schauen. Doch da gab eine nach, und ich rutschte etwa einen Meter über einen Abhang zerbröckelter Erde hinunter. Als ich auf einer soliden Stufe wieder Halt gefunden hatte, schob ich meine Schulter unter die zweite Türhälfte und drückte mit Beinen und Körper nach oben. Die Tür gab nach und flog auf. Nun fiel Licht in beinahe den ganzen Kellerraum. Die wundervollen alten Möbel lagen in einem Haufen übereinander wie abgenagte Knochen. Auch der Keller roch wie ein Grab. Ich begann, die Möbel meiner Großmutter aus dem dunklen Loch heraus ans Sonnenlicht zu zerren.

Ich arbeitete, bis mir die Schultern und die Beine schmerzten und meine Kleidung mit Schmutz bedeckt war. Es waren mehr Möbel in diesem Keller, als ich erwartet hatte, und ich brauchte sie alle für meinen Zweck. Ich brauchte jeden Schemel und jedes Beistelltischchen, jede Lampe, jedes Bücherregal. Zu erschöpft, um weiterzumachen, ging ich hinein und strich mir ein paar Butterbrote. Nachdem ich sie hinuntergeschlungen hatte, kehrte ich mit einem Eimer voll Seifenwasser zurück und wusch alles ab, was schon auf dem Rasen stand. Als ich damit fertig war, stieg ich wieder die zerbröckelten Stufen hinunter und begann, noch mehr Dinge aus dem Keller zu holen. Ich konnte mich genau erinnern, wo jedes Stück gestanden hatte, ich sah den Raum vor mir, wie er vor zwanzig Jahren gewesen war und wieder sein würde. Alison hatte jedes Stück davon berührt.

Bei Einbruch der Dämmerung hatte ich alles draußen auf dem Rasen und abgewaschen. Die Bezüge der Polstermöbel waren schon ziemlich fadenscheinig, aber das Holz war nun sauber und glänzend. Sogar hier draußen wirkte dieses schöne alte Mobiliar, wie es da im schwindenden Licht auf dem Rasen neben dem weißen Haus stand, auf magische Weise passend und recht am Platz – wie alle Dinge, die mit Sorgfalt gemacht und gebraucht wurden. Dieses wunderbare abgenutzte alte Zeug brachte mich fast zum Weinen. Es war erfüllt von der Vergangenheit. Es stand da draußen in der Dämmerung auf dem Rasen und beschwor die ganze Geschichte meiner Familie seit ihrer Ankunft in Amerika herauf – es war wie meine Vorfahren, solide und ehrbar.

Ganz im Gegensatz zu Duanes Büromöbeln, die nur nackt und dumm aussahen, nachdem ich sie herausgeschleppt hatte. Es waren auch weniger, als ich angenommen hatte. Und sie standen in einer negativen Beziehung zum Geist.

Ich beging den Fehler, als erstes die leichteren Stücke – die schauderhaften Bilder und Lampen und Stühle – in den Kartoffelkeller zu bringen. Unter einer der Lampen fand ich zwei säuberlich gefaltete Dollarscheine. Unter anderen Voraussetzungen hätte ich diese Geste vielleicht bewundert, aber hier war sie der Beweis dafür, wie falsch ich mich verhalten hatte. In unverhältnismäßig schlechter Stimmung schaffte ich den Rest der leichteren Sachen in den Keller. Schließlich blieben nur noch die schweren Sofas und die beiden größeren Sessel – und ich war schon fast zu müde, um sie noch herauszuzerren. Es war dunkel geworden, und ich hatte nur das Licht von der Veranda und das fahle frühe Mondlicht. Nur die obersten der zerbröckelnden Stufen waren zu sehen und nun stellenweise schon so abgetreten, daß sie ein steiles Gefälle bildeten. Mit dem ersten Sessel hatte ich keine Schwierigkeiten; ich trug ihn in meinen zitternden Armen und tastete mich vorsichtig meinen Weg hinunter. Doch als ich den zweiten Sessel herbeischleppte, verlor ich auf einer der abschüssigen Stellen den Halt und stürzte die ganze Strecke hinunter.

Eigentlich hätte dieser Buster-Keaton-Gag damit enden

müssen, daß ich bequem in dem tiefen Sessel sitzend gelandet wäre. Statt dessen fand ich mich mit verrenkten Gliedern halb darunterliegend, und ein stechender Schmerz durchzuckte mein ganzes linkes Bein vom Knöchel bis zum Oberschenkel. Gebrochen war es jedoch nicht, im Gegensatz zu einem der Sesselbeine, das wie ein loser Zahn aus dem zerrissenen Gewebe hing. Fluchend riß ich es ganz ab und warf es in eine Ecke. Und mit dem Sessel tat ich dasselbe.

Danach hatte ich für die Sofas überhaupt keine Geduld mehr. Die wollte ich nicht wie Wickelkinder den steilen Abhang hinuntertragen. Ich schob das erste bis über den Rand der Falltüröffnung, schubste es ein bißchen weiter und ließ dann die Lehne los. Es stürzte polternd bis hinunter auf den Boden. Ich grunzte zufrieden und wandte mich gerade dem zweiten zu, als ich das Licht einer Taschenlampe auf mich zukommen sah.

»Der Teufel soll dich holen, Miles«, sagte Duane. Der Lichtstrahl war auf mein Gesicht gerichtet. Einen Moment später trat Duane in den Lichtkreis der Verandalampe.

»Du brauchst doch wohl keine Taschenlampe, um zu sehen, daß ich das bin.«

»Nein. *Dich* erkenne ich auch in tiefster Nacht.« Er knipste die Taschenlampe aus und trat näher an mich heran. Sein Gesicht war wutverzerrt. »Der Teufel soll dich holen. Ich wollte, du wärst nie zurückgekommen. Was hast du dir dabei gedacht? Du dreckiger Bastard!«

»Hör mal«, sagte ich. »Ich weiß, das sieht vielleicht komisch aus, aber –« Ich erkannte, daß ich ein blutiger Amateur war, was Zornausbrüche anbelangt. Duanes Gesicht schien sich aufzublähen.

»Findest du, ja? Du findest also, das sieht komisch aus?

Jetzt hör du mal zu. Wenn du schon losziehen und über das verdammte Haus reden mußt, warum ausgerechnet mit meiner Tochter?«

Ich war zu verblüfft, um antworten zu können.

Er starrte mich noch einen Augenblick lang an, dann drehte er sich zur Seite und schlug mit der Hand gegen einen der Verandapfosten.

Das war der Moment, in dem ich hätte anfangen sollen, mir Sorgen zu machen – als ich einen Wink des Schicksals erhielt.

»Hast du nichts dazu zu sagen, Miles? Du Scheißkerl. Jeder hat das Haus inzwischen vergessen. Alison hätte nie was darüber erfahren. Das verdammte Ding wäre sowieso bald zusammengekracht. Sie hätte nichts davon gewußt. Und dann kommst du daher und erzählst ihr, es sei mein Traumschloß, was? Und sie braucht nur herzugehen und sich einen von diesen besoffenen Stromern in Arden zu schnappen, und der erzählt ihr alles haarklein, stimmt's? Du wolltest wohl unbedingt, daß sie über mich lacht, was? Genauso wie du und deine Cousine über mich gelacht habt!«

»Es war nur aus Versehen, Duane. Es tut mir leid. Ich dachte, sie wüßte Bescheid.«

»Scheißdreck, Miles. Verdammter Scheißdreck. Mein Traumschloß! So hast du es doch genannt, oder? Du hast gewollt, daß sie über mich lacht. Demütigen wolltest du mich. Ich sollte dich grün und blau schlagen.«

»Vielleicht solltest du das wirklich«, sagte ich. »Aber wenn du dich doch nicht traust, dann hör mir wenigstens zu. Es war einfach ein Mißgeschick. Ich dachte, das wüßte sowieso jeder.«

»Ha, das beruhigt mich ja kolossal. Ich sollte dir den Hals umdrehen.«

»Wenn du dich prügeln willst, dann bitte, versuch's nur. Aber ich habe mich bei dir entschuldigt.«

»Dafür kannst du dich nicht entschuldigen, Miles. Ich will, daß du meine Tochter in Ruhe läßt, hörst du? Laß sie in Ruhe, Miles!«

Vielleicht hätte er die Möbel gar nicht bemerkt, wenn er nicht mit der Faust zufällig auf das Sofa geschlagen hätte. Die Überraschung verdrängte den Zorn aus seinem Gesicht.

»Was zum Teufel machst du da?«schrie er.

»Ich räume die alten Möbel wieder ins Haus«, sagte ich, und mein Mut sank, als mir die Albernheit meines Vorhabens plötzlich klar wurde. »Wenn ich wieder weg bin, kannst du sie ja wieder austauschen. Ich muß es einfach tun, Duane.«

»Du räumst die alten Möbel ... Für dich ist wohl nichts gut genug, was, Miles? Du mußt alles kaputtmachen, womit du in Berührung kommst. Weißt du was, ich glaube, du bist verrückt, Miles. Und ich bin nicht der einzige hier, der das denkt. Ich glaube, du bist gefährlich. Du gehörst hinter Schloß und Riegel. Pastor Bertilsson hat ganz recht gehabt.« Er knipste die Taschenlampe wieder an und richtete den Strahl in meine Augen. »Wir sind fertig miteinander, Miles. Ich werde dich nicht aus dem Haus schmeißen, ich werde dich nicht windelweich schlagen. Aber ich werde dich nicht ums Verrecken aus den Augen lassen. Nicht das Geringste wirst du dir jetzt noch herausnehmen können, ohne daß ich es weiß.«

Der Lichtstrahl wanderte von meinem Gesicht zu den einzelnen Gegenständen, die noch auf dem Rasen herumstanden. »Zum Teufel, du hast ja den Verstand verloren. Man sollte dich einfach aus dem Verkehr ziehen.« Für einen Moment glaubte ich, daß er wahrscheinlich recht hatte. Ohne einen weiteren Blick wandte er sich zum Gehen. Als er fünf oder sechs Meter davongestapft war, drehte er sich nochmals um und knipste die Taschenlampe an, doch diesmal war er nicht fähig, den Lichtstrahl auf mein Gesicht gerichtet zu halten. »Und denk' dran, Miles«, rief er. »Bleib' von meiner Tochter weg! Halt dich ja fern von ihr!«

Das klang sehr nach Tante Rinn.

Ich zerrte das andere Sofa hinüber zum Kellerloch und stieß es voll Wut hinunter. Zu meiner ungeheuren Befriedigung krachte es mitten in das andere, das schon zerschmettert auf dem Boden lag. Ich hörte, wie das Holz splitterte. Dann trat ich gegen die Türflügel, bis sie zufielen. Ich brauchte noch eine weitere halbe Stunde, um das alte Mobiliar ins Haus zu schaffen. Dort ließ ich alles liegen und stehen, wo ich es gerade ablud, griff mir eine Flasche, öffnete sie und nahm sie mit nach oben.

5

Mein ganzes Leben lang habe ich mich mit Sisyphusarbeiten und hoffnungslosen Aufgaben herumgeschlagen. Und wenn man noch die Schmerzen und das Zittern in meinen Muskeln in Betracht zieht, ist es wohl nicht allzu verwunderlich, daß ich träumte, ich schöbe meine Großmutter in einem Rollstuhl einen Berg hinauf. Die Gegend war unheimlich, und wir waren von gleißendem Licht umgeben. Meine Großmutter war überraschend schwer. Ich empfand große Furcht. Der beizende Geruch von Holzfeuer drang mir in die Nase. Ich hatte einen Mord begangen oder einen Raub, irgend so etwas, und die Verfolger begannen mich einzukreisen. Noch waren sie unentschlossen, aber sie wußten Bescheid über mich, und sie würden mich zu finden wissen.

»Sprich mit Tante Rinn«, sagte meine Großmutter.

Sie wiederholte: »Sprich mit Tante Rinn.«

Und noch einmal: »Sprich mit Tante Rinn.«

Ich hörte auf, den Rollstuhl zu schieben. Meine Muskeln hielten die Anstrengung nicht mehr länger aus. Wir schienen stundenlang bergauf gegangen zu sein. Ich legte ihr eine Hand auf den Kopf und beugte mich über sie. »Oma«, sagte ich, »ich bin müde. Ich brauche Hilfe. Ich habe Angst«. Wie eine Wolke stieg der Geruch des Holzfeuers auf und drang durch alle Öffnungen meines Schädels.

Als sie mir das Gesicht zuwandte, war es schwarz und vermodert.

Ich hörte zynisches Händeklatschen. Dreimal.

Meine eigenen Schreie weckten mich – man stelle sich das vor: ein Mann allein in einem weißen Schlafzimmer, schreiend in seinem Bett. Ein Mann allein, nur von sich selbst verfolgt. Mein Körper schien schwer und unfähig, sich zu rühren. Mein Mund brannte und mein Kopf fühlte sich, als wäre er mit ölgetränkten Lumpen vollgestopft – Folge des Mißbrauchs von Zaubermitteln. Vorsichtig schwang ich meine Beine aus dem Bett, setzte mich auf, beugte den Rücken und stützte den Kopf in die Handflächen. Ich berührte die Stelle, an der ich meinen Haaransatz vermutete, und fühlte statt des weichen Haares nur glatte, ölige Haut. Mein Fuß stieß gegen die Flasche. Ich riskierte einen Blick: sie war zu drei Vierteln leer. Rings um mich verstreut, sah ich die Beweise des Verfalls, der Sterblichkeit. Dann stand ich auf, und meine Beine waren völlig gefühllos. Abgesehen von den Stiefeln trug ich noch immer meine Sonntagskleidung, die fleckig und vom Dreck aus dem Kartoffelkeller verkrustet war. Ich spürte den Geschmack meiner Schreie im Mund.

Ich tastete mich an der Wand entlang und schleppte mich die Treppen hinunter.

Die Möbel erschreckten mich zuerst: die falschen Möbel standen an den falschen Plätzen. Dann fiel mir die Szene der vergangenen Nacht wieder ein. Duane und der Lichtstrahl, der mir in die Augen stach. Auch das schien ich im Rausch erlebt zu haben. Manche Effekte können sich zeitlich vor- oder rückwärts verschieben und auf diese Weise Ereignisse beeinflussen und beflecken, die andernfalls völlig harmlos gewesen wären. Schwer ließ ich mich auf das alte Sofa plumpsen und fürchtete, daß ich durch die Polsterung hindurch und in eine andere Dimension fallen könnte. Am Sonntag hatte ich mir selbst weisgemacht, daß ich genau den richtigen Platz für jedes von Großmutters Möbelstücken wüßte. Jetzt erkannte ich, daß das eine Illusion gewesen war. Ich würde so lange herumprobieren müssen, bis alle Stücke wieder ihren richtigen Platz hatten und das Zimmer endlich wieder wie damals war.

Ins Badezimmer, heißes Badewasser, kaltes Trinkwasser! Mit größter Anstrengung stemmte ich mich von dem Sofa hoch, brachte es fertig, den herumstehenden Möbeln auszuweichen, und gelangte bis in die Küche.

Alison Updahl lehnte am Spülbecken und kaute an irgend etwas. Sie trug ein T-Shirt (gelb) und Jeans (braun). Ihre Füße waren nackt, und ich fühlte die Kälte des Fußbodens, als dringe sie in meine eigenen Füße.

»Bedaure, aber heute ist es noch zu früh für Gesellschaft«, sagte ich.

Endlich hörte sie mit dem Kauen auf und schluckte.

»Ich muß dich sprechen«, sagte sie. Ihre Augen waren groß.

Ich wandte mich ab, da mir klar wurde, daß da eine Komplikation aufgetaucht war, mit der ich in meinem augenblicklichen Zustand nicht fertigwerden konnte. Auf dem Tisch stand ein Teller mit einem unappetitlichen Mansch aus erkaltetem Rührei mit verschrumpeltem Schinken.

»Das dürfte Mrs. Sunderson für dich gemacht haben, schätze ich. Sie hat nur einen Blick ins andere Zimmer geworfen und gesagt, sie würde da erst saubermachen, wenn du dich entschlossen hättest, wie du es nun einrichten willst. Und sie hat auch gesagt, du hättest diese alte Seemannskiste aufgebrochen. Das ist eine wertvolle Antiquität, sagt sie. Ihre Familie hat auch so ein Ding, und ein Mann aus Minneapolis hat gesagt, es sei zweihundert Dollar wert.«

»Bitte, Alison.« Ich riskierte noch einen Blick auf sie. Unter dem enganliegenden gelben Hemd hingen die großen Brüste schwer und anheimelnd herab. Ihre Füße waren überraschend klein, weiß, ein bißchen rundlich, schön. »Ich bin viel zu kaputt, um mich sehen zu lassen.«

»Ich bin aus zwei Gründen gekommen. Erstens weiß ich, daß es dumm von mir war, zu Papa was über das Haus da zu sagen. Der ist vielleicht in die Luft gegangen! Zack hat mich ja gewarnt, aber ich bin einfach hingegangen und hab' ihn trotzdem gefragt. Das war ziemlich blöd von mir, zugegeben. Was ist eigentlich mit dir los? Hast du einen Kater? Und warum holst du all die alten Möbel und das ganze Zeug wieder herauf?« Sie sprach sehr schnell.

»Ich arbeite an einem Projekt.«

Das verschlug ihr die Sprache. Ich setzte mich an den Tisch und schob das kalte Essen weit weg, damit ich es nicht riechen mußte.

»Du brauchst dir wegen Papa keine Sorgen zu machen. Er ist rasend vor Wut, aber er weiß ja nicht, daß ich hier bin. Er ist draußen auf den neuen Feldern. Das ist ganz weit die Straße hinunter. Er weiß über viele Dinge nicht Bescheid, die ich tue.«

Schließlich merkte ich, daß sie außergewöhnlich gesprächig war – zu gesprächig.

Das Telefon begann zu klingeln. »Scheiße«, sagte ich und stand schwankend auf. Ich nahm den Hörer ab und wartete darauf, daß der Anrufer sich meldete. Schweigen. »Wer ist da?« Ich bekam keine Antwort. »Hallo! Hallo!« Ich hörte ein Geräusch wie von Flügeln, wie das Flappen eines Ventilators. Das Zimmer war kalt. Ich knallte den Hörer auf die Gabel zurück.

»Haben die überhaupt nichts gesagt? Das ist ja unheimlich. Zack sagt, daß Telefone einen an diese Energiewellen aus dem Weltraum anschließen können. Und er sagt, wenn alle Leute auf der ganzen Welt in genau demselben Augenblick ihre Telefonhörer abheben, dann kommt reine Weltraumenergie in Wellen aus dem Hörer. Er hat noch eine andere Idee, und zwar, wenn alle Menschen auf der Welt im selben Sekundenbruchteil alle dieselbe Nummer anrufen, dann gibt es eine Energieexplosion. Er sagt, daß solche Dinge wie Elektronik und Telefone uns auf die Apokalypse und die Offenbarung vorbereiten.« Aus ihrem Munde klang das alles recht verspielt und fröhlich.

»Ich brauche ein Glas Wasser«, sagte ich. »Und ein Bad.« Ich ging zum Spülbecken und stand neben ihr, während ich das kalte Wasser ins Glas rinnen ließ. Ich trank es in zwei oder drei Zügen aus und spürte, wie es im ganzen Körper prickelte. Das zweite Glas hatte jedoch nicht mehr die gleiche Wirkung.

»Hast du solche Anrufe auch schon nachts bekommen?«

»Nein. Ich würde auch gar nicht rangehen.«

»Eigentlich komisch das alles. Eine ganze Menge Leute hier in der Gegend mögen dich nicht besonders. Sie reden über dich. Ist dir mal was Schlimmes passiert, vor langer Zeit, hier in der Gegend? Irgend etwas ist doch da passiert, stimmt's? Etwas, worüber all die alten Leute Bescheid wissen?«

»Ich weiß nicht, was du meinst. Mein Leben war immer eitel Wonne und Sonnenschein, seit meiner Geburt. So, und jetzt nehm ich mein Bad.«

»Papa weiß es auch, nicht? Ich habe nämlich gehört, wie er was gesagt hat, das heißt, er hat es eigentlich nicht richtig gesagt, er hat nur darüber geredet, ohne es direkt auszusprechen, neulich abends am Telefon. Ich glaube, er sprach mit Zacks Vater.«

»Daß Zack Eltern hat, kann ich mir kaum vorstellen«, sagte ich. »Er ist mehr der Typ, der aus dem Haupte des Zeus entspringt. So, und nun verschwinde. Bitte!«

Sie rührte sich nicht von der Stelle. Das Wasser hatte einen schneidenden Schmerz hinter meiner Stirn ausgelöst. Aber stärker als meinen Kater spürte ich die Spannung, die von dem Mädchen ausging. Sie verschränkte die Arme und preßte ganz bewußt ihre Brüste zusammen. Ich roch ihr Blut.

»Ich hab' dir erklärt, daß ich aus zwei Gründen gekommen bin. Ich will, daß du mit mir schläfst.«

»Mein Gott«, sagte ich.

»Er wird noch mindestens zwei Stunden weg sein, und dazu braucht man ja sowieso nicht lange«, fügte sie hinzu und gab mir damit mehr Einblick in Zacks Sexualleben, als mir lieb war.

»Was würde denn der gute alte Zack dazu sagen?«

»Das ist ja überhaupt seine Idee gewesen. Er hat gesagt, das muß sein, damit ich Disziplin lerne.«

»Alison«, sagte ich. »Ich gehe jetzt ins Badezimmer. Wir können später darüber reden.«

»Wir hätten doch beide Platz in der Badewanne.«

Ihre Stimme klang hohl, sie sah unglücklich drein. Die prallen Schenkel in den engen Jeans waren mir entsetzlich bewußt – die großen weichen Brüste, die hübschen bloßen Füße auf dem kalten Boden. Wenn Zack dagewesen wäre, hätte ich ihn erschossen.

Ich sagte möglichst sanft: »Ich glaube, Zack behandelt dich nicht sehr anständig.« Abrupt wandte sie sich um, stolzierte hinaus und knallte die Tür hinter sich zu.

Als ich gebadet hatte, fiel mir wieder ein, wozu ich mich nach dem Zusammenstoß mit Duane entschlossen hatte, und sofort holte ich das Telefonbuch mit den beiden kleinen angelnden Jungen an dem See. Paul Kant wohnte in der Madison Street in Arden, doch als er sich meldete, klang seine Stimme so weit entfernt, als sei er in Tibet.

»Hallo Paul, hier spricht Miles Teagarden. Ich bin seit einer Woche oder so im Lande und hab schon versucht, dich zu treffen.«

»Die Frauen haben es mir erzählt«, sagte er. »Ich habe gehört, daß du hier bist.«

»Na, und ich habe gehört, daß du hier lebst«, sagte ich. »Ich hätte gedacht, du wärst seit langem über alle Berge.«

»Es ist eben nun mal anders gekommen, Miles.«

»Triffst du dich manchmal noch mit Eisbär?«

Er lachte sonderbar, bitter. »So wenig wie möglich. Hör mal, Miles, es wäre vielleicht besser ... es wäre wohl besser, wenn du nicht versuchen würdest, mich zu sehen. Es ist nur zu deinem eigenen Besten, Miles. Zu meinem vielleicht auch.«

»Wieso denn das, zum Teufel? Hast du irgendwelche Schwierigkeiten?«

»Ich weiß nicht recht, was ich darauf antworten soll.« Seine Stimme klang leise und gequält.

»Brauchst du Hilfe? Ich verstehe einfach nicht, was hier vorgeht, Paul.«

»Dann sind wir zu zweit. Mach die Dinge nicht noch schlimmer, Miles. Ich sag dir das zu deinem Besten.«

»Himmel Herrgott! Ich verstehe diese ganze Geheimnistuerei nicht. Sind wir denn nicht Freunde gewesen?« Sogar durch das Telefon konnte ich so etwas wie Furcht spüren. »Wenn du Hilfe brauchst, Paul, dann will ich versuchen, dir zu helfen. Du mußt es nur sagen. Du hättest schon vor Jahren dieses Nest verlassen sollen. Das ist nicht der richtige Platz für dich, Paul, ich fahre heute noch nach Arden rüber. Könnte ich im Kaufhaus vorbeikommen und dich besuchen?«

»Ich arbeite nicht mehr im Zumgo.«

»Das ist ja fein.« Ich weiß nicht warum, aber ich mußte plötzlich an die kleine Kriegerin denken.

»Sie haben mich gefeuert.« Seine Stimme war flach und hoffnungslos.

»Dann sind wir ja beide arbeitslos. Ich finde, es ist geradezu eine Ehre, aus einem Mausoleum wie Zumgos rauszufliegen. Ich will mich dir ja nicht aufdrängen, Paul. Ich habe mich da auf etwas eingelassen, das mich sowieso die meiste Zeit in Anspruch nehmen wird, aber ich glaube, wir sollten uns mal treffen. Wir waren schließlich Freunde, damals.«

»Ich kann dich natürlich nicht daran hindern zu tun, was du dir in den Kopf setzt«, sagte er. »Aber wenn du wirklich kommen willst, dann am besten nachts.«

»Warum glaubst du –«

Ich hörte ein Klicken, dann herrschte eine Sekunde lang jene Stille, von der Zack der Tochter meines Cousins erzählt hatte, daß sie mit Energiewellen aus dem Weltraum geladen sei, und dann das unverbindliche Tuten des Freizeichens.

Während ich die alten Möbel hierhin und dorthin schob und versuchte, den früheren Zustand des Wohnzimmers wiederherzustellen, hörte ich von dem zweiten meiner alten Freunde aus Arden. Das Telefon klingelte. Ich setzte den Stuhl ab, den ich gerade quer durchs Zimmer trug, und hob ab.

Eine Männerstimme fragte: »Sind Sie Miles Teagarden?«

»Ja, bin ich.«

»Einen Moment, bitte.«

Wenige Augenblicke später wurde ein zweites Telefon abgehoben. »Hallo, Miles. Hier ist Chefinspektor Hovre.«

»Eisbär!«

Er lachte. »Daran erinnern sich nicht mehr allzu viele hier. Die meisten nennen mich Galen.« Ich hatte seinen richtigen Vornamen noch nie gehört. Eisbär gefiel mir besser.

»Traut sich wohl niemand mehr, dich Eisbär zu nennen?«

»Oh, dein Cousin Duane vielleicht. Wie ich höre, hast du schon einige Wellen geschlagen, seit du hier bist.«

»Och, nichts Ernstes.«

»Nein, natürlich nichts Ernstes. Freebo sagt, wenn du jeden Tag in seine Bar kämst, brauchte er nicht mehr mit dem Gedanken zu spielen, das Lokal zu verkaufen. Arbeitest du an einem neuen Buch, Miles?«

Also hatte Freebo meine Stegreifgeschichte über Maccabees Buch weitererzählt. »Richtig«, sagte ich. »Ich bin hierhergekommen, um Ruhe und Frieden zu haben.«

»Und bist genau mitten in all unsere Probleme hineingeplatzt. Miles, ich habe schon überlegt, wie ich es anstellen könnte, dich bald mal zu sehen.«

»Wie bald?«

»Heute zum Beispiel.«

»Worum geht es denn?«

»Einfach so, zu einem freundschaftlichen Plausch, könnte man sagen. Wolltst du vielleicht sowieso heute nach Arden reinkommen?«

Ich hatte das beunruhigende Gefühl, daß er auf telepathischem Wege mein Gespräch mit Paul Kant abgehört hatte. »Ich hätte gedacht, daß du zur Zeit ganz schön beschäftigt bist, Eisbär.«

»Für einen alten Kumpel hab ich immer Zeit, Miles. Also, wie wär's? Könntest du irgendwann heute nachmittag herkommen? Wir sitzen immer noch hinten im Gerichtsgebäude.«

»Ich denke schon, daß ich es einrichten kann.«

»Also, dann erwarte ich dich, Miles.«

»Ich frage mich allerdings, was passieren würde, wenn ich nein gesagt hätte.«

»Aber warum sollte denn etwas passieren, Miles?«

Ja, warum nur? Es hörte sich tatsächlich so an, als hätte Eisbär (Galen, wenn es sein muß) alle meine Bewegungen seit meiner Ankunft im Tal beobachtet und registriert. Hatte mich vielleicht eine von Pauls Feindinnen das Maccabee-Buch einstecken sehen? Aber in dem Fall hätten sie mich bestimmt gestellt, bevor ich den Laden verließ.

Während ich die Treppe hinunterstieg, grübelte ich über den ernsten Ton nach, in dem Eisbär mit mir gesprochen hatte. Ich ging ins Arbeitszimmer und setzte mich an meinen provisorischen Schreibtisch. Alles kam mir so weit entfernt, so entrückt vor, als sei es ein anderer Mann gewesen, der die seltsamen Türknöpfe abmontiert und die Tür auf die Sägeböcke gelegt hatte. Meine armseligen Aufzeichnungen, meine armseligen Entwürfe. Ich schlug eines der Hefte auf und las einen Satz. »Immer wiederkehrend in Lawrences Werk ist das Moment der sexuellen Wahl, das heißt das Sich-Entscheiden für den Tod (oder für ein Scheinleben) statt für ein vollkommen engagiertes individuelles Leben.« Hatte ich diesen Satz wirklich geschrieben? Hatte ich meinen Studenten so ein Zeug aufgetischt? Ich bückte mich und raffte wahllos ein paar Bücher zusammen. Mit einer Schnur band ich sie zu einem Bündel, ging aus dem Haus und den Weg hinunter.

»Das werde ich nie lesen«, erklärte mir Alison Updahl. »Du brauchst mir nichts zu schenken.«

»Das weiß ich. Und du brauchst mir auch nichts zu schenken.« Sie sah mich kläglich an. »Aber das hier war wenigstens meine eigene Idee.«

»Hast du was dagegen – wäre es dir recht, wenn ich sie Zack gebe? Er ist nämlich der Intellektuelle, nicht ich.«

»Mach damit, was du willst«, sagte ich. »Du ersparst mir nur die Mühe, sie wegzuwerfen.« Ich wandte mich zum Gehen.

»Miles«, sagte sie.

»Glaube ja nicht, daß du mich nicht gereizt hast«, sagte ich. »Ich finde dich außerordentlich reizvoll. Aber ich bin zu alt für dich, und ich bin immerhin der Gast deines Vaters. Und ich glaube, du solltest sehen, daß du von diesem Zack loskommst. Er ist völlig verdreht, und er wird dir immer nur weh tun.«

Sie sagte: »Das verstehst du nicht.« Sie sah entsetzlich unglücklich aus, wie sie da auf der Betontreppe vor der Tür stand und den kleinen Stapel Bücher in den Händen hielt.

»Nein, wahrscheinlich nicht«, sagte ich.

»Es gibt hier doch sonst niemanden wie ihn. Genauso wie es niemanden wie dich gibt.«

Ich strich mir übers Gesicht: Ich schwitzte wie der Schlagzeuger einer Band in einer heißen Nacht. »Ich werde nicht lange hierbleiben, Alison. Mach nicht etwas aus mir, was ich gar nicht bin.«

»Miles«, sagte sie und hielt verlegen inne. Doch sie hatte es sich angewöhnt, stark zu sein, und das half ihr auch jetzt weiter. »Ist irgend etwas nicht in Ordnung?«

»Das ist zu kompliziert, das kann ich dir nicht erklären.« Sie antwortete nicht, und in ihrem offenen Gesicht erkannte ich den Ausdruck eines Menschen wieder, dessen Probleme zu kompliziert waren, als daß sie in Worte hätten gekleidet werden können. Ich wollte ihre Hand nehmen und tat es beinahe auch. Aber ich konnte ja wohl kaum Anspruch auf die Autorität des Alters erheben, die eine solche Geste voraussetzen würde.

»He«, sagte sie, als ich mich zum Gehen wandte.

»Ja?«

»Es war zum Teil meine eigene Idee. Aber wahrscheinlich glaubst du mir nicht.«

»Alison, sei vorsichtig«, sagte ich und meinte es so eindringlich, wie ich kaum jemals etwas in meinem Leben eindringlich gemeint hatte.

Im gleißenden Sonnenlicht ging ich zurück zu dem alten Haus. Mein Kater war vorbei, war einem nicht unangenehmen Gefühl der Leichtigkeit und Leere gewichen. Als ich zur Garage und zu dem davor geparkten VW kam, waren mein Gesicht und meine Schultern von der Sonne durchwärmt. Rechts von mir graste die Stute auf der aufgewühlten Wiese. Die Nußbäume vor mir waren dick und mächtig, Abbilder langlebiger Gesundheit. Das gleiche wünschte ich mir für Alison Updahl und mich. Ich fühlte, daß sie mir nachsah. Ich wollte etwas tun können, um ihr zu helfen, etwas Direktes, Starkes. Ein Habicht kreiste hoch über den Hügeln und dem Tal. Unten auf der Straße, gegenüber der Auffahrt, hing der Briefkasten an einem eisernen Pfahl wie ein Vogelhäuschen. Wahrscheinlich war Tuta Sunderson schon fortgewesen, bevor der Postbote in seinem staubigen Ford gekommen war.

Ich zog einen dicken Stapel von Zetteln und Briefen aus dem Kasten. Einen nach dem anderen ließ ich in den Graben flattern – Sie waren alle »An einen Haushalt« adressiert. Bis auf den letzten. Es war der gleiche Umschlag wie der von neulich und er trug dieselben Schriftzüge. Einen Augenblick lang glaubte ich, meinen eigenen Namen darauf zu lesen; wie der vorige Brief war auch dieser in Arden abgestempelt.

Als ich schließlich sah, an wen der Brief gerichtet war, schaute ich über die Kornfelder zum Waldrand hin. Es stand keine Gestalt dort und wartete in olympischer Ruhe. Meine Hände zitterten. Ich blickte wieder auf den Briefumschlag – ich hatte mich nicht getäuscht. Er war an Alison Greening adressiert, c/o (mein Name), RFD 2, Norway Valley, Arden. Die Sonne schien meine Pupillen zu durchdringen und meinen Verstand zu versengen. Ungeschickt und noch immer zitternd riß ich den Umschlag auf. Ich wußte, was ich darin finden würde. Das einzelne Blatt entfaltete sich in meinen Händen. Natürlich war es völlig leer. Weder ein von einem Pfeil durchbohrtes Herz noch ein schwarzer Fleck noch sonst etwas, nur jungfräulich weißes Papier.

Mit schwingender Handtasche kam Tuta Sunderson die Straße herunter auf mich zumarschiert. Keuchend vor Erregung wartete ich so lange wie möglich und ging dann auf sie zu.

»Ist was für Sie gekommen?«

»Nein. Ja«, sagte ich. »Ich weiß nicht. Mrs. Sunderson, Sie können das Wohnzimmer noch nicht putzen, ich bin noch nicht fertig damit. Sie können genausogut wieder heimgehen. Ich muß nämlich ohnehin weg.« Der Anruf fiel mir ein, und ich fügte hinzu: »Wenn das Telefon klingelt, heben Sie nicht ab.« Ich stürmte die Straße hinunter zu meinem Wagen.

Ich ließ den Motor aufheulen, stieß krachend den Gang hinein und raste quer über die Wiese. Im letzten Moment riß ich das Lenkrad herum und wich den Nußbäumen aus. Dann schoß ich auf die Talstraße hinaus. Die dicke Tuta Sunderson stand noch da, wo ich sie verlassen hatte; mit offenem Mund sah sie zu, wie ich davonsauste.

Aber so wollte ich Eisbär nicht gegenübertreten – nicht mit Handschellen, vorgeführt von einem hohlwangigen Verkehrspolizisten, also drosselte ich die Geschwindigkeit und kam mit sechzig Stundenkilometern den Hügel hinunter und am R. D. N-Motel vorbei. Als ich die Ebene bei der Schule erreichte, fuhr ich fast vorschriftsmäßig mit fünfzig. Ich sah Leute auf den Gehwegen, auf einer Fensterbank putzte sich eine Katze, andere Autos trudelten vor mir her: Arden machte diesmal nicht den ausgestorbenen, unheimlichen Eindruck, den es bei meinem ersten Besuch auf mich gemacht hatte, sondern es war eine normale Kleinstadt mit einer normalen Atmosphäre schläfriger Geschäftigkeit. Ich fand eine Parklücke gegenüber Zumgo, glitt hinein und bremste sanft wie ein Lamm. Ich kam mir vor wie ein Mann, der auf einem rohen Ei balanciert. Der zusammengefaltete Briefumschlag schien meine Tasche aufzublähen. Ich kannte nur ein sicheres Mittel, dieses schreckliche schwerelose erwartungsvolle Gefühl loszuwerden. Diesmal hörte ich Stimmengewirr statt Flügelschlagen, als ich die Straße überquerte und das Zumgo-Kaufhaus betrat.

Glücklicherweise war der Laden voller Kundinnen. Die meisten waren übergewichtig und trugen obszöne Mieder und extrem kurze Röcke. Sie würden das Publikum für meine Autotherapie abgeben. Ein Geruch von Kompost und öden Hinterhöfen, von Bier und Brezeln ging von ihnen aus. Ich schlenderte durch die Gänge und um die Tische, als sei ich auf der Suche nach etwas Bestimmtem. Die Frauen nahmen kaum Notiz von mir, nicht einmal die alten Vetteln, die mir von meinem vorigen Besuch in Erinnerung waren. Ich war einfach irgendein Ehemann, der eine Besorgung zu erledigen hatte. Ich dachte und fühlte mich in diese Rolle hinein.

Ich bin kein Kleptomane. Ich besitze ein Gutachten von einem Psychoanalytiker, in dem dies schwarz auf weiß attestiert wird. Ich nahm einen Zehn-Dollar-Schein aus der Tasche, faltete ihn und steckte ihn zwischen den zweiten und den dritten Finger meiner rechten Hand.

Ich glaube, jetzt wäre es an der Zeit für zwei Erläuterungen. Die erste liegt sozusagen auf der Hand. Ich hatte geglaubt, die Handschrift auf dem Briefumschlag zu kennen. Ich hatte geglaubt, Alison Greening hätte ihn mir geschickt. Das war natürlich verrrückt. Aber es war nicht verrückter, als zu glauben, daß sie am 21. Juli zurückkehren würde, um ihr Gelübde zu erfüllen. Vielleicht hatte sie mir ein Zeichen geben wollen, daß ich durchhalten sollte bis zu jenem Tage. Die zweite Erläuterung hat mit Stehlen zu tun. Ich halte mich selbst nicht für einen Dieb – außer vielleicht ganz tief im Unterbewußtsein, ein Schuldgefühl, das in meinen Träumen auftaucht. Ich hasse Diebstahl. Außer Maccabees Buch hatte ich seit fünfzehn Jahren nichts gestohlen. Im Hinblick auf meine Diebereien als Junge hatte ich einmal einen Psychoanalytiker gefragt, ob ich Kleptomane sei. Natürlich nicht, sagte er. Geben Sie mir das schriftlich, sagte ich. Er tippte es mir auf einen Zettel. Und doch, in Zeiten großen Unbehagens weiß ich, daß ich mein Gleichgewicht nur durch *ein* Mittel wiedergewinnen kann, auch wenn ich dafür große Umwege und Unannehmlichkeiten in Kauf nehmen muß. Es ist wie mit dem Essen – wenn man noch immer Speisen in sich hineinstopft, obwohl der Hunger schon längst gestillt ist.

Was ich also vorhatte, war eine Wiederholung meiner Diebstahlspantomime: Ich würde heimlich irgendwelche Dinge einstecken und dann beim Hinausgehen bei der Kasse den Zehn-Dollar-Schein fallenlassen. Die erste Versuchung überkam mich, als ich in der Haushaltswarenabteilung einen Korkenzieher entdeckte. Daneben lag eine Auswahl von Taschenmessern. Ich trieb mich eine Weile in der Nähe des Tisches herum und ließ ein Dutzend Gelegenheiten vorbeigehen, den Korkenzieher und ein Messer verschwinden zu lassen. Plötzlich erschien mir die ganze Sache konstruiert und dumm.

Auf einmal war ich von Abneigung gegen diese Scharade erfüllt. Ich war wirklich zu alt für solche Streiche, ich konnte mir so etwas einfach nicht erlauben. Doch ich litt noch immer. Ich stieg die Treppe hinauf in die Buchabteilung.

Langsam drehte ich den Ständer: Du wirst nicht wieder stehlen, sagte ich zu mir selbst. Es waren hauptsächlich rührselige Romane mit bunten Umschlagbildern, auf denen schöne Mädchen aus Schlössern davonliefen. Ich konnte kein weiteres Exemplar von ›The Enchanted Dream‹ finden. Daß ich das eine neulich entdeckt hatte, war schon unwahrscheinliches Glück gewesen. Mit gespieltem Gleichmut betrachtete ich die Buchrücken. Nichts.

Und dann fand ich den idealen Ersatz: In einem der unteren Regale steckte ein Buch von Lamont Withers, der wohl das geschwätzigste und lästigste Mitglied meines Seminars über Joyce gewesen war und jetzt in Bennington lehrte – ›A Vision of Fish‹, ein durch sein Titelbild von zwei sich umarmenden Zwittern als Liebesgeschichte getarntes Fachbuch. Ich zog es heraus und las, was auf der Rückseite stand: »Eine feinfühlige Tour de Force . . .« (›Cleveland Plain Dealer‹), »Überwältigend, geistreich . . .« (›Library Journal‹), »Withers ist der kommende Mann . . .« (›Saturday Review‹). Meine Gesichtsmuskeln zuckten; das war ja noch schlimmer als Maccabee. Wieder überkam mich die Versuchung, und beinahe hätte ich mir das Buch unter den Arm geklemmt. Doch ich wollte dieser Gier nicht nachgeben – ich konnte mich doch nicht von zwanzig Jahre alten Regungen beherrschen lassen. Ich hielt das Buch offen in der Hand, ich ging die Treppe hinunter. An der Kasse zahlte ich wie jeder ordentliche Mensch und steckte das Wechselgeld ein.

Schweratmend, mit brennendem Gesicht setzte ich mich in meinen Wagen. Ich hatte den inneren Frieden wiedergefunden. Nicht gestohlen zu haben war ein viel besseres Gefühl, als zu stehlen oder Stehlen zu spielen. Wie ich nun schon seit Jahren wußte, war nicht zu stehlen die einzig richtige Art des Einkaufens. Ich fühlte mich wie ein Alkoholiker, der gerade einen angebotenen Drink abgelehnt hat. Es war noch zu früh, um Eisbär aufzusuchen, also berührte ich den zusammengefalteten Brief in meiner Tasche und entschloß mich zu einem Besuch – na, wo denn schon? – in Freebo's Bar, um zu feiern. Eine erfolgreiche Mission inmitten von Tod und Zerstörung.

Als ich die Straße überquerte, traf mich ein scharfkantiges kleines Ding mitten zwischen die Schulterblätter. Ich hörte einen Stein auf das Straßenpflaster kollern. Ich sah zu, wie er weiterrollte und schließlich liegenblieb, bevor ich zum Gehweg hinüberblickte. Es waren Leute dort, und sie simulierten noch immer diese kleinstädtische schläfrige Geschäftigkeit; sie kamen vom Zumgo und gingen zum Coast-to-Coast-Kaufhaus, sie betrachteten das Brot im Schaufenster von Myer's Bäckerei. Sie schienen es absichtlich zu vermeiden, zu mir herüberzusehen, sie vermieden es sogar, auch nur in meine Richtung zu schauen. In der nächsten Sekunde entdeckte ich die Männer, die wahrscheinlich den Stein geworfen hatten. Fünf oder sechs untersetzte Kerle mittleren Alters standen vor der Angler-Bar, zwei oder drei von ihnen in grobem Drillich, die anderen in schäbigen Anzügen. Sie beobachteten mich, und einer nach dem anderen begann zu grinsen. Es war wie in der Raststätte in Plainview. Ich erkannte keinen von ihnen. Als ich mich abwandte, flog ein zweiter Stein an meinem Kopf vorbei. Ein weiterer traf mich am Bein.

Freunde von Duane, dachte ich. Dann erkannte ich, daß ich mich irrte. Wenn sie das wären, hätten sie laut gelacht. Dieses Schweigen war unheilvoller als das Steinschleudern. Ich sah zurück: Sie standen noch immer dort vor den dunklen Fenstern der Bar, zusammengedrängt, mit den Händen in den Taschen. Sie beobachteten mich. Ich flüchtete in Freebo's Bar.

»Wer sind diese Männer da?« fragte ich Freebo. Er kam eilig durch das Lokal auf mich zu und trocknete sich die Hände mit einem Lappen.

»Sie sehen ein bißchen mitgenommen aus, Mr.Teagarden«, sagte er.

»Sagen Sie mir, wer diese Burschen sind. Ich will ihre Namen.«

Die beiden mageren alten Männer, die an der Bar gesessen hatten, nahmen ihre Gläser und verzogen sich still in die am weitesten entfernte Ecke.

»Welche Männer, Mr. Teagarden?«

»Die auf der anderen Straßenseite, vor der Bar.«

»Sie meinen wohl die Angler-Bar. Tja, ich seh dort niemanden. Tut mir leid, Mr. Teagarden.«

Ich trat an das lange schmale Fenster, das sich zur Straße öffnete, und stellte mich neben ihn. Die Männer waren verschwunden. Eine Frau mit Lockenwicklern im Haar schob ihren Kinderwagen auf die Bäckerei zu.

»Sie waren aber gerade noch da«, beharrte ich. »Fünf oder sechs. Ein paar Farmer und einige andere. Sie haben mich mit Steinen beworfen.«

»Weiß ich wirklich nicht, Mr. Teagarden. Könnte doch eine Art Unfall gewesen sein.«

Ich starrte ihn an.

»Trinken Sie erst mal einen, auf meine Kosten«, sagte er. Er wandte sich um, nahm ein Schnapsglas und hielt es unter eine der Flaschen, die über der Theke hingen. »Hier, schütten Sie das erst mal runter.« Widerstandslos trank ich das Glas in einem Zug aus. »Wissen Sie, wir sind hier alle noch völlig durcheinander, Mr. Teagarden. Das ist bestimmt nur passiert, weil die nicht wissen, wer Sie sind.«

»Das ist sicher nur passiert, weil die wissen, wer ich bin«, sagte ich. »Eine nette Stadt ist das, nicht? Ach, antworten Sie besser nicht. Geben Sie mir lieber noch einen Drink. Ich muß noch zu Eisbär, ich meine, Galen. Später dann. Aber erst werde ich hier warten, bis alle nach Hause gegangen sind.«

Er blinzelte. »Ganz wie Sie wollen.«

Ich trank sechs Glas Whisky und ließ mir Zeit dabei. Die Stunden verstrichen. Dann trank ich eine Tasse Kaffee und danach noch einen Whisky. Die anderen Männer in der Bar betrachteten mich verstohlen und sahen sofort weg, wenn ich mein Glas hob oder mich über den Bartisch lehnte. Nachdem dieses Spiel unerträglich lange gedauert hatte, nahm ich Withers Buch aus der Tasche und begann zu lesen. Ich ging von Whisky zu Bier über, und dann fiel mir ein, daß ich noch nichts gegessen hatte.

»Haben Sie auch Sandwichs?«

»Ich werde eins für Sie besorgen, Mr. Teagarden. Vielleicht auch noch eine Tasse Kaffee?«

»Noch eine Tasse Kaffee – und noch ein Bier.«

Withers Buch war unlesbar. Es war unerträglich trivial. Ich fing an, Seiten herauszureißen. Wenn man sich einmal eine Masche zugelegt hat, sollte man sie auch beibehalten. Jetzt gaben sich die anderen Männer keine Mühe mehr, ihre Neugier zu verbergen. Ich begann, Anzeichen von Trunkenheit an mir wahrzunehmen. »Haben Sie einen Papierkorb da, Freebo?« fragte ich.

Er hielt einen grünen Plastikeimer hoch. »Ist das auch eins, das Sie geschrieben haben?«

»Nein. Ich habe noch nie was geschrieben, das der Veröffentlichung wert gewesen wäre«, sagte ich. Ich stopfte die herausgerissenen Seiten in den grünen Eimer. Die Männer starrten mich an wie einen Zirkusaffen.

»Sie sind ja ganz durcheinander, Mr. Teagarden«, sagte Freebo. »Sehen Sie, das führt doch zu nichts. Sie haben ein paar zuviel gehabt, Mr. Teagarden, und Sie sind irgendwie aufgeregt. Ich glaube, Sie sollten ein bißchen an die frische

Luft gehen. Sie haben schon genug getrunken, sehen Sie, und ich darf Ihnen sowieso nichts mehr geben. Sie sollten nach Hause gehen und sich ausschlafen.« Er begleitete mich zum Ausgang und redete leise und beruhigend auf mich ein.

»Ich will einen Plattenspieler kaufen«, sagte ich. »Geht das noch, oder ist es schon zu spät?«

»Ich glaube, die Geschäfte haben gerade geschlossen, Mr. Teagarden.«

»Dann werde ich das morgen erledigen. Jetzt muß ich aber zu Eisbär Galen Hovre.«

»Das ist eine gute Idee.« Die Tür fiel hinter mir zu. Ich stand allein auf der menschenleeren Main Street; der Himmel wurde dunkler, das Tageslicht schwächer, obwohl die Dämmerung erst in zwei Stunden hereinbrechen würde. Ich glaube, ich hatte den größten Teil des Tages in der Bar verbracht. An den Türen der Bäckerei und des Kaufhauses hingen Schilder: »Geschlossen«. Ich warf einen Blick auf die Angler-Bar, die von außen so leer wirkte wie Freebo's. Ein Auto fuhr vorbei in Richtung Gerichtsgebäude. Wieder hörte ich das Flügelschlagen der Tauben, die hoch oben kreisten.

In diesem Augenblick schien Arden eine Geisterstadt zu sein. Der Mittelwesten ist ein guter Platz für Geister, erkannte ich, der beste. Diese leeren Straßen und die Felder könnten voll von ihnen sein. Ich spürte sie fast körperlich um mich herum.

Ich war so in diese Gedanken versunken, daß ich zusammenfuhr, als ich Schritte hinter mir hörte. Ich blickte über die Schulter zurück, sah aber nur die leere Straße, gesäumt mit geparkten Autos, die an leere Kokons von Insekten erinnerten. Sobald ich wieder geradeaus schaute, hörte ich neuerlich

Schritte hinter mir, und zwar von einer ganzen Gruppe von Leuten. Ich begann schneller zu gehen, und sie folgten mir. Vor mir dehnte sich die verlassene Straße, die Läden waren geschlossen und leer. Ich hörte das elektrische Summen der Neonröhren über dem Schaufenster eines Haushaltswarengeschäfts. Die Tünche der Wirklichkeit schien sich aufzulösen, und mir war, als spannten sich das Straßenpflaster und die Häuserfronten über eine dröhnende Leere. Ich begann zu laufen und hörte sie hinter mir herlaufen. Wieder wandte ich den Kopf und war fast erleichtert, eine Menge dickbäuchiger Männer die Straße herunter und auf mich zukommen zu sehen.

Das Gerichtsgebäude war noch vier Häuserblocks entfernt, aber ich hatte nicht die geringste Chance, es bis dorthin zu schaffen, bevor sie mich eingeholt hätten. Ich hatte gesehen, daß einige von ihnen Stöcke trugen. Ich rannte um die nächste Ecke und bog in die Straße an der Rückfront der Main Street ein. Als ich bei Freebo's Hintereingang ankam, verkroch ich mich hinter einer Gruppe silberglänzender Mülltonnen; ich würde das untere Ende der Gasse nicht mehr rechtzeitig erreichen. Die Männer hatten sich offenbar aufgeteilt: Zwei erschienen am unteren Ende der Straße und trotteten in meine Richtung. Ich duckte mich so tief wie möglich hinter die silbrigen Tonnen. Ihre Schritte näherten sich, und ich hörte ihren keuchenden Atem. Sie waren noch weniger ans Laufen gewöhnt als ich.

Einer von ihnen sagte deutlich »Scheiße«.

Ich wartete, bis ich sie zurückkommen hörte. Sie stapften an meinem Versteck vorbei und wieder hinauf zum Anfang der Straße. Ich spähte ihnen nach und sah sie rechts abbiegen, um dem Rest der Gruppe zu folgen. Dicht an den Häusermauern entlang schlich ich in die Straße hinauf und schaute vorsichtig zur Madison Street hinüber. Vor einem schäbigen Haus zwei

Blocks weiter unten rüttelten sie an einem alten Auto, das dort geparkt war. Einer schlug mit einem langen Knüppel oder einem Baseballschläger auf den Wagen ein. Ich hörte Glas zerspringen und Splitter zu Boden fallen.

Ich konnte mir keinen Reim darauf machen. Waren das nun einfach nur betrunkene Rowdies, die sich auf das nächstbeste Opfer stürzen wollten? Ich hoffte, der Lärm, den sie machten, würde das Geräusch meiner Schritte übertönen, und rannte über die Madison Street und in die Straße auf der anderen Seite. Ich hörte sie aufschreien und wußte, daß sie mich gesehen hatten. Vor Entsetzen brach ich fast zusammen. Ich stürmte die Straße entlang, kam zur Monroe Street, während der brodelnde Lärm hinter mir immer stärker wurde und näher kam, bog nach rechts und dann gleich um die Ecke zurück auf die Main Street. Im allerletzten Augenblick riß ich die Tür eines geparkten Autos auf, hechtete hinein, schwang mich über die Lehnen der Vordersitze und ließ mich dahinterfallen. Dann lag ich mit pochendem Herzen auf dem Boden vor den Rücksitzen. Ein Bonbonpapierchen kitzelte meine Nase, trockener säuerlicher Staub stieg vom Boden auf. Ich hielt mir mit den Fingern die Nasenlöcher zu, und nach einer Weile ließ der Drang zu niesen nach. Ich hörte sie schnell näher kommen und enttäuscht und zornig mit Fäusten und Stöcken auf die geparkten Autos einschlagen.

Der Saum eines schmutzigen Hemdes streifte das Autofenster in meinem Blickfeld. Eine Hand preßte sich dagegen, platt und weiß wie ein toter Seestern. Dann sah ich nur noch den dämmrigen Himmel. Ich dachte: Und wenn ich jetzt hier sterbe? Wenn nun meine Pumpe aussetzt und meine Leiche in diesem stinkenden Auto liegenbleibt? Wer würde mich finden? Es dauerte eine ganze Weile, bis ich mich aufraffte und einen Blick über die Lehnen der Vordersitze warf. Sie waren noch gar nicht weit und offensichtlich durch mein plötzliches Verschwinden irritiert. Sie waren nur zu viert, weniger als ich gedacht hatte. Sie sahen nicht so aus wie die Männer, die Steine nach mir geworfen hatten. Die hier waren jünger. Sie rannten ein paar Schritte weiter, dann gingen sie die Main Street hinauf, ließen ihre Stöcke über das Pflaster schleifen und sahen sich suchend nach allen Seiten um. Sie waren die einzigen Menschen auf der Straße. Wenn ein Auto vorbeifuhr, bückten sie sich und sahen dem Fahrer prüfend ins Gesicht. Ich wartete, bis sie mehrere Blocks jenseits des Gerichtsgebäudes waren, dann kletterte ich wieder auf den Vordersitz und kroch hinaus auf den Gehweg.

Die vier Männer waren jetzt auf der anderen Straßenseite und weit voraus, schon fast an der Brücke über den Blundell-Fluß. Das Gerichtsgebäude lag etwa auf halber Strecke zwischen uns. Ich begann, darauf zuzugehen. Die Männer hatten die Brücke erreicht. Ich sah, wie sie sich gegen das Geländer lehnten und redeten, Zigaretten anzündeten. Geduckt und so schnell wie möglich, aber ohne zu rennen, legte ich die nächsten fünfzig Schritte zurück. Dann warf einer der Männer seine Zigarette weg und zeigte in meine Richtung.

Ich hob meine Ellbogen und meine Knie und erfuhr zum erstenmal im Leben, was wirkliches Rennen ist. Es ist Rhythmus, reiner Rhythmus, der gleichmäßige Takt der koordinierten Bewegungen aller Muskeln. Es irritierte sie, daß ich auf sie zulief, doch als ich das Gerichtsgebäude erreichte, mich auf dem Absatz herumdrehte und mit weit ausholenden Schritten zur Rückseite spurtete, hetzten sie brüllend hinter mir her. Ich ballte meine Hände und schwang die Arme durch die Luft, mein Brustkorb wölbte sich, und meine Beine flogen förmlich über den Asphalt des Parkplatzes. Ich erreichte die Polizeiautos gerade, als meine Verfolger auf den Platz einbogen. Ich hörte, wie sie abrupt stehenblieben, mit den Füßen scharrten und zu mir herüberriefen.

Die Worte waren unverständlich. Plötzlich heulte in einer Ecke des Parkplatzes ein Motor auf, und ich sah einen schwarzgekleideten Mann auf einem Motorrad davonrasen. Es konnte Zack gewesen sein, aber ich war mir nicht sicher. Der plötzliche Lärm versetzte meine Verfolger anscheinend in Panik, denn als ich die gelbe Tür mit dem dicken Glaseinsatz erreichte, hatten sie sich zerstreut. Meine Kehle fühlte sich an wie brennendes Papier.

Der Polizist, der im Begriff war, einen Bogen Papier in seine Schreibmaschine einzuspannen, wandte mir das rundliche Gesicht zu. Ich schloß die Tür und lehnte mich schweratmend mit dem Rücken dagegen. Noch mit dem Papier in der Hand, stand er auf, und ich konnte die Pistole an seiner Hüfte sehen. »Mein Name ist Teagarden«, sagte ich. »Ich habe eine Verabredung mit dem Chef.«

»Ach, wirklich«, sagte er und legte das Papier betont langsam auf die Schreibmaschine. Mein Brustkorb hob und senkte sich.

»Ich habe gerade ein Rennen gewonnen. Schießen Sie nicht, wenn's geht.«

»Bleiben Sie nur ruhig dort stehen«, sagte er und kam hinter seinem Schreibtisch hervor, wobei er weder seine Augen von mir noch seine Hand außer Reichweite des Pistolenhalfters ließ. Mit der linken Hand hob er den Hörer vom Telefon, drückte einen Knopf und wählte nach einem kurzen Blick auf die Scheibe eine einzelne Nummer. »Teagarden ist hier.« Er legte wieder auf.

»Sie können reingehen. Durch die Tür da, und dann ist es die Tür mit der Aufschrift ›Chefinspektor‹.«

Ich nickte und ging durch »die Tür da«. Eisbärs Büro war am Ende des Flurs, etwa drei mal vier Meter groß und hauptsächlich mit grünen Aktenschränken und einem alten, abgenutzten Schreibtisch ausgestattet. Der übrige Platz wurde größtenteils von Eisbär eingenommen.

»Setz dich um Himmels willen, Miles«, sagte er und deutete auf einen Stuhl vor seinem Schreibtisch. »Du siehst aus, als hättest du einen schweren Tag hinter dir.« Ich sah ihn an, und der Altersunterschied zwischen uns fiel mir viel mehr auf als früher – er war etwa in Duanes Alter gewesen, doch infolge seiner fröhlichen Rüpelhaftigkeit war er mir damals immer jünger vorgekommen. Aber in diesem ernsten kantigen Gesicht fand ich nichts von dem Jungen wieder, der Bertilssons Schäfchen bespuckt hatte. Es gab auch keinen Grund mehr für seinen Spitznamen: das so erstaunlich helle, fast weiße fellartige Haar war dunkler und spärlich geworden, so daß nur noch ein bräunlicher Flaum von den Ohren bis zum Nacken Galen Hovres Schädel zierte.

»Und du siehst aus, als hättest du ein schweres Leben hinter dir. Aber es ist nett, dich wiederzusehen«, sagte ich.

»Ja, wir haben einige schöne gemeinsame Erlebnisse gehabt, was? Wirklich schöne Erlebnisse.«

»Ich hatte ein besonders schönes Erlebnis auf dem Weg hierher. Eine Bande deiner braven Bürger hier hat mich mit Baseballschlägern gejagt. Ich konnte ihnen gerade noch entkommen.«

Er legte den Kopf zurück und schob die Lippen vor. »Dann ist das vielleicht der Grund, daß du zu unserem Wiedersehen sozusagen zu spät kommst?«

»Unser Wiedersehen ist der Grund, daß ich überhaupt hier bin und nicht zusammengeschlagen hinter Freebo's Haus liege. Die haben ihre Verfolgungsjagd erst auf eurem Parkplatz hier abgebrochen.«

»Dann warst du also bei Freebo. Ich würde sagen, daß du ziemlich lange dort warst.«

»Soll das heißen, daß du mir nicht glaubst?«

»Einige von den Kerlen hier sind ziemlich aufgebracht. Ich glaube dir schon, Miles. Ich nehme an, du hast diese Burschen nicht genau genug gesehen, um sie identifizieren zu können?«

»Ich hab' mein Möglichstes getan, sie nicht so nahe herankommen zu lassen.«

»Beruhige dich, Miles. Sie werden dich nicht kriegen. Hier bist du erst mal ganz sicher. Reg dich nur ab. Diese Burschen werden dich schon in Ruhe lassen.«

»Ein paar andere von deinen Schäfchen haben mich heute nachmittag mit Steinen beworfen.«

»Ist das wahr? Bist du verletzt?«

»Es ist wahr, und nein, ich bin nicht verletzt. Willst du etwa, daß ich das auch einfach vergessen soll? Nur, weil sie mir zufällig nicht den Schädel eingeschlagen haben?«

»Also ich will nicht, daß du dich da in etwas hineinsteigerst, bloß wegen so ein paar Hitzköpfen. Ich möchte mal so sagen, ein paar von den guten Leuten sind eben der Meinung, du tätest besser daran, die Stadt zu verlassen.«

»Warum?«

»Weil sie dich nicht kennen, Miles. Ganz einfach deshalb. Du bist der einzige Mensch seit ungefähr eineinhalb Jahrhunderten, über den eine Predigt gehalten wurde. Du hast doch nicht vor abzureisen, oder?«

»Nein, ich muß hierbleiben. Ich habe hier etwas zu erledigen.«

»Hm. Aha. Sehr gut. Hast du eine Ahnung, wie lange das dauern könnte?«

»Auf jeden Fall bis zum einundzwanzigsten. Danach weiß ich noch nicht.«

»Das ist ja nicht sehr lange. Ich möchte dich bitten, bis dahin möglichst bei Duane oben zu bleiben, bis wir hier einige Dinge geklärt haben. Läßt sich das machen?«

»Was zum Teufel soll das alles heißen, Eisbär? Ich soll die Stadt nicht ohne polizeiliche Genehmigung verlassen?«

»So würde ich das nicht ausdrücken. Ich bitte dich lediglich um einen Gefallen.«

»Ist das hier ein Verhör?«

»Himmel, nein. Wir unterhalten uns einfach. Ich brauche deine Hilfe.«

Ich lehnte mich gegen die harte Lehne zurück. Vom Alkohol spürte ich überhaupt nichts mehr. Galen Hovre betrachtete mich und lächelte schwach und ohne Wärme. Meine Nase bestätigte mir eine meiner Theorien, wonach sich bei einem Menschen mit dem Charakter auch der Geruch verändert. Eisbär hatte einst den intensiven, angenehmen Geruch saftigen Erdreichs ausgeströmt, und der war am stärksten gewesen, wenn er mit hundertzwanzig durch die Kurven der 93er gerast war oder Briefkästen mit Steinen angefüllt hatte. Jetzt roch er wie Duane – nach Schießpulver.

»Kann ich mit deiner Hilfe rechnen?«

Ich sah diesen vierschrötigen Mann an, der einmal mein Freund gewesen war, und ich glaubte ihm kein Wort. »Na klar«, sagte ich.

»Du hast doch von diesen Mädchen gehört, die ermordet

wurden, Gwen Olson und Jenny Strand. Dein Nachbar Red
Sunderson hat die kleine Strand gefunden, und es war kein
schöner Anblick. Mein Stellvertreter Dave Lokken da draußen ist fast umgefallen, als er sie sah.«

»Er ist noch immer ganz durcheinander.«

»Das wäre jeder normale Mensch an seiner Stelle«, sagte
Hovre liebenswürdig. »Tatsächlich sind wir hier alle aufgeregt. Dieser wahnsinnige Hurensohn läuft noch immer
frei herum. Jeder könnte es sein. Und das ist es, was ihnen
allen so an die Nieren geht, Miles. Wir kennen hier einfach
jeden, und die Leute wissen einfach nicht, was sie denken
sollen.«

»Habt ihr denn überhaupt keine Idee, wer es sein könnte?«

»Also, es gibt schon einen, den wir sozusagen im Auge
haben. Aber auch der kommt kaum in Frage, so wie ich das
sehe. Weißt du, ich möchte die ganze Sache selbst und hier
an Ort und Stelle erledigen. Ich bin hier vier Jahre lang der
Chef gewesen, und ich möchte gern wiedergewählt werden,
damit meine Familie was zu beißen hat. Du bist sozusagen
neu hier, dir fallen vielleicht Dinge auf, die wir gar nicht
bemerken. Du bist gebildet, bist ein guter Beobachter. Es
würde mich interessieren, ob du irgend etwas gesehen oder
gehört hast, was mir weiterhelfen könnte.«

»Halt mal«, sagte ich. »Diese Leute, die mich da gejagt
haben – denken die etwa, daß *ich* das war? Daß ich diese
Morde begangen habe?«

»Da mußt du sie schon selber fragen.«

»Du lieber Himmel«, sagte ich. »Das ist mir noch gar
nicht in den Sinn gekommen. Ich war viel zu sehr mit meinen eigenen Problemen beschäftigt.«

»Mir scheint, es würde auch dir weiterhelfen, wenn dir irgend etwas einfiele.«

»Das habe ich nicht nötig. Das sollte ich wirklich nicht nötig haben – mir auf diese Weise aus der Klemme zu helfen!«

»Mir scheint, ›sollte‹ hat herzlich wenig damit zu tun.«

Damit hatte er nicht unrecht. »Okay, sehe ich ein. Also, ich wüßte nicht, daß mir irgend etwas aufgefallen wäre. Nur eine Menge Leute, die sich höchst eigenartig benehmen, fürchte ich. Einige davon regelrecht feindselig. Einen etwas sonderbaren jungen Mann habe ich auch kennengelernt, aber...« Das »aber« sollte heißen, daß ich nicht vorhatte, irgend etwas zu sagen, das Zack oder Alison in Verdacht bringen würde. Zack war einfach nur ein verdrehter Theoretiker. Eisbär hob die Augenbrauen als Zeichen seines unverbindlichen geduldigen Interesses.

»Aber er ist noch fast ein Kind. Ich möchte nicht einmal seinen Namen nennen. Ich weiß wirklich nicht, was ich sagen könnte, was eine Hilfe wäre.«

»Vielleicht jetzt noch nicht. Aber es könnte dir doch etwas einfallen. Denk jedenfalls dran, alter Kumpel, ja?«

Ich nickte.

»Also, wir könnten das alles fix und fertig haben, bis zum einundzwanzigsten. Mach dir bloß keine unnötigen Sorgen. Jetzt habe ich da noch ein paar andere Punkte mit dir zu besprechen.« Er setzte eine dicke schwarzgerandete Brille auf; er sah damit aus wie ein etwas melancholisch veranlagter, gelehrter kahler Ochse. Er nahm ein Blatt Papier von einem unordentlichen Stoß Akten. »Du hast da kürzlich Ärger gehabt, drüben in Plainview. Ich habe gestern einen Bericht darüber hereinbekommen. Ein Bursche namens Frank Drum hat deine Autonummer notiert.«

»Großer Gott«, sagte ich und dachte an den speichelleckerischen kleinen Schreiberling, der zu diesem Zweck aus der Raststätte geschickt worden war.

»Und zwar nach einem Vorfall in Grace's Restaurant dort. Kannst du dich daran erinnern?«

»Natürlich kann ich mich erinnern. Die waren genau so wie deine Bande fröhlicher Halbstarker, die mir mit Knüppeln den Schädel einschlagen wollten.«

»Die dich gejagt haben!« Er sah von seinem Papier auf und warf mir einen scharfen Blick zu.

»Das ist dasselbe. Was da passiert ist, war einfach lächerlich. Mir fiel auf, daß die Kerle Radio hörten, und sie sahen aus, als ob etwas Schlimmes geschehen wäre, und da habe ich gefragt, was los ist. Sie mochten mich nicht. Sie mochten nicht, daß ich aus New York kam. Also haben sie mich rausgeschmissen, nachdem sie meine Autonummer notiert hatten. Das war alles. Das war so ungefähr um eins an dem Tag, als das erste Mädchen gefunden wurde.«

»Kannst du dich zufällig noch erinnern, wo du die vorangegangene Nacht verbracht hast? Nur zwecks Vervollständigung der Akten.«

»Irgendwo in einem Motel. Irgendwo, ich weiß nicht wo.«

»Du hast wohl keine Rechnung oder sonst einen Beleg?«

»Es war eine obskure kleine Absteige neben dem Freeway. Ich habe bar bezahlt. Warum zum Teufel willst du das wissen?«

»Ich will es gar nicht wissen. Da ist ein Polizeibeamter namens Larabee da drüben, und der wollte, daß ich dich frage. Das ist alles.«

»Na, dann erzähl diesem Larabee, er soll sich das in den Arsch stecken. Ich war in einem schäbigen Motel in Ohio.«

»Schon gut, Miles, ist schon gut. Kein Grund, daß du wieder aufbraust. Wie hast du dir denn diese Verletzung an der Hand zugezogen?«

Überrascht schaute ich auf meine bandagierte Hand. Der Verband war schmutzig und begann sich aufzulösen, der Mull war ausgefranst. Ich hatte ihn schon fast vergessen gehabt. »Ich hatte einen Unfall mit meinem Wagen. An meinem Wagen. Ich habe mich geschnitten.«

»Dave Lokken wird dir einen neuen Verband anlegen, bevor du gehst. Er ist ganz stolz auf seine Erste-Hilfe-Kenntnisse. Wann ist denn dieser Unfall passiert?«

»Am gleichen Tag. Nachdem ich dieses Gasthaus verlassen hatte.«

»Nach dem, was ein anderer Mann in dem Restaurant ausgesagt hat, ein gewisser Al Service – der amtliche Schädlingsvertilger übrigens –, hast du eine etwas eigenartige Bemerkung gemacht, bevor du gegangen bist. Laut Service hast du gesagt, du hoffst, daß noch ein weiteres Mädchen getötet wird.«

»Das habe ich nicht so gemeint. Ich war wütend. Ich wußte doch noch gar nicht, daß überhaupt jemand umgebracht wurde. Ich habe so etwas gesagt wie ›Was immer es auch war, ich hoffe, es passiert noch mal; ihr habt es nicht besser verdient‹, und dann rannte ich wie der Teufel.«

Er nahm die Brille ab und stützte das Kinn in seine fleischige Hand. »Schätze, das klingt logisch, Miles. Sie haben dich aufgebracht. Das kann jedem passieren. Du hast ja sogar die alte Margaret Kastad ganz aufgebracht, wie ich höre.«

»Die alte wer?«

»Andys Frau. Sie hat mich angerufen, nachdem du den Laden verlassen hattest. Hat mir erzählt, daß du Pornographie schreibst und daß ich dich aus der Stadt weisen soll.«

»Also ich werde nicht meine Zeit damit vergeuden, über so etwas zu diskutieren«, sagte ich. »Sie hat noch immer was gegen mich, aus uralten Zeiten. Ich bin schließlich inzwischen ein anderer Mensch geworden.«

»Das sind wir alle, schätze ich. Aber ich nehme an, das hindert uns nicht daran, uns gegenseitig zu helfen. Du könntest jetzt gleich was für mich tun, indem du das niederschreibst, was in diesem Restaurant passiert ist, es datierst und unterschreibst, so daß ich eine Kopie an Chefinspektor Larabee schicken kann. Es ist nur zu deinem eigenen Besten.« Er suchte auf seinem Schreibtisch herum und schob mir dann ein Blatt Papier und einen Kugelschreiber herüber.» Nur in groben Zügen, Miles. Es braucht nicht lang zu sein.«

»Wenn es unbedingt sein muß.« Ich nahm das Blatt und schrieb nieder, was geschehen war. Dann gab ich ihm das Papier zurück.

»Du wirst mich doch anrufen, sobald dir irgend etwas einfällt?«

Ich steckte meine Hand in die Tasche und fühlte das gefaltete Papier darin. »Warte. Warte mal'n Moment. Hier ist was, wobei du mir helfen könntest. Was glaubst du, wer hat mir das wohl geschickt? Da war ein leeres Blatt Papier drin.« Ich nahm den Umschlag heraus und strich ihn auf seinem Schreibtisch glatt. Meine Hände zitterten. »Das ist schon der zweite. Der erste war an mich adressiert.«

Die Brille wurde wieder aufgesetzt, und Eisbär lehnte sich über den Schreibtisch, um das Kuvert in die Hand zu nehmen. Als er den Namen gelesen hatte, sah er mich kurz an. Das war seine erste wirkliche Reaktion. »Du hast noch einen davon?«

»An mich adressiert, ja. Mit einem leeren Blatt darin.«

»Könnte ich den behalten?«

»Nein. Ich will ihn selbst. Aber du könntest mir verraten, wer ihn geschickt hat.« Ich hatte das Gefühl, ein großes Risiko einzugehen, einen enormen Fehler zu machen. Mir wurde ganz schwach in den Knien.

»Ich sage es ja ungern, Miles. Aber das sieht mir ganz nach deiner eigenen Handschrift aus.«

»Was?«

Er hob meine Niederschrift hoch und hielt sie neben den Briefumschlag, so daß ich beides nebeneinander sehen konnte. Da war tatsächlich eine flüchtige Ähnlichkeit.

»Das ist aber nicht meine Handschrift, Eisbär.«

»Es gibt hier nicht mehr viele Leute, die sich an diesen Namen erinnern.«

»Einer genügt«, sagte ich. »Gib mir den Umschlag zurück.«

»Wie du willst. Über diese Handschriftenfragen können sowieso nur Experten entscheiden. Dave!« rief er zur Tür hinüber. »Komm mit deinem Erste-Hilfe-Kasten herüber. Pronto!«

»Ich hab gehört, wie Sie ihn Eisbär nannten. Das tun nicht mehr viele.«

Lokken und ich gingen zusammen die Main Street hinauf, die Dunkelheit war hereingebrochen,und es war schwül. Die wenigen Straßenlaternen brannten, und wieder hörte ich das Summen der Neonschriften. Die Fenster der Angler-Bar waren erleuchtet; ihr Widerschein zeichnete gelbe Rechtecke auf den Gehweg.

»Wir sind alte Freunde.«

»Das müßt ihr wohl sein. Der Name Eisbär bringt ihn nämlich normalerweise auf die Palme. Wo ist denn nun eigentlich Ihr Wagen? Ich glaube, jetzt sind Sie sicher.«

»Ich lasse es lieber nicht darauf ankommen. Er hat gesagt, Sie sollen mich bis zu meinem Auto begleiten, und ich möchte, daß Sie das auch tun.«

»Scheiße. Dabei ist doch überhaupt nichts zu befürchten. Ist ja kein Mensch unterwegs.«

»Genau das habe ich letztes Mal auch gedacht. Wenn Sie ihn nicht Eisbär nennen, wie nennen Sie ihn dann?«

»Ich?« lachte Lokken. »Ich nenne ihn Sir.«

»Wie nennt ihn denn Larabee?«

»Wer?«

»Larabee. Der Chefinspektor drüben in Plainview.«

»Entschuldigen Sie, aber Sie haben sie wohl nicht mehr alle beisammen, Mr. Teagarden. Es gibt keinen Larabee in Plainview drüben. Und wenn es einen gäbe, dann wäre er bestimmt nicht Chefinspektor, weil nämlich Plainview überhaupt keinen Chefinspektor hat. Da gibt's nur einen Sheriff, und der heißt Larsson und ist mein Cousin. Hovre schaut ein- oder zweimal die Woche da vorbei, weil es zu seinem Bereich gehört, genauso wie all die anderen kleinen Nester hier in der Gegend – Centerville, Liberty, Blundell. Er ist der Chef vom ganzen Distrikt. Wo ist denn nun Ihr Wagen?«

Ich stand regungslos mitten auf der breiten dunklen Straße, schaute auf meinen VW und versuchte zu erfassen, was Lokken sagte. Der Zustand meines Autos machte es mir unmöglich.

Lokken sagte: »Mein Gott. Das ist doch Ihrer, oder?«

Ich nickte. Meine Kehle war wie ausgetrocknet, ich konnte kein Wort herausbringen.

Die Fenster waren eingeschlagen, das Dach und die Kofferraumhaube waren total verbeult. Einer der Scheinwerfer hing heraus wie das Auge einer mißhandelten Puppe. Ich rannte hin und besah mir die Vorderreifen, dann ging ich nach hinten: Sie waren in Ordnung, aber auch das Rückfenster war zerschmettert.

»Das ist mutwillige Beschädigung fremden Eigentums. Wollen Sie mit zurückkommen und dem Chef darüber berichten? Sie sollten Anzeige erstatten. Ich muß auch einen Bericht darüber schreiben.«

»Nein. Erzählen Sie Hovre davon. Diesmal wird er mir wohl glauben.« Ich fühlte, wie der Zorn wieder in mir hochstieg, und ich ergriff Lokkens Arm und preßte ihn so stark, daß er aufstöhnte. »Sagen Sie ihm, ich möchte, daß Larabee die Sache bearbeitet.«

»Aber ich habe Ihnen doch gerade gesagt, daß mein Cousin –«

Ich saß schon im Wagen und bearbeitete wütend den Anlasser.

Der baumelnde Scheinwerfer fiel klappernd auf die Straße, noch bevor ich einen Block weit gefahren war, und als ich den Wagen den ersten Hügel hinaufjagte und gerade an der Schule vorbei war, hörte ich eine Radkappe davonrollen und wahrscheinlich im Unkraut am Straßenrand verschwinden. Durch die gesplitterte Windschutzscheibe konnte ich nur etwa ein Viertel der Straße überblicken, und sogar das war nur verschwommen und verzerrt wahrnehmbar. Der Lichtstrahl meines einzigen Scheinwerfers schweifte vom gelben Mittelstreifen zum Straßenrand, und mein Gemütszustand wankte unter der Last des Gefühls, verraten worden zu sein. Larabee. Larabee wollte wissen, wie ich mir meine Handverletzung zugezogen hatte. War es auch Larabee, der wiedergewählt werden wollte?

Ich vermutete, daß es auch Larabee sein würde, der nicht viel unternahm, um die Männer zu finden, die mich verfolgt und dann aus Enttäuschung mein Auto zerstört hatten.

Während ich den schleudernden Wagen um eine eng ansteigende Kurve quälte, merkte ich, daß das Radio spielte. Ich hatte wohl aus Versehen den Knopf gestreift, und jetzt quollen endlose Faseleien daraus hervor: » ... und für Kathie und Jo und Brownie von den Hardy-Jungs – ich schätze, ihr Mädchen werdet schon wissen, wer gemeint ist – das gute alte ›Good Vibrations‹.« Ein paar jugendliche Stimmen begannen zu grölen. Ich schaltete in den zweiten Gang zurück und versuchte krampfhaft, durch das Netz der Sprünge in der Windschutzscheibe den Verlauf der Straße zu erkennen. Der Ansager redete in die Musik hinein: »Von den tollen Hardy-Jungs.« Scheinwerfer rasten auf mich zu, dann knapp an mir vorbei; die Hupe gellte.

Der nächste entgegenkommende Wagen blendete zweimal auf und ab, und dadurch wurde mir erst klar, daß mein einzelner Scheinwerfer hell aufgeblendet war, und ich trat auf den Abblendknopf.

»Das ist zuviel, wirklich. Das waren die guten alten Zeiten, die zu euch sprachen. Und nun für Frank und Sally eine wirklich sanfte Tour – ich schätze, sie liebt dich, Frank, also ruf' sie mal an, he? Eine Platte von Johnny Mathis.«

In den Steigungen konnte ich nichts als schwarze leere Luft über der Straße sehen. Ich trat das Gaspedal durch und ließ nur etwas nach, wenn ich schalten mußte oder wenn der Wagen zu rütteln anfing. Am Gemeindewahrzeichen, dem Thermometer, flog ich förmlich vorbei, so daß ich es nur für einen Augenblick im Schweinwerferlicht aufleuchten sah. Das wunderschöne grüne Panorama war nur als eindimensionale, dunkle Fläche zu sehen.

»He, Frank, hüte dich lieber vor der kleinen Hexe, die fängt dich sonst glatt ein, Kindchen. Sie liebt dich heiß und innig, also behalte einen kühlen Kopf. Jetzt ein kleiner Rhythmuswechsel, für Miss Tite und ihre Turnklasse, von Rosie B.: Eine sentimentale Tina Turner mit ›River Deep, Mountain High‹.«

Meine Reifen quietschten, als ich plötzlich bremste, weil ich vor mir statt der Straße eine bewaldete Steilwand sah; ich riß das Lenkrad herum, und der Wagen brach hinten aus, fing sich dann jedoch wieder, so als bestünde er aus einem viel elastischeren Material als Metall. Die Ölstandanzeige leuchtete auf und verlosch wieder. Noch immer gefährlich schnell und mit meinen Gedanken voll auf das Fahren konzentriert, kam ich über den letzten Hügel auf das lange gerade Gefälle Richtung Highway.

Ohne abzubremsen brauste ich auf den völlig leeren Highway. Die Musik hämmerte in meinen Ohren wie Blut. Ich kam über die niedrige weiße Brücke, wo Red Sunderson die zweite Mädchenleiche gefunden haben mußte. Dann bog ich scharf nach links in die Talstraße. Ich war so außer Atem, als wäre ich die Strecke gelaufen.

»Wau! Das kannst du jedem erzählen, aber doch nicht deiner Turnlehrerin! Alle Geister gehen um heute nacht, Kinder, also sperrt eure Türen gut ab! Hier ist etwas für alle verlorenen Seelen, wirklich, das ist kein Scherz, es steht hier auf der Karte: Für alle verlorenen Seelen, von A und Z – Van Morrison und ›Listen to the Lion‹.«

Das ließ mich aufhorchen, und von jetzt an hörte ich bewußt auf das, was das Radio von sich gab. Ich bremste ab, als ich die schmale Zufahrt zu Tante Rinns Haus passierte. Dunkelheit umfing mich zu beiden Seiten, ich schien in einen schwarzen Tunnel einzutauchen. Von A und Z? Alison und Zack? ›Listen to the Lion‹, hör auf den Löwen, hieß das Lied. Ein ungeübter hoher Bariton sang Worte, die ich nicht verstehen konnte. Das Lied schien keine Melodie zu haben. Ich stellte das Radio ab. Ich wollte nichts als nach Hause. Der VW sauste an der Schulruine und wenige Augenblicke später an der pompösen Kirche vorüber. Ich hörte den Motor unrhythmisch klopfen und trat auf den Fernlichtknopf.

Bevor man zur Sunderson-Farm kommt, biegt die Straße in einer langgezogenen Kurve um einen roten Sandsteinfelsen. Ich lehnte mich über das Lenkrad und starrte angestrengt durch die fünf Quadratzentimeter klaren Glases. Der gelbe Lichtstrahl des Scheinwerfers glitt über das Maisfeld. Da sah ich etwas, und ich fuhr scharf rechts heran und hielt. Schnell stieg ich aus und sprang auf das Trittbrett neben dem Fahrersitz, so daß ich über das Wagendach hinweg und über die Felder schauen konnte.

Es war kein Irrtum gewesen: Die schlanke Gestalt war wieder da, zwischen dem Feld und dem schwarzen Waldrand.

Hinter mir hörte ich eine Tür zuknallen, und ich wandte mich erschreckt um. Im Licht, das aus dem Haus der Sundersons drang, erkannte ich die Umrisse eines großen kräftigen Mannes hoch oben auf der abschüssigen Wiese. Ich blickte wieder über die Felder, und die Gestalt war immer noch dort. Die Entscheidung war einfach, denn ich hatte gar keine Wahl.

Ich sprang auf die Straße und rannte um die Stirnseite des Wagens herum.

»He!« rief eine Männerstimme.

Im nächsten Moment war ich über den Graben und im Maisfeld und auf dem Weg in die Wälder. Wer auch immer dort oben stand, beobachtete mich und ließ mich herankommen, dachte ich.

»Halt, Miles! Bleib stehen!«

Ich schenkte ihm keine Beachtung. Der Wald war etwa vierhundert Meter entfernt. Mir war, als hörte ich Musik. Die Stimme hinter mir war verstummt. Als ich auf die Gestalt zurannte, wich sie langsam rückwärts in den Wald hinein und verschwand.

»Ich kann dich sehen«, rief der Mann.

Ich machte mir nicht die Mühe, mich umzudrehen: als ich die Gestalt verschwinden sah, lief ich nur um so schneller und noch ungeschickter; ich hatte die Technik schon wieder vergessen, die ich in Arden auf dem Polizeiparkplatz gelernt hatte. Der Boden war hart und trocken und mit Stoppeln bedeckt, und ich stolperte vorwärts, immer die Stelle im Blick, an der ich die Gestalt zuletzt gesehen hatte. Der Mais um mich herum überragte meinen Kopf und bildete jenseits der ersten Reihen von Stengeln eine dunkle Wand.

Die Begrenzung der ersten Felder zwischen der Straße und der Farm nach Duanes Grund bildete ein kleiner Bach, und hier hatte ich die ersten Schwierigkeiten. Das gepflügte und bebaute Land endete etwa zwei Meter vor den Ufern des Baches. Als ich aus dem Maisfeld kam, sah ich zu meiner Linken einen Bereich, wo das hohe Gras und Unkraut niedergedrückt waren. Duane pflegte wahrscheinlich seinen Traktor dort hinüberzufahren. Dorthin rannte ich, sah jedoch beim Näherkommen, daß der Boden durch den Traktor in einen schlammigen Morast verwandelt worden war. Der Bach war hier um einen guten Meter breiter als in seinem übrigen Lauf, denn er füllte auch die tiefen Radspuren des Traktors. Ich ging am Ufer entlang zurück; ich hörte Vögel und Frösche, die ihre

Stimmen mit dem Zirpen der Grillen vermischten, das mich umgab, seit ich die Straße verlassen hatte. Meine Stiefel waren mit Schlamm bedeckt.

Mit beiden Armen bog ich das hohe Unkraut auseinander und sah eine Engstelle des Baches. Zwei grasbewachsene Erdklumpen im Bachbett bildeten eine unterbrochene Brücke. Die Klumpen waren etwa eineinhalb Meter voneinander entfernt und ruhten wohl auf dem Wurzelgeflecht der Baumwollbäume, die das Ufer säumten. Ich lief um einen der Bäume, stieg auf den Wurzelhöcker, sprang hinüber und stieß mit Stirn und Nase gegen den Stamm des Baumes auf der anderen Seite. Eine Schar Krähen flog erschreckt auf. Noch während ich mit beiden Armen den Baumstamm umklammert hielt, schaute ich zurück über die Maisfelder und sah meinen VW vor dem Hintergrund des Sunderson-Hauses auf der Talstraße stehen. Lichter strahlten vom Haus und vom Auto her – ich hatte vergessen, die Zündung abzuschalten und, was noch schlimmer war, den Zündschlüssel stecken lassen. Mrs. Sunderson und Red standen an einem der Fenster, hielten die Hände über die Augen und starrten hinaus.

Ich sprang vom Wurzelgewirr herunter und kämpfte mich wieder durch dichtes Unkraut. Dann lief ich weiter, durch das nächste Feld. Ich konnte die Stelle sehen, von der aus die Gestalt in den Wald verschwunden war, und arbeitete mich einen Abhang hinauf. Wenige Minuten später war ich am Waldrand.

Die Bäume waren spärlicher, eine weniger homogene Masse, als es von der Straße aus wirkte. Das Mondlicht erleichterte es mir, den Weg zwischen den Bäumen zu finden. Meine Fußsohlen spürten die scharfen Kanten großer Steine und später die Weichheit von Humusboden und Schichten von Kiefernnadeln. Als ich tiefer in den Wald eindrang, schienen die Bäume wieder dichter zu stehen: geisterhafte Kiefern und Birken blieben hinter mir zurück, und ich bewegte mich zwischen Eichen und Ulmen, Veteranen mit rissiger Borke, die fast alles Licht ausschlossen. Ich mußte meinen Lauf verlangsamen, und dann blieb ich plötzlich stehen, denn ich hatte das Rascheln einer hastigen Bewegung gehört.

Ich wandte den Kopf gerade noch rechtzeitig, um ein Reh in Deckung springen zu sehen: sein Hinterteil hob sich in die Höhe wie das einer Frau, die von einem Sprungbrett ins Wasser springt.

Alison. Ich stürzte blindlings weiter, nach rechts, in die Richtung, in der das Reh verschwunden war, und meine schweren Stiefel behinderten mich sehr. Sie war mir erschienen, sie hatte mir ein Zeichen gegeben. Irgendwo wartete sie auf mich. Irgendwo tief in der Dunkelheit.

Sehr viel später, und nachdem ich auf einer Lichtung angelangt war, mußte ich mir eingestehen, daß ich mich verlaufen hatte. Zwar hatte ich mich nicht völlig verirrt, weil mir zumindest das Gefälle des Waldbodens anzeigte, in welcher Richtung Felder und Straße liegen mußten, aber doch so sehr, daß ich nicht mehr wußte, ob ich im Kreis gelaufen war. Noch beunruhigender war, daß ich mir über die seitliche Richtung im unklaren war, nachdem ich gestürzt und über einen moosbedeckten Felsen gerollt war. Der Wald war zu dicht, als daß ich Lichter von den fernen Farmhäusern hätte sehen können – tatsächlich schien es überhaupt keine Entfernung mehr zu geben, außer in der Unendlichkeit der hohen dichten und dunklen Bäume. Ich war auf eine Lichtung gelangt, etwa einen Kilometer weiter unten; aber vielleicht war es auch weiter *oben* gewesen. Und vielleicht sogar ziemlich viel weiter oben, denn ich war abwärts gegangen, bevor ich mich nach rechts gewandt hatte. Alles in allem, so dachte ich, war ich mindestens eine Stunde lang umhergeirrt, und die Bäume um mich kamen mir bekannt vor, so als wäre ich schon mehrfach an dieser Stelle gewesen. Nur die kleine Lichtung mit der schwarzen Feuerstelle in der Mitte bewies, daß ich überhaupt irgendwohin gelangt war und nicht im Kreis um dieselben Bäume gerannt war, wieder und wieder, bis ich ganz verloren und schwindelig wurde.

Denn es sah wirklich alles so vertraut aus – dieser riesige knorrige Baumstamm war doch schon einmal vor mir emporgeragt, und ich hatte zu demselben dicken verkrümmten Ast hinaufgeschaut, ich war doch schon einmal auf dem gleichen umgestürzten Stamm gekniet. Ich rief den Namen meiner Cousine.

In diesem Augenblick machte ich die überwiegend literarische Erfahrung – zusammengebraut aus Jack London und Hawthorne und Cooper und Disney Cartoons und Shakespeare und den Brüdern Grimm – von Panik, die sich rasch in Angst verwandelt. Die Panik hatte mich ergriffen, als ich feststellen mußte, daß ich mich verirrt hatte, aber die Angst, die mich danach packte, war einfach die Angst vor dem Wald selbst, vor der gigantischen feindseligen Natur. Ich glaubte, daß die Bäume von furchterweckendem Leben erfüllt seien. Das Böse umgab mich. Nicht die berühmte Darwinsche Indifferenz der Natur, sondern wirkliche aktive Feindseligkeit. Das war die primitivste Form des Bösen, der ich jemals begegnet war. Ich war ein zerbrechliches Menschenwesen am Rande der Vernichtung durch unermeßliche Kräfte, durch Kräfte von ungeheurer unpersönlicher Bösartigkeit. Alison war ein

Teil davon – sie hatte mich da hineingezogen. Ich wußte, wenn ich mich nicht bewegte, würde ich von den entsetzlichen knorrigen Händen gepackt werden, ich würde von Steinen und Ästen zerfetzt werden, mein Mund und meine Augen mit Moos gefüllt. Ich würde sterben, wie die beiden Mädchen gestorben waren. Flechten würden meinen Mund verschließen. Wie naiv waren wir doch gewesen zu glauben, daß einfache menschliche Wesen die Mädchen getötet hatten!

Entsetzen war es schließlich, das mich aus der Erstarrung meiner Begegnung mit dem Geist löste, und ich rannte blindlings und stolpernd in jede Richtung, die sich mir gerade bot – in viel größerer Angst als bei meiner Flucht vor den Halbstarken in Arden. Niedrig hängende Äste brachten mich zu Fall, Steine rollten unter meinen Füßen davon, Zweige verfingen sich in meinen Hosenbeinen, Blätter raschelten vor meinen Augen. Ich rannte und rannte und war froh, daß ich rennen konnte. Mein Herz pochte, ich rang nach Luft.

Viele Male fiel ich hin. Das letzte Mal schaute ich durch Schlingpflanzen und Nesseln hinauf und sah, daß das Böse verschwunden war – der Gott war vorbeigezogen; das Licht der Menschen bahnte sich seinen Weg in die Vegatation, das Licht, das unseren Sieg über die Unvernunft bedeutet, und ich zwang meinen widerstrebenden Körper, eine kauernde Haltung einzunehmen, so daß ich sehen konnte, woher das Licht kam. Ich spürte Alisons Brief in der Tasche. Allmählich wurde ich wieder ich selbst. Künstliches Licht ist ein Gedicht auf die Vernunft, die Glühbirne verbannt die Dämonen, sie spricht in Reimen. Ich begann vor Erleichterung zu zittern, als wäre ich in die Symmetrie des Parks von Versailles gestolpert.

Sogar mein normaler Geisteszustand kehrte wieder, und ich bereute meinen vorangegangenen Verrat am Glauben. Es war

Verrat an Alison und Verrat am Geist gewesen. Ich war von einem Spuk besessen gewesen, von einem literarischen Spuk.

Als mein spezifisch Teagardensches Schuldgefühl sich in mir regte, sah ich schließlich, wo ich mich befand und aus welchem Haus das Licht fiel. Auch als ich aufgestanden war und dann zwischen den zivilisierten Eichen hindurchschritt, zitterte ich noch immer.

Sie erschien auf der Veranda. Die Ärmel ihrer Männerjacke aus Tweed hingen bis über die Fingerspitzen hinab. Sie trug noch immer ihre Gummistiefel. »Wer ist das da draußen? Miles? Bist du das?«

»Nun ja«, sagte ich. »Ich habe mich verlaufen.«

»Bist du allein?«

»Das fragst du mich jedesmal.«

»Aber ich habe zwei Personen gehört.«

Ich starrte sie nur an.

»Komm rein, Miles. Ich werde dir einen starken Kaffee machen.«

Als ich auf die Veranda kam, blickte mich ihr gesundes Auge prüfend an. »Aber Miles, du bist ja in einem fürchterlichen Zustand! Total verdreckt! Und deine Kleider sind zerrissen.« Ich schaute an mir hinunter. »Und diese Stiefel ziehst du gefälligst aus, bevor du in meine Küche kommst.«

Vorsichtig stieg ich aus den schlammigen Stiefeln. Allmählich wurden mir die verschiedensten Wunden und andere schmerzende Stellen in meinem Gesicht und an den Händen bewußt, und irgendwo hatte ich mir mein Bein an genau derselben Stelle angeschlagen wie bei dem Möbeltransport die Kartoffelkellertreppe hinab.

»Aber du humpelst ja, Miles! Was hast du da draußen getan, mitten in der Nacht?«

Ich ließ mich in einen Sessel nieder, und Rinn stellte eine dampfende Tasse vor mich hin.

»Tante Rinn, bist du sicher, daß du noch jemand anderes im Wald gehört hast? Noch jemanden außer mir?«

»Wird wohl eines von den Hühnern gewesen sein. Sie brechen manchmal aus und machen einen fürchterlichen Radau.« Sie saß hochaufgerichtet auf ihrem Stuhl an der anderen Seite des Tisches, die langen weißen Haare fielen auf die Schultern ihrer grauen Tweedjacke. Von der Tasse stieg der Dampf auf und schwebte zwischen uns. »Ich werde dir dein Gesicht verarzten müssen.«

»Bitte, mach dir bitte keine Umstände«, sagte ich, doch sie war schon aufgesprungen und zum Waschbecken gelaufen, um ein Tuch zu befeuchten. Dann nahm sie einen verschlossenen Tonkrug von einem Regal und kam zu mir her. Das feuchte Tuch wirkte angenehm kühl und schmerzlindernd.

»Ich sage es ja nicht gerne, Miles, aber ich glaube, du solltest lieber das Tal verlassen. Du warst schon verstört, als du das erste Mal zu mir gekommen bist. Und jetzt bist du noch verwirrter. Aber wenn du unbedingt darauf bestehst zu bleiben, dann will ich, daß du Jessies Haus verläßt und bei mir wohnst.«

»Ich kann nicht.«

Sie tauchte einen Finger in den Krug und strich eine dicke grüne Mixtur auf meine Wunden. Das ganze Gesicht begann zu brennen, ein Duft von Gräsern stieg mir in die Nase.

»Das ist nur eine Kräutersalbe für deine Wunden, Miles. Was hast du da draußen gemacht?«

»Ich habe jemanden gesucht.«

»Mitten in der Nacht suchst du jemanden im Wald?«

»Ja, äh, jemand hat mir die Scheiben vom Auto zertrümmert, und ich habe geglaubt, ihn in diese Richtung laufen zu sehen.«

»Warum hast du so gezittert?«

»Ich bin das Laufen nicht gewöhnt.«

Rinns Finger rieben noch immer das grüne Zeug in mein Gesicht. »Ich kann dich beschützen, Miles.«

»Ich brauche keinen Schutz.«

»Warum warst du dann so verängstigt?«

»Nur wegen des Waldes. Wegen der Dunkelheit.«

»Manchmal ist es ganz recht, die Dunkelheit zu fürchten.« Sie sah mich grimmig an. »Aber es ist niemals recht, mich anzulügen, Miles. Du hast doch da nicht nach irgendwelchen Vandalen gesucht, oder?«

Ich dachte an die Bäume, die sich über Tante Rinns Haus neigten, und an die Dunkelheit jenseits seines Lichtkreises.

Sie sagte: »Du mußt deine Sachen packen und dort ausziehen. Komm hierher oder geh zurück nach New York. Geh zu deinem Vater nach Florida.«

»Ich kann nicht.« Über meinem Gesicht hing dieser starke Geruch.

»Du wirst vernichtet werden. Du mußt wenigstens zu mir kommen und bei mir wohnen.«

»Tante Rinn«, sagte ich. Ich hatte wieder am ganzen Leib zu zittern begonnen. »Es gibt ein paar Leute, die glauben, daß ich diese Mädchen umgebracht habe. Das war der Grund, warum sie sich an meinem Auto ausgetobt haben. Was könntest du schon gegen sie ausrichten?«

»Hierher werden sie niemals kommen. Sie werden sich niemals trauen, hierherzukommen.« Mir fiel wieder ein, welche Furcht Rinn mir als Kind eingeflößt hatte, mit diesem Ausdruck im Gesicht, mit solchen Sprüchen im Mund. »Das sind nur Städter. Sie haben nichts mit unserem Tal zu tun.«

Die kleine Küche war unerträglich heiß, und ich sah, daß im Herd ein Feuer brannte, lebendig wie ein offenes Kaminfeuer mit züngelnden Flammen.

Ich sagte: »Ich will dir die Wahrheit sagen. Ich habe etwas Entsetzliches gespürt da draußen. Etwas absolut Feindliches, und darum hatte ich solche Angst. Ich glaube, was ich gespürt habe, war das Böse. Aber es kam aus Büchern. Ein paar Halbstarke haben mich durch Arden gejagt, und dann hat Eisbär mich in die Mangel genommen, wie er selbst wahrscheinlich sagen würde. Ich kenne die ganze Literatur über all das. Ich weiß alles über Puritaner in der Wildnis, und trotzdem war es einfach stärker als ich. Ich wurde zurückgedrängt, und ich war einfach nicht mehr ich.«

»Worauf wartest du, Miles?« fragte sie, und ich wußte, daß ich nicht länger mit Ausflüchten davonkam.

»Ich warte auf Alison«, sagte ich. »Alison Greening. Ich habe geglaubt, daß sie es war – daß ich sie gesehen habe, von der Straße aus, und ich bin hinaufgerannt in die Wälder, um sie zu finden. Ich habe sie dreimal gesehen.«

»Miles –«, begann Tante Rinn, und ihr Gesicht war wild und zornig.

»Ich habe es aufgegeben, an meiner Dissertation zu arbeiten, die ist mir jetzt ganz egal. Ich habe mehr und mehr das Gefühl, daß dies alles den Tod für den Geist bedeutet. Und ich habe Zeichen erhalten, daß Alison bald kommen wird.«

»Miles –«

»Hier ist eines«, sagte ich und nahm den Briefumschlag aus meiner Tasche. »Hovre meint, ich hätte ihn mir selbst

182

geschickt, aber sie hat ihn geschickt, nicht wahr? Und darum sieht die Schrift auch aus wie meine.«

Wieder wollte Rinn sprechen, aber ich hob die Hand. »Weißt du, du hast sie nie gemocht, niemand hat sie je gern gehabt. Aber wir sind uns immer ähnlich gewesen, wir waren fast dieselbe Person. Ich habe niemals eine andere Frau geliebt.«

»Sie war dein Verderben. Sie war wie eine Falle, die auf dich wartete, damit du hineintappst.«

»Dann ist sie es noch immer, aber ich glaube es nicht.«

»Miles –«

»Tante Rinn, damals, 1955, da haben wir uns geschworen, daß wir uns hier wiedersehen wollen, hier im Tal, und wir haben einen Zeitpunkt festgelegt, und der kommt jetzt bald, in wenigen Wochen. Sie wird kommen, und ich werde sie wiedersehen.«

»Miles«, sagte sie. »Deine Cousine ist tot. Sie starb vor zwanzig Jahren, und du hast sie getötet.«

»Das glaube ich nicht«, sagte ich.

Ich setze mich ab

6

»Miles«, sagte sie. »Deine Cousine starb 1955, als ihr beide im alten Pohlson-Steinbruch schwimmen wart. Sie wurde ertränkt.«

»Nein. Sie ist ertrunken«, sagte ich. »Aktives Verb. Ich habe sie nicht getötet. Ich hätte sie nicht töten können. Sie war mehr für mich als mein Leben. Ich wäre lieber selber gestorben. Das war sowieso das Ende meines Lebens.«

»Vielleicht hast du sie aus Versehen getötet – vielleicht hast du nicht gewußt, was du tust. Ich bin nur eine alte Farmersfrau, aber ich kenne dich. Ich hab dich lieb. Du bist schon immer schwierig gewesen. Deine Cousine war auch ein schwieriger Mensch, aber ihre Fehler waren nicht unschuldig, so wie deine. Sie hat sich für den steinigen Weg entschieden, sie hat sich das Verworrene und das Böse gewünscht, aber du hast diese Sünde nie begangen.«

»Ich weiß nicht, wovon du redest. Sie war eben – ich weiß nicht – komplizierter als ich, aber das machte einen Teil ihrer Schönheit aus. Für mich jedenfalls. Niemand sonst hat sie verstanden. Und ich habe sie nicht getötet, weder aus Versehen noch auf irgendeine andere Art.«

»Aber ihr beide seid doch allein da oben gewesen.«

»Das ist nicht so sicher.«

»Hast du denn sonst noch jemanden gesehen, in jener Nacht?«

»Ich weiß nicht. Es könnte sein. Ich habe geglaubt, jemanden zu sehen, mehrmals. Dann wurde ich bewußtlos geschlagen, im Wasser.«

»Durch Alison, in ihrem Todeskampf. Sie hätte dich beinahe mitgenommen.«

»Ich wollte, sie hätte es getan. Ich habe sowieso nicht mehr richtig leben können seit damals.«

»Kein richtiges ausgefülltes Leben. Kein befriedigendes Leben. Ihretwegen.«

»Hör auf!« schrie ich. Die Hitze in der Küche wurde immer stärker, schien mit jedem Wort zuzunehmen. Das Zeug auf meinem Gesicht brannte. Mein Schrei hatte Rinn erschreckt, sie schien blasser und kleiner unter all ihren Runzeln und in ihrer bauschigen Männerjacke. Langsam schlürfte sie ihren Kaffee, und ich fühlte tiefe Reue. »Es tut mir leid. Es tut mir leid, daß ich dich angeschrien habe. Wenn du mich liebhast, dann muß das wohl auf die Art sein, wie man einen verwundeten Vogel liebhat. Ich bin in einer fürchterlichen Verfassung, Tante Rinn.«

»Ich weiß«, sagte sie ruhig. »Darum muß ich dich beschützen. Darum mußt du das Tal verlassen. Für alles andere ist es jetzt zu spät.«

»Weil Alison zurückkommt, meinst du. Denn sie wird kommen.«

»Wenn sie kommt, dann kann man nichts machen. Es ist zu spät, irgend etwas zu tun. Ihr Angelhaken steckt zu tief in dir, als daß ich ihn herausreißen könnte.«

»Gott sei Dank dafür. Sie bedeutet Freiheit für mich. Sie bedeutet Leben.«

»Nein. Sie bedeutet Tod. Sie bedeutet das, was du heute Nacht da draußen gefühlt hast.«

»Das waren nur meine Nerven.«

»Das war Alison. Sie will dich.«

»Sie wollte mich schon vor Jahren.«

»Miles, du unterwirfst dich Mächten, die du nicht verstehst. Ich verstehe sie selbst nicht, aber ich respektiere sie. Und ich fürchte sie. Hast du daran gedacht, was geschehen wird, wenn sie zurückkommt?«

»Es ist egal, was geschieht. Sie wird wieder in dieser Welt sein. Sie weiß, daß ich sie nicht getötet habe.«

»Vielleicht ist das egal. Oder es macht weniger aus, als du denkst. Erzähl mir von jener Nacht, Miles.«

Ich ließ meinen Kopf vornüber sinken, so daß mein Kinn fast meine Brust berührte. »Was soll das schon nützen.«

»Dann werde ich es dir sagen. Das ist es, woran sich die Leute in Arden von dir erinnern. Sie erinnern sich, daß du des Mordes verdächtigt wurdest. Du hattest schon einen schlechten Ruf – du warst als Dieb bekannt, als wirrköpfiger, liederlicher Bursche, der seine Triebe nicht unter Kontrolle hatte. Deine Cousine war – ich weiß nicht, wie würde man das nennen? Eine sexuelle Herausforderung. Sie war verderbt. Sie hat die Leute im Tal schockiert. Sie war berechnend, und sie hatte Macht – als sie noch ein kleines Kind war, habe ich schon erkannt, daß sie Zerstörung und Vernichtung in sich trug. Sie haßte das Leben. Sie haßte alles außer sich selbst.«

»Niemals«, sagte ich.

»Und ihr beide seid zum Schwimmen in den Steinbruch gefahren, zweifellos, nachdem Alison eure Mütter an der Nase herumgeführt hatte. Und dich hat sie noch viel mehr eingewickelt. Miles, es kann geschehen, daß zwischen zwei Menschen eine tiefe Verbundenheit besteht, so etwas wie eine Stimme, ein Rufen zwischen ihnen, und wenn die dominie-

rende Person verderbt ist, dann ist diese Verbindung ungesund und verderbt.«

»Laß das Geschwätz«, sagte ich. »Mach' schon weiter mit
dem, was du sagen willst.« Ich wollte hinaus aus ihrer überheizten Küche; ich wollte mich im alten Updahl-Haus ver-
graben.

»Das werde ich.« Ihr Gesicht war hart wie Stein. »Jemand, der auf der Straße nach Arden vorbeifuhr, hörte
Schreie vom Steinbruch her und alarmierte die Polizei. Als
der alte Walter Hovre hinkam, fand er dich bewußtlos auf
dem Felsvorsprung. Dein Gesicht blutete. Alison war tot.
Er konnte ihre Leiche sehen, die sich unter Wasser an einem Felsvorsprung verfangen hatte. Ihr wart beide nackt.
Sie war... sie war mißbraucht worden.« Ihr Gesicht begann
sich zu röten. »Die Schlußfolgerung war klar, sie lag auf der
Hand.«

»Was glaubst du, ist passiert?«

»Ich glaube, sie hat dich verführt, und ihr Tod war ein
Unfall. Ich glaube, daß sie durch deine Hand starb, aber
daß es kein Mord war.« Sie war noch stärker errötet, und es
sah widerlich aus, so als hätte sie Rouge auf ihre alten Wangen geschmiert. »Ich habe niemals die körperliche Liebe
kennengelernt, Miles. Aber ich stelle mir vor, daß sie eine
turbulente Angelegenheit ist.« Sie hob ihr Kinn und sah mir
gerade in die Augen. »Das ist es, was alle gedacht haben.
Dir war kein Vorwurf zu machen – tatsächlich waren sogar
viele Frauen in Arden der Meinung, daß Alison genau das
bekommen hatte, was sie verdiente. Walter Hovre war damals Untersuchungsrichter und Leichenbeschauer, und er
entschied auf Tod durch Unfall. Er war ein gutherziger
Mann, und er hatte selber Sorgen mit seinem Sohn. Er woll-

te dein Leben nicht ruinieren. Und daß du ein Updahl bist, hat auch geholfen. Die Leute hier haben immer zu deiner Familie aufgesehen.«

»Erklär mir nur eines«, sagte ich. »Wenn alle mich im stillen verdammten, während sie mich heuchlerisch auf freien Fuß setzten, hat sich denn dann kein Mensch gefragt, wer derjenige war, der die Polizei verständigt hat?«

»Der Mann hat seinen Namen nicht genannt. Er sagte, er hätte Angst.«

»Glaubst du wirklich, daß Schreie vom Steinbruch bis zur Straße gehört werden können?«

»Offensichtlich doch. Und jetzt fällt den Leuten deine alte Geschichte wieder ein, Miles.«

»Verdammt«, sagte ich. »Meinst du vielleicht, ich weiß das nicht? Sogar Duanes Tochter hat schon Gerüchte darüber gehört und ihr verrückter Freund auch. Aber ich habe Verpflichtungen gegenüber meiner Vergangenheit, und aus diesem Grunde bin ich hier. An der anderen Sache bin ich unschuldig. Meine Unschuld muß sich einfach herausstellen.«

»Das hoffe ich von ganzem Herzen«, sagte Tante Rinn. Ich hörte den Wind an den Zweigen rütteln und in den Blättern rascheln, und ich kam mir vor wie aus einem anderen Zeitalter – wie eine Märchenfigur, die sich in einem Knusperhäuschen versteckt hält. »Aber das genügt nicht, das hilft dir jetzt auch nicht weiter.«

»Ich weiß, was mir helfen würde.«

»Das Heil liegt in der Arbeit.«

»Das ist zumindest eine schöne norwegische Theorie.«

»Na gut, dann arbeite also. Schreib! Hilf bei der Feldarbeit!«

Ich stellte mir vor, Seite an Seite mit Duane Gras zu mähen, und mußte lächeln. Eben hast du mir noch geraten, das Tal zu verlassen. Eisbär würde das übrigens gar nicht erlauben. Und ich würde sowieso nicht gehen.«

Sie sah mich mit einem Ausdruck an, der Hoffnungslosigkeit verriet. Ich sagte: »Ich will mich nicht von der Vergangenheit lösen. Du verstehst das nicht, Tante Rinn.« Ich mußte gähnen und war selbst erschrocken darüber.

»Mein armer müder Junge.«

»Ja, ich bin müde«, gab ich zu.

»Schlaf heute nacht hier, Miles. Ich werde für dich beten.«

»Nein«, sagte ich automatisch. »Nein, danke.« Dann dachte ich an den weiten Weg zurück zum Wagen. Die Batterie war inzwischen sicherlich leer, und ich würde den ganzen Weg bis zum Farmhaus zu Fuß zurücklegen müssen.

»Du kannst wieder weggehen, wann du willst. Und eine vertrocknete alte Jungfer wie mich störst du gewiß nicht.«

»Vielleicht für ein paar Stunden«, sagte ich und gähnte wieder. Diesmal schaffte ich es, die Hand wenigstens halbwegs rechtzeitig vor den Mund zu halten. »Du bist viel zu gut zu mir.«

Sie ging ins Nebenzimmer und kam gleich darauf mit einem Arm voll Bettwäsche und einer flauschigen selbstgemachten Steppdecke zurück. »Komm her, Junge«, befahl sie, und ich folgte ihr in die gute Stube. Gemeinsam spannten wir das Laken über das schmale Sofa. Das Wohnzimmer war zwar nur wenig kühler als die Küche, doch ich half Rinn, die Steppdecke auf das Überschlaglaken zu breiten. »Ich würde dir ja mein Bett anbieten, Miles, aber es hat noch nie ein Mann in meinem Bett geschlafen, und jetzt ist es zu spät für mich, meine Gewohnheiten zu ändern. Aber ich hoffe, du wirst mich deshalb nicht für ungastlich halten.«

»Für ungastlich nicht, höchstens für eigensinnig.«

»Das war übrigens kein Scherz, was das Beten angeht. Hast du gesagt, du hast sie gesehen?«

»Dreimal. Ich bin ganz sicher. Sie kommt zurück, Tante Rinn.«

»Eines kann ich dir versichern, Miles. Ich werde das nicht mehr erleben.«

»Warum?«

»Weil sie es nicht zulassen wird.«

Für eine einsame alte Frau von nahezu neunzig Jahren war Tante Rinn recht geübt darin, immer das letzte Wort zu behalten. Sie wandte sich von mir ab, knipste in der Küche das Licht aus und schloß die Tür zu ihrem Schlafzimmer hinter sich. Ich hörte es rascheln, als sie sich auszog. Die makellose winzige Stube war erfüllt vom Geruch des Holzkohlenfeuers; der mußte wohl vom Küchenherd kommen. Rinn begann zu murmeln.

Ich schlüpfte aus Jeans und Hemd und setzte mich, um meine Socken auszuziehen, während ich der rauhen alten Stimme lauschte, die rhythmisch dahinratterte wie eine alte Maschine kurz vor dem Stillstand. Ich streckte mich zwischen den frischen Laken aus. Meine Hände fanden eine knubbelige Stelle nach der anderen, und ich erkannte schließlich, daß die Laken unzählige Male geflickt waren. Begleitet von der Musik der leise rasselnden Stimme im Nebenzimmer glitt ich innerhalb weniger Sekunden in den ersten ununterbrochenen und friedvollen Schlaf seit meiner Abreise aus New York.

Einige Stunden später weckten mich zwei Geräusche. Das eine schien ein unglaublich starkes Blätterrauschen über mir zu sein; es klang, als näherte sich der Wald dem Haus und wollte es angreifen. Das zweite war noch beunruhigender. Es war Rinns Stimme, und ich dachte zuerst, sie wäre in eine Art Marathon-Beten verfallen. Doch dann erkannte ich an dem langsamen beharrlichen Tonfall, daß sie im Schlaf sprach, und zwar ein einziges Wort, immer wieder. Das Rauschen der Bäume übertönte zunächst dieses Wort, und ich lag da im Dunkeln mit offenen Augen und lauschte. Der Holzfeuergeruch hing unbeweglich in der Luft. Als ich schließlich verstand, was Rinn sagte, schlug ich die Steppdecke zurück und tastete nach meinen Socken. Was sie in ihrem Schlaf wieder und wieder sagte, war der Name meiner Großmutter: »Jessie, Jessie.«

Das war zuviel für mich. Inmitten des schaurigen Getöses vom Wald her konnte ich es nicht ertragen, anhören zu müssen, was ich hier angerichtet hatte – wie sehr ich den einzigen Menschen, der mir hier helfen wollte, in Verwirrung gestürzt hatte. Ich zog mich in aller Eile an und ging in die Küche. Die Blätter preßten ihre weißen geäderten Unterseiten gegen die Fensterscheiben, es sah aus wie die fleischige Hand eines meiner Verfolger in Arden. Ich knipste eine kleine Lampe an. Rinn war noch immer zu hören: mit rauher, monotoner Stimme rief sie ihre Schwester an. Das Feuer im Herd war fast erloschen und hatte ein rotglühendes Schattenreich aus Asche hinterlassen. Ich spritzte mir Wasser ins Gesicht und spürte die verkrustete Kräutersalbenschicht, die sich nicht abwaschen ließ. Meine Finger glitten darüber hinweg wie über die Flickstellen an den Laken. Ich bohrte einen Fingernagel unter den Rand einer Kruste, zog sie ab wie einen Blutegel und ließ sie in den Spülstein fallen. Ich pellte auch die anderen Salbenkleckse ab, bis der Boden des Waschbeckens fast davon bedeckt war. Neben der Tür hing ein Rasierspiegel an einem

Nagel, und ich mußte in die Knie gehen, um hineinblicken zu können. Mein sanftes großflächiges Gesicht blickte mir entgegen: Es war mit rosa Flecken an Stirn und Wangen übersät, doch das waren die einzigen Spuren, die geblieben waren.

In einem alten Rollpult fand ich unter einem Berg von Unterlagen über Rinns Eierhandel einen Bleistiftstummel und einen Zettel und schrieb: *Eines Tages wirst Du erkennen, daß ich recht habe. Ich komme bald einmal herüber, um Eier zu kaufen. Danke für alles. Alles Liebe, Miles.*

Ich ging hinaus in die tosende Nacht. Ich spürte die knotigen Baumwurzeln durch meine schlammbedeckten Stiefel. Ich kam an dem hohen Schuppen vorbei, in dem die Hühner schliefen. Bald danach hatte ich das dichte Dach der Äste hinter mir, und vor mir wand sich die schmale Straße zwischen den Maisfeldern; die Pflanzen zeichneten sich schemenhaft gegen den blauschwarzen Himmel ab. Als ich zum Bach kam, hörte ich wieder die Frösche. Ich ging schnell und widerstand der Versuchung, über meine Schulter zurückzuschauen. Wenn ich das Gefühl hatte, daß mich jemand oder etwas beobachtete, dann war das sicherlich nur der einzige, helleuchtende Stern am Himmel – die Venus, die mir ihr jahrtausendealtes Licht sandte.

Erst nachdem eine Brise über den weiten Feldern zu wehen begann und den Holzfeuergeruch verscheuchte, merkte ich, daß dieser Geruch mich begleitet hatte, bis ich Rinns Land verlassen und den halben Weg zur Straße zurückgelegt hatte.

Venus, erleuchte meinen Weg mit längst erloschenem Licht.

Großmutter, Rinn, segnet mich, ihr beide.

Alison, sieh mich und laß mich dich sehen.

Aber was ich zu sehen bekam, als ich die Talstraße hinunter-
trottete, war nur der Volkswagen, oder besser, sein Kadaver.
Wie etwas, das man von einem Zugfenster aus in einem Haufen rostiger Wracks sieht. In dem schwachen Sternenlicht
schien der Wagen völlig deformiert, so erbärmlich und maka-
ber wie Duanes Traumschloß. Als ich näher kam, sah ich das
geborstene Rückfenster und die tiefen Dellen in Motorhaube
und Kofferraumdeckel. Schließlich fiel mir auf, daß die Lichter nicht brannten. Die Batterie war also leer.

Ich stöhnte, öffnete die Tür und ließ mich auf den Sitz
fallen. Ich strich mit den Händen über die rosafarbenen neuen
Hautstellen in meinem Gesicht, die zu jucken begannen.
»Verdammt«, sagte ich, als ich an die Schwierigkeiten dachte,
die es machen würde, einen Abschleppwagen die zehn Meilen
aus Arden herzubekommen. In meiner Enttäuschung schlug
ich mit der Handfläche leicht auf die Hupe. Dann sah ich, daß
der Schlüssel nicht mehr im Zündschloß steckte.

»Was soll denn das?« fragte ein Mann, der den steilen
Abhang vom Sunderson-Haus heruntergestolpert kam. Als
er die Straße überquerte, sah ich, daß er einen dicken festen
Bauch und ein flächiges, freudloses Gesicht hatte. Die Nase
war eine dicke Knolle und zeugte von seiner Verwandtschaft mit Tuta Sunderson. Wie bei den meisten Männern
mit dem Spitznamen »Red« war seine Haarfarbe ein sandi-
ges Orange. Er kam über die Straße und legte eine enorme
Hand auf die offene Wagentür. »Warum müssen Sie denn
hier 'rumhupen?«

»Aus purer Freude. Aus reiner Glückseligkeit. Meine Batterie ist leer, also rührt sich die Karre nicht von der Stelle. Der
Zündschlüssel ist auch weg. Liegt wahrscheinlich da irgendwo
im Graben. Und Sie haben vielleicht bemerkt, daß ein paar

Gentlemen aus Arden den Wagen ein bißchen zu bearbeiten beliebten. Darum habe ich die Hupe betätigt.« Ich blickte hinauf und glaubte, auf seinem teigigen Gesicht eine Spur von Belustigung zu bemerken.

»Haben Sie mich früher nicht rufen gehört? Als Sie aus dieser Kiste gesprungen sind und sich zum Wald davongemacht haben?«

»Klar«, sagte ich, »aber ich hatte keine Zeit zu verlieren.«

»Ich hab auf der Veranda gewartet, damit ich Sie zurückkommen sehe. Bin sogar ein bißchen eingenickt da draußen – hab nicht gedacht, daß Sie so lange wegbleiben. Aber für alle Fälle hab ich den Zündschlüssel von Ihrer Karre abgezogen. Und ich hab die Lichter abgedreht, um Ihre Batterie zu schonen.«

»Danke. Ehrlich. Aber geben Sie mir bitte jetzt meinen Schlüssel zurück, dann können wir beide endlich schlafengehen.«

»Warten Sie mal. Was haben Sie da droben überhaupt gemacht? Oder sind Sie nur einfach vor mir davongelaufen? Sie sind abgehauen wie ein geölter Blitz. Was für ein Spiel spielen Sie hier eigentlich, Miles?«

»Also Red, ich weiß wirklich nicht. Ich glaube nicht, daß ich irgendein Spiel spiele.«

»Soso.« Seine Belustigung verwandelte sich langsam in Ärger. »Nach dem, was meine Mutter sagt, haben Sie ja da oben bei den Updahls schon ein paar ganz eigenartige Dinger gedreht. Und die Kleine von Duane treibt sich auch viel zuviel bei Ihnen 'rum, sagt sie, viel mehr als ihr gut tut – besonders wenn man bedenkt, mit welchen Problemen wir es hier in letzter Zeit zu tun haben. Sie haben wohl so 'ne Art Hang dazu, kleinen Mädchen weh zu tun, was, Miles?«

»Nein, hab ich nicht und hatte ich nie. Hören Sie auf, meine Zeit zu vergeuden, und geben Sie mir meine Schlüssel wieder.«

»Was gibt's denn so Besonderes da oben in den Wäldern?«

»Okay, Red«, antwortete ich. »Ich will Ihnen die Wahrheit sagen. Ich habe Rinn besucht. Sie können sie selbst fragen. Ich war bei ihr.«

»Schätze, Sie und diese alte Hexe, ihr heckt zusammen was aus.«

»Sie können schätzen, was Sie wollen, aber lassen Sie mich jetzt endlich nach Hause fahren.«

»Das ist nicht Ihr Zuhause, Miles. Aber ich schätze, Sie können zu Duane zurückfahren. Hier haben Sie die Schlüssel für dieses Scheißauto.« Er hielt sie mir hin, an einem seiner riesigen stumpfen Finger, den er durch den Ring gesteckt hatte, so daß Ring und Schlüssel dagegen winzig aussahen, wie Spielzeug. Die Geste wirkte irgendwie obszön.

Aus der Aussage des Leroy (»Red«) Sunderson

16. Juli

Das hat mich ganz einfach gewurmt, daß meine Mutter ausgerechnet in dem Haus arbeiten mußte, wo dieser Miles Teagarden hauste. Ich kann Ihnen sagen, wenn ich in Duanes Schuhen steckte, dann hätte ich meine Tochter aber nicht in die Nähe eines Mannes mit einem solchen Ruf gelassen! Einige sagen ja, er hat dazugelernt, na schön. Ich hätte ihn ja sofort davongejagt, mit einem guten Schuß aus der Schrotflinte. Also, hab ich gedacht, wollen wir doch mal sehen, was da los ist, und ich bin gleich die Auffahrt runtergelaufen, als ich seinen Wagen da unten vor unserem Haus anhalten sah. Also Miles springt raus und starrt in die Gegend, als sähe er einen Geist, und fängt an zu rennen wie verrückt. Ich hab ihm nachgerufen, aber er ist einfach weitergerannt.

Nun kann man das ja auf zweierlei Art auslegen: Entweder hatte er es furchtbar eilig, zu irgend etwas da oben in den Wäldern zu kommen, oder er ist vor mir davongelaufen. Ich sage ja, beides stimmt. Ich kann Ihnen sagen, er hatte eine schreckliche Angst vor mir, als er zurückkam. Und das heißt, daß er sich todsicher gerade das ausdachte, was dann passiert ist, oben in den Wäldern. Meinen Sie nicht auch?

Ich habe mir einfach gesagt, Red, du wartest jetzt auf ihn. Er wird schon zurückkommen. Ich bin runtergegangen und hab die Lichter ausgeschaltet an seiner zerdetschten Karre. Dann hab ich auf ihn gewartet. Mutter und ich haben beide eine Weile nach ihm Ausschau gehalten, dann ist sie zu Bett gegangen und ich hab mich auf der Veranda ausgestreckt. Ich hatte ja seine Schlüssel und konnte sicher sein, daß er ohne mich nicht weit kommen würde.

Also gut, nach einer irre langen Zeit kommt er zurück. Mit leichtem Schritt, ganz aufgedreht. Der hat einen Gang wie ein Stadtnigger. Als ich zu ihm hinkomme, ist er gerade dabei, sein Auto zu bearbeiten, und geflucht hat er und gehupt. Und dann hab ich sein Gesicht gesehen. Er sah ganz verbrannt aus oder so was – er war voller großer roter Flecken. Genau wie Oscar Johnstad damals vor ein paar Jahren, als er die Alkoholvergiftung hatte. Könnte sein, daß ihn jemand gekratzt hat.

Ich sage, also Miles, was zum Teufel haben Sie da angestellt?

»Ich bin so glücklich«, sagt er.

Ich sage, was kann Sie denn da oben in den Wäldern so glücklich machen?

»Na«, sagt er, »ich geh da rauf und das macht mich glücklich. Ich bin bei Rinn gewesen.«

Woher sollen wir wissen, was die beiden ausgeheckt haben? Komische Dinge gehen da vor, bei diesen alten Norwegern in den Tälern hier – ich bin ja selbst Norweger, und ich würde kein Wort gegen sie sagen, aber ein paar von diesen alten Leuten verfallen auf die verrücktesten Sachen. Und diese Rinn war ja schon immer total verrückt. Schon ihr ganzes Leben lang. Sie war so ungefähr der einzige Freund, den Miles hier hatte. Sie erinnern sich doch an den alten Ole, unten bei den Four Forks? Also, der war mit der halben Einwohnerschaft verwandt, auch mit mir, und als der anfing verrückt zu werden, da hat er seine halbblöde Tochter in seinem Speicher an einen Balken gefesselt und seine andere Tochter als seine Frau benutzt. Sonntags stand er dann hinter der Kirche und sah aus wie ein zorniges Stück vom lieben Gott, das zufällig da gelandet war. Das war vor zwanzig, dreißig Jahren, aber es gehen noch immer seltsame Dinge vor. Dieser Rinn habe ich nie getraut. Sie konnte einen verhexen. Einige sagen ja, Oscar Johnstad hat zu trinken angefangen, weil sie ihm eine junge Kuh verhext hat, und er hatte Angst, daß er als nächster drankäme.

Die andere Sache, an die Sie denken sollten, ist Paul Kant. Ganz kurz nachher, höchstens zwei Tage später, ging er zu Paul. Und dann hat er versucht, sich umzubringen, stimmt's?

Ich glaube, er wollte einfach loskommen von allem – vielleicht hat Rinn ihm gesagt, daß er es tun soll, verrückt genug war sie ja. Vielleicht auch Klein-Paulchen. Na jedenfalls, wenn er es nicht getan hat, dann hat er's später bestimmt bereut. Ich meine, was auch immer Paul Kant getan hat, um glücklich zu werden, er ist dazu jedenfalls nicht nachts in die Wälder raufgegangen.

Ich fühle mich irgendwie da hineinverwickelt, wissen Sie. Ich habe doch das arme Mädchen gefunden, die Jenny Strand,

und ich habe stundenlang mit euch geredet an dem Tag. Ich
bin auch fast umgekippt, als ich sie gesehen habe – ich habe
sofort gewußt, daß da irgendwas Unheimliches im Spiel war
mit dem armen Ding. Sie war ja wirklich ganz zerfetzt. Na,
ihr wart ja dort. Ihr habt es ja gesehen.

Als wir dann schließlich von der nächsten Sache erfahren
haben, da hab ich einen Anruf bekommen von den Jungs aus
der Angler-Bar, wegen dieser Idee mit den Autos, und ich hab
gesagt, na klar, macht das nur, ich werde euch helfen, soviel
ihr wollt. Ihr bereitet alles vor, und ich werde dann hier mein
Teil beitragen.

Als ich schließlich in die Auffahrt einbog, hatte mein Gesicht
zu brennen und zu jucken angefangen; meine Augen tränten,
ich ließ das Auto unter den Nußbäumen und ging quer über
den Rasen und preßte dabei die gesunde Hand an mein Gesicht. Sie fühlte sich so kühl und heilsam an wie Wasser. Mein
Gesicht war brennend heiß. Auch die Nachtluft war wie die
Luft in einem Backofen, sie bestand aus Millionen Nadelspit-
zen. Ich bewegte mich langsam vorwärts, damit der heiße
Luftzug mein Gesicht nicht aufschürfte.

Als ich mich dem Haus näherte, gingen plötzlich alle Lichter an.

Es wirkte wie ein Vergnügungsdampfer auf dunklem Ge-
wässer, doch ich erschauerte. Ich nahm die Hand vom Gesicht
und ging langsam zur Tür. Die Stute auf der Koppel zu meiner
Linken begann zu wiehern und auszuschlagen.

Ich war beinahe darauf gefaßt, daß sich die Türklinke ohne
mein Zutun bewegen würde. Fast wünschte ich mich zurück
auf das Notlager in dem Haus unter den riesigen dunklen
Bäumen.

Ich ging über die Veranda und hörte keinerlei Geräusch aus dem Innern des Hauses. Als ich seitwärts durch das Holzgitter hinausblickte, sah ich den großen Körper der Stute aufsteigen. Die verstörten Kühe stoben nach allen Seiten davon. Dann stieß ich die Tür zum Wohnzimmer auf und sah hinein – leer. Leer und kalt. Die alten Möbel standen wie zufällig herum und forderten stumm dazu auf, sie endlich in ihre endgültige Ordnung zu bringen. Alle Lichter brannten. Sie waren von einem einzigen Schalter an der Tür aus zu bedienen, und ich berührte ihn in dem Moment, als die Stute zu wiehern aufhörte. Die Lichter verloschen, gingen dann wieder an. Sie funktionierten offensichtlich ganz normal.

Die Deckenlampe in der Küche beleuchtete die Spuren von Tuta Sundersons Tätigkeit: Der Teller mit dem kalten Essen war entfernt, das Geschirr gespült und weggeräumt worden. Als ich den Lichtschalter in der Küche betätigte, funktionierte er ganz wie gewöhnlich.

Die einzige Erklärung war wohl, daß mit den Leitungen etwas nicht stimmte. In dem Augenblick, als mir diese Möglichkeit in den Sinn kam, wurde mir bewußt, daß etwas im Zimmer fehlte – etwas Wichtiges. Und daß mein Gesicht noch immer schmerzhaft auf den Kontakt mit der Luft reagierte. Ich ging zurück in die Küche, öffnete den Hahn über dem Waschbecken und spritzte mir das Wasser über Stirn und Wangen. Das fiebrige Sandpapiergefühl begann nachzulassen. Das einzige Seifenartige in Reichweite war ein Geschirrspülmittel; ich schüttete mir die grüne Flüssigkeit in die rechte Hand und schmierte sie mir ins Gesicht. Es fühlte sich an wie Balsam. Das Stechen verschwand. Vorsichtig spülte ich die Seife wieder ab: Meine Haut war gespannt wie eine über einen Rahmen gezogene Leinwand.

Diese Verwandlung, wenn auch nur für kurze Dauer, machte mich anscheinend auch scharfsinniger, denn als ich wieder im Wohnzimmer war, sah ich, was fehlte. Das Foto von Alison und mir, jenes schicksalhafte Bild, hing nicht mehr an seinem Nagel über dem Durchgang zur Treppe. Jemand hatte es entfernt. Ich schaute auf die andere Wand. Sonst war nichts verändert. Es war eine unvorstellbare Freveltat, ein gewaltsamer Eingriff in meine intimste Sphäre. Ich stürzte in das alte Schlafzimmer.

Offenbar war Tuta Sunderson am Werk gewesen. Das Durcheinander, das ich auf dem Fußboden hinterlassen hatte, war aufgeräumt. Die Fotos lagen gebündelt in der aufgebrochenen Seemannskiste, und die Holzsplitter des Deckels waren daneben ausgelegt wie überdimensionale Zahnstocher. Ich kniete nieder, um die Kiste zu öffnen, und als ich den Deckel zurückklappte, starrte mir Duanes unglückliches Mauleselgesicht vorwurfsvoll entgegen. Sanft schloß ich den Deckel wieder. Die Büchse der Pandora.

Wenn das Bild nicht gestohlen war, gab es nur einen Platz, wo es sein konnte, und da fand ich es auch – noch während ich die schmalen Stufen hinaufstieg, wußte ich tatsächlich schon genau, wo ich es finden würde: auf dem Schreibtisch an die Wand gelehnt, neben der älteren Fotografie von Alison.

Und ich wußte – so sicher man überhaupt etwas Unfaßbares wissen konnte – wer es dort aufgestellt hatte.

Einem ungeschriebenen Gesetz folgend, das allem Anschein nach für die Nächte im alten Updahl-Haus galt, wurde mein Schlaf durch eine Folge verwirrender Träume mehrfach unterbrochen. Doch nach dem Erwachen – zu spät, wie ich bemerkte, um den Abschied des jungen Liebespaares und Ali-

sons komisch-akrobatische Rückkehr durchs Fenster zu beobachten – konnte ich mich nur daran erinnern, daß ich mehrmals von Träumen erschreckt aufgewacht war. Wenn man
sich an Alpträume nicht erinnern kann, verlieren sie ihre
Macht. Ich war so hungrig wie noch nie, was ich auch als
Zeichen wiederkehrender Gesundheit deutete.

Ich war so sicher, daß Alison Greening die Fotografie auf
meinen Schreibtisch gestellt hatte, als hätte sie es mir schriftlich gegeben. Und auch als ich erfuhr, daß sie eine fremde
Person dazu beeinflußt hatte, es für sie zu tun, änderte das
nichts an meiner Überzeugung.

»Sie haben doch nichts dagegen, daß ich dieses Bild raufge-
bracht habe, oder?« fragte Tuta Sunderson, als ich zum Frühstück hinunterkam. »Ich habe mir gedacht, nachdem Sie doch
schon das andere da oben haben, wollen Sie vielleicht beide
da. Ich habe nichts durcheinandergebracht, in Ihrem Schreib-
zimmer da, ich habe nur das Bild auf Ihren Schreibtisch gestellt.«

Bestürzt sah ich sie an. Ihre wabbeligen Arme machten sich
über einer Bratpfanne zu schaffen. Fett spritzte, Flammen
züngelten. Tutas Gesicht trug einen Ausdruck mürrischer
Verstocktheit.

»Warum haben Sie das getan?«

»Weil das andere auch da ist. Wie ich gesagt habe.« Sie log.
Sie war Alisons Werkzeug gewesen; anderseits wollte sie offenbar auch das Bild aus ihrem eigenen Gesichtskreis verschwinden lassen.

»Was hielten Sie von meiner Cousine? Erinnern Sie sich an
Sie?«

»Kaum.« Sie wandte sich entschlossen wieder ihren Eiern
zu.

»Sie wollen wohl nicht über sie reden.«

»Richtig. Was vorbei ist, ist vorbei.«

»In einem gewissen Sinne stimmt das«, sagte ich und lachte. »Aber nur in einem gewissen Sinne, meine liebe Mrs. Sunderson.«

Das »meine liebe« ließ sie stutzen, und mit erweiterten Pupillen glotzte sie zu mir herüber. Dann wandte sie sich, noch immer verwirrt schweigend, den brutzelnden Eiern auf dem Gasherd wieder zu.

»Warum haben Sie das Bild von Duanes Mädchen zerrissen? Ich hab's gesehen, als ich das Durcheinander aufgeräumt habe, das Sie im vorderen Schlafzimmer angerichtet haben.«

»Ich weiß gar nicht, wovon Sie reden«, sagte ich. »Oh, jetzt fällt es mir wieder ein: Ich wußte gar nicht recht, wer das eigentlich war. Es war nur eine unwillkürliche Geste, ein Reflex.«

»So könnte man wohl sagen«, meinte sie und brachte mir die Eier. »Vielleicht könnte man das gleiche auch in bezug auf Ihr Auto sagen.«

Zwei Stunden später hatte ich noch immer den Geschmack der Eier auf der Zunge, als ich auf dem Asphaltboden der Tankstelle von Arden stand, neben einem untersetzten jungen Mann mit der flammenden Aufschrift »Hank« auf der Brust. Hank regte sich über den Zustand meines VWs auf.

»Der sieht ja fürchterlich aus«, sagte er. »Ich hoffe, Sie sind versichert. Und wir haben zur Zeit niemanden hier, der Ihnen das ausbeulen könnte. Und dann die Ersatzteile, alles ausländische. Hier die Scheibe, und der Scheinwerfer und die Radkappe. Kann lange dauern, bis wir das herbekommen. Wird eine schöne Stange Geld kosten.«

»Sie müssen das ja nicht unbedingt aus Deutschland kommen lassen«, bemerkte ich. »Es muß doch schließlich hier irgendwo eine VW-Vertragswerkstatt geben.«

»Vielleicht«, gab der Junge widerstrebend zu. »Ich hab von einer gehört, hier irgendwo, aber mir fällt nicht ein, wo die genau ist. Und wir sind sowieso schon mit Arbeit überlastet. Wir müssen schon Überstunden machen.«

Ich sah mich interessiert in der völlig verödeten Tankstelle um. »Das sieht man gar nicht so auf den ersten Blick«, sagte Hank, um sich zu verteidigen.

»Das sieht man überhaupt nicht«, sagte ich und überlegte, daß es wohl diese Tankstelle gewesen sein könnte, in welcher der Liebhaber von Duanes Braut gearbeitet hatte. »Vielleicht wird Ihnen das hier helfen, Ihr Arbeitsprogramm ein bißchen umzustellen.« Ich nahm eine Zehn-Dollar-Note aus der Tasche und drückte sie ihm in die Hand.

»Wohnen Sie hier in der Gegend?«

»Was glauben Sie denn?« Er sah mich nur kühl an. »Ich bin hier nur zu Besuch, und ich hatte einen Unfall. Hören Sie, kümmern Sie sich nicht um die Dellen, die sind nicht so wichtig. Bringen Sie nur die Scheiben und die Scheinwerfer in Ordnung. Und werfen Sie einen Blick auf den Motor und stellen Sie fest, ob er eine Reparatur nötig hat. Er hat sich komisch aufgeführt in letzter Zeit.«

»Na gut. Aber ich brauche einen Namen für den Auftragszettel.

»Greening«, sagte ich. »Miles Greening.«

»Ist das jüdisch?«

Etwas widerstrebend trennte sich der Bursche dann von einem der Leihwagen, einem Nash, Jahrgang 1957, der schlingerte wie ein Lastwagen. Später in Arden war ich dann vorsichtig genug, ihn in einer Seitenstraße einer Gegend zu parken, wo die Häuser von zumindest bescheidenem Wohlstand zeugten.

Eineinhalb Stunden später versicherte mir Paul Kant: »Du bringst uns beide in Schwierigkeiten, dich selbst und mich, einfach schon dadurch, daß du hierherkommst, Miles. Ich habe versucht, dich zu warnen. Du hättest auf mich hören sollen. Ich weiß deine Freundschaft wirklich zu schätzen. Aber es gibt hier nur zwei Menschen, von denen die guten Leute annehmen, daß sie diese Verbrechen hätten begehen können – und hier sind wir nun alle beide in schöner Eintracht beisammen. Bequemer könnten sie sich's nicht wünschen. Hast du denn gar keine Angst? Das solltest du aber. Ich fürchte mich entsetzlich. Wenn noch etwas passiert, mit einem Kind, meine ich – ich glaube, dann bin ich ein toter Mann. Letzte Nacht sind sie mit Baseballschlägern über mein Auto hergefallen, nur so, um mir zu zeigen, daß sie mich beobachten.«

»Über meines auch«, sagte ich. »Ich habe sogar gesehen, wie sie deines in der Mangel hatten; allerdings wußte ich nicht, daß es *dein* Auto war.«

»Da sitzen wir nun also und warten darauf, daß der zweite Stiefel runterfällt. Warum machst du nicht einfach, daß du wegkommst, solange du noch kannst?«

»Ich kann nicht. Aus mehreren Gründen. Einer davon ist, daß Eisbär mich gebeten hat, mich nicht von der Stelle zu rühren, bis alles vorüber ist.«

»Wegen der Sache mit Alison Greening?«

Ich nickte.

Er stieß einen tiefen Seufzer aus, der für seinen kleinen Körper fast zuviel war. »Natürlich. Natürlich. Das hätte ich gar nicht zu fragen brauchen. Ich wünschte bloß, meine Sünden lägen so weit zurück wie deine.« Ich schaute ihn verwundert an und sah, wie er sich mit zitternden Händen eine Zigarette anzuzünden versuchte. »Hat dich eigentlich keiner davor gewarnt, dich mit mir einzulassen, Miles? Ich bin ziemlich berüchtigt.«

»Also deshalb hast du es so feierlich gemacht.«

»Ja, deshalb die Umstände.«

Auf dem Weg zu Paul hatte ich zuerst auf der Main Street angehalten und in einem Laden einen Plattenspieler gekauft. Der Verkäufer sah den Namen auf meinem Scheck und verschwand damit in einem Hinterzimmer. Ich war mir bewußt, daß meine Anwesenheit die Aufmerksamkeit der anderen Kunden erregte – sie taten zwar so, als sähen sie mich nicht an, bewegten sich aber mit der übertriebenen Achtlosigkeit von Leuten, die sich keine Einzelheit entgehen lassen wollen. Nach einer Weile kam der Verkäufer mit einem aufgeregten Mann in braunem Anzug und gestreifter Krawatte zurück. Der teilte mir mit, daß er meinen Scheck nicht annehmen könne.

»Warum nicht?«

»Hm, ja, Mr. Teagarden, dieser Scheck lautet auf eine New Yorker Bank.«

»Offensichtlich«, sagte ich. »In New York wird auch Geld benutzt.«

»Aber wir nehmen nur Schecks von hier.«

»Und wie steht's mit Kreditkarten? Sie weisen ja wohl keine Kreditkarten zurück, oder?«

»Oh, nein. Normalerweise nicht«, sagte er.

Ich zog ein Päckchen Kreditkarten aus meiner Brieftasche. »Welche wollen Sie denn? Mastercharge? American Express?

Diners Club? Mobil? Sears? Also los, suchen Sie sich eine aus. Firestone?«

»Mr. Teagarden, das ist nicht nötig. In diesem Falle –«

»Was, in diesem Falle? Diese Dinger sind so gut wie bares Geld, oder? Hier ist noch eine. Bankamericard. Wählen Sie.«

Die anderen Kunden hatten es aufgegeben, so zu tun, als ob sie nicht zuhörten, und ein paar wollten schon näher kommen. Der Mann entschied sich für Mastercharge, was ich hätte voraussagen können, und ich wartete, bis er das Gerät aus dem Lager geholt und die üblichen Formalitäten mit der Kreditkarte erledigt hatte. Als er endlich mit allem fertig war, stand ihm der Schweiß auf der Stirn.

Dann verbrachte ich eine Weile im Zumgo und im Coast-to-Coast Warenhaus und sah mir das Schallplattenangebot an, fand aber nichts, was ich für die Alison-Szenerie brauchte. In einem kleinen Bücher- und Schreibwarenladen, einen Block von Freebo's Bar entfernt, fand ich ein paar der Bücher, von denen ich wußte, daß Alison sie gemocht hatte: ›She‹, ›The White Guard‹, Kerouac, St. Exupéry. Ich kaufte sie und zahlte diesmal bar, nachdem ich ja immerhin aus dem anderen Handel siegreich hervorgegangen war.

Durch Seitenstraßen ging ich dann zurück zum Nash und sperrte meine Einkäufe in den Wagen. Dann ging ich zu Freebo.

»Könnte ich von hier aus telefonieren?« fragte ich ihn. Er wirkte erleichtert und wies auf einen Münzfernsprecher in der hinteren Ecke. Aus seinem Verhalten schloß ich, was er als nächstes sagen würde, noch bevor er es ausgesprochen hatte.

»Mr. Teagarden, Sie sind ein guter Kunde gewesen, seit Sie in die Stadt gekommen sind. Aber gestern abend sind ein paar Leute zu mir gekommen, und mir wäre lieber, wenn, ...«

»Wenn ich mich von hier verziehen würde? Mein Geld anderswo ausgeben?«

Er war zu verlegen, um auch nur zu nicken.

»Was haben sie Ihnen denn angedroht? Die Fensterscheiben einzuschlagen? Das Haus abzubrennen?«

»Nein, nichts dergleichen, Mr. Teagarden.«

»Aber Sie wären wesentlich glücklicher, wenn ich nicht mehr käme?«

»Vielleicht nur für eine Woche, ein paar Tage. Es ist nicht persönlich gemeint, Mr. Teagarden. Aber, na, also einige von ihnen haben beschlossen – also, es wäre vielleicht besser, einige Tage abzuwarten.«

»Ich will Ihnen keine Schwierigkeiten machen«, sagte ich.

Er wandte sich ab, unfähig, mir länger ins Gesicht zu schauen. »Das Telefon ist in der Ecke.«

Ich suchte Paul Kants Nummer heraus. Seine Flüsterstimme begrüßte mich zurückhaltend. »Hör auf mit dem Versteckspiel«, sagte ich. »Hier ist Miles Teagarden. Ich bin gerade in Arden, und ich komme jetzt rüber zu dir, damit wir uns über das aussprechen können, was hier mit uns geschieht.«

»Tu's nicht!« flehte er.

»Du brauchst mich nicht zu beschützen. Ich wollte dich nur auf meinen Besuch vorbereiten. Wenn du natürlich unbedingt willst, daß die Leute ihre Schlüsse daraus ziehen, wenn ich gegen deine Haustür hämmere, dann laß mich nur hämmern. Aber ich will herausfinden, was eigentlich los ist.«

»Du wirst also auch dann kommen, wenn ich sage, du sollst nicht?«

»Richtig.«

»Also, dann stell wenigstens dein Auto nicht in der Nähe meines Hauses ab. Und komm nicht zur Vordertür. Laß den Wagen in der Gasse zwischen Commercial und Madison Street, und dann geh zu Fuß die Gasse entlang bis zur Rückseite. Ich lass' dich zur Hintertür herein.«

Und in seinem schäbigen dunklen Wohnzimmer erzählte er mir nun, daß er berüchtigt sei. Er sah so aus, wie man es von einem von Freuds Studienobjekten erwarten würde – verschreckt, der Körper ein wenig zusammengeschrumpft und leicht gebeugt, das Gesicht frühzeitig gealtert. Das weiße Hemd hatte er schon etliche Tage zu lange getragen. Sein Gesicht war klein und affenartig. Als wir Kinder waren, hatte Paul Kant Intelligenz und Zuversicht ausgestrahlt, und ich hatte ihn von meinen Altersgenossen in Arden am meisten respektiert. In den Sommerferien, die Alison nicht auf der Farm verbrachte, hatte ich meine Zeit zur Hälfte dazu verwendet, mit Eisbär verrückte Dinger zu drehen, und die andere Hälfte hatte ich bei Gesprächen mit Paul zugebracht. Er war sehr belesen. Seine Mutter war ständig krank gewesen, und er hatte das reife, verantwortungsvolle Benehmen von Kindern an den Tag gelegt, die für ihre Eltern sorgen müssen. Oder für einen Elternteil in diesem Fall, denn sein Vater war tot. Ich hatte auch angenommen, daß Paul ein gutes Stipendium bekommen und für immer den Staub von Arden von seinen Füßen schütteln würde. Doch da saß er nun, gefangen in einem schäbigen muffigen Haus und in einem Körper, der zehn Jahre älter aussah, als er war. Wenn er irgend etwas ausstrahlte, dann war es Bitterkeit und ängstliche Unzulänglichkeit.

»Schau mal aus dem Fenster«, sagte er. »Aber so, daß man dich von draußen nicht sehen kann.«

»Wirst du beobachtet?«

»Schau doch selbst.« Er drückte seine Zigarette aus und zündete sich sofort eine neue an. Ich spähte seitlich am Vorhang vorbei hinaus.

Einen halben Block die Straße hinunter saß auf dem Kotflügel eines Lieferwagens ein Mann, der aussah, als könne er einer von den Steinewerfern gewesen sein, und hatte die Augen auf Pauls Haus gerichtet.

»Ist der die ganze Zeit da?«

»Es ist nicht immer derselbe. Sie wechseln sich ab. Es sind fünf oder sechs.«

»Kennst du ihre Namen?«

»Natürlich kenne ich ihre Namen. Ich lebe ja schließlich hier.«

»Kannst du denn nichts dagegen unternehmen?«

»Was würdest du denn vorschlagen? Unseren wohlwollenden Chefinspektor anzurufen? Das sind seine Freunde, die kennen ihn viel besser als ich.«

»Was tun sie denn, wenn du hinausgehst?«

»Ich gehe nicht viel hinaus.« In seinem Gesicht arbeitete es, und tiefe Falten der Ironie wurden sichtbar. »Ich nehme an, sie folgen mir. Sie machen sich nicht das geringste daraus, wenn ich sie dabei sehe. Sie wollen sogar, daß ich sie sehe.«

»Hast du Anzeige erstattet, weil sie deinen Wagen beschädigt haben?«

»Warum sollte ich? Hovre weiß ja sowieso Bescheid.«

»Also, warum, um Himmels willen«, rief ich. »Warum bist du denn so unter Beschuß?« Er zuckte mit den Achseln und lächelte nervös.

Natürlich glaubte ich es zu wissen. Der Gedanke war mir schon gekommen, als Duane mir gesagt hatte, man sollte sich besser nicht mit Paul Kant einlassen: von einem Mann, der sexuell so viel verdrängen mußte wie Duane, war nichts anderes zu erwarten, als daß er auf jede kleinste Andeutung einer sexuellen Abnormität reagieren würde. Und eine Stadt wie Arden würde gegenüber jeder Abartigkeit bestimmt den strengen Standpunkt des 19. Jahrhunderts einnehmen.

»Sagen wir einfach, ich bin ein bißchen anders, Miles.«

»Großer Gott«, polterte ich los. »Heutzutage ist kein Mensch mehr *anders*. Wenn du damit andeuten willst, daß du schwul bist, dann laß dir sagen, daß du bloß in einer hinterwäldlerischen Kleinstadt wie Arden damit Probleme hast. Du solltest dich nicht terrorisieren lassen. Du solltest schon seit Jahren hier raus sein.«

Ich glaube, ich verstand zum erstenmal, was ein gezwungenes Lächeln ist. »Ich bin kein sehr tapferer Mensch, Miles«, sagte er. »Ich könnte nirgendwo anders leben als in Arden. Ich habe mich aus dem Leben zurückziehen müssen, um meine Mutter zu pflegen, und als sie starb, hinterließ sie mir dieses Haus.« Es roch nach Verfall und Staub und Feuchtigkeit – Paul selbst hatte überhaupt keinen Geruch an sich. Er war wie etwas, das gar nicht da ist oder das nur in einer Dimension da ist. Er sagte: »Ich bin nie wirklich ... das gewesen, was du angedeutet hast. Ich glaube, ich dachte, daß ich es wäre, und die anderen Leute haben es auch gedacht. Aber die Möglichkeiten hier sind ziemlich begrenzt.« Wieder setzte er dieses angedeutete, selbstironische Lächeln auf, das nur aus einem leichten Anheben der Mundwinkel bestand. Er war wie irgendein Wesen in einem Käfig.

»Du bist also einfach hier sitzengeblieben, bei Zumgo, und hast es mit dem aufgenommen, was die Leute über dich flüstern?«

»Du steckst nicht in meiner Haut, Miles. Du verstehst das nicht.«

Ich betrachtete das schummrige Zimmer voller Altweibersachen. Durchgesessene unbequeme Sessel mit Schonbezügen. Billige Porzellanfiguren, Schäferinnen mit Hunden, Mr. Pickwick und Mrs. Gamp. Bücher gab es nicht.

»Nein«, sagte ich.

»Du willst gar nicht wirklich, daß ich mich dir anvertraue, nicht wahr? Wir haben uns nicht mehr gesehen, seit wir Kinder waren.« Er drückte seine Zigarette aus und fuhr sich mit den Fingern durch das kurze gelockte Haar.

»Nein. Es sei denn, du bist schuldig«, sagte ich und begann, den Einfluß seiner verzweifelten Hoffnungslosigkeit zu spüren.

Ich nehme an, der Laut, den er von sich gab, sollte ein Lachen sein.

»Was wirst du denn machen? Einfach abwarten, bis sie hier hereinstürmen und tun, was immer sie sich vorgenommen haben?«

»Was ich machen werde, ist abwarten«, sagte er. »Darin bin ich schließlich am besten. Wenn sie dann denjenigen festgenommen haben, der es war, kriege ich vielleicht sogar meinen Job wieder. Was wirst denn du machen?«

»Ich weiß nicht«, gab ich zu. »Ich hatte gedacht, wir könnten uns gegenseitig helfen. Wenn ich an deiner Stelle wäre, würde ich einfach mitten in der Nacht durch die Hintertür verschwinden und nach Chicago oder sonstwohin gehen, bis alles vorüber ist.«

»Mein Auto rührt sich nicht von der Stelle. Und auch wenn es funktionierte, hätten sie mich ja doch nach ein oder zwei Tagen wieder geschnappt.« Er lächelte wieder dieses schaurige

Lächeln. »Weißt du was, Miles, ich beneide diesen Mann beinahe. Den Mörder. Ich bin fast eifersüchtig auf ihn. Weil er nicht zu ängstlich war zu tun, was er tun mußte. Natürlich ist er ein Scheusal, ein Unhold nehme ich an, aber er ist einfach hingegangen und hat getan, was er tun mußte. Nicht wahr?« Sein kleines Affengesicht war mir zugewandt und zeigte noch immer dieses tödliche Lächeln. In die Gerüche von Staub und Altweibersachen mischte sich der Duft lang verwelkter Blumen.

»Wie Hitler. Du hörst dich an, als solltest du dich mal mit Zack unterhalten.«

Sein Gesichtsausdruck veränderte sich. »Kennst du ihn?«

»Ja, ich habe ihn mal kennengelernt.«

»Von dem würde ich mich fernhalten.«

»Wieso?«

»Er kann verletzen. Er könnte dir großen Schaden zufügen, Miles.«

»Er ist ein großer Verehrer von mir«, sagte ich. »Er möchte am liebsten genauso sein wie ich.«

Paul zuckte die Achseln. Das Thema interessierte ihn nicht mehr.

Ich sagte: »Ich glaube, ich verschwende meine Zeit.«

»Natürlich tust du das.«

»Wenn du jemals Hilfe brauchst, Paul, kannst du ja zur Updahl-Farm hinaufkommen. Ich werde tun, was ich kann.«

»Keiner von uns beiden kann dem anderen helfen.« Er sah mich ausdruckslos an und schien zu wünschen, daß ich endlich gehen möge. Nach einem Augenblick sprach er wieder: »Miles, wie alt war deine Cousine, als sie starb?«

»Vierzehn.«

»Armer Miles.«

»Armer Miles, Scheißdreck«, sagte ich und ging, während er sitzenblieb und sich nicht rührte und der Zigarettenqualm ihn einhüllte.

Die warme Luft draußen roch unglaublich frisch, und ich merkte, daß meine Brust zusammengeschnürt gewesen war, umklammert von Emotionen, die zu kompliziert waren, als daß ich sie hätte identifizieren können. Ich atmete tief ein, als ich die Holzstufen zu Pauls winzigem Hof hinabstieg. Mir schien, als könne ich fast hören, wie der Verputz von diesem hoffnungslosen Haus abblätterte. Ich blickte nach beiden Richtungen, denn es war mir nur allzu bewußt, daß ich große Schwierigkeiten bekäme, wenn man mich hier sähe. Ich sah etwas, das mir nicht aufgefallen war, als ich herkam. In einer Ecke des Hofes stand neben einem niedrigen Zaun eine Hundehütte. Sie war leer und hatte einen Anstrich so nötig wie Pauls Haus. Eine Kette war vorne an der Hundehütte befestigt und reichte bis in das Unkraut und zwischen die Büsche neben dem Zaun. Die Kette schien gestrafft. Meine Nackenhaare sträubten sich, und ich fühlte das Gewebe meines Hemdes auf der Haut. Ich wollte nicht hinsehen, aber ich mußte. Ich machte zwei Schritte über den weichen Rasen. Es lag im Unkraut und hatte die Kette um das, was von seinem Hals noch übrig war. Käfer schwärmten darüber.

Der Druck auf meine Brust verstärkte sich um das Zehnfache, und ich machte, daß ich wegkam. Doch selbst als ich dem entsetzlichen Ding den Rücken zugekehrt hatte, blieb es mir noch vor Augen. Ich ging durch das Tor und dann schnell die Gasse hinunter. Der Besuch war überflüssig gewesen. Ich wollte nichts wie weg.

Als ich nur noch dreißig Schritte vom Ende der Straße entfernt war, bog ein Polizeiauto um die Ecke vor mir und blockierte den Ausgang der Gasse. Ein dicker Mann saß am Steuer und drehte sich mir schwerfällig zu. Ich stand im hellsten Licht da, gewissermaßen wie auf dem Präsentierteller. Automatisch fühlte ich mich schuldig und furchtsam. Ich wandte mich um und schaute zum anderen Ende der Straße, das frei war. Ich blickte wieder zurück zu dem Mann im Polizeiauto. Er winkte mir, näher zu kommen. Ich ging auf den Wagen zu und machte mir selbst klar, daß ich ja nichts verbrochen hatte.

Als ich hinkam, sah ich, daß der Mann Eisbär war, in Uniform. Er stieß die Tür neben dem Beifahrersitz auf, und sein Zeigefinger beschrieb einen Kreis in der Luft. Ich ging vorne um den Wagen herum und setzte mich hinein. »Du hast schon bessere Einfälle gehabt«, sagte er. »Stell dir vor, es hätte dich jemand gesehen. Und ich versuche zu verhindern, daß man dir den Schädel einschlägt.«

»Wie hast du denn gewußt, daß ich hier war?«

»Sagen wir, es war eine Vermutung.« Er sah mich auf eine freundliche, fast väterliche Weise an, die so echt war wie ein Glasauge. »Vor etwa einer Stunde bekam ich einen Anruf von einem Jungen, der an der Tankstelle arbeitet. Ein gewisser Hank Speltz. Er war ein bißchen durcheinander. Es scheint, du hast einen falschen Namen angegeben, als du dein Auto zur Reparatur gebracht hast.«

»Wieso hat er denn gewußt, daß er falsch war?«

»Oh, Miles!« seufzte Eisbär. Er ließ den Motor an und fuhr los. An der Ecke bog er in die Main Street, und wir rollten gemächlich an Zumgo und an den Bars vorbei, an der Bäckerei und an der Ziegelfassade des Dairyland-Labors. »Du bist ein berühmter Mann, weißt du. Wie ein Filmstar.

Du mußt immer darauf gefaßt sein, erkannt zu werden.« Als wir das Gerichts- und Rathausgebäude erreichten, bog er nicht, wie ich erwartet hatte, auf den Polizeiparkplatz ein, sondern fuhr weiter und über die Brücke. In diesem Teil von Arden gibt es nur noch wenige Geschäfte, und wenn man die Bowlingbahn und die Restaurants und einige Häuser hinter sich hat, ist man schon aus der Stadt heraus und im freien Gelände.

»Ich glaube nicht, daß es ein Verbrechen ist, wenn man seinen Wagen unter einem angenommenen Namen reparieren läßt«, sagte ich. »Wohin fahren wir überhaupt?«

»Wir machen nur einen kleinen Ausflug über Land, Miles. Nein, das ist kein Verbrechen, da hast du recht. Aber nachdem eigentlich sowieso jeder weiß, wer du bist, ist es ja auch nicht sehr wirkungsvoll. Es macht geistig unterbelichtete Leute wie Hank höchstens mißtrauisch. Und dann, mußtest du denn zum Teufel ausgerechnet diesen Namen benutzen?« Bei dem Wort »Teufel« schlug er mit der Faust auf das Lenkrad. »He? Kannst du mir das beantworten? Von all den Namen, die du dir hättest aussuchen können? Warum mußtest du unbedingt Greening nehmen? Das ist genau das, woran du die Leute in Arden nicht erinnern solltest, mein Junge. Ich versuche, das Ganze herunterzuspielen. Wir wollen doch nicht, daß das zur Sprache kommt.«

»Ich glaube, das kam im selben Augenblick zur Sprache, als ich mich in Arden blicken ließ.«

Eisbär schüttelte angewidert den Kopf. »Okay, vergessen wir das. Ich habe dem kleinen Hank gesagt, er solle es vergessen. Wahrscheinlich ist er sowieso zu jung, um davon zu wissen.«

»Warum regst du dich dann auf?«

»Kümmere dich nicht um meine Probleme, Miles. Schauen wir lieber, daß wir ein bißchen Arbeit hinter uns bringen. Hast du bei deinem Gespräch mit Paul Kant irgend etwas erfahren können?«

»Der hat bestimmt nicht das geringste getan. Und ganz sicher hat er niemanden getötet. Er ist ein völlig verängstigtes, trauriges Wesen. Zu so etwas wie diesen Morden ist der nicht fähig. Er ist viel zu ängstlich, überhaupt etwas zu tun, außer einkaufen zu gehen.«

»Hat er dir das erzählt?«

»Er ist sogar zu verängstigt, seinen Hund zu begraben. Ich habe ihn gerade erst gesehen, als ich wegging. Er könnte niemanden töten.«

Eisbär schob den Hut in den Nacken und rutschte tiefer in den Sitz. Er war einfach zu groß, um bequem hinter einem Lenkrad sitzen zu können. Inzwischen waren wir weit draußen auf dem Lande, und ich sah die weiten Schleifen des Blundell-Flusses zwischen den Bäumen.

»Ist das hier, wo die Fischer die Leiche der kleinen Olson gefunden haben?«

Er wandte mir das Gesicht zu. »Nein, das war mehrere Kilometer vorher. Wir sind schon vor fünf oder sechs Minuten an der Stelle vorbeigekommen.«

»Absichtlich?«

»Absichtlich was?«

Ich zuckte die Achseln. Wir wußten es beide.

»Ich glaube, unser Freund Paul hat dir vielleicht nicht die ganze Wahrheit erzählt«, sagte Eisbär. »Wenn er wirklich einkaufen ginge, meinst du nicht, daß er dann auch Hundefutter mitbringen könnte?«

»Was meinst du damit?«

»Hat er dir irgend etwas angeboten, als du ihn besucht hast? Lunch? Ein Sandwich? Kaffee?«

»Nein. Warum?« Und dann wußte ich, warum. »Du meinst, er verläßt sein Haus übehaupt nicht mehr? Du meinst, sein Hund ist verhungert?«

»Also, vielleicht ist er verhungert, oder vielleicht hat auch jemand nachgeholfen, um ihn von seinem Elend zu erlösen. Ich weiß nicht. Aber ich weiß sicher, daß Paul Kant sein Haus seit mindestens einer Woche nicht verlassen hat. Es sei denn, er schleicht nachts hinaus.«

»Was ißt er denn dann?«

»Verdammt wenig. Ich nehme an, er wird wohl ein paar Konserven in seiner Küche haben. Darum hast du auch keinen Lunch bei ihm bekommen. Er ist schon ziemlich am Ende.«

»Na, wie zum Teufel kannst du –«

Er hob die Hand. »Ich kann keinen Menschen dazu zwingen, sein Haus zu verlassen und Lebensmittel einzukaufen. Und solange er nicht tatsächlich am Verhungern ist, ist es vielleicht sogar besser so. Hält ihn aus Schwierigkeiten raus. Vielleicht hast du bemerkt, daß einer von unserem lokalen Wachdienst sein Haus beobachtet?«

»Kannst du die denn nicht wegjagen?«

»Warum sollte ich? Auf diese Art weiß ich wenigstens, was die Hitzköpfe tun. Ich glaube, es gibt da einige Dinge, die du über Paul wissen solltest, Miles. Ich bezweifle, daß er dir das selbst erzählt hat.«

»Alles, was nötig war.«

Wir kamen zu einer Kreuzung, und Eisbär schlug wieder die Richtung nach Arden ein. Wir waren fast bis zu der kleinen Stadt Blundell gekommen, und niemand war uns bisher begegnet. Der Polizeifunk schnarrte, aber Eisbär kümmerte sich nicht darum. Er fuhr noch immer gleichmäßig langsam, den Fluß entlang durch die Täler. »Das sollte mich wundern. Weißt du, Paul hat ein paar Probleme gehabt. Und nicht von der Art, auf die ein Mann stolz sein kann. Er ist ein bißchen in Schwierigkeiten geraten. Du weißt ja, wie er jahrelang mit seiner Mutter in diesem heruntergekommenen Haus gelebt hat – sogar die Schule hat er verlassen, damit er sie pflegen konnte, und er ist arbeiten gegangen, um die Arztrechnungen bezahlen zu können. Als die alte Dame dann starb, hat er eine Weile hier herumgehangen, irgendwie verloren, schätze ich. Doch dann packte er plötzlich seine Sachen und fuhr für eine Woche nach Minneapolis. Ungefähr einen Monat später wieder. Es wurde zu einer Gewohnheit. Als er das letzte Mal hinfuhr, rief mich ein Polizeibeamter von dort an. Anscheinend hatten sie Paul festgenommen. Anscheinend hatten sie ihn sogar gesucht gehabt.« Er sah zu mir herüber und genoß seine Eröffnungen sichtlich. Unwillkürlich lächelte er. »Anscheinend gab es da einen Burschen, der sich in der Umgebung von Pfadfindern herumzutreiben pflegte – im Sommer, weißt du, wenn sie sich auf dem Schulgelände treffen. Hat nie was gesagt, nur durch den Zaun zugeschaut. Wenn einige von den Jungs nach Hause gingen, ist er einfach hinterhergeschlendert, ohne etwas zu sagen, einfach nur hinter den Kindern hergegangen. Nachdem das etliche Male vorgekommen war, vielleicht ein halbes Dutzend mal, hat eine der Mütter die Polizei gerufen. Und da ist der Kerl von der Bildfläche verschwunden – die Polizei konnte ihn nicht finden. Noch nicht. Erst als er was in einem Park versucht hat, wo es nur so von Muttis und Kindermädchen und Polizisten wimmelte. Er war verdammt nahe dran, sich zu entblößen. Als sie ihn erwischten, war's unser alter Paul, mit der Hand am Hosenschlitz. Er war der gesuchte Bursche. Er fuhr nach Minnesota rüber, um seinem Drang nachzugeben, könnte man sagen, und dann kam er hierher zurück, bis es wieder soweit war und er es wieder tun mußte. Er hat natürlich gestanden, aber wirklich getan hatte er ja nichts. Aber er bekam es mit der Angst. Hat sich freiwillig einer Behandlung im State Hospital unterzogen und ist sieben Monate dringeblieben. Dann kam er hierher zurück. Er wußte nicht, wohin er sonst gehen sollte. Ich nehme an, er hat glatt vergessen, dir von dieser kleinen Episode aus seinem Leben zu erzählen.«

Ich nickte nur. Endlich fand ich meine Sprache wieder. »Ich werde dir wohl glauben müssen, daß es so stimmt, wie du es mir erzählt hast.« Eisbär grunzte vor Vergnügen. »Aber trotzdem: Was Paul getan hat – oder vielmehr, was er nicht getan hat – ist eine Million Meilen von Vergewaltigung entfernt. Diese beiden Arten von Verbrechen können einfach nicht von ein und derselben Person begangen werden. Nicht, wenn ich mich mit der menschlichen Natur auch nur ein bißchen auskenne.«

»Vielleicht ist das so. Aber kein Mensch in Arden ist bereit, das auszuschließen, verstehst du? Und es gibt da ein paar besondere Umstände bei diesen Morden, von denen die meisten Leute nichts wissen. Wir haben es hier nicht etwa mit einem zu tun, der einfach vergewaltigt. Oder vergewaltigt und tötet. Es ist ein bißchen extravaganter. Wir haben es mit einem wirklich krankhaften Mörder zu tun. Könnte impotent sein. Könnte sogar eine Frau sein. Oder ein Mann und eine Frau. Ich selbst bin ja mehr für die Theorie, daß es ein einzelner Mann ist, aber die anderen Versionen sind genauso möglich.«

»Warum erzählst du mir das?«

Wir waren wieder am Stadtrand von Arden angelangt, und Eisbär lenkte das Auto in die Richtung meines Nash, als wüßte er, wo ich ihn geparkt hatte.

»Ich habe da eine Theorie über unseren Burschen, Miles. Ich glaube, er möchte am liebsten zu mir kommen, er möchte über das reden können, was er getan hat. Er leidet unter all dem Druck, all der Schuld, die sich in ihm angesammelt haben. Er zerspringt fast, weil er es unbedingt loswerden muß. Glaubst du nicht auch?«

Ich wußte es nicht und sagte es ihm.

»Überleg doch mal. Krank wie er ist, muß er doch ein furchtbar einsamer Mensch sein. Wahrscheinlich kann er das nicht einmal genießen, was er mit den Mädchen macht. Aber er weiß, daß er es wieder tun wird.« Eisbär sah mich an; er lächelte vertrauenswürdig und hilfreich. »Er steht unter Hochdruck, unser Bursche, wie ein Dampfkessel, und er muß den Dampf einfach ablassen. Aber er weiß, daß er Unrecht tut, daß er krank ist. Ich bin derjenige, mit dem er sprechen muß, und er weiß das auch. Ich würde mich gar nicht wundern, wenn es jemand ist, den ich hin und wieder treffe, jemand, den man hier und da sieht, immer bereit, ein paar Worte zu wechseln. Vielleicht habe ich ihn gerade in dieser Woche schon zwei- oder dreimal gesehen.« Er hielt bei einem Stoppzeichen, und auf der anderen Straßenseite, schräg gegenüber, stand der Nash. Ich selbst hätte ihn nicht so schnell wiedergefunden. »Na so ein Zufall, Miles! Ist das nicht der Nash, den Hank dir als Leihwagen gegeben hat?«

»Ja. Was wirst du eigentlich gegen die Leute unternehmen, die meinen Wagen zertrümmert haben?«

»Ich kümmere mich darum, Miles, ich kümmere mich darum.« Er rollte zur anderen Straßenseite und hielt direkt neben dem alten Nash.

»Hast du vor, das mal näher zu erklären, was du über den

Mörder gesagt hast? Darüber, daß er nicht nur einfach vergewaltigt?«

»Klar. Warum kommst du nicht mal zu mir nach Hause
zum Abendessen. Irgendwann diese Woche? Dann werde ich
dir alles darüber erzählen.« Er langte an mir vorbei und öffnete die Wagentür für mich. »Meine Kocherei wird dich schon
nicht umbringen. Ich werde mich melden, Miles. Halt die
Augen offen. Und denk dran, du kannst mich jederzeit anrufen.«

Während des ganzen Heimweges hatte ich seine undeutliche,
einschmeichelnde Stimme im Ohr. Es war fast wie unter Hyp-
nose, wie wenn einem der Willen genommen wird. Als ich
beim alten Farmhaus aus dem Wagen stieg, hörte ich sie noch
immer, und ich konnte sie auch nicht loswerden, als ich schon
angefangen hatte, die Möbel herumzuschieben. Ich war ganz
und gar mit Eisbär beschäftigt, und ich fühlte, daß ich die
Anordnung der Möbel wieder nicht richtig hinbekommen
würde, bevor ich mich nicht von ihm befreit hatte. Ich ging
hinauf, setzte mich an meinen Schreibtisch und betrachtete die
beiden Fotografien. Allmählich fiel alles andere von mir ab,
und ich war mit Alison allein. Leise, ganz weit weg klingelte
das Telefon.

Und so geschah es beim dritten Mal:

*Am späten Nachmittag trat ein Mädchen aus ihrem Haus
und stand sekundenlang unschlüssig in der feuchten unbeweg-
ten Luft da; sie überlegte, ob es nicht vielleicht zu heiß sei, um
mit ihren Freunden zum Bowling zu gehen. Schweiß rann ihr
über die Stirn. Ihr fiel ein, daß sie die Sonnenbrille in ihrem
Zimmer vergessen hatte, aber sie brachte nicht die Energie auf,*

noch einmal zurückzugehen und sie zu holen. Sie fühlte ihren Körper unter der Hitze nachgeben, und der Pollenwert war schon fast bei zweihundert. Sie würde niesen müssen, noch bevor sie beim Bowl-A-Rama ankam.

Vielleicht wäre es besser, einfach zu Hause zu bleiben und zu lesen! Sie war klein für ihr Alter, und ihr hübsches Gesicht hatte den pikanten, passiven Ausdruck, der so ungemein gut über ein aufgeschlagenes Buch paßte. Sie wollte Lehrerin werden, Englischlehrerin. Das Mädchen blickte zurück über den braunen Rasen zum Haus, und das Sonnenlicht wurde von den Fensterscheiben reflektiert. Nirgends war Schatten. Sie nieste. Die weiße Bluse klebte schon an ihrer Haut.

Sie wandte sich ab vom blendenden Funkeln der Fensterscheiben und ging auf die Stadt zu, in dieselbe Richtung, in die sie vor zwei oder drei Stunden Chefinspektor Hovres Wagen hatte fahren sehen. Die Mädchen in Arden mochten nirgends mehr alleine hingehen seit dem Tod von Jenny Strand, und sie wurde erst bei der Bowlingbahn von Freunden erwartet. Aber bei Tag war man jedenfalls sicher. Galen Hovre war gewiß nicht intelligent genug, den Mörder von Gwen Olson und Jenny Strand zu fassen, dachte sie. Es sei denn, der große Mann, den sie neben dem Sheriff hatte sitzen sehen, wäre der Mörder.

Sie schlenderte dahin, schaute vor sich auf den Boden und ließ die dünnen Arme baumeln. Sie gestand sich ein, daß ihr gar nichts am Bowling lag und sie nur hinging, weil alle anderen auch hingingen.

Sie sah nicht, wer oder was sie packte – nur unbestimmt nahm sie eine Gestalt wahr, die urplötzlich aus einer Straße auftauchte, und dann wurde sie gegen eine Mauer geschmettert, und Angst und Entsetzen waren zu übermächtig, als daß sie hätte sprechen oder aufschreien können. Die Kraft, mit der *sie hochgehoben und weggezerrt wurde, war unmenschlich. Was sie berührte, was über sie herfiel, schien kaum ein menschliches Wesen aus Fleisch und Blut zu sein. Der scharfe Geruch der Erde umhüllte sie, als läge sie schon in ihrem Grab.*

7

Ich konnte Arme und Beine nicht bewegen. Doch in einer anderen Dimension rührten sie sich, da lagen sie nicht still auf dem Boden meines Arbeitszimmers, sondern trugen mich in die Wälder. Unparteiisch beobachtete ich beide Vorgänge, sowohl den internen (wie ich in den Wald ging) als auch den externen (wie ich auf dem Boden des Arbeitszimmers lag), und ich dachte, daß ich nur einmal zuvor eine ähnliche Erfahrung gemacht hatte: als ich nämlich die Seemannskiste aufgebrochen und das Foto gesehen hatte, das Alison dann von Tuta Sunderson auf meinen Schreibtisch stellen ließ. Die Luft war süßlich, wie parfümiert, drinnen wie draußen. Die Lichter waren alle erloschen, die Felder dunkel. An irgendeinem Punkt in der unermeßlichen, unschätzbaren Zeit, die vergangen war, seit ich aufgestanden war, um nachzusehen, warum die Stute sich so aufregte, war die Nacht hereingebrochen. Ich ging über die dunklen Felder auf die Baumwollstauden zu; ich bog das dichte hohe Unkraut auseinander; ich stieg auf einen Wurzelhöcker und sprang über den Bach. Mein Körper war leicht, ein Traumkörper. Ich brauchte nicht zu laufen. Ich konnte das Telefon hören. Eulen, Grillen. Die Nachtluft war mild, so süß, daß sie sich in den Bäumen verfing wie Nebel.

Rasch war ich an den weiter entfernten Feldern vorbei und kam in den Wald. Birken schimmerten wie Mädchenkörper.

Wer hatte die Lichter ausgeschaltet? Mein rechter Zeigefinger spürte so etwas wie glatte, polierte Holzdielen, und doch war es ein gespenstischer Ahornbaum, den ich berührte. Ich ließ ihn hinter mir und ging jetzt auf einem dicken Blätterteppich. Das Gelände begann anzusteigen. Irgendwo rechts von mir tauchte ein Reh tiefer in den Wald ein, und ich folgte ihm. Bergauf, zwischen Bäumen, die dichter und dichter zusammenrückten, lebende atmende Eichen mit Borken wie ausgetrocknete Flußbetten. Ich berührte den Stamm eines toten Ahornbaumes, der wie die Leiche eines Soldaten quer über meinem Weg lag. Mit den Armen stemmte ich mich hoch und setzte mich auf den Stamm, dann schwang ich meine Beine hinüber und ließ mich auf der anderen Seite auf den federnden Boden fallen. Meine Knie fingen den Aufprall ab. Da war noch immer das Problem, daß ich nichts sah, aber ich wußte schon, wohin ich zu gehen hatte.

Es wurde heller um mich. Ich wußte eine kleine Lichtung vor mir, umschlossen von riesigen Eichen und mit den Resten einer Feuerstelle in der Mitte. Dort war sie und wartete auf mich.

Auf magische Weise wußte ich, wie ich dort hinfinden würde: Ich brauchte mich nur treiben zu lassen, und ich würde geleitet werden, meine Füße würden mich hintragen.

Wenn mir die Bäume zu nahe kamen, schob ich sie mit der Hand zur Seite. Zweige verfingen sich in meiner Jacke und in meinen Haaren und zerrten an mir wie das dornige Unkraut, das einmal beim Traumschloß meinen Fuß eingefangen hatte. Blätter raschelten in der schweren aromatischen Luft. Meine Schritte hinterließen schmatzende schwarze Löcher. An den Stämmen der Bäume hingen glitzernde Pilze, rote und weiße. Ich watete durch Farne, die mir bis zur Brust reichten, und hatte die Arme ausgestreckt, als hielte ich eine Flinte im An-schlag.

Der Geist verdunkelte sich. Ich kam der Stelle näher, zu der ich gehen mußte, und sah die funkelnden Zacken von Sternen-licht in den Furchen der Baumrinden, und ich begann mich zu fürchten. Wenn ich durch eine Lücke geschlüpft war, schien sie sich hinter mir zu schließen. Das atmende Leben des Wal-des offenbarte eine unermeßliche Kraft. Sogar die Luft wurde dicht und eng. Ich kletterte über einen vom Blitz gefällten Baum. Etwas Lebendiges, von goldenen Ranken Umwunde-nes schlang sich um meine Stiefel. Ich trat auf einen Pilz von der Größe eines Widderkopfes und fühlte ihn unter meinem Gewicht zu Brei werden.

Die rauhe Hand eines Baumes fuhr mir über das Gesicht. Ich fühlte, wie die Haut meiner Wange sich spannte und dann zersprang als wäre sie aus Porzellan. Äste schlossen sich über meinem Kopf. Das einzige Licht, das mich leitete, kam von den Blättern und Farnen – das Licht, das die Pflanzen wie den Sauerstoff produzieren. Wieder schloß ein Baum die Lücke hinter mir und versperrte mir den Rückweg. Ich ging in die Knie. Auf dem weichen feuchten Waldboden kriechend konn-te ich unter den niedrigsten Ästen des Wachtpostenbaumes durchschlüpfen. Meine Finger spürten Steine und Gras; ich zog mich auf die Lichtung.

Als ich aufstand, war mein Hemd grün vom Moos. Von meiner linken Hand war der Verband verschwunden. Ich fühlte abgebrochene Zweige und trockene Blätter in meinen Haaren. Ich versuchte sie wegzuwischen, loszuwerden, doch meine Hand blieb starr, meine Arme konnten sich nicht heben.

Die Bäume drängten sich flüsternd hinter mir. Tausende

von silbrigen Lichtern auf Blatträndern und Ranken unterbrachen die Schwärze der Nacht. Die Lichtung war ein dunkler Kreis mit einem noch dunkleren kleineren Kreis in der Mitte. Jetzt konnte ich mich bewegen und ging vorwärts. Ich berührte die Asche. Sie war warm. Ich spürte Holzfeuergeruch, süß und schwer. Der dichte Wald hinter mir und vor mir schien zu erstarren, ich selbst erstarrte, kniend über die warme Asche gebeugt, in absoluter Stille.

Was wird geschehen, wenn sie zurückkommt? hatte Rinn mich gefragt, und ich empfand eine noch viel größere Furcht als beim ersten Mal in den Wäldern. Ein hoher, vibrierender pfeifender Ton kam von der Stelle, an der das Blätterlicht am stärksten war; es kam auf mich zu, ein flüsterndes Geräusch von Bewegung. Meine Haut wurde eisig. Der Ton näherte sich.

Dann sah ich sie.

Sie war am Rande der Lichtung, eingerahmt von zwei schwarzen Birken. Sie hatte sich nicht verändert. Wenn irgend etwas die hauchdünne Schicht meiner eiskalten Haut berührt hätte, wäre sie aufgeplatzt, wäre zu einem Haufen weißer kalter Fragmente zerfallen. Die Gestalt begann auf mich zuzugleiten, mit langsamen, unaufhaltsamen Bewegungen.

Ich rief ihren Namen.

Als sie näher kam, wurde das Geräusch stärker – dieses hohe flüsternde Pfeifen tat mir in den Ohren weh. Ihr Mund war offen. Ich sah, daß ihre Zähne vom Wasser polierte Steine waren. Ihr Gesicht war ein verschlungenes Muster von Blättern; ihre Hände waren geschnitztes Holz, ihre Nägel Dornen. Sie war aus Borke und Blättern.

Ich riß die Hände zurück und fühlte glattes Holz. Luft füllte meine Lungen wie Wasser. Daß ich schrie, merkte ich erst, als ich es hörte.

»Seine Augen sind offen«, sagte eine Stimme. Ich sah das offene Fenster über meinem Schreibtisch, der Vorhang blähte sich. Es war Tag. Die Luft hatte ihr normales Gewicht und roch auch normal. »Seine Augen sind weit offen!«

Eine andere Stimme sagte: »Bist du wach, Miles? Kannst du mich hören?«

Ich versuchte zu sprechen, und ein Schwall säuerlicher Flüssigkeit ergoß sich aus meinem Mund.

Die Frau sagte: »Er wird leben. Das verdankt er dir.«

Plötzlich setzte ich mich auf. Ich war im Bett. Unten klingelte das Telefon. »Mach dir darüber keine Sorgen«, sagte jemand. Ich wandte mich zur Seite, um zu sehen, wer. Neben der Tür, die hellen Augen nachdenklich auf mich gerichtet, saß die kleine Kriegerin; sie legte ein Buch beiseite. Es war eines von denen, die ich Zack gegeben hatte. »Dieses Telefon hat die ganze Nacht und den ganzen Morgen geklingelt, würde ich sagen. Das ist Chef Hovre. Er will was mit dir besprechen. War das ein Unfall?« Beim letzten Satz änderte sich ihr Ton, und sie warf den Kopf in den Nacken. In ihren Augen las ich die Furcht vor einem komplizierten Verrat.

»Was ist passiert?«

»Du hast Glück gehabt, daß du nicht geraucht hast. Sonst wärst du in Fetzen wahrscheinlich bis auf Kortes Scheunendach geflogen.«

»Was ist passiert?«

»Hast du das Gas nicht abgedreht? Mit Absicht?«

»Was? Welches Gas?«

»Das Gas in der Küche, Dummchen. Es war fast die ganze Nacht an. Mrs. Sunderson sagt, du lebst nur deshalb noch, weil du hier oben bist. Ich mußte ein Küchenfenster einschlagen.«

»Wie ist es denn überhaupt angedreht worden?«

»Das ist die Preisfrage, ganz richtig. Mrs. Sunderson sagt, du hast versucht, dich umzubringen. Sie sagt, sie hätte es sich denken können.«

Ich rieb nur das Gesicht. Es war unverletzt. Der Verband war noch immer an meiner linken Hand. »Zündflamme«, sagte ich.

»Ausgeblasen. Oder ausgegangen. Beides. Mann! Du hättest mal die Küche riechen sollen. So *süß*!«

»Ich glaube, ich habe es hier oben auch gerochen«, sagte ich. »Ich bin an meinem Schreibtisch gesessen, und das nächste was ich wahrnahm, war, daß ich auf dem Boden lag. Es war beinahe so, als hätte ich meinen Körper verlassen.«

»Also, wenn du es nicht getan hast, muß es wohl von selbst passiert sein.« Sie war erleichtert. »Irgend etwas stimmt nicht mit diesem Haus. Vor zwei Nächten, gerade als du nach Hause gekommen bist, gingen alle Lichter an, im ganzen Haus gleichzeitig.«

»Das hast du auch gesehen?«

»Sicher. Ich war in meinem Zimmer. Und letzte Nacht, da gingen sie alle gleichzeitig aus. Mein Dad sagt, die Leitungen in diesem alten Haus hätten nie was getaugt.«

»Solltest du dich eigentlich nicht von mir fernhalten?«

»Ich habe gesagt, ich gehe weg, sobald es dir wieder gut geht. Weißt du, ich war diejenige, die dich gefunden hat. Der alte Hovre hat bei uns angerufen und gesagt, daß du nicht ans Telefon gehst. Sagte, er hätte wichtige Neuigkeiten für dich. Mein Dad schlief schon, also bin ich selbst herübergekommen. Es war alles versperrt, bis auf die Verandatür. Also habe ich das Fenster vom vorderen Schlafzimmer unten hochgeschoben, und da habe ich dann das Gas gerochen. Ich bin zum

Küchenfenster gelaufen und habe es eingeschlagen, um Luft reinzulassen. Dann habe ich den Atem angehalten und bin hineingeklettert, ins Wohnzimmer gelaufen und habe das Fenster hochgeschoben. Gleich danach bin ich hier heraufgekommen. Du bist im anderen Zimmer auf dem Boden gelegen. Dort habe ich dann auch das Fenster geöffnet. Ich dachte schon, mir wird schlecht.«

»Wann war denn das?«

»Ungefähr um sechs. Heute früh. Vielleicht noch früher.«

»Du warst um sechs noch auf?«

Wieder warf sie den Kopf zurück. »Ich war gerade nach Hause gekommen. Ich war aus. Na, jedenfalls habe ich dann gewartet, um zu sehen, ob du noch lebst, und dann tauchte Mrs. Sunderson auf. Die ist sofort zum Telefon gerannt und hat die Polizei angerufen. Sie hat geglaubt, du hast es mit Absicht getan. Hättest versucht, dich umzubringen. Sie kommt morgen wieder, sagt sie. Wenn du sie heute noch brauchst, sollst du sie anrufen. Inzwischen habe ich dem alten Hovre gesagt, du wirst ihn anrufen, sobald es dir besser geht.«

»Danke«, sagte ich. »Danke, daß du mir das Leben gerettet hast, wollte ich sagen.«

Sie zuckte die Achseln, und dann lächelte sie. »Wenn dir jemand das Leben gerettet hat, dann war es der alte Hovre. Er war ja derjenige, der mich angerufen hat. Und wenn ich dich nicht gefunden hätte, dann hätte dich Tuta Sunderson schließlich entdeckt. Du warst noch nicht so nahe am Sterben.«

Ich hob die Augenbrauen.

»Du hast dich noch ganz schön herumgeworfen. Und allerhand Laute von dir gegeben. Und du hast gewußt, wer ich bin.«

»Was meinst du damit?«

»Du hast meinen Namen gesagt. Zumindest hat es sich so angehört.«

»Glaubst du wirklich, ich hätte versucht, mich umzubringen?«

»Nein. Wirklich nicht.« Ihre Stimme klang erstaunt. Sie stand auf und klemmte sich das Buch unter den Arm. »Ich glaube, du bist viel zu gerissen, um so etwas zu tun. Oh, das habe ich fast vergessen. Zack läßt dir danken, für die Bücher. Er möchte dich bald mal wiedersehen.«

Ich nickte.

»Bist du sicher, daß jetzt alles mit dir in Ordnung ist?«

»Ich bin ganz sicher, Alison.«

An der Tür blieb sie stehen und drehte sich zu mir um. Sie öffnete den Mund, schloß ihn wieder, und entschied sich dann doch fürs Sprechen. »Ich bin wirklich froh, daß es dir wieder gut geht.«

Das Telefon begann wieder zu schrillen. »Du brauchst nicht ranzugehen«, sage ich. »Früher oder später werde ich das schon selbst tun. Eisbär möchte mich zum Dinner einladen. Und, Alison – ich bin sehr froh, daß du hier warst.«

»Warte, bis wir es uns bequem gemacht haben, bevor du anfängst, die wichtigeren Fragen zu stellen«, sagte Galen Hovre zwei Abende später, während er Eiswürfel in eine Schale füllte. Meine Intuition war zumindest teilweise richtig gewesen. Ich saß in einem tiefen Polstersessel in Eisbärs Wohnzimmer, in dem Stadtteil von Arden, in dem ich seinerzeit den Nash geparkt hatte. Hovres Haus war ein Einfamilienhaus ohne Familie. Monatealte Zeitungen waren auf einem Stuhl aufgestapelt, und der rote Bezug des Sofas war mit der Zeit schmierig geworden. Auf dem Rauchtischchen häuften sich leere

Bierdosen. Eisbärs Dienstpistole hing in ihrem Halfter über der Lehne eines anderen alten Sessels. Der grüne Teppich wies einige dunkle Stellen auf, wo Eisbär offenbar ein paar schwache Versuche unternommen hatte, Flecken herauszuwaschen. Beistelltische zu beiden Seiten der Couch; zwei große Lampen, deren Füße wie Wildgänse geformt waren, gaben ein trübes Licht. Die Wände waren dunkelbraun – Hovres Frau, wer immer sie gewesen war, schien wohl für das Unkonventionelle gewesen zu sein. Zwei Bilder hingen dort, die sicherlich nicht von ihr ausgewählt worden waren, darauf hätte ich wetten können: ein gerahmtes Foto von Eisbär in kariertem Hemd und mit einem weichen Hut, in der erhobenen Hand ein Bündel Forellen, und eine Reproduktion von van Goghs Sonnenblumen. »Ich nehme gewöhnlich einen kleinen Drink nach dem Essen. Möchtest du Bourbon, oder Bourbon, oder Bourbon?«

»Fein«, sagte ich.

»Das hilft, das Fett zu verdauen«, sagte er. Tatsächlich war ich überrascht, was für ein guter Koch er war. Schmorbraten, recht gut gelungen, war zwar nichts besonders Erlesenes, aber es war auch nicht das, was ich von einem zweieinhalb-Zentnermann in einer zerknitterten Polizeiuniform erwartet hätte. Ich hatte eher an angebrannte Wildsteaks gedacht: männlich, aber schlecht zubereitet.

Einer der Gründe für die Einladung war mir sofort klar gewesen. Eisbär war ein einsamer Mann, und während der ganzen Mahlzeit hatte er geredet. Kein Wort über meinen angeblichen Selbstmordversuch, ebensowenig über die toten Mädchen – er hatte über das Fischen gesprochen. Über Gerät und Ausrüstung, Köder, Meerwasser im Vergleich zu Binnengewässern, Fischerei damals im Vergleich zu Fischerei heute, Boote. »Die Leute am Michigansee behaupten ja, dieser

Coho-Lachs schmecke so gut, aber ich tausche den gern jederzeit gegen eine richtige Bachforelle ... Natürlich geht nichts
über das Angeln mit Trockenfliegen als Sport, aber manchmal
nehme ich doch am liebsten eine alte Spinnangel und sitze
einfach bei den Untiefen und warte auf so einen listigen alten
Burschen da unten!« Es war das etwas einseitige Gespräch
eines Mannes, dem aufgrund äußerer Umstände oder seines
Berufs normaler gesellschaftlicher Umgang versagt ist und der
dies schmerzlich vermißt. Ich aß mich durch mehrere Scheiben saftigen Bratens und eine Schüssel Gemüse in dicker Soße,
während er sichtlich Dampf abließ und der Druck allmächlich
geringer wurde.

Ich hörte, wie er einen Stapel Geschirr in das Spülbecken
stellte und Wasser darüberrinnen ließ; einen Augenblick später kam er zurück ins Wohnzimmer und trug eine Flasche
Wild Turkey unter dem Arm, eine Porzellanschale mit frischen Eiswürfeln in der einen und zwei Gläser in der anderen
Hand.

»Mir ist gerade etwas eingefallen«, sagte ich, als er sich
grunzend über den Tisch beugte und Gläser, Eis und Flasche
niedersetzte, daß sie klapperten.

»Was denn?«

»Daß wir alle ledig sind, alleinstehende Männer. Wir vier,
die wir uns von damals her kennen. Duane, Paul Kant, du und
ich. Du warst mal verheiratet, stimmt's?« Die Einrichtung
und die braunen Wände zeugten eindeutig davon, vor allem
die Entenfamilie an der Stirnwand. Eisbärs Haus, dachte ich,
konnte man mit dem von Paul Kant vergleichen, außer, daß es
die Spuren einer jüngeren Frau trug, einer Ehefrau, nicht einer
Mutter.

»War ich«, sagte er und goß Bourbon über die Eiswürfel,

lehnte sich auf der Couch zurück und legte die Füße auf den Tisch. »Wie du. Sie ist mir vor langer Zeit davongelaufen. Ließ mich einfach mit dem Kind allein, unserem Sohn.«

»Ich wußte ja gar nicht, daß du einen Sohn hast, Eisbär.«

»O ja. Ich habe ihn aufgezogen. Er lebt hier in Arden.«

»Wie alt ist er denn?«

»So um die zwanzig. Seine Mutter verschwand, als er noch ein ganz kleiner Wicht war. Sie hat nichts getaugt. Mein Junge hat nie viel Erziehung abgekriegt, aber er ist tüchtig. Er arbeitet hier in der Stadt als so eine Art Mann-für-Alles, hat sogar eine eigene Wohnung. Ich hätte ihn ja gern bei der Polizei, doch er hat da so seine eigenen Vorstellungen. Aber er ist ein guter Junge. Er achtet das Gesetz, im Gegensatz zu so manchen anderen heutzutage.«

»Warum habt ihr nicht wieder geheiratet, du oder Duane?« Ich bediente mich freizügig mit Bourbon.

»Man könnte wohl sagen, ich habe meine Lektion gelernt. Polizeiarbeit ist für eine Ehefrau schwer zu ertragen. Man hört ja nie richtig auf zu arbeiten, wenn du verstehst, was ich meine. Und dann habe ich auch nie eine andere Frau gefunden, der ich hätte vertrauen können. Was den guten alten Duane angeht, so glaube ich nicht, daß der jemals die Frauen wirklich gemocht hat. Außerdem hat er ja seine Tochter, die für ihn kocht und das Haus sauberhält, und ich schätze, das ist so ungefähr alles, was er will.«

Ich sollte mich entspannt und wohl fühlen, und zu diesem Zweck versuchte Eisbär, den falschen Eindruck zu vermitteln, dies sei nichts anderes als ein ungezwungenes Beisammensein zweier alter Freunde, und ich sah ihn an. Die schwartige Haut auf seinem Schädel schimmerte silbrig. Seine Augen waren halb geschlossen.

»Ich glaube, du hast recht. Ich glaube, er haßt die Frauen. Vielleicht ist er dein Mörder.«

Eisbär lachte laut und ehrlich. »Ach Miles, Miles. Also, jedenfalls hat er die Frauen nicht immer gehaßt. Da war mal eine, die hat ihn geschafft, vor langer Zeit einmal.«

»Dieses polnische Mädchen.«

»Nicht ganz. Warum, glaubst du wohl, hat seine Tochter diesen Namen?«

Ich starrte ihn sprachlos an, und ich fand, daß seine Augen hinter den Schlitzen seiner Lider mich alles andere als schläfrig betrachteten.

»Das ist die Wahrheit«, sagte er. »Ich glaube, er hatte tatsächlich sein Herz an diese kleine Alison Greening verloren. Du warst ja nicht jeden Sommer hier, wenn sie hier war, weißt du? Er hing an ihr, er hing echt an ihr. Sie ist wohl mit ihm ins Bett gegangen, oder sie hat's im Stehen hinter einem Heuhaufen getrieben, was noch wahrscheinlicher ist. Aber sie war zu jung, als daß daraus etwas Offizielles hätte werden dürfen, und außerdem hat sie ihn sowieso die meiste Zeit wie ein Stück Dreck behandelt. Sie hat ihn glatt fertiggemacht. Ich habe immer gedacht, daß das der wirkliche Grund war, warum er sich mit diesem polnischen Mädchen verlobte.«

Der Schock vibrierte in mir. »Willst du damit sagen, daß er bei Alison seine Unschuld verloren hat?«

»Jawohl, hat er mir selbst erzählt.«

»Aber sie kann doch nicht älter als dreizehn gewesen sein!«

»Ganz richtig. Er sagte, sie hätte schon eine ganze Menge mehr Erfahrung gehabt als er.«

Ich dachte an den Zeichenlehrer. »Ich glaube das nicht. Er hat gelogen. Sie hat sich doch dauernd über ihn lustig gemacht.«

»Das ist auch richtig. Er war völlig verzweifelt über die Art, wie sie dich ihm vorgezogen hat, sobald du in der Nähe warst. Eifersüchtig. Verrückt vor Eifersucht.« Er beugte sich über seinen Bauch hinweg nach vorn und goß noch Bourbon in sein Glas, ohne sich um die Eiswürfel zu kümmern. »Da siehst du also, warum du nicht losziehen und diesen Namen dauernd im Mund führen kannst. Duane könnte annehmen, daß du absichtlich Salz in seine Wunden streust. Gar nicht davon zu reden, daß du daran denken solltest, wie du dich selbst am besten schützt. Ich hasse es, den weisen Ratgeber zu spielen, Miles, aber ich glaube, du solltest sogar versuchen, mal in diese Kirche da im Tal zu gehen. Vielleicht lassen die Leute von dir ab, wenn sie sehen, daß du dich benimmst wie einer von ihnen. Setz dich hin und nimm ein bißchen von Bertilssons Weisheit in dich auf. Komisch, wie sehr all diese Norweger diese kleine schwedische Ratte ins Herz geschlossen haben. Ich kann ihn auf den Tod nicht ausstehen, aber die Farmer lieben ihn alle. Er hat mir eine Geschichte über dich erzählt. Daß du im Zumgo gestohlen hättest. Ein Buch, sagt er.«

»Lächerlich.«

»Das habe ich ihm auch gesagt. Wie lautet eigentlich deine Version dieser Selbstmordsache, Miles? Ich nehme nicht an, daß da etwas Wahres dran ist.«

»Nichts ist dran. Entweder war es ein Unfall, oder es hat jemand versucht, mich umzubringen. Oder mich abzuschrecken.«

»Abzuschrecken wovon? Du bist doch wohl nicht irgend jemandem auf der Spur? Jedenfalls bin ich froh, daß das nichts mit unserem Gespräch vom Vortag zu tun hatte.«

»Eisbär«, sagte ich, »hat dein Vater jemals herausgefunden,

wer ihn damals angerufen hat, in der Nacht, in der meine Cousine ertrunken ist?«

Er schüttelte den Kopf, voller Mitgefühl. »Schlag' dir das alles aus dem Kopf, Miles. Mach' dich frei davon. Wir sprechen über die Gegenwart, nicht über die Zeit vor zwanzig Jahren.«

»Also, hat er oder hat er nicht?«

»Verdammt noch mal, Miles!« Er schüttete den Rest seines Drinks in sich hinein und beugte sich grunzend vor, um sich einen neuen einzuschenken. »Hab ich dir nicht gesagt, du sollst die Sache ruhen lassen? Nein, er hat es nie herausgefunden. Genügt dir das? Also, du sagst, diese Geschichte mit dem Gas war ein Unfall, richtig?«

Ich nickte und fragte mich, worum es bei dieser Unterhaltung eigentlich wirklich ging. Ich würde mit Duane reden müssen.

»Also gut, das ist genau das, was ich mir gedacht habe. Ich wollte, wir hätten Tuta Sunderson da heraushalten können, weil die nämlich todsicher herumrennt und den Leuten erzählt, was *sie* glaubt, und bei ihrer Version schneidest du nicht gerade sehr gut ab. Und gerade jetzt wollen wir doch die Aufmerksamkeit möglichst von dir ablenken. Nimmst du denn gar nichts mehr von diesem herrlichen Gesöff?«

Mein Glas war leer.

»Komm schon, leiste mir Gesellschaft. Ich muß abends immer ein paar Drinks intus haben, damit ich einschlafen kann. Wenn Lokken dir wegen Trunkenheit am Steuer eine Anzeige verpaßt, werde ich sie einfach zerreißen.« Sein großes, gefurchtes Gesicht verzog sich zu einem breiten Lächeln.

Ich goß mir eine ordentliche Portion in mein Glas und warf eine Handvoll Eiswürfel dazu. Auf Eisbär schien der Bourbon

ungefähr so viel Wirkung auszuüben wie Coca-Cola. »Weißt
du«, sagte er, »ich tue wirklich mein möglichstes, dich aus
allen Schwierigkeiten rauszuhalten. Ich rede gern mit dir, Miles. Wir kennen uns schon so lange. Und ich kann ja auch
nicht zulassen, daß irgendeiner unserer guten Bürger in Arden
hier hereinkommt und herumsitzt und zusieht, wie der Polizeichef sich vollaufen läßt, oder? Und wir zwei werden ein
hübsches Abkommen miteinander treffen: du verzeihst mir
die Larabee-Geschichte, und ich will mir alles anhören, was
du mir erzählen willst. Und ich verzeihe dir, daß du bei Zumgo ein Buch hast mitgehen lassen – du hattest wahrscheinlich
gerade ganz andere Dinge im Kopf.«

»Wie zum Beispiel anonyme Briefe mit leeren Blättern.«

»Das zum Beispiel. Hm, wirklich gut. Und zum Beispiel
den Tod deiner Frau. Und dann gibt's da noch ein Problem.
Und zwar eins, dessentwegen du dich jetzt ganz schön am
Riemen reißen mußt, alter Kumpel!«

»Ein weiteres Problem?«

Er nippte an seinem Drink und lugte über den Rand des
Glases zu mir herüber. »Das war's, worüber ich mit dir reden
wollte, vorgestern abend, alter Kumpel. Ein neues Problem.
Fängst du an zu zittern, Miles? Weshalb denn?«

»Rede nur weiter«, sagte ich. Ich fühlte mich so kalt wie die
Küche im alten Updahl-Haus. »Darauf hast du also schon den
ganzen Abend hinausgewollt.«

»Das ist nicht ganz fair, Miles. Ich bin nur ein Polizist, der
einen Fall zu lösen versucht. Das Dumme ist nur, daß der
immer umfangreicher wird.«

»Da ist noch eine!« sagte ich. »Noch ein Mädchen!«

»Vielleicht. Also, du bist ganz schön schlau, daß du das aus
mir herausgekriegt hast. Wir versuchen es nämlich im Mo-

ment noch geheimzuhalten. Diesmal ist es nicht so wie bei den anderen. Diesmal haben wir keine Leiche.« Er ballte die Hand zur Faust und hustete hinein und vergrößerte die Spannung noch um einiges. »Wir wissen nicht einmal, ob es überhaupt eine Leiche gibt. Ein Mädchen namens Candace Michalski, hübsch, siebzehn Jahre alt. Sie ist einfach verschwunden, abends, zwei oder drei Stunden, nachdem ich dich zwei Blocks von hier bei deinem Nash abgesetzt habe. Sie hat ihren Eltern gesagt, daß sie zum Bowling gehen wolle, unten ins Bowl-A-Rama – wir sind übrigens daran vorbeigekommen, als wir stadtauswärts fuhren, erinnerst du dich? – und sie ist nie zurückgekommen. Ist auch nicht im Bowl-A-Rama gewesen.«

»Vielleicht ist sie durchgebrannt.« Meine Hände zitterten, und ich setzte mich darauf.

»Paßt nicht zu ihr. Sie war Studentin, Mitglied des Verbandes der zukünftigen Lehrer Amerikas. Hatte ein Stipendium für River Falls ab dem kommenden Semester. Das gehört jetzt zur staatlichen Universität, weißt du. Ich habe da übrigens vor einigen Jahren ein paar Fortbildungskurse gemacht. Nein, ein gutes Mädchen, Miles, keine von denen, die durchbrennen.«

»Es ist schon komisch«, sagte ich. »Es ist komisch, wie die Vergangenheit uns nicht losläßt. Wir haben doch gerade über Alison Greening gesprochen, die ich noch immer ... äh ... an die ich noch immer ziemlich viel denken muß, und du und Duane und ich, wir haben sie alle gekannt, und die Leute erinnern sich alle an ihren Tod –«

»Du und Duane, ihr habt ihr erheblich näher gestanden als ich.« Er lachte. »Aber du solltest nicht mehr an sie denken, Miles.«

Ein Schauer durchlief mich. »Und ein Mädchen aus Arden

mit einem polnischen Namen verläßt die Stadt oder verschwindet, genau wie dieses Mädchen von Duane ...«

»Und du machst ein Museum aus dem Haus deiner Großmutter«, sagte er fast brutal. »Schön, aber ich sehe nicht ganz, wo uns das hinführen soll. Also, ich habe mir folgendes ausgedacht. Ich habe auch schon mit den Michalskis gesprochen, die natürlich zutiefst erschüttert sind und ganz durcheinander, und ich habe ihnen gesagt, sie sollten vorläufig nicht darüber sprechen. Sie werden also zu niemandem über Candys Verschwinden reden. Sie werden erzählen, sie sei zu Besuch bei ihrer Tante in Sparta – oder so etwas Ähnliches. Ich will das so lange wie möglich unter Verschluß halten. Vielleicht schreibt ihnen das Mädchen eine Postkarte aus einer FKK-Kolonie in Kalifornien, wer weiß? Vielleicht finden sie auch ihre Leiche. Wenn sie tot ist, können wir vielleicht den Mörder ausräuchern, bevor irgendwer Gelegenheit hat, hysterisch zu werden. Ich könnte mir eine hübsche saubere Festnahme vorstellen, und ich nehme an, der Mörder würde sich das auch wünschen. Zumindest mit dem gesunden Teil seines Verstandes.« Er hievte sich von der Couch hoch, stemmte die Hände in die Hüften und streckte sich. Er wirkte wie ein müder alter Bär, dem gerade ein Fisch entkommen ist. »Warum mußtest du denn eigentlich stehlen, bei Zumgo? Das war scheißblöde. Jedermann würde glauben, du reißt dich geradezu darum, eingesperrt zu werden.«

Ich schüttelte den Kopf. »Bertilsson irrt sich. Ich habe nichts gestohlen.«

»Ich will dir was gestehen: Ich wollte, der Junge würde zu mir kommen und sagen, ich hab's getan, also bringen wir es hinter uns. Er will das. Er will, daß ich ihn kriege. Er wäre froh, wenn er da sitzen könnte, wo du jetzt sitzt, Miles. Er ist volkommen kaputt innerlich. Er ist drauf und dran, zusammenzubrechen. Er kann mich nicht aus seinen Gedanken verdrängen. Vielleicht hat er das Michalski-Mädchen getötet. Vielleicht hat er sie irgendwo versteckt. Vielleicht weiß er jetzt nicht mehr, was er mit ihr anfangen soll, nachdem er sie nun einmal auf dem Hals hat. Er ist in einer verdammt verzwickten Lage. Er tut mir direkt leid, dieser Bastard. Ehrlich, Miles. Falls es zu einem Selbstmord kommt, dann wird er sich umbringen, sage ich. Ich habe ihn verfehlt, verdammt nochmal. Aber er hat mich auch verfehlt. Wie spät ist es?«

Ich sah auf die Uhr. Eisbär ging zum Fenster, preßte seine Stirn gegen die Scheibe und sah hinaus in die Nacht. »Zwei.«

»Ich schlafe nie vor vier oder fünf ein. Ich bin fast so kaputt wie er.« Der Schießpulvergeruch schien besonders stark – zusammen mit dem Gestank ungewaschener Klamotten. Ich fragte mich, ob Eisbär jemals seine Uniform wechselte. »Wie ist das mit deiner Arbeit, von der du gesprochen hast. Kommst du gut voran damit?«

»Sicher. Ich denke schon.«

»Was ist denn das überhaupt?«

»Eine historische Untersuchung.«

»Wirklich Klasse. Trotzdem, ich brauche deine Hilfe noch. Ich hoffe, du wirst bei uns bleiben, bis das alles aufgeklärt ist.«

Er beobachtete mein Spiegelbild in der Fensterscheibe. Ich warf einen Blick auf den Revolver, der in seinem Halfter von der Sessellehne herabhing.

Ich sagte: »Was hast du eigentlich neulich gemeint, als du sagtest, daß der Mörder die Mädchen nicht einfach vergewaltigt hat? Daß er impotent sein könnte?«

»Also, was Vergewaltigung angeht, Miles«, sagte Eisbär und kam schwerfällig herüber, um sich über die Rücklehne der

Couch zu lehnen. »Für Vergewaltigung habe ich Verständnis. Das hat es schon immer gegeben. Ich werde dir was sagen, was ich keiner Frau erzählen könnte. Diese Morde hatten überhaupt nichts mit Vergewaltigung zu tun. Dieser Mörder hat einen schweren Dachschaden. Vergewaltigung ist nichts Perverses, so wie ich das sehe – das ist fast was Normales. So ein Mädchen heizt einem Mann tüchtig ein, bis er sich nicht mehr beherrschen kann, und dann schreit sie Vergewaltigung. Die Art, wie diese Mädchen sich anziehen, ist ja schon fast eine Aufforderung zur Vergewaltigung, zum Teufel! Wie manche Mädchen *schauen*, ist eine Aufforderung zur Vergewaltigung. Ein Mann kann schon leicht mißverstehen, worauf so ein hüftenschwingendes kleines Biest aus ist, was sie eigentlich will. Da wird ihm so richtig heiß, und er weiß sich nicht mehr zu helfen. Wer ist schuld? Beide! Das ist zwar nicht gerade ein allgemein anerkannter Standpunkt heutzutage, aber das ist nun mal die Wahrheit. Ich war lange genug Polizist, ich habe Hunderte solcher Fälle gesehen. Gewalt, sagen sie. Natürlich handelt es sich dabei um Gewalt. Das ganze Leben dreht sich um Gewalt. Aber diese Greueltaten jetzt hat kein normaler Mann begangen. Siehst du, Miles, diese Mädchen hatten überhaupt keinen Geschlechtsverkehr – Dr. Hampton im Staatshospital drüben in Blundell hat bei der Autopsie nicht die geringste Spur von Sperma gefunden. Sie sind mit anderen Mitteln vergewaltigt worden.«

»Mit anderen Mitteln?« fragte ich und war gar nicht sicher, ob ich noch mehr darüber hören wollte.

»Eine Flasche. Eine Coca-Flasche. Sowohl bei Gwen Olson als auch bei Jenny Strand haben wir eine zerschmetterte Coca-Flasche gefunden. Bei Jenny ist auch noch was anderes benutzt worden. Ein Besenstiel oder sowas. Wir suchen noch danach, in der Umgebung des Tatorts. Und dann waren da auch noch Messerstiche. Und beide sind zusammengeschlagen worden, bevor die eigentliche Tortur anfing.«

»Mein Gott«, sagte ich.

»Also kann es sogar eine Frau gewesen sein, allerdings ist das ziemlich weit hergeholt. Einmal kann man sich schwer vorstellen, daß eine Frau kräftig genug ist, und dann hört es sich auch nicht sehr nach einer Frau an, oder? Na schön.« Er lächelte mich an. »Jetzt weißt du genausoviel wie ich.«

»Du glaubst doch nicht wirklich, daß Paul Kant diese Dinge getan haben könnte, stimmt's? Das ist unmöglich!«

»Was ist schon unmöglich, Miles? Vielleicht hab ich's getan. Vielleicht du, oder Duane. Paul ist sicher, solange er zu Hause bleibt und sich aus allem raushält.« Er ging in die Küche, und gleich darauf hörte ich ihn gurgeln. Als er ins Wohnzimmer zurückkam, war sein blaues Uniformhemd aufgeknöpft und ließ ein ärmelloses Unterhemd sehen, das seinen enormen Bauch umspannte. »Du brauchst jetzt Schlaf, Miles. Paß auf, daß du auf dem Heimweg nicht von der Straße abkommst. Es war ein netter Abend. Jetzt kennen wir uns besser. Und nun hau ab!«

Durch die riesigen, vergrößernden Brillengläser sahen Tuta Sundersons Augen aus wie die eines Fisches. Mürrisch steckte sie die Hände in die Taschen ihrer grauen Strickjacke. An allen drei Tagen seit meiner nächtlichen Unterhaltung mit Eisbär war sie morgens schmollend angekommen, hatte möglichst laut in der Küche herumgewirtschaftet und wortlos mein Frühstück zubereitet. Dann hatte sie sich damit befaßt, Küche und Badezimmer zu reinigen, während ich mit der Anordnung der Möbel beschäftigt war. Die alte stoffbezogene Bambuscouch kam an die Außenwand, links von dem kleinen Regal, die Vitrine (in der früher Bibeln und Romane von Lloyd C. Douglas gestanden hatten) an die Stirnseite neben die Verandatür; den Lehnstuhl stellte ich auf die andere Seite dieser Tür. Doch die anderen Stühle und Tischchen waren zu zahlreich, es war unmöglich, alle unterzubringen: Dieser spinnenbeinige Zeitungsständer? Ein Rohrstuhl? Ich konnte mich nicht einmal daran erinnern, sie jemals in diesem Zimmer gesehen zuhaben. Ungefähr ein weiteres halbes Dutzend Einrichtungsgegenstände stellten mich vor das gleiche Problem. Tuta Sunderson konnte auch nicht weiterhelfen.

»Es war ja nicht immer alles am selben Platz. Da gibt's einfach keine perfekte Lösung.«

»Denken Sie nach. Versuchen Sie, sich zu erinnern.«

»Ich glaube, dieser kleine Tisch da gehört neben die Couch.«

Sie ging widerstrebend auf meine Gedanken ein.

»Hier?« Ich rückte ihn unter das Regal.

»Nein. Weiter heraus.«

Ich zog ihn etwas vor.

»Ich an Duanes Stelle würde Sie auf Ihren Geisteszustand untersuchen lassen. Er hat fast seine ganze Rückzahlung für die hübschen neuen Möbel ausgegeben. Als er meinem Sohn davon erzählte, ist Red gleich hingefahren und hat mir auch ein paar Sachen günstig gekauft.«

»Duane kann das ganze Zeug ja wieder runterbringen, wenn ich weg bin. Dieser Tisch gehört wohl nicht hierher.«

»Ich finde, der steht gut da.«

»Weil Sie das nicht verstehen.«

»Ich schätze, da ist noch eine Menge, was ich nicht verstehe. Sie werden nie mit Ihrer Schreibarbeit fertig werden, wenn Sie den ganzen Tag nichts anderes tun als das hier.«

»Warum beziehen Sie nicht das Bett oder sonstwas? Wenn Sie mir schon nicht helfen können, dann gehen Sie mir wenigstens aus dem Weg.«

Ihr Gesicht schien sich wie ein Sack mit Wasser zu füllen.

»Ich schätze, Sie haben alle Ihre guten Manieren in New York gelassen, Miles.« Damit gab sie offenbar für den Moment auf und wandte sich zum Fenster. »Wie lange wird es denn noch dauern, bis Ihr komisches kleines Auto endlich fertig ist, da an der Tankstelle unten?«

»Ich werde in ein paar Tagen mal nachfragen.«

»Und werden Sie dann von hier wegfahren?« Sie streckte den Kopf vor und beobachtete irgend etwas auf der Straße.

»Nein. Eisbär möchte, daß ich noch bleibe. Seine übliche Gesellschaft dürfte ihm langweilig sein.«

»Stehen Sie und Galen sich so nahe?«

»Wir sind wie Brüder.«

»Er hat noch niemals jemanden in sein Haus eingeladen. Galen hält sich ziemlich abseits. Ist ein kluger Mann. Hat Sie wohl auch in seinem Polizeiauto mitgenommen? Red hat es in Arden gehört.«

Ich schob einen Stuhl neben den Ölofen und rückte ihn dann näher zur Schlafzimmertür. »Sie scheinen heute ununterbrochen an Autos zu denken.«

»Vielleicht weil ich gerade eines anhalten gesehen habe. Und jemand hat was in Ihren Briefkasten getan. War aber nicht der Postbote, der hat nämlich einen anderen Wagen. Warum gehen Sie nicht da hinunter, wo es warm ist, und schauen, was Sie bekommen haben?«

»Ja, warum eigentlich nicht?«, sagte ich, ging zur Veranda-

tür und trat hinaus ins Sonnenlicht. Seit zwei Tagen trug Tuta
Sunderson während der Arbeit eine Jacke, teils wohl einfach,
um mich damit zu irritieren, daß sie bei heißestem Sommer-
wetter eine Strickweste anzog, und teils, weil es im Haus
wirklich recht kühl und feucht war: Es war, als habe eine Brise
aus dem Wald sich im Haus niedergelassen. Hinter mir hörte
ich sie murmeln, gerade laut genug, daß ich es verstehen konnte: »Noch mehr Verehrerpost.«

Was auch tatsächlich zutraf: Verehrerpost. Es war ein Blatt
billigen linierten Papiers, offensichtlich aus einem Schulheft
herausgerissen, und in Blockschrift stand darauf: BASTART DU
ENTKOMST UNS NICH. Ja, ganz wie im Film. Ich blickte die
Straße hinauf, sah, wie erwartet, nichts und stützte mich mit
den Armen auf den Briefkasten, während ich versuchte,
gleichmäßig durchzuatmen. Zweimal hatte ich in den letzten
Tagen anonyme Telefonanrufe erhalten, die mich bei meiner
neuen Arbeit unterbrachen und mit dem Geräusch unterdrückten Atems konfrontierten, der – ich konnte es förmlich
riechen – nach Zwiebeln, Käse und Bier stank. Tuta Sunderson erzählte, daß die Leute alle redeten, und ich vermutete,
daß Gerüchte über das Veschwinden des polnischen Mädchens im Umlauf waren. Tutas Benehmen, das seit meinem
»Selbstmordversuch« noch ruppiger geworden war, verriet
mir, daß sie bei der Flüsterpropaganda fleißig mitmachte: Sie
hatte mir gerade meine Bemerkung über Reds Manieren heim-
gezahlt.

Als ich zum Farmhaus zurückging, sah ich durchs Fenster,
wie mir ihr Mondgesicht entgegenstarrte. Ich schlug die Verandatür zu, und sie hastete zu den Schränken zurück und tat
so, als sei sie eifrig dabei, sie abzustauben.

»Ich nehme nicht an, daß Sie das Auto erkannt haben?«

Die fetten Oberarme und der dicke Rumpf gerieten in wabbelnde Bewegung. »Es war nicht aus dem Tal. Ich kenne alle Autos hier in der Gegend.« Über ihre massige Schulter spähte sie zu mir herüber und kam fast um vor Neugierde, was ich wohl in dem Briefkasten gefunden hätte.

»Welche Farbe hatte es denn?«

»Es war ganz staubig, ich konnte es nicht erkennen.«

»Wissen Sie, Mrs. Sunderson«, sagte ich und sprach betont langsam, so daß ihr kein Wort entgehen konnte, »wenn es vielleicht Ihr Sohn oder irgendeiner seiner Freunde war, der in jener Nacht hier hereingeschlichen ist und das Gas aufgedreht hat, dann hat er einen Mordversuch begangen. Das Gesetz sieht recht harte Strafen für derlei vor.«

Zornig, verblüfft drehte sie sich um. »Mein Sohn ist kein Schleicher!«

»Ach, so würden Sie das also nennen?«

Sie wandte sich wieder ab und staubte die Wandteller so heftig ab, daß es nur so schepperte. Nach einem Moment hatte sie sich wieder dazu durchgerungen, etwas zu sagen, allerdings ohne mich anzusehen. »Die Leute sagen, es sei noch etwas passiert. Sie sagen, Galen Hovre werde ihn jetzt bald kriegen. Sie sagen, er sitzt da in seinem Büro und weiß eine ganze Menge mehr, als er zugibt.« Wieder ein versteckter Blick auf mich. »Und sie sagen, daß Paul Kant im Haus seiner Mutter am Verhungern ist, nur damit die Leute wissen, daß er drinnen war, und es nicht gewesen sein kann, wenn es wieder passiert.«

»Was für glorreiche Zeiten sie da erleben«, sagte ich. »Was die alle für einen Spaß daran haben. Ich beneide sie.«

Sie schüttelte wild den Kopf, und ich hätte liebend gerne in dem Ton weitergemacht, aber das Telefon klingelte. Sie sah hin und dann auf mich und sagte, sie würde nicht hingehen.

Ich legte den Zettel auf den Tisch und nahm den Hörer ab. »Hallo!« Schweigen, Atmen, der Geruch von Zwiebeln und Bier. Ich weiß nicht, ob das tatsächlich die Gerüche des Anrufers waren oder ob ich sie nur einfach von jemandem, der anonyme Anrufe machte, erwartete. Tuta Sunderson stürzte sich auf das Blatt Papier.

»Du hundsmiserables Schwein«, sagte ich in den Hörer. »Da wo du ein Hirn haben solltest, hast du nichts als einen Haufen Scheiße.«

Der Anrufer legte auf; ich lachte darüber und über Tuta Sundersons Gesichtsausdruck. Sie legte die mit Rechtschreibfehlern gespickte Botschaft aus der Hand. Ich lachte wieder und spürte dabei den Geschmack von etwas Schwarzem, Saurem im Gaumen.

Nachdem ich die Verandatür zuschlagen gehört hatte, wartete ich noch, bis ich Tuta Sunderson die Straße hinunterwatscheln sah, die Strickjacke über dem Arm und mit baumelnder Handtasche. Nach ziemlich langer Zeit erst verschwand sie aus meinem durch den Fensterrahmen begrenzten Blickfeld – ein weißer Käfer, der sich mühsam im hellen Sonnenschein vorankämpfte. Ich legte den Bleistift weg, klappte das Heft zu und ging auf die kühle Veranda hinaus und sah hinauf zu den Wäldern – alles war bewegungslos, so als stocke das Leben, wenn die Sonne so hoch steht. Nur die Geräusche zeugten davon, daß es nicht so war: von den weiter entfernten Feldern, außer Sicht unten an der Straße, war das Tuckern von Duanes Traktor zu hören. Vögel hielten Zwiesprache. Ich ging die gefurchte Auffahrt hinunter, überquerte die Straße und sprang über den Graben.

Auf der anderen Seite des Baches hörte ich Grillen und

Heuschrecken und das Schwirren anderer Tiere im Gras. Ich ging den zweigeteilten Hügel hinauf; krächzend flatterten die Krähen aus den Feldern auf und schwebten wie verbrannte Papierfetzen in der Luft. Der Schweiß rann mir in die Augenbrauen, und ich spürte das Hemd feucht an meinen Rippen kleben. Ich stapfte in die Senke hinunter, stieg dann wieder hinauf und ging auf die Bäume zu.

Hierher hatte sie mich zweimal geführt. Vögel zwitscherten und flitzten weit oben zwischen den Ästen herum. Licht strömte herab – so, wie man es nur in Wäldern und Kathedralen sieht. Ich beobachtete ein graues Eichhörnchen, das auf einen dünnen Ast hinauslief, ihm mit seinem Gewicht herabbog und dann zu einem tieferen, stärkeren Ast überwechselte; genauso, wie ein Mann aus einem Paternosteraufzug aussteigt. Die Bodenbeschaffenheit wechselte und auch die Bäume; ich ging auf einer schwammigen Laubschicht unter Eichen und Ulmen; ich streifte Fichten und andere Nadelbäume, und meine Füße glitten über feine Tannennadeln. Wie ich es gespürt hatte, als ich auf dem gebohnerten Holzboden lag, watete ich durch hohes Farnkraut. Beeren zerplatzten an meinen Hosenbeinen. Ein vom Blitz gefällter alter Eichenstamm lag geborsten über dem Weg, und ich sprang hinauf und fühlte die Weichheit faulenden Holzes. Grüne Ranken verfingen sich an den Absätzen meiner Stiefel.

Als ich genauso weiterging wie in meiner Vision in jener Nacht, kam ich zu den unbeweglichen dicken Bäumen und sah die Stelle, an der sie sich zusammendrängten wie eine Menschenmenge am Schauplatz eines Unfalls. Ich schlüpfte durch eine Lücke und war auf der Lichtung. Das Sonnenlicht, nun nicht mehr durch das Laub gefiltert, schien hier in einem wilden Gelb, es war von raubtierhafter Intensität, voller übermenschlicher Energie. Hohes Gras bog sich unter der Last seines eigenen Gewichts. Das Summen der Insekten schwebte über der Lichtung, ein gleichmäßig surrendes Geräusch.

Die Asche der Feuerstelle in der Mitte hatte noch einen rötlichen Kern, wie die Asche in Rinns altem Holzofen. Es war Alisons Wärme. Galen Hovre irrte in bezug auf Duane und meine Cousine. Oder Duane hatte all die Jahre hindurch gelogen.

Als ich im Traum in die Wälder gegangen war, hatte seltsamerweise alles eine direkte, greifbare Aktualität gehabt, und als ich jetzt tatsächlich hier war, fühlte ich mich wie im Traum. Ich dachte und befürchtete es beinahe, daß ich eine tiefere Verbundenheit zu Alison Greening empfinden würde, wenn ich mich der Stelle auf der Lichtung näherte, wo ich in meiner Vision ihrer schrecklichen Erscheinung begegnet war; dieser Platz gehörte ihr, und ich hielt ihn für den Ursprung der kühlen Brise, die das alte Farmhaus erfüllte. Wenn es eine andere Welt gibt, eine Welt des Geistes, wer könnte sagen, ob nicht die Berührung mit ihr uns in unseren Grundfesten erschüttern, ob wir ihre Hitze nicht wie die Kälte eines Steinbruchsees empfinden würden? Und wenn auch diese Alptraumvision von Alison dadurch beeinträchtigt worden war, daß sie wie ein Wesen aus Blättern und Borke erschien, so brachte diese Mittelbarkeit mich ihr doch näher, beschwor sie intensiver herauf als eine bloße Suche in Wald und Lichtung. Ich hatte begonnen, meine Memoiren zu schreiben, und sie hatte mich dazu veranlaßt (ich erinnerte mich, wie wir eines heißen Sommertages zusammen den Berg jenseits des Tales bestiegen hatten und, mit Schaufeln bewaffnet, nach indianischen Gräbern suchten; da hatte sie erklärt, daß sie Malerin und ich Schriftsteller werden würde). Es schien uns noch fester zusammenzuschweißen, denn es lag natürlich auf der Hand, daß ich dabei noch mehr an sie dachte, als ich es ohnehin schon getan hatte. Sie war der Grundton bei allem, was ich schrieb. Es schien fast, als müsse ich sie in jeden Satz einflechten. Und dann, eines Morgens, als ich mich durch ein von Tuta Sunderson überwachtes Frühstück gequält hatte, nachdem sie die sieben Dollarnoten von mir genommen und dann zwei davon wortlos zurückgegeben hatte, als wären sie gleichbedeutend mit einem unsittlichen Antrag, war ich in den Mietwagen gestiegen, auf den Highway 35 und über die Mississippi-Brücke gefahren – ein wundervoller, typisch amerikanischer Anblick, diese Inseln mit ihren bewaldeten Rücken, die grünen Wasserbüffeln in dem braunen Strom glichen. Ich wollte nach Winona, Minnesota, um die Schallplatten aufzuspüren, die ich für meine Alison-Szenerie brauchte. Ich wäre auch bis nach Minneapolis gefahren. Pacific-Aufnahmen aus den fünfziger Jahren waren eine Seltenheit. Ein erstes Stöbern in den Regalen eines Schallplattengeschäfts in Winona förderte nichts zutage, doch dann sah ich ein Schild: Second-hand-Abteilung im Tiefparterre. Ich lief hinunter, und beim spärlichen Licht einer einzigen Glühbirne durchblätterte ich einen Kasten voller alter Platten mit abgenutzten beschädigten Hüllen nach dem anderen. Inmitten ausrangierter Perry Comos und Roy Acuffs und Roger Williams' leuchteten zwei Platten wie Gold, und ich grunzte vor Befriedigung so laut, daß der Ladeninhaber oben auf der Treppe erschien, um nachzufragen, ob mir etwas fehle. Die eine Platte war eine alte Dave-Brubeck-Aufnahme, die Alison geliebt hatte (›Jazz at Oberlin‹), und die andere – also die andere war wirklich ein toller Fund. Es war die Pacific-Aufnahme des Gerry Mulligan-

Quartetts, die Alison mich zu kaufen gedrängt hatte, die mit dem Umschlagbild von Keith Finch. Als ich diese Aufnahme fand, war mir, als hätte Alison mir eine Botschaft auf eine meiner Manuskriptseiten geschrieben. Mehr als jede andere beschwor diese Schallplatte Alison herauf: diese Musik hatte sie geliebt.

Der Ladeninhaber berechnete mir fünf Dollar für die beiden Platten, aber ich hätte auch das Zwanzigfache bezahlt. Wie meine Schreiberei brachten auch sie mir Alison näher.

»Was ist das für ein Zeug, das du die ganze Zeit spielst?« fragte die kleine Kriegerin. Es war Sonntagabend, und sie stand auf der Veranda und lugte durch das Fliegengitter herein. »Ist das Jazz?« Ich legte den Bleistift in mein Manuskript und klappte es zu. Ich saß auf der alten Couch im Erdgeschoß, und die Öllampen verbreiteten einen gedämpften orangefarbenen Schein, in dem ihr Gesicht, das durch das Gitter ohnehin schon verschwommen wirkte, noch weicher aussah. Sie trug ein Drillichhemd und eine Hose und in diesem gedämpften Licht erschien sie weiblicher, als ich sie je gesehen hatte. »Alles in Ordnung«, sagte sie. »Mein Dad ist in Arden bei irgendeiner Versammlung. Red Sunderson hat ihn kurz vor dem Abendessen angerufen. Alle Männer sind dort und beraten über irgend etwas. Wird wahrscheinlich wieder stundenlang dauern. Ich habe dich neulich schon diese Platte spielen gehört. Ist das die Art von Musik, die dir gefällt? Kann ich hineinkommen?«

Sie trat ein und setzte sich mir gegenüber in einen hölzernen Schaukelstuhl. Ihre bloßen Füße steckten in Holzpantoffeln. »Also, was ist es denn nun eigentlich?«

»Gefällt es dir?« Ich war wirklich neugierig. Sie hob die Schultern. »Klingt das nicht alles so ziemlich gleich?«

»Nein.«

»Was ist das jetzt für ein Instrument?«

»Eine Gitarre.«

»Eine Gitarre? Das ist eine Gitarre? Also hör mal! Das ist doch ein ... hm, ein Dingsbums. Eine Art Blasinstrument. Ein Saxophon, stimmt's?«

»Ja, es ist ein Bariton-Saxophon.«

»Warum hast du dann gesagt, es sei eine Gitarre?« Dann lächelte sie, als sie merkte, daß es ein Scherz war. Ich zuckte die Achseln und lächelte zurück.

»Scheiße, ist es hier kalt, Miles!«

»Das kommt von der Feuchtigkeit.«

»Ach so. He, Miles, hast du wirklich was gestohlen im Zumgo? Pastor Bertilsson erzählt das nämlich überall herum.«

»Dann wird es wohl stimmen.«

»Das versteh' ich nicht.« Sie blickte sich überall im Zimmer um und schüttelte den Kopf, während sie unentwegt ihren Kaugummi im Mund herumwälzte. »He! Weißt du was? Dieses Zimmer sieht jetzt wirklich prima aus. Jetzt ist es genauso, wie es früher war. Als ich noch ganz klein war und Urgroßmutter noch lebte.«

»Ich weiß.«

»Es ist wirklich prima«, sagte sie und schaute sich noch immer prüfend um. »Aber waren da nicht mehr Bilder? Von dir und Dad?« Als ich nickte, sagte sie: »Also, wo sind sie denn dann?«

»Ich habe sie nicht gebraucht.«

Sie ließ den Kaugummi schnalzen. »Junge, Miles, mit dir kenn' ich mich nicht aus. Du bist wirklich superseltsam. Manchmal erinnerst du mich an Zack, und manchmal redest du einfach irre. Wie hast du denn gewußt, wo hier alles hingehört?«

»Ich habe herumprobieren müssen.«

»Das ist wohl so eine Art Museum, wie? Es kommt mir fast so vor, als könnte Urgroßmutter jeden Moment hereinkommen.«

»Die Musik würde ihr aber wahrscheinlich nicht sehr gefallen.«

Sie kicherte. »Sag mal, hast du wirklich bei Zumgo was gestohlen?«

»Wie ist denn das mit Zack? Stiehlt er?«

»Na klar.« Sie riß ihre Meerwasseraugen weit auf. »Andauernd. Er sagt, man muß die Dinge befreien. Und er sagt, wenn man Dinge stehlen kann, ohne erwischt zu werden, dann hat man ein Recht auf sie.«

»Wo stiehlt er denn für gewöhnlich?«

»Da, wo er gerade arbeitet. Weißt du, Zeugs aus den Häusern von Leuten, für die er arbeitet. Zeugs von der Tankstelle, wenn er mal dort arbeitet. Heißt das, du bist Lehrer und so und du gehst einfach los und stiehlst?«

»Du sagst es.«

»Ich kann schon verstehen, warum Zack dich mag. Das würde ihn wirklich reizen. Einer von den Etablierten und klaut in Warenhäusern! Er meint, er könnte vielleicht Vertrauen zu dir haben.«

»Ich bin überzeugt, daß du viel zu gut für Zack bist«, sagte ich.

»Da irrst du dich, Miles. Du kennst Zack nicht. Du weißt ja gar nicht, was der auf dem Kasten hat.« Sie lehnte sich vor, kreuzte die Arme und legte die Hände auf die Schultern – eine überraschend frauliche Geste.

»Worum geht es denn bei dieser Versammlung in Arden, zu der Red und dein Vater gegangen sind?«

»Wen interessiert das schon? Hör mal, Miles. Gehst du morgen in die Kirche?«

»Natürlich nicht. Ich muß doch an meinen Ruf denken.«

»Dann bemüh dich mal, dich heute nacht nicht wieder volllaufen zu lassen, hm? Wir müssen vorausplanen. Wir wollen dich morgen wohin mitnehmen.«

Aus der Aussage der Tuta Sunderson

18. Juli

Also, mein Junge hat sich gedacht, daß da was vertuscht werden sollte. Das war das Wort, das er zu mir gesagt hat, Galen Hovre, ob Ihnen das nun gefällt oder nicht. Vertuscht. Natürlich war das nicht wahr, das wissen wir ja jetzt. Aber überlegen Sie doch mal, was wir damals in der Hand hatten – nichts! Erst diese zwei schrecklichen Morde, und dann ist da der arme Paul Kant, der sich im Haus seiner Mutter verbarrikadiert hat, und dann ist da dieser Miles im Haus seiner Großmutter und fährt in Polizeiautos herum und was nicht noch alles, und krempelt das ganze Haus um, gegen Duanes Willen natürlich, und die Leute haben eben einfach gedacht, daß man etwas unternehmen müßte. Und wir haben alle geglaubt, daß Sie etwas vor uns geheimhalten. Und das haben Sie ja auch! Na, jedenfalls hatte einer von Reds Freunden die Idee mit den Autos, und Red hat zu ihm gesagt, warten wir ab, bis wir sicher wissen, was der vorhat, und dann halten wir eine Versammlung ab und besprechen alles. Sie sind alle gekommen, alle Männer, wissen Sie. Um all die Gerüchte unter einen Hut zu bringen, sozusagen.

Dann haben sie sich also getroffen, im Hinterzimmer von der Angler-Bar. Red sagt, sie waren so dreißig bis vierzig Männer. Und sie haben alle zu ihm aufgeschaut, weil er doch die Jenny Strand gefunden hatte. Wer hat also was gehört, fragt Red. Jeder soll alles sagen. Alles soll klipp und klar ausgesprochen werden, damit man offen darüber reden kann, statt nur zu klatschen. Also, ein paar von den Männern hatten gehört, daß die Polizei mit etwas hinterm Berg hält. Warten Sie mal. War das jetzt einer der Polizisten, der es seiner Freundin erzählt hatte? Irgend sowas. Ich behaupte natürlich nicht, daß es so gewesen ist. Einer von den Männern fragt also, wer was über jemanden weiß, der sich versteckt hält oder sowas, jemand, der sich nicht normal und nachbarlich benimmt.

Und einer sagt, Roman Michalski ist diese Woche nicht zur Arbeit gekommen.

Ist wohl krank, sagen die anderen.

Nein, daß er krank wäre, davon hat niemand etwas gehört. Hat sich einfach verkrochen, mit seiner Frau.

Und wenn wir schon über Leute reden, die sich verkriechen, da hätte ich Ihnen ja eine Menge über Miles erzählen können, darauf können Sie sich verlassen. Saß einfach so da, als er endlich alle Möbel dort hatte, wo er sie haben wollte, so wie seine Großmutter sie stehen hatte. Er war ganz weiß und saß da in dem feuchten alten Haus und trank sich in den Schlaf, jeden Abend! Und den ganzen Tag diese albernen Schallplatten! Er hat ausgesehen, als wäre er die ganze Zeit in einer Trance oder sowas. Ein großer Mann wie der! Sah aus, als wollte er aus der Haut fahren, wenn man nur »buh« sagte. Und seine Ausdrücke! Oh, er wußte genau, daß er nicht so einfach davonkommen würde!

Als ich dann entdeckte, daß er ein Mädchen in seinem Bett gehabt hatte, habe ich das natürlich gleich Red erzählt.

Na, jedenfalls sind dann am Montagabend ein paar von den Männern zu Roman Michalski gegangen.

Nachdem ich am Sonntagmorgen geduscht hatte, ging ich nach oben und trocknete mich mit meinem Bademantel ab, während ich meine Garderobe überprüfte. Mrs. Sunderson hatte wortlos meine schmutzigen Jeans und mein Hemd gewaschen und zusammengefaltet auf den Schreibtisch gelegt. Die Jeans hatten ein Loch am Aufschlag, das unangenehme Erinnerungen an meinen Waldlauf in mir wachrief. Ich war aber zufrieden, daß ich zur Lichtung zurückgegangen war und nichts als ein verlöschendes Picknickfeuer vorgefunden hatte. Ich befühlte das Loch in den Jeans und zog meine Hand zurück. Eisbärs Ratschlag fiel mir ein, und ich ging unentschlossen zum Schrank, in dem der einzige Anzug hing, den ich mitgebracht hatte. Es war halb acht, ich hatte also gerade noch Zeit, mich anzuziehen und zum Gottesdienst zurechtzukommen. Es mußte unbedingt alles richtig gemacht werden – ich mußte korrekt gekleidet sein, durfte keine Nervosität zeigen, mein Benehmen mußte meine Schuldlosigkeit demonstrieren. Allein der Gedanke daran, während ich den Anzug im Schrank betrachtete, machte mich nervös. Wenn du nicht gehst, bist du genau wie Paul Kant, sagte mir meine innere Stimme mit aller Deutlichkeit.

Ich nahm den Anzug vom Bügel und begann mich anzuziehen. Wahrscheinlich aus Eitelkeit hatte ich in New York außer der für das Farmleben geeigneten Kleidung auch meine allerteuersten Sachen eingepackt – ein Paar Achtzig-Dollar-Schuhe, einen leichten Nadelstreifenanzug von Brooks, mehrere maßgeschneiderte Hemden, die mir ironischerweise Joan einmal zu Weihnachten hatte machen lassen. Ich hatte bestimmt nicht vorausgesehen, daß ich sie einmal zum Besuch der Gethsemane-Kirche tragen würde.

Nachdem ich mir noch einen breiten farbenfrohen Schlips

umgebunden und mein Jackett angezogen hatte, betrachtete ich mich im Schlafzimmerspiegel. Ich hatte viel mehr Ähnlichkeit mit einem Rechtsanwalt von der Wall Street als mit einem erfolglosen Akademiker oder einem Mordverdächtigen. Ich sah unschuldig aus, bedeutend, sanft, wohlhabend und wie in Milch gebadet. Ein Kind zur Lobpreisung des Herrn, ein Mann, der zerstreut sein Gebet vor sich hinmurmelt, während er beim Golf einen schwierigen Schlag erfolgreich ausführt.

Auf dem Weg hinaus ließ ich ein Exemplar von ›She‹ in meine Jackentasche gleiten: Ein Teil von Alison sollte mich begleiten.

Ich fuhr den Nash in die letzte Parklücke vor der Kirche, stieg aus und ging im prallen Sonnenschein über den knirschenden weißen Kies zur Kirchentreppe. Wie jeden Sonntag standen die Männer auf den breiten hohen Stufen und auf dem zementierten Weg und rauchten. Ich erinnerte mich, wie sie schon dort gestanden hatten und rauchten und redeten, als ich noch ein Kind war; nur waren jene Männer die Väter und Onkel der heutigen gewesen, und sie hatten nüchterne, schlechtgeschnittene Anzüge aus Serge und Gabardine getragen. Diese Männer hier zeigten zwar auch die äußeren Anzeichen ihres Berufs, die großen groben Hände mit den steifen abstehenden Daumen und die weißen Stirnen über sonnenverbrannten Gesichtern, doch weit und breit war Duane der einzige im Anzug. Die anderen trugen Sporthemden und Freizeithosen. Ich kam mir viel zu hochgestochen und zu städtisch vor, als ich auf sie zuging.

Einer von ihnen bemerkte mich, und die Hand mit der Zigarette stockte auf halbem Weg zu seinem Mund. Er sagte etwas zu dem Mann an seiner Seite, und ich konnte die drei Silben Tea-gar-den von seinen Lippen lesen.

Als ich den Betonweg erreichte, der zur Kirchentreppe führte, sah ich hier und da bekannte Gesichter und grüßte das erstbeste.

»Guten Morgen, Mr. Korte«, sagte ich zu einem gedrungenen bulldoggähnlichen Mann mit Bürstenhaarschnitt und dunkler Brille. Bud Korte gehörte die Farm zwei oder drei Kilometer unterhalb des Updahl-Anwesens. Er und mein Vater waren oft zusammen zum Fischen gegangen.

»Miles«, sagte er, und sein Blick senkte sich blitzschnell auf die Zigarette zwischen seinen Fingern, die die Größe von Bananen hatten. »Wie geht's?« Er war so verlegen wie ein Bischof, der von einem Zuhälter vertraulich gegrüßt wird. »Habe gehört, daß du zurück bist.« Sein Blick irrte wieder davon und landete mit sichtlicher Erleichterung auf Dave Eberud, einem anderen Farmer, den ich kannte und der in dem quergestreiften Hemd und der karierten Hose so aussah, als hätte ihn seine Mutter in zu großer Hast angezogen. Eberuds lebhaftes Schildkrötengesicht, das uns leicht zugewandt war, schnellte nach vorn. »Ich habe mit Dave zu reden«, sagte Korte und ließ mich stehen.

Duane in seinem Zweireiher, dessen Jacke aufgeknöpft war und ein Paar breite rote Hosenträger sehen ließ, stand auf halber Höhe der Kirchentreppe. So, wie er sich da aufgepflanzt hatte, einen Fuß aggressiv auf die höhere Stufe gesetzt, die Schultern vorgeneigt, ließ seine Haltung deutlich erkennen, daß er meine Anwesenheit nicht zur Kenntnis zu nehmen gedachte, doch ich ging direkt auf ihn zu, zwischen den Männern hindurch, die sich zusammendrängten, als ich vorbeikam.

Als ich die Treppe hinaufzusteigen begann, hörte ich seine Stimme.

». . . die letzte Auktion. Wie kann ich das abwarten? Wenn

Rinder unter siebenundzwanzig pro Pfund fallen, bin ich ruiniert. Ich kann nicht mein ganzes Futter selbst anbauen, auch nicht mit dem neuen Grundstück, und der alte M, den ich da habe, fällt schon auseinander.« Neben ihm stand Red Sunderson und starrte mich an, ohne auch nur so zu tun, als höre er Duanes Klagen zu. Bei Tageslicht wirkte Sunderson jünger und kräftiger als bei Nacht. Sein eckiges Gesicht war zornig.

Er sagte: »Heute sind wir aber modisch, was, Miles?«

Duane blickte mich kurz und irritiert an und zog den Fuß zurück. Der sonnengebräunte Teil seines Gesichts war unnatürlich rot.

»Ich hatte mir schon gedacht, daß du dich hier mal blicken lassen würdest.« Aber jetzt ist es zu spät, wie sein Ton verriet.

»Ich habe gesagt, heute sind wir aber modisch.«

»Das ist alles, was ich außer meinen Jeans mitgebracht habe«, antwortete ich.

»Mutter sagt, Sie haben endlich aufgehört, mit den alten Möbeln herumzuspielen.«

Duane gab einen ärgerlichen, angeekelten Laut von sich. Hinter mir sog ein Mann hörbar den Atem ein; es klang wie ein unterdrücktes Lachen.

»Was ist ein alter M?« fragte ich.

Duanes Gesicht nahm eine noch dunklere Nuance von Rot an. »Ein gottverdammter Traktor. Ein gottverdammter Traktor mit einem kaputten Getriebe, wenn du's genau wissen willst. Nachdem du ja damit fertig bist, meine Möbel zu zertrümmern, möchtest du vielleicht jetzt gerne auch noch meine Traktoren demolieren, was?«

»Kürzlich im Wald gewesen, Teagarden?« fragte Red Sunderson. »Irgendwas los gewesen oben im Wald?«

»Was ist da los von wegen Wald?« fragte mein Cousin. Red starrte mich noch immer an aus seinem eckigen Gesicht mit der unpassenden Knollennase seiner Mutter.

Wie auf ein geheimes Zeichen hin begannen die Männer alle gleichzeitig auf die Treppe zuzuströmen; zuerst dachte ich, sie hätten es auf mich abgesehen, doch als sich der erste an mir vorbeidrängte, ohne mir Beachtung zu schenken, wußte ich, daß gleich der Gottesdienst beginnen würde und es Zeit war, zu den Frauen hineinzugehen. Red wandte sich ab, als könne er meinen Anblick nicht länger ertragen, und ich blieb mit dem rotgesichtigen wütenden Duane zurück. Ich sagte: »Ich habe was mit dir zu besprechen. Wegen Alison Greening.« – »Teufel«, murmelte er und fügte hinzu: »Setz dich ja nicht neben mich, Miles«, und stapfte mit seinen Freunden die Treppe hinauf.

Ich hörte sie flüstern, als ich ihnen in die Kirche folgte. Entweder durch Weitersagen oder durch Telepathie wußten alle, wer als letzter die Kirche betreten würde, und die Frauen verrenkten sich die Hälse, um mich zu sehen. Auf einigen dieser schlichten Gesichter erkannte ich so etwas wie Grauen. Duane ging armeschlenkernd den rechten Gang entlang. Ich hielt mich links, und mein maßgeschneidertes Hemd war schon durchgeschwitzt.

Ungefähr in der Mitte des Kirchenschiffes zwängte ich mich in eine Bankreihe und setzte mich. Ich fühlte ihre rot-weißen Gesichter auf mich gerichtet, und ich legte den Kopf zurück und betrachtete die vertraute Umgebung. Eine weiße, gewölbte Holzdecke, keusche weiße Wände, vier Buntglasfenster an jeder Seite mit norwegischen Namen am unteren Rand: zum Gedenken an Gunnar und Joron Gunderson, zum Gedenken an Einar und Florence Weverstad, zum Gedenken an Emma

Jahr. Hinter dem Altar, über Bertilssons Allerheiligstem, ein riesiges sentimentales Gemälde: Jesus und Johannes der Täufer. Ein weißer Vogel schwebte, wie eine der Rathaustauben, über dem blassen symmetrischen Gesicht.

Als Bertilsson aus der Seitentür in den Kirchenraum schoß wie der Kuckuck aus einer Schwarzwälderuhr, schaute er unfehlbar direkt zu mir. Die Telepathie hatte also auch ihn erreicht. Danach folgte viel Aufstehen und Hinsetzen, viel Lesen mit verteilten Rollen, viel Singen. Eine runzlige alte Frau in einem purpurfarbenen Kleid lieferte die abrupte, unmusikalische Begleitung auf einer kleinen Orgel. Bertilsson beobachtete mich weiterhin mit seinen öligen Augen; er schien vor innerer Erregung überzusprudeln. Seine Ohren leuchteten sehr rot. Die vier oder fünf anderen Leute in meiner Bank hatten das viele Aufstehen und Hinsetzen ausgenutzt und waren weiter und weiter von mir fortgerückt. Mein Hemd fühlte sich an wie Papier vor dem Zerreißen. Irgendwo nahe der Decke surrte eine Fliege zornig und wie besessen. Wann immer ich mich zurücklehnte, klebte ich am Holz der Rückenlehne fest. Oberhalb des hellen Holzes der Bank vor mir sah ich das nichtssagende Gesicht eines Jungen, der mich mit stumpfem Blick und offenem Mund betrachtete. Ein Tropfen Speichel hing an seiner vollen Unterlippe.

Nach »O Gott, unsere Hilfe zu allen Zeiten« gab Bertilsson uns mit der Geste eines Schauspielers, der den Applaus zu dämpfen versucht, das Zeichen zum Hinsetzen und begab sich auf die Kanzel. Dort zog er mit voller Absicht zunächst sein Taschentuch aus dem Ärmel, betupfte damit die glänzende Stirn und verstaute es wieder. Dann vertrödelte er noch mehr Zeit damit, seine Manuskriptzettel aus dem faltenreichen Gewand herauszukramen. Während dieser ganzen Zeit blickte er unverwandt direkt zu mir.

»Der heutige Text«, sagte er mit heller vertraulicher Stimme, »ist aus Jakobus 2, Vers eins bis fünf. Meine Brüder, haltet den Glauben an unseren verherrlichten Herrn Jesus Christus frei von Menschenrücksichten. Wenn nämlich in eure Versammlung ein Mann mit goldenem Ring und in prächtigem Gewand eintritt, zugleich aber auch ein Armer in schmutzigem Kleid...«

Ich schaltete ab, ließ den Kopf vornübersinken und wünschte, ich hätte Eisbärs Rat nicht befolgt. Was konnte dabei schon Gutes herauskommen? Dann begann plötzlich die Gewißheit in mir zu bohren, daß Eisbär mir etwas viel Wichtigeres erzählt hatte – eine Tatsache, die zu einer anderen Tatsache paßte. Es war wie ein Stachel in meinem Fleisch, der mir keine Ruhe ließ. Ich versuchte, mir die Gespräche mit Hovre ins Gedächtnis zurückzurufen, doch Bertilssons Predigt unterbrach meine Gedanken immer wieder.

Er hatte es fertiggebracht, den guten Samariter mit Jakobus 2 zu verquicken, wie ich bemerkte, und das ist selbst für einen Mann mit der Zungenfertigkeit eines Bertilsson eine reife Leistung. Anscheinend war der Samariter keiner, der die Menschen oberflächlich betrachtete. »Aber das gilt auch umgekehrt, meine Freunde.« Ich blickte hinauf in dieses widerliche schweißglänzende Mondgesicht und stöhnte innerlich. Seine Augen fixierten mich noch immer. »Ja, meine Freunde, wir dürfen den guten Samariter nicht dafür verdammen, daß er nur eine Seite der Medaille sah.« Ich schloß die Augen.

Bertilsson schwatzte unerbittlich weiter, und nur an den Pausen, in denen er nach den treffendsten Ausdrücken suchte, erkannte ich, daß er improvisierte. Ich sah hinauf und bemerkte, daß er seine Zettel faltete, sie gedankenlos zu ordentlichen quadratischen Päckchen mit scharfen Kanten verarbeitete. Der Junge vor mir ließ sein Kinn noch tiefer sinken.

Dann wurde mir klar, was Bertilsson vorhatte, und als er es dann tat, konnte ich förmlich sehen, wie die Boshaftigkeit aus seinen glitzernden Augen und seiner rollenden Stimme triefte. »Und ist da nicht jemand unter uns in prächtigem Gewande, einer, der seine Pein nicht unter dem prächtigen Gewand verbergen kann? Ist da nicht einer unter uns, der der Berührung des Samariters bedarf? Ein Mann, der sich in Qualen windet? Brüder, wir haben unter uns einen arg verwirrten Menschen, der das Leben nicht als eine Gabe Gottes achtet, wie wir es tun. Das Leben eines Spatzen, das Leben eines Kindes, alle sind *Ihm* kostbar. Ich spreche von einem Mann, dessen ganze Seele ein einziger Schmerzensschrei ist, ein Schrei zu Gott nach Erlösung. Ein kranker Mann, meine Brüder, ein schwer leidender Mann. Meine Freunde, ein Mann, der unserer christlichen Liebe bedarf...«

Es war unerträglich. Die Fliege brummte noch immer gegen die Decke, sie wollte hinaus. Ich stand auf, trat aus der Bank und wandte Bertilsson den Rücken zu. Ich konnte das Frohlocken in seiner Stimme hören, jenseits seiner Botschaft von Liebe. Ich wollte oben im Wald sein und meine Hand über die warme glimmende Asche halten. Eine Frau begann, wie ein Vogel zu zwitschern. Ich spürte, wie sich zwischen den weißen Wänden Schockwellen ausbreiteten. Bertilssons Stimme dröhnte weiter, forderte mein Blut. Ich ging den Seitengang hinunter, so schnell ich konnte. Dann stieß ich den großen Türflügel auf und trat hinaus. Ich fühlte, wie sie alle die Köpfe wandten und mir nachglotzten. Eine Vision von Fischen.

Zurück über den Kies zu dem häßlichen kleinen Auto und heimwärts im gleißenden Sonnenlicht. Ich riß mir die Anzugjacke vom Leib herunter und warf sie auf den Rücksitz. Ich wollte nackt sein, ich wollte Humuserde und Fichtennadeln unter meinen Fußsohlen spüren. Ungefähr auf halbem Weg begann ich zu schreien.

8

Als ich über den Rasen auf das Haus zuging, hörte ich den Plattenspieler. Jemand hatte die Gerry-Mulligan-Platte ›I'm beginning to see the light‹ aufgelegt. Mein Ärger über Bertilssons Gemeinheit veschwand auf der Stelle. Ich fühlte mich müde, erhitzt, ziellos. Der Duft gebratenen Specks drang mir gleichzeitig mit Chet Bakers Trompetentönen entgegen. Ich kam auf die Veranda und fühlte plötzlich, wie die Hitze nachließ.

Alison Updahl erschien kauend an der Küchentür. Sie trug ihre Uniform – das T-Shirt war diesmal blaßblau. »Wo warst du, Miles?« Ich ging einfach an ihr vorbei und ließ mich auf die Bambuscouch fallen, so daß sie knarrte und quietschte. »Macht es dir was aus, wenn ich die Musik abstelle? Ich glaube nicht, daß ich das jetzt ertragen kann.«

»Bist du nicht böse, daß ich –« Sie zeigte auf den Plattenspieler und hob die Schultern.

»Jedenfalls nicht so sehr, daß ich wirklich schimpfen könnte«, sagte ich. Ich lehnte mich hinüber und hob mit zitternden Fingern den Tonarm von der Platte.

»He, du warst in der Kirche!« sagte sie leicht grinsend. Sie hatte den Schlips und die gestreifte Hose bemerkt. »Du gefällst mir in diesem Aufzug. Irgendwie vornehm und altmodisch siehst du aus. Heute ist die Kirche aber früh aus.«

»Ja.«

»Wozu bist du überhaupt gegangen? Ich glaube nicht, daß sie dich da haben wollen.«

Ich nickte.

»Die glauben nämlich, du hättest versucht, dich umzubringen.«

»Das ist noch längst nicht alles, was die glauben.«

»Laß dich von denen nicht verrückt machen. Du und der alte Hovre, ihr seid doch wirklich dicke Freunde, nicht? Hat er dich nicht in sein Haus eingeladen?«

»Aha, die Buschtrommeln. Woher weißt du denn das? Hat er dir das erzählt?«

»Das weiß doch jeder, Miles.« Ich sank auf die Couch zurück. »Aber das hat gar nichts zu bedeuten, wirklich nicht. Sie reden einfach nur.« Sie versuchte, meine Laune zu heben. »Es hat nichts zu bedeuten.«

»Okay«, sagte ich. »Danke für den konstruktiven Beitrag. Bist du nur hergekommen, um die Platten zu hören?«

»Wir wollten uns doch treffen, weißt du noch?« Sie straffte die Schultern, lächelte mich an und stemmte die Hände in die Hüften. Falls ihre Kleidung Nähte hatte, dann waren sie jetzt zum Zerreißen gespannt. Ihr Blutgeruch schwebte zwischen uns und nahm weder zu noch ab. »Los, komm. Wir gehen auf Abenteuer aus. Zack will mit dir reden.«

»Frauen geben doch die besten Generäle ab«, sagte ich und folgte ihr hinaus.

Minuten später fuhr ich an der Kirche vorbei. Bis zur Straße hin war Gesang zu hören. Alison sah die Autos auf dem Parkplatz, starrte auf die Kirche und wandte sich dann mir zu, ehrlich erstaunt. »Du bist früher weggegangen? Bist einfach hinausmarschiert?«

»Was sonst?«

»Vor allen Leuten? Haben sie es gesehen?«

»Jeder und jede einzelne hat es gesehen.« Ich lockerte den Knoten meiner Krawatte.

Sie lachte laut auf. »Miles, du bist ein richtiger Cowboy.« Dann lachte sie wieder. Es waren angenehme, menschliche Laute.

»Euer Pastor scheint anzunehmen, daß ich ein Sexualmörder bin. Er schreit nach dem Henker.«

Ihr beifälliges Lachen erstarb schlagartig. »Du nicht, du nicht«, sagte sie in einer Art Singsang. Sie zog die Beine unter sich und schwieg.

»Wohin fahren wir?«

»Zu einem von unseren Lieblingsplätzen.« Ihre Stimme war ausdruckslos. »Du hättest nicht hingehen sollen. Jetzt denken sie wahrscheinlich, du versuchst sie irgendwie reinzulegen.«

Das wäre ein besserer Rat gewesen als derjenige Eisbärs, aber nun war es ja zu spät. Sie ließ den Kopf zur Seite sinken, so daß er auf meiner Schulter ruhte.

Ich hatte so viele rasche Gefühlsumschwünge hinter mir, daß mich diese Geste fast zu Tränen rührte. Ihr Kopf blieb weiter auf meiner Schulter liegen, als wir auf die von der Sonne ausgedörrten Hügel von Arden zufuhren. Ich erwartete, daß sie wie auf einem roten Teppich in Freebo's Bar stolzieren würde, und überlegte, daß wir diesmal wohl beide Zacks geheimnisvoller Protektion bedurften, um bei Freebo bedient zu werden.

Doch es war nicht Freebo's, wohin sie mich mitnahm. Einen Kilometer außerhalb von Arden näherten wir uns einer

Abzweigung, die ich mir bisher noch nicht gestattet hatte, zur Kenntnis zu nehmen, und sie richtete sich auf und sagte: »Fahr langsamer.«

Ich warf ihr einen Blick zu, sie wandte das Gesicht ab und ließ das grobe Profil unter den dichten Fransen des blonden Haares sehen. »Jetzt links.«

Ich bremste den Nash ab, bis wir nur noch dahinkrochen. »Warum hier?«

»Weil hier sonst nie jemand herkommt. Was ist denn daran so schlimm?«

Alles war schlimm daran. Es war der schlimmste Platz der Welt. »Ich will da nicht hinauf«, sagte ich.

»Warum nicht? Ist doch bloß der alte Pholson-Steinbruch. Da ist überhaupt nichts dabei.« Sie sah mich an, aufs äußerste konzentriert. »Oh, ich glaube, ich weiß schon, warum. Weil das hier war, wo meine Tante Alison umgekommen ist, nach der ich benannt bin.«

Ich schwitzte.

»Das sind doch ihre Bilder, da oben in deinem Arbeitszimmer, stimmt's? Findest du, daß ich ihr ähnlich sehe?«

»Nein«, hauchte ich. »Nicht sehr.«

»Sie war schlecht, nicht wahr?« Ich merkte, wie es sie erregte, wie sie diesen Geruch ausströmte. Ich hielt den Wagen an. Alison sagte: »Sie war wie du. Sie war zu ausgefallen für die Leute hier.«

»Wahrscheinlich.« Mein Verstand arbeitete.

»Bist du vielleicht in Trance verfallen oder so was?« Sie knuffte meine Schulter. »Komm zu dir. Los, fahr schon, den Weg hinauf.«

»Ich will etwas ausprobieren. Ein Experiment.« Ich erklärte ihr, was sie tun sollte.

»Versprichst du, daß du nachher hinaufkommst? Du wirst nicht einfach davonfahren? Das ist doch kein Trick, oder?«

»Ich verspreche, daß ich danach hinaufkommen werde«, sagte ich feierlich. »Ich gebe dir fünf Minuten Vorsprung.« Ich lehnte mich über sie und öffnete die Tür auf ihrer Seite. Sie überquerte die leere Straße und begann, den Weg zum Steinbruch hinaufzustaksen.

Zwei oder drei Minuten lange saß ich wartend in der Hitze des Autos und blickte den Highway hinunter, ohne zu sehen. Eine Wespe kam geschäftig hereingeflogen und stieß mehrmals mit dem Kopf gegen die Windschutzscheibe, bevor sie die Geduld verlor und auf der anderen Seite hinaussurrte. Sehr weit entfernt, links vom Highway, lag eine Geflügelfarm, und die Hühner hüpften als kleine weiße Punkte auf dem sonnenbeschienenen grünen Rasen. Ich sah hinauf in einen klaren blauen Himmel. Es war nichts zu hören außer dem Gezwitscher eines Vogels.

Als ich aus dem Wagen stieg und auf dem klebrigen Teer des Highway stand, glaubte ich, ganz schwach eine Stimme rufen zu hören; wenn es wirklich eine Stimme war, dann war sie verquickt mit der Landschaft und schien aus keiner bestimmten Richtung zu kommen; es könnte aber auch nur ein Windhauch gewesen sein. Ich stieg wieder ins Auto und fuhr den Weg hinauf zum Steinbruch.

An jenem Tag, als ich zur Updahl-Farm zurückgekehrt war, hatte ich eine Flut von Gefühlen erwartet, doch nur Flauheit und Enttäuschung empfunden; aber als ich die Grasfläche am Steinbruch betrat, traf es mich wie ein Schlag von unerwarteter Stärke. Ich klammerte mich an die Gegenwart, indem ich meine Hände auf das glühendheiße Metalldach des Nash legte. Hier sah alles wirklich noch genauso aus wie damals. Das Gras war vielleicht etwas brauner, wegen der trockenen Hitze dieses Sommers, und die gefleckten Felsen wirkten etwas zackiger und scharfkantiger. Aber ich erkannte noch die gleiche flache graue Stelle, wo die Baubude der Arbeiter gestanden war. Die Büsche oberhalb des eigentlichen Steinbruchs waren dürr geworden, die kleinen Blätter waren wie Pinselstriche, papieren und braun. Zwischen ihnen und meinem Auto stand ein staubiger schwarzer Kombi. Ich zog meine Hand vom heißen Metall des Nash zurück und ging auf dem Pfad durch die Büsche zu den Felsenstufen und hinunter zu dem Felsvorsprung über dem Steinbruchsee.

Sie waren beide dort. Alison saß am Rand, die Füße im Wasser, und sah mit erwartungsvoller Neugier zu mir auf. Zack erinnerte mich an ein zweigeteiltes weißes Ausrufungszeichen in seiner schwarzen Badehose; er grinste und schnippte mit den Fingern. »Da kommt unser Mann«, sagte er. »Meine Hauptperson.«

»Hast du geschrien?«

Zack kicherte. »Juchhee!« Schnipp-schnapp machten seine Finger.

»Ob ich geschrien habe? Ich habe mir die Seele aus dem Leib gebrüllt!«

»Wie lange?«

»Mindestens zwei Minuten. Hast du nichts gehört?«

»Ich glaube nicht«, sagte ich. »Hast du so laut geschrien, wie du konntest?«

»Ich bin richtig heiser davon«, antwortete sie. »Wenn ich noch länger so gekreischt hätte, wäre mir sicher irgend etwas geplatzt.«

Zack setzte sich auf den schwarzen Haufen, den seine Kleidung bildete. »Das ist die reine Wahrheit, Mann. Sie hat wirklich gebrüllt. Worum geht's eigentlich dabei? Was soll das Tamtam?«

»Kein Tamtam«, sagte ich. »Es geht nur um die Aufklärung einer alten Lüge.«

»Du klebst viel zu sehr an der Vergangenheit, Miles.« Sein Grinsen wurde noch stärker. »Großer Gott, Mann! Sieh dir diese Klamotten an! Was soll denn das für ein Aufzug sein zum Schwimmen?«

»Ich wußte ja nicht, daß ich schwimmen gehen würde.«

»Was sonst sollte man denn in einem Steinbruchsee tun?«

Ich setzte mich auf die heiße glatte Oberfläche des Felsvorsprungs. Ich sah hinauf zu den Büschen. Dort oben hatten sie wohl auf der Lauer gelegen und auf den Moment gewartet, herunterzuspringen. Genau dort mußten sie gewesen sein. Ich wollte überall sein, nur nicht hier. Ich konnte das Wasser riechen, und es war Alisons Geruch.

»Ich bin seit zwanzig Jahren nicht hiergewesen«, sagte ich. »Ich weiß nicht, was ihr hier macht.«

»Es ist ein großartiger Platz zum Gedankenwälzen.« Zack lag ausgestreckt in der Sonne, seine Rippen zeichneten sich deutlich unter der weißlichen Haut ab, und Arme und Beine waren knochig und mit spärlichen schwarzen Haaren bedeckt. Sein Körper sah obszön aus – wie der einer Spinne. Das schmale Dreieck seiner Badehose wölbte sich auffallend stark. »Ich dachte, es wäre an der Zeit, daß wir uns wiedersehen.« Er sprach wie ein General zu seinem Adjutanten. »Ich wollte dir für die Bücher danken.«

»Ist schon gut«, sagte ich. Ich nahm den Schlips ab und ließ ihn auf mein Jackett fallen, das ich neben mich gelegt hatte.

Dann zog ich das Hemd aus der Hose und knöpfte es bis zur Hälfte auf, um es ein bißchen luftiger zu haben.

»Miles ist in der Kirche gewesen«, sagte Alison vom Ufer her. »Der alte Bertilsson hat mal wieder über ihn gepredigt.«

»Ha-ha-ha!« Zack brach in wildes Gelächter aus. »Dieser alte Furz. Der sollte lieber beschissene kleine Spitzendeckchen häkeln. Er ist ein altes Waschweib. Mann, ich hasse diesen blöden Blutegel. Er glaubt also, du bist der maskierte Marodeur, was?«

Alison fragte: »Hast du Badetücher mitgebracht?«

»Hä? Klar habe ich Badetücher mitgebracht. Man kann ja nicht ohne Badetücher baden gehen. Drei habe ich mitgebracht.« Zack rollte sich auf den Bauch und sah mich prüfend an. »Stimmt das? Habe ich recht mit meiner Meinung über ihn, Hauptperson?«

»Mehr oder weniger.« Meine Schuhe waren zu schwer für diese Hitze, und ich löste die Schnürsenkel und zog sie aus.

Die kleine Kriegerin sagte: »Also wenn du schon Badetücher mitgebracht hast, dann gehen wir auch baden. Meine Kehle tut mir richtig weh von all dem Geschrei.« Sie sah über die Schulter zu Zack, der ihr mit einem großmütigen Handzeichen sein Einverständnis gab.

»Ich gehe aber nackig«, sagte sie und warf einen kurzen Blick in meine Richtung. Sie hatte ihren Drang zu schockieren noch immer nicht überwunden.

»Dem kannst du keine Angst einjagen, der ist ja der maskierte Marodeur«, meinte Zack.

Sie stand mißmutig auf und hinterließ dunkle Fußabdrücke auf dem Fels. Langsam zog sie das blaue T-Shirt über den Kopf. Ihre Brüste hüpften groß und rosa auf dem schmalen Oberkörper. Ohne viel Aufhebens stieg sie aus den Jeans und enthüllte ihren wohlgeformten, stämmigen kleinen Körper.

»Wenn du der maskierte Marodeur bist, hast du dann nicht in letzter Zeit ziemlich zu tun gehabt?« fragte Zack.

Ich beobachtete Alison, wie sie an den Felsrand trat und eine Zeit lang das Wasser abschätzend betrachtete. Sie wollte weg von uns.

»Das ist nicht sehr komisch«, sagte ich.

Sie hob die Arme und spannte dann die Beinmuskeln an, um mit einem Hechtsprung ins Wasser einzutauchen. Als ihr Kopf die Oberfläche wieder durchstieß, begann sie mit kräftigen, weitausholenden Stößen über den See zu schwimmen.

»Also, was ist nun eigentlich los mit dem Kerl?«

»Mit welchem Kerl?« Mein Verstand war momentan etwas verwirrt.

»Mit dem Mörder.« Zack lag auf der Seite und war freudig erregt. Er schien mit listigem, unerschütterlichem Enthusiasmus geladen, als brodelte sein Inneres nur so vor Geheimnissen. Seine Augen waren jetzt übergroß und schienen nur aus Pupillen zu bestehen. »Ich finde ihn irgendwie aufregend. Er hat noch etwas getan, etwas, wovon die meisten Leute noch keine Ahnung haben.«

»Ach?« Wenn das schon so bekannt war, dann hatte sich Eisbärs Strategie als erfolglos erwiesen.

»Siehst du eigentlich nicht das Schöne an der Sache? Mann, D. H. Lawrence hätte das zu schätzen gewußt! Der Bursche, der diese Bücher da geschrieben hat. Die haben es in sich!«

»Ich glaube nicht, daß Lawrence jemals mit Sexualmördern sympathisiert hat.«

»Bist du sicher? Bist du da wirklich ganz sicher? Was ist denn, wenn ein Mörder auf der Seite des Lebens steht? Hä?

Siehst du, ich hab' nämlich ›Liebende Frauen‹ gelesen. Nicht das ganze Buch, nur die Stellen, die du unterstrichen hast. Ich wollt' in dich eindringen, Mann.«

»Ach, wirklich.« Es war eine widerwärtige Vorstellung.

»Spricht er da nicht über Käfer? Daß manche Leute Käfer sind? Die getötet werden sollten? Man muß schließlich nach seinen eigenen Vorstellungen leben, oder nicht? Nehmen wir den Schmerz. Schmerz ist ein Werkzeug. Schmerz ist ein Werkzeug der Befreiung.«

»Warum hört ihr nicht auf zu reden und kommt ins Wasser?« rief Alison von der Mitte des Sees. Schweiß rann mir übers Gesicht.

Zacks stechende schwarze Augen ließen mich nicht los. »Zieh dein Hemd aus«, sagte er.

»Das sollte ich vielleicht wirklich«, sagte ich, knöpfte es ganz auf, zog es aus und ließ es auf mein Jackett fallen.

»Findest du nicht, daß Leute, die nur dumme Käfer sind, getötet werden sollten? Das gefällt mir so an diesem Kerl. Er geht einfach los und tut es.«

Er hatte Lawrence weit hinter sich gelassen, aber ich wollte ihn weiterschwafeln lassen in der Hoffnung, daß er dann bald damit fertig sein würde. »Ist wieder was passiert? Noch ein Mord?«

»Ich weiß nicht, Mann, aber beantworte mir mal eine Frage: Warum in Dreiteufelsnamen sollte er aufhören?«

Ich nickte. Plötzlich wollte ich nichts so sehr wie im Wasser sein, das kalte Wasser des Steinbruchs wieder spüren.

»Was mir an dem Buch am besten gefallen hat, war die Stelle über Blutsbrüderschaft«, sagte Zack. »Und die, wo die beiden nackten Männer miteinander ringen. Da hast du fast alles unterstrichen.«

»Kann schon sein«, sagte ich, aber er hatte schon wieder das Thema gewechselt.

»Der ist frei, weißt du. Wer auch immer dieser Kerl sein mag, er ist frei wie der Teufel. Niemand kann ihn aufhalten. Er hat die ganze alte Scheiße über Bord geworfen, die ihn behindert hat, und wenn er glaubt, daß irgendwer ihm im Wege steht: peng, schafft er ihn sich vom Hals.«

Diese Unterhaltung erinnerte mich an meinen unbehaglichen Nachmittag bei Paul Kant; nur war dies hier fast noch schlimmer. War Paul Kant noch unaufdringlich und deprimiert gewesen, so bebte dieser magere Jüngling vor Fanatismus.

»So wie es Hitler mit Röhm gemacht hat. Röhm war ihm im Weg, und da hat er ihn ganz einfach unter seinem Fuß zermalmt. Die Nacht der langen Messer. Peng. Wieder ein Käfer tot. Erkennst du das Schöne daran?«

»Nein«, sagte ich. »Daran gibt es nichts Schönes.« Ich mußte fort von ihm, und als Alison wieder nach uns rief, sagte ich: »Es ist zu heiß für so etwas. Ich glaube, ich gehe ein bißchen schwimmen.«

»Wirst du auch splittern?« Die irren Augen forderten mich heraus.

»Warum nicht?« sagte ich irritiert und entledigte mich der restlichen Kleidung. Wie um mich zu ärgern stand Zack ebenfalls auf und schlüpfte aus der winzigen schwarzen Badehose. Wir sprangen gleichzeitig ins Wasser. Ich fühlte, daß uns die kleine Kriegerin von der Mitte des Sees her beobachtete.

Das Wasser traf mich wie ein elektrischer Schlag. Die Erinnerung an das letzte Mal, als ich hier im Steinbruchsee war, drang mit noch größerer Kraft auf mich ein, und ich konnte sie sehen, wie ich sie damals gesehen hatte, mit ihren schimmernden Gliedern. Dann merkte ich, daß ich nicht meine Alison sah, sondern die Tochter meines Cousins, die viel weiblicher war. Unter Wasser schwamm ich davon: Ich wollte den Ansturm meiner Gefühle fern von den beiden anderen erleben. Mir war, als umspanne eine Klammer meine Brust, und für einen Augenblick glaubte ich, als ich vor den im Wasser pendelnden Beinen floh, daß mich meine eigenen Emotionen umbringen würden. Mein Herz flatterte, aber ich schwamm noch einen weiteren Stoß, bevor ich die Oberfläche durchstieß. Ich atmete heftig.

Zacks grinsendes Gesicht war nur einen guten Meter entfernt und sah unter dem strähnigen Haar unglaublich jung aus. In seinen Augen schien es nichts Weißes zu geben. Er sagte etwas, doch es war unverständlich, erstickt von Lachen.

Dann wiederholte er es. »Das ist die Stelle, wo es passiert ist, stimmt's, Miles?« Er sagte es mit überschwenglicher, irrer Fröhlichkeit.

»Was?« fragte ich, und mein Magen war ein Eisklumpen.

»Du und Alisons Tante, hä?« Sein Mund verzog sich zu einem schlüpfrigen, wahnsinnigen Lächeln.

Ich wandte mich ab und schwamm so schnell wie möglich auf den Felsvorsprung zu. Ich hörte ihn etwas rufen, aber es war nicht für mich bestimmt.

Hinter mir wurde das Wasser aufgewirbelt. Jetzt rief Zack mir etwas zu. »Du willst nicht reden, was? Du willst wohl nicht reden!« Seine Stimme war laut und brutal.

Zwei Meter vor dem rettenden Ufer fühlte ich eine Hand meinen Knöchel packen. Ich stieß mit dem anderen Bein zu, um mich zu befreien; da faßte eine andere Hand meine Wade, und dann wurde ich zurückgeworfen und untergetaucht. Während zwei Hände meine Beine hielten, stießen andere

Hände meine Schultern hinab, und ich fühlte einen schweren Körper rittlings auf meinem Rücken und Beine, die mir den Brustkorb zusammenpreßten. Mein Reiter beugte sich nach vorn und schlang die Arme um meinen Hals, und weiche Brüste preßten sich gegen mich wie Kissen. Ich versuchte wegzutauchen, doch ihre Umklammerung preßte die Luft aus meinen Lungen. Spielereien, dachte ich und versuchte, mit meinen freien Armen Schwimmzüge zu machen in der Hoffnung, daß mein Atem länger reichen würde als ihrer. Zack hing noch immer an meinen Fußknöcheln. Ich strampelte nur leicht, denn die Befriedigung eines Kampfes wollte ich ihnen nicht gönnen. Dann merkte ich, daß Alison der Oberfläche nahe genug war, um den Kopf aus dem Wasser heben und atmen zu können, und da überkam mich die Angst, und ich begann zu kämpfen.

Ich schüttelte mich mit aller Kraft, doch sie zwangen mich tiefer ins Wasser. Die Hände an meinen Beinen ließen mich los, und ich wußte, daß auch Zack aufsteigen und Luft holen mußte. Augenblicke später erschien Zack unter Wasser vor mir und hob die Arme zu meinen Schultern. Ich schlug nach ihm, doch der Schwinger wurde vom Wasser gebremst und zu einer lächerlichen Geste. Er grub seine Finger in meine Schultern, und ich hing noch immer hilflos tief unter Wasser. Die kleine Kriegerin auf meinem Rücken preßte die Schenkel um meinen Brustkorb zusammen, wieder und wieder.

Wenn ich mit ihr allein gewesen wäre, hätte ich sie abwerfen oder herunterzerren können, doch da Zack meine Schultern und Arme wie in einem Schraubstock festhielt, konnte ich mich nur noch wirkungslos winden, was meine Atemnot noch vergrößerte. Als er merkte, daß ich schwächer wurde, näherte sich Zack und legte mir die Hände um die Taille und zog mich noch weiter hinunter. Als ein fleischiger Kolben meine Hüfte streifte, merkte ich mit Schock und Entsetzen, daß er eine Erektion hatte.

Im nächsten Moment atmete ich einen Zug ätzenden Wassers ein, und da wußte ich, daß sie mich töten würden.

Dann lösten sich ihre Hände und Arme, Alisons Gewicht glitt seitlich von meinem Rücken, und ich wurde an die Wasseroberfläche gezogen.

Ich hielt mich an den Felsen des Ufers fest. Ein schmerzhafter Husten schüttelte mich. Ich erbrach Wasser. Es war mir unmöglich, aus dem Wasser auf das Ufer zu kommen. Meine geschwächten Arme klammerten sich an den Felsrand, mein Kopf war auf eine Schulter gesunken. Nach einer Weile konnte ich mich soweit hinaufziehen, daß ich mich mit den Unterarmen auf die heiße Felsoberfläche stützen und den Kopf auf sie betten konnte. Durch halbgeöffnete Augen und ohne es klar zu erkennen, sah ich Zack wie einen Aal aus dem Wasser und auf den Felsen gleiten. Dann beugte er sich hinunter und zog das nackte Mädchen am Arm herauf. Dieser Bastard hatte mich fast umgebracht, und es geilte ihn auf, dachte ich, und Angst und Zorn wallten in mir auf und gaben mir die Energie, mich auf den Felsrand hinaufzuarbeiten. Ich lag zitternd in der Sonne. Meine Haut brannte, wo sie den glatten heißen Felsboden berührte.

Sie setzten sich neben mich. Ich sah nur eine schmale Flanke mit spärlichen nassen schwarzen Haaren auf weißer Haut. »He, Miles! He, Mann! Bist du okay?«

Ich rollte weg von ihm, so daß ich auf dem Rücken lag. Der heiße Fels versengte mich fast. Noch immer hustend schloß ich die Augen. Als ich sie wieder öffnete, standen sie über mir, die Sonne abschirmend. Schwarze Gestalten vor dem klaren blauen Himmel. Alison kniete nieder, um meinen Kopf zu streicheln. »Laß mich in Ruhe«, sagte ich und wich ihren Händen aus. »War das geplant?«

»Das war doch nur aus Spaß, Miles«, sagte er. »Wir haben gespielt.«

»Armer alter Miles, er ist uns fast ertrunken«, gurrte Alison und kam wieder näher und drückte sich an mich. Ihre nasse Haut war kühl und glatt. Unwillkürlich sah ich zu Zack hin. »Tut mir leid, Mann«, sagte er und kratzte unbefangen seine Hoden. Ich wandte den Blick ab, der statt dessen auf Alisons schwere sanfte Brüste und ihren festen Bauch fiel. »Gib mir ein Handtuch«, befahl ich. Zack trat zu dem Kleiderhaufen. Alison näherte ihr Gesicht dem meinen. »Hier ist es doch passiert, nicht wahr? Du kannst es Zack ruhig erzählen. Dem könntest du alles erzählen. Darum hat er dich ja hier treffen wollen. Er hat es bei Freebo erfahren. Und deshalb weiß er, daß du ihn verstehst. Er will, daß ihr Brüder seid. Hast du denn nicht gehört, was er vorhin gesagt hat?«

Ich bemühte mich, sie abzuschütteln und aufzustehen, und nach einem Augenblick gab sie mich frei. Zack kam auf mich zu, ein rosa Handtuch in der Hand. Die andere Hand hielt ein offenes Klappmesser. Ich wich zurück.

Als Zack sah, was wohl in meinem Gesicht zu lesen war, warf er mit das Handtuch zu und sagte: »He, Mann, ich will dir nur helfen, den Verband abzunehmen. Der wird dir jetzt nicht mehr viel nützen.«

Ich knotete mir das Handtuch um die Lenden und schaute dann auf meine linke Hand: Der Verband war nur mehr eine unförmige, triefende Masse, eine nutzlose faserige Angelegenheit, die auch schon halb von der Hand herabgerutscht war. Zack nahm meine Hand in die seine, und bevor ich Zeit hatte, ihn zurückzustoßen, schnitt er das nasse Mullzeug säuberlich von meiner Hand. Dann riß er mit einer schnellen Bewegung das Heftpflaster ab.

Oberhalb meines Daumenballens war ein rötliches Dreieck neuer Haut, auf allen drei Seiten von einer dünnen roten Linie begrenzt. Behutsam berührte ich die Stelle mit den Fingerkuppen. Sie war empfindlich, doch gut verheilt. Zack warf das triefende Verbandszeug hinauf in die Büsche. Ich sah ihn an: Sein Blick war fröhlich und irre; sein Gesicht, umrahmt von langem glatten Indianerhaar, war sehr jung.

»Du bist mein bester Freund«, sagte er. Er streckte die linke Hand aus, und in mir verstärkte sich die Vorstellung, daß er ein totenbleicher Indianer war. Da stand er, mager, mit hervortretenden Rippen, triefnaß, schlaksig – und der Irrsinn umgab ihn wie ein Harnisch. Seine Hundeaugen begannen zu leuchten. »Ich werde es dir beweisen, Miles. Wir können Brüder sein.« Er hob das Klappmesser wie ein Skalpell, und mit voller Absicht ritzte er sich die linke Handfläche auf. Dann ließ er das Messer fallen und hielt mir die blutende Hand entgegengestreckt, als stumme Aufforderung, daß ich meine Hand gegen die seine pressen möge. Alison schrie auf, als sie das Geräusch des herabfallenden Messers hörte und Blut auf den flachen Felsen tropfen sah.

»Miles!« kreischte sie. »Lauf zum Wagen und hol Verbandszeug! Schnell!«

Zacks Gesichtsausdruck veränderte sich nicht im geringsten: Er war noch immer umgeben von einer Aureole leuchtenden Irrsinns. »Du hast es getan«, sagte ich und begann erst das Ausmaß dessen zu begreifen, was ich gesehen hatte. »Du warst es.«

»Miles«, schluchzte Alison, »lauf schnell, bitte, bitte, lauf schnell!«

Zack stand da und strahlte mich mit seinen Hundeaugen und dem obszönen Lächeln an. Um dem Leuchten dieses Lächelns zu entgehen, rannte ich um ihn herum, dann um die kleine Kriegerin, die zu ihm gestürzt kam, und sprintete barfuß und mit wehendem Handtuch hinauf zu dem schwarzen Kombi.

Als ich die Klappe am Heck aufriß, fiel etwas heraus und in den Staub. Ich schaute hinunter und sah die vertraute Form zu meinen Füßen ausrollen. Es war eine der breithüftigen alten Cola-Flaschen.

»Warum hast du das getan?« fragte sie, als die Paperbackausgabe von ›She‹ im Wasser des Steinbruchs versank. Sie war noch immer nackt, aber schon von der Sonne getrocknet; nur ihr Haar war noch naß und dunkel. Ich war mir bewußt, daß Zack hinter uns auf dem heißen Felsen stand; neben ihm lag das Messer. Ich hatte zu viele Gründe, als daß ich sie in einer einzigen Antwort zusammenfassen konnte. Ich versenkte ein Stückchen von Alison dort, wo sie gestorben war; ich war wütend auf die beiden und auf mich selbst, weil ich mit meinem Verdacht nicht fertigwerden konnte, nachdem der Anblick der Cola-Flasche mir klar in Erinnerung gerufen hatte, was Eisbär Hovre mir erzählt hatte; ich war einfach von Zorn und Abscheu überwältigt worden. Der einzige Weg, zum Ausdruck zu bringen, daß ich der Verdammnis ins Antlitz geblickt hatte, schien mir der, etwas wegzuwerfen, was mir wertvoll war. Als ich hinten in den Kombi hineingekrochen war, hatte ich inmitten des Durcheinanders von Ersatzteilen etwas glitzern gesehen – und es war einer der merkwürdigen Türgriffe, die ich von meiner Schreibtischplatte abmontiert hatte.

»Geh weg von ihm«, sagte Zack. »Ally! Hierher mit deinem fetten Arsch!«

»Warum?«

»Alison«, sagte ich leise. »Zack ist in großen Schwierigkeiten. Ich glaube, du solltest dich besser von ihm fernhalten.«

»Du verstehst ihn nicht. Niemand versteht ihn.«

»Hör auf meinen Rat«, sagte ich, »bitte!« Und war mir trotz allem des nackten Mädchenkörpers sehr bewußt, dem ich mich zuneigte.

In dieser und in der nächsten Nacht träumte ich wieder davon, in jenem blauen Horror zu treiben, tot, schuldig, ausgeschlossen von Hilfe und Vergebung. Es war der Steinbruchsee, das tiefe gnadenlose Wasser des Steinbruchs; es war dort, wo ich sie hatte sterben lassen – die größte Sünde meines Lebens, der ich so hilflos ausgeliefert gewesen war, und das schlimmste aller Verbrechen. Das Verbrechen, das sie mir nicht verzeihen konnte. Ich glaube, ich weinte im Schlaf und knirschte mit den Zähnen. Sie hatten dort oben gelauert, und ich war unfähig gewesen, sie fortzujagen, diese Mörder, die ihr Leben und das meine zerstört hatten. Es war eine abgrundtiefe Schuld. Ich würde nur durch ihre Rückkehr davon befreit werden. Zweimal war ich selbst untergegangen im kalten Wasser des Sees, zweimal hatte ich es eingeatmet, und beide Male war ich lebend wieder herausgekommen und sie nicht – auch das war ein Verbrechen.

Sonntag nacht gegen zwei Uhr erwachte ich mißmutig und elend; ich schnupperte die Luft wie ein Waldtier – und konnte dann noch rechtzeitig die offenen Gashähne in der Küche abdrehen. Daß wieder Gas ausströmte, schien zu beweisen, daß es sich wirklich nur um ein rein mechanisches Gebrechen handelte, das allerdings tödlich sein konnte. Was mich gewarnt und gerettet hatte, war das Klingeln des Telefons gewesen. Ich hatte einmal zu Alison gesagt, daß ich nicht hingehen würde, wenn das Telefon nachts läuten sollte. Doch nachdem ich die Gashähne zugedreht und ein Fenster geöffnet hatte, um kühle frische Luft hereinzulassen, war ich gerade in der richtigen Stimmung, um mit dem Zwiebelfresser fertigzuwerden. »Du schleichende, aufgedunsene, stinkende Ratte«, sagte ich ins Telefon, »du lahme, verkrüppelte, feige, häßliche Schlange.« Syntaktisch schaffte ich es leider nicht, aber mit einem reichlichen Vorrat an Adjektiven fuhr ich solange in diesem Stil fort, bis der (die) Anrufer(in) auflegte. Danach konnte ich nicht einfach ins Bett und zu diesem überwältigenden Alptraum zurückkehren. In der Küche war es sehr kalt; ich fächelte mit einer Zeitung, um das Gas zu vertreiben, und schloß das Fenster. Dann holte ich eine Decke aus dem unteren Schlafzimmer, legte sie mir um die Schultern und kehrte in die Küche zurück. Ich zündete eine Spirituslampe und eine Zigarette an und trug noch ein paar Elemente der Alison-Szenerie zusammen – Gin, Wermut, Zitronenschale, Eis, ihr Getränk, mit dem ich mich abends zu beschwipsen pflegte. In meine Decke gehüllt, schlürfte ich den Martini: ich saß auf einem Küchenstuhl beim Telefon. Ich wollte noch einen Anruf.

Eine halbe Stunde später, als diese Person angenommen haben mochte, daß ich wieder eingeschlafen war (so dachte ich), klingelte das Telefon neuerlich. Ich ließ es dreimal läuten, dann noch viermal und noch zweimal dazu und lauschte dem Schrillen, das sich in dem kalten Farmhaus ausbreitete. Schließlich hob ich den Arm und nahm den Hörer ab und stand auf, um hineinzusprechen. Doch an Stelle des Atmens hörte ich, was ich schon einmal gehört hatte – dieses hohle, flappende Geräusch, unmenschlich, wie Flügelschlagen, und der Hörer war so kalt wie mein Martiniglas, und ich konnte kein Wort herausbringen, meine Zunge war gelähmt. Ich ließ den eisigen Hörer fallen und wickelte mich fester in die Decke und ging hinauf und legte mich aufs Bett. In der nächsten Nacht, die dem Tag des ersten Wendepunktes folgte, verfiel ich wieder in denselben dahintreibenden schuldbeladenen Traum, aber es kamen keine Anrufe, weder von Lebenden noch von Toten.

An diesem Tag – Montag –, an dem sich mir das Wissen zu erschließen begann und der das Interregnum zwischen diesen entsetzlichen Nächten war, unterbrach ich meine Arbeit und ging zum Essen hinunter. Tuta Sunderson begegnete mir mit steinernem Gesicht, und ich fragte sie, wo der Haupthahn der Gasleitung sei. Ihre Haltung wurde noch ablehnender, sie beugte sich mißmutig über den Herd und zeigte mit dickem Finger zu einem aus der Wand hinunterführenden Rohr. »An dem Rohr da. Wozu denn?«

»Damit ich ihn abends abdrehen kann.«

»So leicht kann man mich nicht hinters Licht führen«, murmelte sie – oder so kam es mir wenigstens vor – und wandte sich ab, bevor sie die Hände in die Taschen ihrer Strickjacke bohrte. Etwas vernehmlicher fügte sie hinzu: »Hat ein großes Aufsehen gegeben, gestern in der Kirche.«

»Ich war nicht lange genug dort, um etwas zu bemerken. Ich darf doch hoffen, daß ohne mich dann alles gut ausgegangen ist.« Ich biß in einen Hamburger und stellte fest, daß ich keinen Appetit hatte. Mein Verhältnis zu Tuta Sunderson war zu einer Art Parodie auf meine Ehe geworden.

»Hatten Sie Angst vor dem, was der Pastor gesagt hat?«

»Soweit ich mich erinnere, machte er doch eine sehr nette

Bemerkung über meinen Anzug«, sagte ich. Als sie Anstalten machte, auf die Tür zuzuwatscheln, fügte ich hinzu: »Warten Sie mal. Was wissen Sie über einen Jungen namens Zack? Er wohnt irgendwo in Arden, glaube ich. Groß und mager, mit einer Elvis-Presley-Tolle. Alisons Freund. Er nennt sie ›Ally‹.«

»Ich kenne diesen Jungen nicht. Wenn Sie das gute Essen nicht zu schätzen wissen, scheren Sie sich aus der Küche und lassen Sie mich meine Arbeit tun.«

»Großer Gott«, sagte ich, stand auf und ging auf die Veranda. Der kalte Atem des Geistes, den man nur hier auf diesen zwanzig Quadratmetern spüren konnte, war in voller Stärke gegenwärtig, und mit einer Gewißheit, die mich diesmal nicht mit Freude, sondern mit Resignation erfüllte, wußte ich, daß Alison an dem Tag, den sie selbst vor zwanzig Jahren festgesetzt hatte, erscheinen würde. Ihre Befreiung würde auch die meine sein, redete ich mir ein. Erst später wurde mir klar, daß Tuta Sunderson mit ihrer Behauptung, den Jungen nicht zu kennen, nicht gemeint hatte, daß er ihr unbekannt war, sondern daß sie ihn sehr wohl kannte und zutiefst verabscheute.

Wenn meine Befreiung jedoch vollkommen sein sollte, dann gab es da noch Dinge, die ich wissen mußte, und eine Folge von Hammerschlägen und das Klirren von Metall aus der Richtung des Geräteschuppens deuteten darauf hin, daß sich eine Gelegenheit bot, sie zu erfahren. Ich ließ Tuta Sunderson weiterjammern, stieg von der Veranda herunter und ging unter der sengenden Sonne auf den Weg zu.

Der Krach wurde stärker, je näher ich kam, und schließlich hörte ich auch Duanes Stimme, er stöhnte vor Anstrengung. Ich bahnte mir meinen Weg durch den überall am Eingang herumliegenden, ausgedienten rostigen Kram, ging auf dem festgetretenen braunen Staub des Schuppens. Unter dem hohen Metalldach bearbeitete Duane im Halbdunkel mit einem Schraubenschlüssel den Schalthebel eines Traktors. Seine Kappe hatte er wohl schon früher weggeworfen, denn sie lag im Staub neben seinen Füßen.

»Duane«, sagte ich.

Er konnte mich nicht hören. Diese Taubheit konnte sowohl innere Gründe haben als auch durch den entsetzlichen Lärm verursacht sein, den er machte. Sein Gesicht war zu jener ärgerlich-frustrierten Maske eines Mannes erstarrt, der eigensinnig und ungeduldig eine Arbeit verhunzt.

Ich sprach ihn nochmals an, da wandte er mir das Gesicht zu. Als ich auf ihn zutrat, drehte er den Kopf schweigend wieder von mir weg und fuhr fort, auf die Basis des Schalthebels einzuschlagen.

»Duane, ich muß mit dir reden.«

»Hau ab! Mach, daß du rauskommst, zum Teufel!« Er wollte mich noch immer nicht ansehen. Das Gehämmer mit dem Schraubenschlüssel wurde noch rasender.

Ich ging weiter auf ihn zu. Sein Arm sauste auf und nieder, der Widerhall des Lärms zwischen den Metallwänden war ohrenbetäubend. »Gott, verdamm mich«, stieß er hervor, nachdem ich ein halbes Dutzend Schritte zurückgelegt hatte. »Jetzt hab ich den Hundesohn aber!«

»Was ist denn kaputt?« fragte ich.

»Dieser gottverdammte Getriebekasten, wenn du es wirklich wissen willst«, sagte er und warf mir einen düsteren Blick zu. Sein hellbraunes Hemd war an mehreren Stellen schweißdurchtränkt, auf der Stirn hatte er einen verschmierten schwarzen Ölfleck, gerade an der Grenzlinie zur weißen oberen Partie, die sonst von seiner Mütze bedeckt wurde. »Der erste Gang klemmt, und bei diesen alten Ms muß man von oben ran und ein paar Platten reinschieben, um die Schlitze geradezurichten, weißt du? Aber warum zum Teufel rede ich überhaupt mit dir darüber? Du wüßtest ja nur, was ein Getriebekasten ist, wenn so was bei Shakespeare vorkäme.«

»Wahrscheinlich.«

»Jedenfalls muß ich bei diesem hier den ganzen Schaltmechanismus ausbauen, weil alles eingerostet ist; aber bevor man das machen kann, muß man zuerst mal die Muttern loskriegen, verstehst du?«

»Ich glaube schon.«

»Und dann wird sich wahrscheinlich herausstellen, daß sowieso die Batterie hin ist, und meine Überbrückungskabel sind mir durchgeschmort, als ich sie das letztemal für den Lieferwagen gebraucht habe, und das ganze Plastikzeug ist geschmolzen und auf die Anschlußstellen geronnen, also wird es wahrscheinlich sowieso nicht funktionieren.«

»Na, wenigstens hast du die Muttern losgekriegt.«

»Jawohl. Also warum gehst du nicht einfach und machst noch ein paar Möbel kaputt oder sonst was und läßt mich in Ruhe arbeiten?« Er sprang von der Seite auf den Traktor und machte sich daran, den Schraubenschlüssel auf die Größe der Muttern einzustellen.

»Ich muß mit dir über ein paar Dinge reden.«

»Wir haben nichts miteinander zu reden. Nach deiner Vorstellung in der Kirche hat niemand mehr was mit dir zu reden.« Er starrte zu mir herunter. »Zumindest nicht in nächster Zeit.«

Ich stand da und schaute zu, wie er die leidige Mutter entfernte und auf ein öliges Stück Papier neben den Hinterrädern fallen ließ. Stöhnend hob er dann den Schalthebel mit einer daranhängenden Platte aus der Maschine. Dann kniete er sich vor den Sitz. »Scheiße.«

»Was ist denn los?«

»Da drin ist alles voller Schmiere, und ich kann die Schlitze nicht sehen. Das ist los.« Er wandte mir wieder das aufgedunsene Gesicht zu. »Und wenn ich dieses verdammte Ding jetzt in Ordnung bringe, dann passiert dasselbe nächste Woche wieder, und ich kann wieder von vorne anfangen.« Er begann, mit der Spitze eines langen Schraubenziehers die ölige Masse herauszukratzen. »Dieses Schmierzeugs dürfte überhaupt nicht hier drin sein.« Ungeduldig nahm er einen Stoffetzen aus der Hüfttasche seines Overalls und begann, damit in dem Hohlraum herumzuwerken, den er geöffnet hatte.

»Ich wollte dich was fragen, wegen –« Ich wollte sagen, wegen Zack, doch er unterbrach mich.

»Nicht, was du vor der Kirche gesagt hast! Darüber habe ich nichts zu sagen!«

»Alison Greening?«

Sein Gesichtsausdruck wurde hart.

»Du hast doch nie mit ihr geschlafen, oder?« Als ich ihn da auf dem Traktor knien sah, wie eine dicke dreckige Kröte, schien es mir unmöglich. Er begann fester zu reiben, sein Gesicht war starr. »Oder hast du etwa?«

»Also schön, okay.« Er zog den Fetzen heraus und warf ihn beiseite. »Und wenn ich's getan habe, was dann? Ich habe niemandem weh getan. Höchstens mir selbst, schätze ich. Diese kleine Hure hat getan, als wäre das nichts anderes als ein neues Comic-Heft oder so was. Und sie hat es nur ein einziges Mal gemacht. Wann immer ich nachher noch mal wollte, hat sie mich ausgelacht.« Er sah mich scharf an. »Du warst ja ihr Goldjunge. Also was kann es dir schon ausmachen? Ich kam mir vor wie der letzte Dreck. Es machte ihr Spaß, mir das Gefühl zu geben, daß ich der letzte Scheißdreck war.«

»Warum hast du denn dann deine Tochter nach ihr benannt?«

Er begann, an irgend etwas im Innern des Traktors zu zerren. Er zitterte. Natürlich. Ich hatte es schon gestern gewußt, als ich zu den Büschen hinaufgeschaut und in der Erinnerung ein weißes Hemd zwischen ihnen aufblitzen gesehen hatte. »Du bist uns damals zum Steinbruch gefolgt, stimmt's? Ich habe gewußt, daß die Geschichte mit dem Autofahrer, der Schreie gehört haben sollte, eine Lüge war. Ich habe es ausprobiert: man kann Schreie von da oben nicht bis zur Straße hören.«

Sein Gesicht färbte sich rot.

»Also war noch jemand dort oben, jemand, der uns überraschte. Das warst du. Dann bist du davongelaufen und hast die Polizei verständigt, als du wußtest, daß sie tot war.«

»Nein. Nein.« Er schlug mit der Faust auf den Traktorsitz, so daß eine Million kleiner Metallteilchen klapperte. »Der Teufel soll dich holen. Mußtest du denn zurückkommen? Du und deine Märchen!«

»Vor zwanzig Jahren, da hat tatsächlich jemand ein Märchen erzählt. Und erzählt es noch immer.«

»Warte!« Er starrte mich an, sein Gesicht war noch immer dunkelrot. »Wer hat dir überhaupt von mir und Alison erzählt?« Ich sagte nichts und las in seinem Gesicht das Begreifen und die unbändige Wut darüber.

»Du weißt genau, wer es mir gesagt hat. Der einzige Mensch, dem du es erzählt hast. Eisbär.«

»Was hat dir Hovre sonst noch gesagt?«

»Daß du sie gehaßt hättest. Aber das wußte ich ja schon. Nur den Grund hatte ich nicht begriffen.«

Dann sagte er zuviel. »Hovre hat über sie gesprochen?«

»Nicht wirklich«, sagte ich. »Es ist ihm nur so herausgerutscht, daß...« Ich blickte in Duanes Gesicht, eine Menge hinterhältiger und ängstlicher Fragen lag mir auf der Zunge, und da begriff ich. Zumindest einen Teil begriff ich. Ich hörte wieder das Husten auf der einen Seite und das Pfeifen auf der anderen.

»Geh doch los und versuch, was zu beweisen«, sagte Duane. »Du kannst überhaupt nichts beweisen.«

»Eisbär war auch da«, sagte ich und konnte es fast nicht glauben. »Ihr seid beide beim Steinbruch gewesen. Und beide habt ihr uns überfallen. Ihr habt sie beide gewollt. Ich kann mich erinnern, wie Eisbär Tag für Tag herübergekommen ist und sie angestarrt hat...«

»Ich muß meinen Traktor reparieren. Scher dich zum Teufel!«

»Und jeder hier glaubt, daß ich es war. Sogar meine Frau hat geglaubt, ich war es.«

Schwerfällig setzte Duane Schalthebel und Platte wieder ein und begann, die Muttern anzuziehen. Er wirkte verstört, und er wich meinem Blick aus. »Du redest am besten mit Hovre«, sagte er. »Ich sage nichts mehr.«

Im Halbdunkel des großen staubigen Schuppens fühlte ich mich genauso wie im Steinbruchsee, als die kleine Kriegerin und Zack mich unter Wasser festgehalten hatten, und nur mit Mühe kam ich noch bis zu einem Ölfaß, bevor meine Beine nachgaben. Duane war nicht klug genug, um einen guten Lügner abzugeben, und seine Weigerung, etwas zu sagen, war so gut wie ein Geständnis. »Herrgott«, sagte ich und hörte meine Stimme beben.

Duane hatte die Motorhaube des Traktors geöffnet; sein

Rücken war mir zugekehrt. Seine Ohren leuchteten hellrot. Genau wie in der Raststätte in Plainview spürte ich, wie Gewalt sich zwischen uns ansammelte. Gleichzeitig war mir aber auch die Kraft bewußt, mit der Sinneseindrücke sich in meinen Verstand drängten, und ich klammerte mich an sie, um der Vernunft willen: der große halbdunkle Raum, offen an beiden Enden; die dicke Schicht braunen Staubes auf dem Fußboden, flaumig und doch körnig; das Durcheinander herumliegender Maschinenteile; allerhand Scheiben und Eggen und Dinge, die ich nicht identifizieren konnte, die meisten davon verrostet; ein hoher Traktor in einer Ecke; ein Spatz, der hereinflog, als ich auf dem Ölfaß saß; meine Kehle wie zugeschnürt, meine Hände zitternd, meine Brust von Schmerz brennend; die sengende Hitze der Metallwände; der hohe leere Raum über uns, wie für eine Jury von Beobachtern bestimmt; der Mann vor mir, der auf etwas im Inneren des kleineren Traktors einschlug, über den er sich beugte; die dunklen Schweißflecken auf seinem Hemd; Dreck und Öl auf seinem Overall; und der Schießpulvergeruch, der alle anderen Gerüche übertönte. Das Wissen, daß ich Alisons Mörder vor mir hatte.

»Es ist verrückt«, sagte ich. »Ich bin nicht einmal hergekommen, um mit dir darüber zu sprechen. Tatsächlich nicht.«

Duane ließ den Schraubenschlüssel fallen und lehnte sich über den Motorblock, wobei er sich mit den Armen abstützte.

»Und es ist auch nicht mehr wichtig«, sagte ich. »Bald wird es überhaupt keine Bedeutung mehr haben.«

Er rührte sich nicht.

»Gott, ist das seltsam«, sagte ich. »Eigentlich bin ich hergekommen, um mit dir über Zack zu reden. Als du von der anderen Sache angefangen hast, dachte ich, ich könnte dich ja nach dem fragen, was Eisbär behauptet hat.« Mit einem Ruck löste er sich von seinem Traktor, und für den Bruchteil einer Sekunde glaubte ich, er würde sich auf mich stürzen. Doch er ging nur zur Seitenwand hinüber und kam mit einem Hammer zurück und begann wild darauf loszuschlagen, als ob es ihm gleichgültig wäre, was er zerschlug – oder als sähe er nicht den Traktor, sondern etwas anderes unter den Schlägen des Hammers.

Vom Haus meiner Großmutter her hörte ich schwach das Zuschlagen der Verandatür. Tuta Sunderson ging nach Hause.

Auch Duane hörte es, und das Geräusch schien etwas in ihm auszulösen. »Also gut, du Hundesohn. Frag mich über Zack aus. Los. Frag mich!« Er vesetzte dem Traktor noch einen Schlag mit dem Hammer.

Dann drehte er sich um und sah mich endlich an, und seine Füße wirbelten den Staub auf wie Rauch. Sein Gesicht war gerötet, der Ausdruck drohend. »Was willst du über diesen nichtsnutzigen Bastard wissen? Er ist genauso verrückt wie du.«

Ich hörte die Rufe und Pfiffe jener schrecklichen Nacht, sah das weiße Hemd hinter den Büschen vorbeihuschen. Wie sie mit der Gier ihrer zwanzigjährigen Männlichkeit das nackte Mädchen durchs schwarze Wasser gleiten sahen, einem Stern gleich. Wie sie schnell und leise ihre Kleider ablegten und sich auf sie und den Jungen stürzten. Wie sie ihn bewußtlos schlugen, noch bevor er auch nur sehen konnte, was geschehen war, und wie sie ihn auf den Felsvorsprung stießen und sich dann dem Mädchen zuwandten.

»Soll ich dir sagen, was bei Leuten wie dir so komisch ist, Miles?« Duane schrie fast. »Du bildest dir ein, daß die Dinge, die du sagst, so ungeheuer wichtig sind. Du bildest dir ein, was du sagst, ist für Leute wie mich ein gottverdammtes Geschenk, was? Du bildest dir ein, Leute wie ich sind einfach Idioten, stimmt's nicht, Miles?« Er spuckte in den Staub und versetzte dem Traktor einen weiteren Hieb. »Ich hasse euch gottverdammte Professoren, Miles. Ihr hinterfotzigen Schreiber. Ihr mit eurem hochgestochenen Gequatsche und eurem ›was ich sagen wollte, war eigentlich das und nicht das‹.« Wutschnaubend wandte er sich ab, griff in den Traktor und brachte ein Rohr mit einer Muffe zum Vorschein. Er klopfte zweimal mit dem Hammer darauf, und ich kam zu dem Schluß, daß im Innern der Muffe etwas zerbrochen sein mußte. Er stampfte vor Enttäuschung mit dem Fuß auf, daß der Staub aufwirbelte. »Ich habe mindestens ein halbes Dutzend Stanzen hier, und glaubst du vielleicht, ich könnte eine einzige finden?« Duane stapfte hinüber in den dunkelsten Teil des Schuppens und stocherte in einem Haufen Geräteteile. »Also du willst was über Zack wissen, he? Was willst du denn wissen? Wie er sich in einem Haus verbarrikadiert hatte und sie es mit Äxten aufbrechen mußten, um ihn rauszuholen? Da war er neun. Oder wie er die alte Frau zusammengeschlagen hat, weil sie ihn komisch angeschaut hatte? Da war er dreizehn. Von all den Diebstählen seit seiner Kindheit? Oder von all den netten kleinen Feuerchen, die er so mag, daß er manchmal gar nicht darauf wartet, bis andere sie anzünden? Oder wie er –« Plötzlich stieß er zu wie der Reiher nach dem Frosch und sagte: »Verdammt noch mal, ich hab eine! Und dann natürlich Hitler. Ich hatte ja gedacht, wir hätten den Krieg gewonnen und alles ist vorbei, aber nein, ich schätze, wenn man so richtig smart ist, viel smarter als so ein blöder kleiner Scheißer wie ich, dann weiß man natürlich, daß Hitler der große Wohltäter war und daß er eigentlich gewonnen hat, weil er für dies und das gesorgt hat, ich weiß nicht was. Verständnis. Und der

Sozialhelfer behauptet natürlich, er habe sich nur deshalb zu so einer Schlange entwickelt, weil er ohne Mutter aufgewachsen ist.« Duane ging wieder zu dem Traktor und nahm das Rohr auf ...

... hustend, oben hinter den Büschen, knöpft hastig das weiße Hemd auf und schnürt die Stiefel auf; hört den Pfiff, das Signal dafür, daß sie jetzt, in zwei Minuten, in fünf Minuten springen, sich auf das Mädchen stürzen und ihre Verachtung auf die einfachste Weise brechen würden, die sie kannten; hört ihre Stimme, die fragt: *Seit wann können Vögel husten?* ...

Duane stieß einen kehligen Laut aus. Das Hämmern brach ab, der Hammer polterte zu Boden. Er sprang vom Traktor herunter, hielt mit der Rechten das linke Handgelenk umklammert und bewegte sich mit erstaunlicher Geschwindigkeit an mir vorbei und hinaus in die Sonne. Ich ging ihm nach; sein Körper schien zusammengepreßt, als habe sich plötzlich die Schwerkraft verstärkt. Breitbeinig stand er neben den rostigen Metallhaken und Spiralen und untersuchte seine Hand. Unterhalb des Daumenballens hatte er sich die Haut aufgerissen. »Nicht so schlimm«, sagte er und preßte die Wunde gegen seinen Overall.

Damals wußte ich nicht, warum ich gerade diesen Moment wählte, um ihm zu sagen, daß letzte Nacht das Gas wieder ausgeströmt war, aber jetzt ist mir klar, daß sein Unfall mich an den meinen erinnerte.

»Alles verrottet in diesem Haus«, sagte er, die Hand fest gegen den dreckigen Overall gedrückt. »Ich sollte es abreißen.«

»Jemand hat mir gesagt, es könnte eine Warnung sein.«

»Mach dich darauf gefaßt, daß du alle Warnungen kriegst,

die du brauchst«, sagte er und ging davon, auf sein Haus zu. Das sollte wohl auch eine Warnung gewesen sein, so nutzlos wie die anderen.

Ich ging zu Großmutters Haus zurück und rief die Polizei in Arden an. Ich wollte nicht etwa Eisbär anklagen oder eine billige Rache suchen, indem ich ihn beschimpfte, sondern ich wollte ganz einfach seine Stimme hören. Ich wollte im Bewußtsein dessen, was ich nun wußte oder zu wissen glaubte, seiner Stimme lauschen. Ich fühlte mich so bodenlos wie der Steinbruchsee, so richtungslos wie stehendes Wasser, und ich glaube, ich spürte überhaupt keinen Zorn. Ich erinnerte mich, wie Eisbär wütend auf das Lenkrad geschlagen und gesagt hatte, »mußtest du denn zum Teufel ausgerechnet den Namen Greening benutzen? Das ist genau das, woran du die Leute in Arden nicht erinnern solltest, mein Junge. Ich versuche, das Ganze herunterzuspielen.« Das war Larabees Werk, der die Dinge schön im Dunkeln hielt; er würde sagen, er habe die Larabee-Masche nur zu meinem eigenen Besten angewendet. Doch Hovre war nicht im Büro, und Dave Lokken grüßte mich mit kühler Zurückhaltung, die ihm gerade noch zu sagen gestattete, daß er den Chef über meinen Anruf informieren werde.

Mein Arbeitszimmer sah jetzt ganz anders aus als an dem Tage, an dem ich es adoptiert hatte. Die Bücher, die sich einst auf dem Boden gestapelt hatten, waren nun entweder verschenkt oder als Staubfänger in einer entfernten Ecke aufgeschichtet. Die Schreibmaschine stand in ihrem Koffer auf dem Boden, und ich hatte alles Zubehör weggeworfen. Ich schrieb meine Memoiren mit Bleistift, denn ich war viel zu unbeholfen auf der Schreibmaschine. All die dicken Schnellhefter mit

Notizen und Entwürfen sowie meine mühsam erarbeiteten Karteikarten hatte ich vor zehn Tagen verbrannt. Irgendwo habe ich einmal gelesen, daß Vögel sich erst ausscheißen, bevor sie fliegen, und ich machte es ähnlich: Ich entledigte mich allen Ballastes, machte mich leichter für den Start.

Oft arbeitete ich, bis ich an meinem Schreibtisch einschlief. So war es auch Montag abends, und ich muß wohl etwa um die Zeit wieder erwacht sein, als die Männer aus Arden und aus dem Tal in Roman Michalskis Haus eindrangen und Galen Hovres Plan zunichte machten, indem sie den Gerüchten, die sie gehört hatten, auf den Grund gingen. Meine Augen brannten, und mein Magen und mein Mund fühlten sich an, als hätte ich Zigaretten gegessen. Das Zimmer war eisig, meine Finger kalt und steif. Ich stand auf und wandte mich zum Fenster. Mir fiel ein, daß Eisbär nicht zurückgerufen hatte. Im Dämmerlicht sah ich, wie die Stute auf der Weide ihren Kopf hin und her warf. Als ich über die Felder blickte, sah ich sie wieder: Sie wartete dort oben, wie ein Fuchs, völlig frei und auf die Deckung der Bäume verzichtend, und starrte direkt zum Haus herüber. Ich konnte meine Augen nicht von ihr abwenden und stand bewegungslos in dem kalten Luftstrom, ich spürte ihre Kraft auf mich zuströmen. Und dann mußte ich blinzeln, und sie war verschwunden.

9

Nachdem mich der Lärm von Zacks Motorrad, das davonratterte, aus diesem fürchterlichen Traum gerissen hatte, der mich nun schon die zweite Nacht heimsuchte, lag ich im grauen Morgenlicht auf dem Bett, und tiefste Trostlosigkeit erfüllte mich. Zum zweitenmal brachte der Gedanke an Alison Greening keinen Strom der Freude und Erwartung über mich. Alles war falsch: Ich war im falschen Zimmer, am falschen Platz; ich war der falsche Mann. So muß einem jungen Soldaten zumute sein, der sich aus einem glorreichen Mischmasch von Idealen, Abenteuerlust und Langeweile heraus freiwillig zu den Fahnen gemeldet hat und sich dann vor Beginn der Schlacht frierend, hungrig und angeschnauzt im Schützengraben wiederfindet. Ich wußte einfach nicht, was ich tun sollte. Eigentlich hatte ich Eisbär sagen wollen, was ich über Zack wußte – aber wußte ich es wirklich? (Ja. Ich wußte es. Jedenfalls glaubte ich es zu wissen.) Doch mein Verhältnis zu Eisbär hatte sich unwiderruflich geändert. Ich konnte mich nur allzu deutlich erinnern, wie er mir erklärt hatte, Vergewaltigung sei etwas ganz Normales. Hatte er sich das zwanzig Jahre lang selbst eingeredet?

Mir wurde jetzt klar, wie schrecklich es für Duane und Eisbär sein mußte, daß ich nach Arden zurückgekommen war. Ich war der letzte Mensch, den sie je hätten wiedersehen wollen. Besonders, da ich tatsächlich vom ersten Moment meiner Ankunft im Tal an über Alison Greening gesprochen hatte.

Und dann dachte ich an die schlanke geschmeidige Gestalt, die ich letzte Nacht gesehen hatte, die ihr Gesicht wie ein geladenes Gewehr auf das Farmhaus gerichtet hatte; und ich dachte auch an die Vision, die ich hatte, als ich fast am Gas erstickt wäre. Und an die Lichter, die im Haus meiner Großmutter alle gleichzeitig angingen und es wie ein Schiff erscheinen ließen, das aus dem Hafen auslief. Es war mir nicht vergeben worden.

Ich überlegte, wie gut ich meine Cousine Alison eigentlich kannte – gekannt hatte. Wieder sah ich das Gesicht aus Blättern auf mich zukommen, da sprang ich aus dem Bett, warf den Bademantel über und lief die Treppe hinunter.

Ich dachte: Jetzt hast du beinahe Angst davor.

Und dachte: Nein, du hast schon immer Angst davor gehabt.

Meine bloßen Füße waren sehr kalt.

Als das Telefon klingelte, zögerte ich einen Moment, bevor ich den Hörer abnahm. Eisbär, der nach einer weiteren schlaflosen Nacht früh aufgestanden war. *Seit wann können Vögel husten?* – jene leidenschaftliche, helle elektrisierende Stimme klang in meinen Ohren. Doch ich roch Tran und wußte, daß ich das Problem, was ich zu Galen Hovre sagen sollte, noch nicht zu lösen brauchte. Eine Frauenstimme sagte: »Mr. Teagarden? Miles?«

»Hier«, sagte ich.

»Ich kann heute nicht arbeiten. Ich werde heute nicht kommen. Ich bin krank.«

»Natürlich«, begann ich und merkte dann, daß sie schon wieder aufgelegt hatte. Dumm starrte ich den Hörer an, als könne er Tuta Sundersons Benehmen erklären.

Die Erklärung folgte ungefähr eine Stunde später, nachdem ich mich angezogen und im Arbeitszimmer niedergelassen hatte und meinen Gedankenwirbel zu besänftigen versuchte, indem ich mich nach bewährtem Rezept auf die Arbeit konzentrierte. Während meiner Ehe hatte ich damit oft genug Erfolg gehabt. Intellektuelle Arbeit ist eine gebräuchliche Methode, das Denken zu vermeiden. Doch jetzt kämpften mehr Probleme um ihren Platz in meinem Hirn als mir seinerzeit Joans Untreue mit den verschiedenen Dribbles verursacht hatte, und ich hatte weniger als eine halbe Seite meiner Memoiren geschrieben, als ich meinen Kopf auf die Schreibtischplatte sinken ließ, mit schweißnassem Gesicht und neuerlich von übermächtiger Trostlosigkeit gepackt. Ich stöhnte. Das Eingeständnis, daß ich in dem Moment, in dem sich das Gelübde zwischen meiner Cousine und mir endlich erfüllen sollte, Unbehagen, Rastlosigkeit, ja Angst verspürte, hatte einen Abgrund in mir aufgerissen. Ich dachte an Rinns harte Worte – ich fühlte mich in die Traumwelt des blauen Horrors zurückversetzt, als wäre ich ihr auch im wachen Zustand verhaftet. Ich war noch immer ein Experte in Sachen Schuld; diese Berufung war dauerhafter als die akademische.

Alison Greening war mein Leben; ihr Tod hatte mir für immer allen Sinn, alles Glück geraubt. Doch angenommen, Rinn hatte recht, und dieser Sinn und dieses Glück waren von Anfang an brüchig und illusorisch gewesen. Angenommen, ich hatte durch meine Rückkehr ins Tal den Tod mit mir gebracht? Und wenn nicht den Tod, so doch seinen verderblichen Einfluß? Das Entsetzen, das ich im Wald gespürt hatte, drohte mich wieder zu packen, und ich riß mich von meinem Schreibtisch los und verließ das Arbeitszimmer. Während ich die Treppe hinunterhastete, fühlte ich mich von jener schlanken Gestalt verfolgt, von jenem Waldgeist.

Unten angekommen, wurde ich unvermittelt in die Wirklichkeit zurückversetzt. Jetzt wußte ich, warum Tuta Sunderson nicht zur Arbeit gekommen war. Sie waren da, draußen auf der Straße warteten sie wie die Geier.

Sie glichen tatsächlich Geiern, wie sie da hinter den Nußbäumen in ihren Autos saßen. Ihre Gesichter konnte ich nicht sehen. Die Motoren hatten sie abgestellt. Ich konnte mir vorstellen, wie sie sich zur verabredeten Zeit gesammelt hatten, wie einer nach dem anderen auf der Straße vor dem Haus Stellung bezogen hatte. Sie mußten von überall her gekommen sein, von Arden, vom oberen und vom unteren Tal. Irgendwie hatten sie von Candace Michalskis Verschwinden erfahren. Meine Kehle war trocken geworden. Von meinem Platz am Küchenfenster aus konnte ich etwa zwanzig von ihnen sehen, jeder allein in einem Auto, alles Männer.

Mein erster Impuls war, wie ein Kind nach Rinn zu rufen – Zuflucht, Sicherheit bei ihr zu suchen.

Ich schluckte, dann ging ich ins Wohnzimmer und öffnete die Verandatür. Jetzt konnte ich sie alle sehen. Ihre Autos blockierten die Straße. Einige mußten wohl in Duanes Einfahrt gewendet haben, denn sie standen alle in der gleichen Richtung und in einem dichten Pulk zusammen, so daß ich von den hintersten drei Wagen nur die Dächer im Licht schimmern sah. Hitze flimmerte. Drohung ging von ihnen aus wie eine physische Kraft. Ich trat in die Dunkelheit des Zimmers zurück, sah sie aber immer noch durch die offene Tür. Die Männer saßen alle seitwärts gewandt in den Autos und starrten zur Veranda herüber.

Ein besonders Ungeduldiger drückte auf die Hupe.

Und dann wußte ich, daß sie ihre Autos nicht verlassen würden, denn niemand beantwortete das Hupsignal: Sie würden nur einfach da draußen sitzen.

Ich ging auf die Veranda hinaus, wo sie mich sehen konnten. Jetzt hupte ein anderer, in einem der Wagen, die dem Haus am nächsten waren. Das war ein Signal: *Er ist herausgekommen.* Und ich bemerkte, wie einige ihre Köpfe in meine Richtung drehten.

Ich ging in die Küche zurück und wählte Eisbärs Nummer. Eine Stimme, die ich als die von Lokken erkannte, meldete sich.

»Nein, zum Teufel, er ist nicht da. Hier ist seit gestern abend die Hölle los. Er ist mit zweien seiner Leute unterwegs, um das Mädchen zu suchen.«

»Die Neuigkeit ist also durchgesickert.«

»Das war dieser verdammte Red Sunderson. Der und eine Menge Burschen sind gestern bei den Eltern gewesen, und jetzt sind sie alle wie wild und rennen herum und stellen Forderungen, und bei Gott, wir haben alle Hände voll zu tun – he, wer ist denn da überhaupt?

»Sehen Sie zu, daß Sie ihn schnellstens erreichen, und sagen Sie ihm, er soll Miles Teagarden anrufen. Ich stecke hier in Schwierigkeiten.« Und ich weiß auch, wer der Urheber ist, fügte ich in Gedanken hinzu. »Und ich habe möglicherweise Neuigkeiten für ihn.«

»Um was für Neuigkeiten handelt es sich, Teagarden?« Ich hatte aufgehört, Mr. Teagarden zu sein.

»Fragen Sie ihn, ob es ein Türgriff gewesen sein könnte, der bei den zwei Mädchen benutzt wurde«, sagte ich und spürte mein Herz klopfen.

»Wieso, haben Sie etwa einen Türgriff verloren, Teagarden?« Lokkens Stimme war unerträglich unverschämt. »Warum rufen Sie nicht ihren Freund Larabee an und sagen ihm, er soll ihn für Sie suchen? Haben Sie nicht mehr alle Tassen im Schrank oder was? Der Chef tut doch Ihnen keinen Gefallen, Teagarden, oder wissen Sie das etwa nicht?«

»Sorgen Sie nur dafür, daß er herkommt«, sagte ich.

Einige der Männer sahen, daß ich telefonierte, und ich hielt den schwarzen Hörer noch am Ohr, nachdem Lokken schon eine Weile aufgelegt hatte, und stand deutlich sichtbar direkt am Fenster. Zwei der Wagen setzten sich in Bewegung und fuhren davon, nachdem die Fahrer kurz auf die Hupen getippt hatten. Die zwei nächsten rückten nach und nahmen ihren Platz ein. Ich drückte die Gabel kurz nieder und wählte dann Rinns Nummer. Ich sah, daß der Mann, der mir am nächsten war, die Bewegungen meines Armes genau beobachtete. Auch er tippte auf die Hupe und fuhr in Richtung Highway davon. Die Front eines blauen Lieferwagens erschien an seiner Stelle. Rinns Telefon klingelte und klingelte. Eigentlich wußte ich sowieso nicht, was ich von ihr erhoffte. Ich legte auf.

Ich hörte Motoren anspringen und Reifen auf der Straße knirschen, und ich atmete freier. Ich nahm eine Zigarette aus dem Päckchen in meiner Hemdtasche und zündete sie mit einem Streichholz an, das sich in der Küche fand. Noch immer fuhren Autos ab und wendeten weiter unten auf der Straße, und als ich nach dem ersten Zug den Rauch ausstieß, sah ich den blauen Lieferwagen am Fenster vorbeifahren, und dann zwei Wagen gleichzeitig, einen braunen und einen dunkelblauen, dann einen grauen Wagen mit auffälligen Dellen an der Seite. Während der nächsten zwei oder drei Minuten wartete ich rauchend und hörte der Abfahrt zu, wie die Autos auf den Rasen zurückstießen oder die Auffahrt zur Garage hinaufholpern mußten, um wenden zu können.

Als ich glaubte, sie wären alle weg, sah ich den Kühler eines dunklen Ford in mein Blickfeld innerhalb des Fensterrahmens stoßen und anhalten.

Ich ging auf die Veranda hinaus. Drei von ihnen waren zurückgeblieben. Als ich die Fliegengittertür aufstieß, ohne recht zu wissen, was ich eigentlich tun sollte, stiegen zwei von ihnen aus den Autos. Der dritte, dessen Lieferwagen der Auffahrt am nächsten war, fuhr rückwärts um den letzten der Nußbäume herum und kam etwa fünf Meter die Auffahrt herauf. Als er aus dem Führerhaus sprang, sah ich, daß es

Hank Speltz war, der Bursche aus der Werkstatt. Der Rasen vor dem Haus war von schlammigen Reifenspuren durchzogen.

»Geh du weiter den Weg da rauf, Hank, und wir springen über den Graben«, rief einer der beiden Männer auf der Straße. Der Bursche marschierte mit ausgebreiteten Armen bedächtig die Auffahrt herauf.

Einer der beiden anderen Männer sprang über den Graben und kam durch die Reihe der Nußbäume, der zweite folgte ihm dichtauf. Sie sahen aus wie die Kerle, die ich vor der Angler-Bar gesehen hatte, die Männer, die Steine nach mir geworfen hatten – grobschlächtige Rowdies mittleren Alters, mit Bäuchen, die ihnen über die Gürtel quollen, mit karierten oder braunen Hemden, die vom Brustbein ab offenstanden. Mit einem roten Halbkreis gleich unterhalb des Halses, und der leichenblassen Haut darunter, die normalerweise von ihren Unterhemden bedeckt war.

»Hovre ist auf dem Weg hierher«, rief ich. »Ihr solltet lieber mit den anderen verschwinden.«

Ein Mann, den ich nicht erkannte, rief zurück: »Hovre wird nicht rechtzeitig hier sein, um uns an dem zu hindern, was wir vorhaben.«

»Wo hast du das Michalski-Mädchen?« schrie der Mann, der die Nachhut bildete.

»Nirgends habe ich sie!« schrie ich zurück. Ich wandte mich vorsichtig seitwärts, auf die Garage und den Weg zu Duanes Haus zu. Hank Speltz näherte sich mit dem offenstehenden Mund eines Ringers. Ich warf den Rest meiner Zigarette auf den ruinierten Rasen und ging weiter zur Garage.

Der Mann im karierten Hemd, der zuerst gesprochen hatte, sagte: »Du mußt ihn langsam angehen«, und Hank Speltz drosselte das Tempo, so daß er wie ein Bär von einer Seite zur anderen schwankte. »Zum Teufel, mach, daß du hier raufkommst, Roy«, sagte er. »Wo hast du sie?«

»Er hat sie irgendwo da drinnen versteckt, hab ich dir doch gesagt.«

»Ich habe sie noch nie gesehen.« Ich bewegte mich weiter in seitlicher Richtung.

»Er geht zur Garage!«

»Laß ihn doch gehen. Da werden wir ihn schnappen.« Er hatte ein hakennasiges rotes Gesicht mit tiefen Falten, das Gesicht eines Raufboldes, der schon seine Mitschüler tyrannisiert hatte und niemals erwachsen geworden war. Die beiden kamen langsam über den Rasen auf mich zu. »Paß auf, daß er nicht zu dem Nash hinrennt«, rief der mit der Kappe.

»Wessen Idee war denn das?« rief ich.

»Unsere, du Klugscheißer.«

Dann war ich bei der Garage und riß die Tür auf. Ich sah den von meiner Zigarette aufsteigenden Rauchfaden und wußte, was ich versuchen würde zu tun. »Geh nur da rein, dann haben wir dich in der Falle«, höhnte der Anführer. Ich wußte, daß jede plötzliche Bewegung ihren Angriff herausfordern würde, und wanderte langsam rückwärts ins Halbdunkel der offenen Garage. Die drei Vierzig-Liter-Benzinkanister standen genau dort, wo sie, wie ich mich erinnerte, gestanden hatten, als ich die Seemannskiste aufgebrochen hatte. Ich hob einen davon hoch: voll. Mit dem Rücken zu meinen Verfolgern bückte ich mich und schraubte den Deckel ab. Als ich mit dem schweren Kanister in der Hand hinausging, lachte einer von ihnen laut los: »Willst du deine Karre auftanken, Teagarden?«

Nur der Mann im karierten Hemd erkannte, was ich vorhatte. »Scheiße«, schrie er und rannte auf mich zu. Mit aller Kraft schleuderte ich den offenen Benzinkanister auf den Rauchfaden zu. Ich hoffte, daß die Chancen nicht schlechter standen als bei einer Pferdewette. Die Flüssigkeit spritzte nach allen Seiten.

Für einen Augenblick standen wir alle starr und sahen zu, wie das Benzin in Spiralen und Klumpen herausgespritzt kam, doch als der Knall der Explosion kam, rannte ich bereits auf Duanes Haus zu. Hinter mir hörte ich ihr Geschrei. Ein Stückchen Metall flog an meinem Kopf vorbei. Einer von ihnen brüllte vor Schmerz.

Ich hatte gerade genug Zeit, das Haus zu erreichen; als ich über die Schulter zurückblickte, sah ich sie durch das Feuer kommen, das heißt, zwei von ihnen. Der Mann mit der Kappe wälzte sich auf dem Boden. Bis zu den Nußbäumen hin war der Rasen mit kleineren und größeren Feuerherden übersät. Jetzt hielten sie an und knieten bei dem Mann mit der Kappe nieder.

Wenn meine Vermutung richtig war, daß Duanes Keller ursprünglich auch ein Kartoffelkeller wie der meiner Großeltern gewesen war, dann mußte er von außen zugänglich sein.

»Duane wird dir bestimmt nicht helfen, du Hurensohn«, hörte ich eine verzerrte Stimme gellen.

Ich rannte vorbei an Hartriegel und Wicken und auf Duanes Rasen.

»Er ist weg!«

Ich weiß nicht, was ich mir eigentlich vorstellte: mich da unten zu verstecken, eine Höhle zu finden, sie mit einer Axt zu verteidigen. Als ich über den kurzgeschnittenen Rasen rannte, sah ich, daß ich recht gehabt hatte: Von der Straßenseite aus waren neben dem Fundament des Hauses die weiß-

gestrichenen Bretter der Abdeckung des ehemaligen Keller-
einstiegs gerade noch sichtbar. Ich schlitterte um die Ecke
und riß an der Falltür, die sich widerstandslos nach oben öffnete.

Ich fiel die Erdstufen hinunter und rollte unter die aufge-
hängten Äxte. Dann fiel es mir wieder ein: dort mußten sie
sein, an der gegenüberliegenden Wand, wo meine Schreibtischplatte gelehnt hatte, verpackt wie Mumien. Ich stand auf
und rannte gebückt zu den Gewehren hinüber.

Ich packte eines mitsamt Hülle und allem Zubehör, griff in
die Munitionskiste und rannte zurück zu den Stufen. Wie aus
dem Wasser ans Licht auftauchend, kroch ich hinauf zu dem
schrägen Rechteck blauen Himmels und grellen Sonnen-
lichts.

Ich hatte die doppelläufige Flinte gerade aus der Hülle, als
die Männer und Hank Speltz bei den Wicken um die Ecke
gerannt kamen. Ich schob zwei Patronen in die Läufe. »Stehenbleiben«, sagte ich, hob die Waffe und richtete sie auf die
Brust des Mannes im karierten Hemd. Dann erhob ich mich
aus meiner Bauchlage auf den Stufen und stieg aus dem Keller.
Ich atmete so schwer, daß ich kaum Worte formen konnte. Sie
ließen die Arme sinken und standen unvermittelt still, Schock
und Zorn in ihren Gesichtern.

»Und jetzt haut ab, verdammt nochmal!«

Sie begannen herumzutrippeln, vorsichtig und wachsam wie
wilde Tiere.

»Ich habe dieses Mädchen niemals gesehen«, sagte ich.
»Keine von ihnen habe ich je gesehen. Über die kleine Michalski wußte ich nur deshalb Bescheid, weil Eisbär mir gesagt
hatte, daß sie vermißt wird.« Ich hielt das Gewehr im An-
schlag, auf die Öffnung des karierten Hemdes gerichtet. War-

tete auf den Rückstoß. »Stellt euch nebeneinander und bleibt beisammen. Hört sofort auf, herumzuspazieren.«

Sie gehorchten. Ich sah, daß der Mann mit der Kappe hinter den anderen herhinkte, die Hände erhoben. Sein braunes Arbeitshemd war schwarzgefleckt, und an einigen Stellen sickerte Blut durch. Auch seine Hände waren geschwärzt. Er stand vorne beim Hartriegel und den Wicken. »Jetzt geht ihr alle rückwärts bis zu euren Autos«, sagte ich.

Hank Speltz machte einen Schritt rückwärts in den Hartriegel, blickte wild um sich und stolperte dann auf den Weg. Die anderen zogen sich ebenfalls zurück, die Augen auf mich gerichtet.

»Wenn du so unschuldig bist, weshalb treibst du dich dann dort oben herum?« fragte der Mann im karierten Hemd.

»Weil er die verrückte Alte da oben im Wald vögelt, deshalb«, sagte Hank Speltz. »Und was ist mit Gwen Olson und Jenny Strand?«

»Ihr fragt den Falschen«, sagte ich. »Und jetzt werdet ihr euch schleunigst zu euren Autos begeben, und zwar rückwärts.«

Als sie sich nicht rührten, schwenkte ich den Lauf ein wenig nach rechts, entsicherte und drückte ab. Der Rückstoß riß mir fast die Waffe aus den Händen. Der Knall war lauter als die Explosion des Benzinkanisters. Alle drei sprangen geschickt zur Seite. Ich sah, daß ich Blätter und Blüten des Hartriegels zerschossen hatte; gebrochene Zweige und der Geruch des Pulvers blieben zurück. »Du hast Roy fast umgebracht«, sagte der im karierten Hemd.

»Und was hatte er mit mir vor? Los bewegt euch!« Ich hob die Waffe, und sie begannen, rückwärts den Weg hinunterzugehen.

Über ihre Schultern hinweg sah ich, wie der Rasen zugerichtet war. Eine unregelmäßig gezackte schwarze Stelle, zehn Meter neben der Auffahrt, markierte den Platz, wo der Kanister explodiert war. Das von den vielen Reifen gefurchte Gras war übersät mit kleineren Brandlöchern von schmutziggelblicher Farbe. Ein großes Loch war in das Fliegengitter der Veranda gerissen worden. Die Tiere waren in die entfernteste Ecke der Wiese geflüchtet.

»Wir sind noch nicht fertig miteinander«, sagte der, dessen Namen ich nicht wußte.

»Hank, steig in deine Karre und fahr los«, sagte ich. »Ich werde bald vorbeikommen und meinen Wagen abholen, und ich möchte keinerlei Schwierigkeiten.«

»Keine«, sagte er und rannte aus Leibeskräften zu seinem Fahrzeug in der Auffahrt.

Alle drei sahen wir ihm zu, wie er davonbrauste, daß der Dreck aufspritzte, als er in die Talstraße einbog.

»Jetzt Sie, Roy.« Der Mann mit der Kappe blickte mich finster an, ließ die Hände sinken und humpelte schwerfällig über den Rasen und zwischen den Nußbäumen hindurch. Er hielt an, um schwache Flammen auszutreten, die noch am Fuße eines der Bäume züngelten.

»Jetzt sind Sie dran«, sagte ich zu dem dritten.

»Warum hast du uns nicht einfach umgelegt?« fragte er kriegerisch. »Du tötest doch so gern. Wir wissen doch alle über dich Bescheid. Bei dir stimmt was nicht im Hirn.«

Ich sagte: »Wenn du jetzt nicht sofort hier verschwindest, wird dir was passieren, was du nicht für möglich hältst. Wahrscheinlich wirst du noch eine oder zwei Minuten leben, doch wenn die um sind, wirst du mit Freuden sterben.« Ich wiegte die Flinte in den Armen und richtete sie auf seinen Bauch.

Und dann tat ich etwas Erstaunliches – etwas, das mich selbst
überraschte: Ich lachte. Der Ekel vor mir selbst packte mich
mit solcher Stärke, daß ich für einen Moment fürchtete, mich
übergeben zu müssen.

Aus der Aussage des Hank Speltz

15. Juli

*Ich hab' dagestanden und Miles angesehen, und ich sag' zu mir
selbst, Junge, sag' ich, wenn du da lebend wieder rauskommst,
dann gehst du jeden Sonntag in die Kirche. Ich werd' jeden
Abend beten, ich werd' nie wieder fluchen, ich will immer gut
sein, weil nämlich, so was hat man noch nicht gesehen, wie
dieser Kerl ausgeschaut hat, dieser Miles, verrückt genug, um
Glas zu kauen und Schießpulver zu fressen, so hat er ausgesehen. Seine Augen, die waren nur Schlitze. Seine Haare flogen in
alle Richtungen. Wie er den einen Schuß losgelassen hat, da hab'
ich geglaubt, der nächste ist für mich. Weil er mich nämlich
kennt, von der Tankstelle. Ich wollte ja eigentlich überhaupt
nicht mitmachen, ich bin nur mitgegangen, weil Red Sunderson
gesagt hat, wir sollen uns alle da vor seinem Haus aufstellen und
dem alten Miles Angst einjagen. Und daß wir ihn bestimmt zur
Strecke bringen werden, und irgendwo hat er das Mädchen
versteckt. Also hab' ich gesagt, mit mir kannst du rechnen. Als
die anderen dann alle wieder abgefahren sind, da hab' ich
gesehen, daß Roy und Don noch dageblieben sind, und ich hab'
gedacht, ich bleib' auch noch ein bißchen, nur so zum Spaß.*

*Der war wie eine gefangene Ratte. Wie ein bösartiges Tier,
in eine Ecke gedrängt. Mann! Der hat einfach alles hochgehen
lassen mit seinem Benzinkanister – war ihm ganz egal, was
passiert! Hätte sich ja auch selbst damit umbringen können.*

Wie er mich dann hat laufenlassen, bin ich schnellstens abge-

hauen, jawohl, so schnell ich konnte, und ich hab' gedacht, soll
doch jemand anderer das Mädchen finden. Aber ich hab' mir
seinen zerbeulten Scheiß-VW vorgeknöpft, gleich als ich in die
Stadt zurückgekommen bin. Den hab ich fein hergerichtet! Ich
hab' ihn so hergerichtet, daß er höchstens fünfzig oder sechzig
Stundenkilometer und auch das nicht sehr lange machen konn-
te. Ein guter Mechaniker bin ich nämlich immer noch.

Aber ich hab' gewußt, daß dieser verrückte Hurensohn es
getan hat! Und wenn Sie mich fragen, er hat direkt darauf
gewartet, daß man ihn einlocht. Oder warum hätte er wohl
sonst diesen Namen Greening für den Auftragszettel angege-
ben? Sagen Sie mir das!

Eine kreischende Stimme: »Miles! Du Bastard! Du gottverdammter Bastard!« Duane.

»Immer mit der Ruhe.«

Eine andere Stimme, tiefer, weniger laut.

»Mach, daß du da rauskommst! Sofort!«

»Nun beruhige dich erst mal, Duane. Er wird rauskom-
men.«

»Gottverdammter Scheißkerl! Zum Teufel mit dir! Bist du
wahnsinnig?«

Vorsichtig öffne ich die Tür und sehe, daß Duane vor Wut
förmlich geschrumpft ist, ein kleiner eckiger zappelnder
Klumpen rotgesichtigen Zorns. »Ich hab's dir gesagt, verdammt nochmal! Ich hab dir gesagt, halt dich von meiner
Tochter fern. Und zweitens, was zum Teufel soll das alles hier
bedeuten?« Er wirbelt herum, beweglich, beschwingt von seiner Wut, und mit einer Geste umfaßt er sowohl die schmierig-
gelblichen und schwärzlichen Brandflecken auf dem zerfurch-
ten Rasen und die Spuren der Explosion – das gähnende Loch

im Fliegengitter, die verbogenen Metallfetzen des Kanisters –, da taucht Eisbär in Uniform hinter ihm auf und Alison Updahl, die den Weg zu ihrem Haus hinaufeilt. Sie schaut über die Schulter zurück, als sie fast dort ist, und wirft mir einen Blick zu, halb Furcht, halb Warnung.

»Bloß in ihren Autos gesessen haben sie, gottverdammt nochmal – einfach nur dagesessen – ohne den geringsten Ärger – und was zum Teufel hast du gemacht? Eine gottverdammte Bombe, was? Sieh dir meinen Rasen an!« Er stampft heftig auf den Boden, zu wütend, um weiterzusprechen.

»Ich habe versucht, dich anzurufen«, sage ich zu Eisbär.

»Du hast Glück, daß ich dich nicht umbringe!« schreit Duane.

»Ich hatte Glück, daß die mich nicht umgebracht haben.«

Eisbär legt eine feste Hand auf Duanes Schulter. »Reiß dich am Riemen«, sagt er. »Dave Lokken hat mir berichtet, daß du angerufen hast. Ich hatte nicht erwartet, daß es hier Ärger geben würde, Miles. Ich habe eigentlich erwartet, daß du leicht damit fertig wirst, wenn eine Horde unserer Jungs dich von der Straße aus anstarren.«

»Dagesessen haben sie, einfach nur dagesessen«, sagt Duane, jetzt ruhiger, nachdem Eisbär seine Schulter gepackt hatte.

»Ich habe nicht damit gerechnet, daß du ihnen den Krieg erklären würdest.«

»Und ich habe nicht damit gerechnet, daß du dich an meine Tochter heranmachen würdest«, zischt Duane mich an, und ich sehe, wie Eisbärs Griff fester wird. »Ich habe dich gewarnt. Ich habe dir gesagt, halt dich fern. Dir werd ich's heimzahlen, verlaß dich darauf!«

»Sie haben nicht nur einfach dagesessen. Die meisten sind

weggefahren, als sie mich telefonieren sahen, aber drei von ihnen hatten sich entschlossen zu bleiben und mich fertigzumachen.«

»Hast du diesmal gesehen, wer es war, Miles?«

»Dieser Bursche von der Tankstelle, Hank Speltz, dann ein Mann namens Roy und noch einer, den ich nicht kenne. Einer von denen, die mich in Arden mit Steinen beworfen haben.«

»Steine … Steine!« zischt Duane, und seine Geringschätzung grenzt schon fast an Hoffnungslosigkeit.

»Wie hast du all das geschafft?« Eisbär deutet mit dem Kinn auf den Rasen, wo die Reifenspuren und die braunen schlammigen Furchen ein wirres Muster bilden.

»Das meiste haben sie selbst angerichtet. Sie sind kreuz und quer drübergefahren. Ich nehme an, sie hatten es eilig wegzukommen, bevor du auftauchen würdest. Der Rest stammt von mir. Ich habe einen offenen Benzinkanister aus der Garage auf eine brennende Zigarette geschleudert. Ich hatte gar nicht erwartet, daß es funktioniert. Du hast gewußt, daß sie herkommen würden, stimmt's?«

»Da hast du mich schon wieder erwischt. Natürlich wußte ich Bescheid. Ich habe mir gedacht, sie würden dir damit sogar helfen, dich –«

»Aus Schwierigkeiten rauszuhalten. Wie Paul Kant.«

»Richtig.« Sein Lächeln drückt beinahe so etwas wie Stolz aus, Stolz auf mich.

»Du und Duane, ihr wart zusammen? Mit Alison?«

»Nimm ihren Namen nicht in dein dreckiges Maul, verdammt!« sagt Duane.

»Wir haben nur ein Bier getrunken, im Bowl-A-Rama.«

»Nur ein Bier getrunken. Ihr habt nicht etwa an deiner Theorie gearbeitet.«

»Sogar ein Polizist arbeitet nicht ununterbrochen, Miles«, sagt er, und ich denke: Nein. Du arbeitest ununterbrochen, und darum bist du gefährlich. Eisbär nimmt seine Pranke von Duanes Arm und zuckt die Achseln. »Ich wollte Duane erklären, daß du und ich, wir beide, uns sozusagen gegenseitig helfen in dieser Mordsache. Das ist ein großes Plus für dich, Miles. Es wäre nicht in deinem Interesse, diesen Vorschuß wieder abzubauen. Und nun muß ich von Duane erfahren, daß du ihm ein paar völlig verrückte Ideen aufgetischt hast. Du hast von genau der Sache geredet, über die nicht zu sprechen ich dich ausdrücklich gebeten hatte, Miles. Da muß ich ja nun fast an deinem Scharfsinn zweifeln. Jetzt möchte ich natürlich sichergehen, daß du deinen Irrtum eingesehen hast. Duane hier hat dir ja wohl auch nicht gesagt, du hättest recht, oder? Als du ihn mit dieser verrückten Idee überfallen hast?« Er sieht mich an, sein Ausdruck ist offenherzig und kameradschaftlich. »Was hast du gesagt, Duane?«

»Ich habe gesagt, er soll mit dir reden.«

»Also, da siehst du es: Du hast ihn ganz mißtrauisch und nervös gemacht.«

»Ich weiß es eigentlich schon länger, seit ich wieder im Steinbruch war. Ich habe das Mädchen veranlaßt zu schreien, aber an der Straße war nichts zu hören!«

Duane stapft im Halbkreis hin und her und murmelt voll Wut vor sich hin. »Nackt. Du warst nackt!«

»Halt, Duane. Du machst es nur noch schlimmer. Der gute Miles wird nur noch mehr falsche Schlüsse ziehen, wenn du nicht sachlich bleibst. Also, Miles, Duane meint, er habe nie gesagt, daß du recht hättest mit deinen Ideen. Also fragen wir ihn jetzt. Bist du in jener Nacht da draußen gewesen?«

Duane schüttelt den Kopf und schaut wütend zu Boden.

»Natürlich bist du nicht dagewesen. Steht ja alles in den Protokollen, die mein Vater aufgenommen hat. Du bist auf die 93er gefahren und in die andere Richtung abgebogen, nach Liberty. Stimmt's?«

Duane nickt.

»Du warst wütend auf diese kleine Greening, und du wolltest so weit wie möglich von ihr weg. Stimmt's? Natürlich!« Duane nickt wieder. »Sieh mal, Miles, wenn du einem Mädchen einfach sagst, sie soll mal schreien, ohne daß sie weiß warum, dann kannst du kaum von ihr erwarten, daß sie sich besonders anstrengt und so schreit wie ein Mädchen, das überfallen wird. Du verstehst doch, wo da der Fehler liegt? So. Also ich will nicht, daß du noch weiter darüber redest, denn damit schaufelst du dir nur dein eigenes Grab, Miles.«

Es ist sinnlos, diese kleine Scharade fortzusetzen. »Diese kleine Greening«, die schlanke Gestalt voller Intensität, die ich auf das Haus zustreben sah? Diese kleine Greening, das Feuer im Wald und der eisige Luftstrom? Ich rieche kaltes Wasser rings um mich. Ich denke, was ich nicht denken will; und ich erinnere mich an Rinns Worte. Mein Schuldgefühl überwältigt mich.

Auch Duane will das Thema nicht weiterverfolgen, wenn auch aus anderen Gründen. »Zum Teufel damit«, sagt er. Dann richtet er sich auf, und die Augen in seinem aufgedunsenen roten Gesicht funkeln mich an. »Ich habe dich gewarnt, dich mit meiner Tochter zu treffen!«

»Sie hat mich gebeten mitzukommen.«

»Hat sie das? Hat sie das? Das sagst du. Wahrscheinlich wirst du auch noch behaupten, du hättest dich nicht vor ihr ausgezogen.«

»Doch, aber nur zum Baden. Sie hat sich übrigens zuerst ausgezogen. Und der Junge hat sich auch ausgezogen.«

In Gegenwart von Duane kann ich Eisbär nichts von meiner Besorgnis wegen Zack sagen. Ich habe sowieso schon zuviel gesagt, denn Duane sieht aus, als würde er jeden Augenblick wieder durchdrehen.

Ich zittere. Ich spüre kalten Wind.

»O ja, okay«, sagt Duane. »Sicher. Wie du meinst.« Er dreht den Oberkörper in meine Richtung. »Wenn du mit ihr herumspielst, Miles, dann werde ich nicht darauf warten, daß dich ein anderer drankriegt. Dann werde ich dich selbst fertigmachen.« Doch dieser Drohung fehlt die wahre Überzeugungskraft, er glaubt selbst nicht genug daran; Falschheit erwartet er sowieso nur von Frauen.

Eisbär und ich sehen ihm nach, wie er den Weg hinauftrottet. Dann wendet Eisbär sich an mich. »Sag mal, Miles, du siehst ein bißchen spitz aus. Das kommt wohl vom Nacktbaden.«

»Wer von euch beiden hat sie vergewaltigt?«

»Halt mal.«

»Oder habt ihr euch abgewechselt?«

»Ich muß schon wieder an deinem Scharfsinn zweifeln, Miles.«

»Ich muß langsam an allem zweifeln.«

»Du hast doch wohl gehört, was ich über das Grab gesagt habe, das du dir selbst schaufelst?« Eisbär tritt auf mich zu, groß und solid und voll tiefer Besorgnis, und ich sehe dunkelblaue Schweißflecken auf dem Uniformhemd, dunkelblaue Ringe unter den Augen. »Herrgott, Junge, du mußt ja wahnsinnig sein, die Bürger hier mit Bomben zu bewerfen, dich selbst in die größten Schwierigkeiten zu bringen...« Er bewegt sich vorsichtig, behutsam, langsam, und ich denke: *Es ist soweit, jetzt wird er gleich durchdrehen und sich auf mich stürzen.* Aber er hält inne, streicht sich mit der Hand über das Gesicht. »Bald wird alles vorbei sein, Miles. Sehr bald.« Er tritt zurück, und die saure Mischung von Schweiß- und Schießpulvergeruch, der mich wie Rauch einhüllte, entfernt sich mit ihm. »Miles, Herrgottnochmal, was war das, was du zu Dave Lokken über einen Türgriff oder sowas gesagt hast?«

»Ich kann jetzt nicht antworten.«

An diesem und an allen folgenden Abenden drehte ich den Hauptgashahn ab, den Tuta Sunderson mir gezeigt hatte. Jeden Morgen, wenn sie in die Küche polterte und zu husten und trampeln und scheppern und räuspern und die ganze Skala von Geräuschen zu produzieren begann, die ihre mürrische Unzufriedenheit ausdrückte und die mir nun schon vertraut war, dann war jedesmal auch ein scharfes Schnauben argwöhnischer Mißbilligung – und Verachtung? – zu hören, wenn sie es entdeckte. Ich hätte sie ja hinausgeworfen, wäre ich nicht überzeugt davon gewesen, daß sie – wie Bartleby – trotzdem gekommen wäre. Am Tag nach dem »Besuch« von Hank Speltz und den anderen hörte ich das Husten und Trampeln und ging hinunter, um sie zu fragen, ob sie gestern gewußt hätte, was geschehen würde. Ich Dummkopf.

«Was habe ich gewußt? Daß was geschehen würde? Was ist denn geschehen?« Sie gab keinerlei Kommentar über den Zustand des Rasens oder das Loch im Fliegengitter ab. Ich sagte ihr, ich könne mir vorstellen, daß ihr Sohn etwas damit zu tun hätte. »Red? Red läßt sich auf gar nichts ein. Wieviel Eier wollen Sie denn heute wegwerfen?«

Tagelang tat ich nichts als arbeiten; und ich konnte sogar

ungestört arbeiten, da anscheinend niemand mit mir sprechen wollte. Abgesehen von den allmorgendlichen Demonstrationen ihrer außerordentlichen Fähigkeit, Lärm zu produzieren, war Tuta Sunderson still; Duane hielt sich fern; wenn er einmal am alten Farmhaus vorbeigehen mußte, drehte er den Kopf so, daß er mich nicht zu sehen brauchte. Seine Tochter mied mich, vermutlich durch Prügel oder auch auf weniger physische Art abgeschreckt. Manchmal konnte ich sie von meinem Schlafzimmerfenster aus zum Geräteschuppen oder zum Kornspeicher gehen sehen, sie wirkte gehetzt und abgestumpft; und sie erschien nicht mehr in meiner Küche oder auf der Veranda, an irgend etwas aus meiner Speisekammer kauend. Nachts erwachte ich oft an meinem Schreibtisch, wo ich eingenickt war, das Martiniglas neben mir und den Bleistift in der Hand; das Geräusch von Zacks Motorrad hatte mich geweckt, dessen Motor abgestellt wurde, sobald er auf meiner Höhe angekommen war. Ich schrieb. Ich döste. Ich trank. Ich häufte Schuld an. Ich hoffte, daß die Michalskis bald eine Postkarte von ihrer verschollenen Tochter erhalten würden. Ich hoffte, daß Eisbär recht hatte und bald alles vorbei sein würde. Oft wäre ich gerne abgereist.

Nachts hatte ich Angst.

Rinn ging nicht ans Telefon, und ich sagte mir immer wieder, daß ich sie am nächsten Tag besuchen würde. Doch auch davor hatte ich Angst. Es gab keine anonymen Anrufe mehr, weder der Zwiebelfresser rief an, noch – wer auch immer der andere war. Vielleicht war das alte Telefon nicht in Ordnung.

Ich erhielt keine Briefumschläge mit leeren Blättern mehr, und nur noch einen Drohbrief. Er war mit Druckschrift auf liniertem Papier geschrieben, das an einer Seite perforiert war, und lautete WIR WERDEN DICH KRIEGEN, MÖRDER. Ich steckte den Zettel in ein Kuvert und schickte ihn mit einer Notiz an Eisbär.

Es war mir, als sei ich gestorben.

Oft dachte ich, du hast dich geirrt, da oben im Steinbruch. Daß Zack die Cola-Flaschen in seinem Wagen hatte, ist kein Beweis; daß er den Türgriff dort weggenommen hatte, wo ich ihn gelassen hatte, war kein Beweis. Und dann dachte ich daran, wie er sich mit dem Messer in die Hand geschnitten hatte.

Ich sagte mir: es ist nicht dein Problem. Und dann dachte ich daran, wie er eine Schallplatte den »verlorenen Seelen« gewidmet hatte.

Ich dachte an Alison Greening, wie sie auf mich zugekommen war, ein Wesen aus Blättern und Baumrinde. Doch die Gedanken, die folgten, die konnten nicht wahr sein.

Mit Eisbär zu sprechen war mir nicht möglich. Er reagierte weder auf meine Notiz noch auf den Drohbrief.

Als schließlich an einem Montagnachmittag das Telefon klingelte, dachte ich zuerst, es wäre Hovre, doch als ich eine andere Stimme mich begrüßen und meinen Namen aussprechen hörte, dachte ich gleich an einen gebeugten, hungrigen Mann mit kurzgelocktem schwarzem Haar über einem alternden Gesicht. »Miles«, sagte er. »Du hast gesagt, ich soll dich anrufen, wenn ich Hilfe brauche.« Pauls Stimme war trocken und dünn.

»Ja.«

»Ich muß hier raus. Ich habe nichts mehr zu essen. Ich habe dich angelogen, neulich – ich habe gesagt, ich gehe manchmal hinaus, aber ich bin schon lange nicht mehr draußen gewesen.«

»Ich weiß.«

»Wer hat es dir erzählt?« Angst machte seine Stimme schrill.

»Das ist nicht wichtig.«

»Nein. Nein, wahrscheinlich nicht. Aber ich kann nicht mehr in der Stadt bleiben. Ich glaube, die haben etwas vor. Da sind jetzt noch mehr, die mein Haus beobachten, und manchmal sehe ich sie reden, planen. Ich glaube, sie wollen hier einbrechen. Ich habe Angst, daß sie mich umbringen wollen. Und ich habe seit zwei Tagen überhaupt nichts mehr gegessen. Wenn – wenn ich hier rauskomme, kann ich dann zu dir kommen?«

»Natürlich. Du kannst hierbleiben. Ich kann mir eine Waffe besorgen.«

»Waffen haben die auch alle, Waffen nützen nichts... ich muß ihnen nur einfach entkommen.« In den Pausen konnte ich ihn keuchen hören.

»Dein Auto ist doch hin. Wie kannst du denn da herkommen?«

»Ich werde zu Fuß gehen. Ich werde mich im Graben oder in den Feldern verstecken, wenn ich jemanden sehe. Heute Nacht.«

»Aber das sind fünfzehn Kilometer!«

»Das ist die einzige Möglichkeit.« Dann, mit dieser geisterhaft fahlen Stimme, mit diesem toten Humor: »Ich glaube nicht, daß mich jemand mitnehmen wird.«

Ungefähr um halb zehn, als die Dämmerung hereinbrach, begann ich, auf ihn zu warten, obwohl ich wußte, daß er frühestens in einigen Stunden eintreffen konnte. Ich wanderte durch das alte Haus und hielt von den oberen Fenstern aus immer wieder Ausschau, ob ich ihn irgendwo auf seinem Weg durch die Felder sehen könne. Als es um zehn völlig dunkel geworden war, drehte ich nur ein Licht an, das in meinem

Arbeitszimmer, damit man ihn nicht sähe, wenn er zur Haustür kam. Dann saß ich auf der Verandaschaukel und wartete.

Er brauchte vier Stunden. Um zwei Uhr hörte ich vom Graben bei den Nußbäumen her etwas rascheln, ich hob den Kopf und sah Paul über den gefurchten Rasen kommen. »Ich bin auf der Veranda«, flüsterte ich und öffnete ihm die Tür.

Sogar im Dunkeln konnte ich sehen, daß er völlig erschöpft war. »Halt dich von den Fenstern fern«, sagte ich und führte ihn in die Küche. Ich drehte das Licht an. Er saß zusammengesunken am Tisch, keuchend. Seine Kleidung war dreckverschmiert, und ein paar Strohhalme hingen auch daran. »Hat dich jemand gesehen?« Er schüttelte den Kopf. »Ich werde dir erstmal was zu essen geben.«

»Bitte«, flüsterte er.

Während ich Speck und Eier briet, verharrte er die ganze Zeit in der gleichen Haltung, mit gebeugtem Rücken und gespreizten Knien; seine Augenlider flatterten. Ich gab ihm ein Glas Wasser. »Meine Füße tun so weh«, sagte er. »Und meine Rippen. Ich bin über einen Felsen gefallen.«

»Hat dich jemand weggehen gesehen?«

»Wenn mich jemand gesehen hätte, wäre ich jetzt nicht hier.«

Ich ließ ihn sich erholen, während die Eier brieten.

»Hast du vielleicht ein paar Zigaretten? Ich hab' seit sechs Tagen nicht geraucht.

Ich warf ihm mein Päckchen zu. »Mein Gott, Miles ...«, sagte er und konnte nicht weitersprechen. »Mein Gott ...«

»Später«, sagte ich. »Dein Essen ist gleich fertig. Nimm ein bißchen Brot inzwischen.« Er war zu müde gewesen, um den Laib Brot zu bemerken, der mitten auf dem Tisch bereitlag.

»Mein Gott«, wiederholte er und riß sich einen Brocken Brot ab. Als ich das fertige Essen vor ihn hinstellte, begann er gierig zu essen, schweigend, wie ein entflohener Sträfling.

Sobald er fertig war, drehte ich das Licht ab, und wir gingen ins Wohnzimmer und tasteten uns zu den Sesseln. Ich konnte seine glimmende Zigarette im Dunkeln vor- und zurückschwingen sehen, als er sich im Schaukelstuhl niederließ. »Hast du irgendwas zu trinken? Entschuldige bitte, Miles. Schließlich rettest du mir das Leben.« Ich glaube, er begann zu weinen, und ich war froh, daß die Lichter aus waren. Ich ging wieder in die Küche und kehrte mit einer Flasche und zwei Gläsern zurück.

»Das ist gut«, sagte er, als ich ihm den Drink gab. »Was ist das?«

»Gin.«

»Habe ich noch nie getrunken. Meine Mutter hat keinen Alkohol im Haus geduldet, und ich mochte nicht in die Bars gehen. Wir haben nie etwas stärkeres als Bier getrunken, und das auch nur ein- oder zweimal. Sie ist an Lungenkrebs gestorben. Sie war Kettenraucherin, so wie ich.«

»Das tut mir leid.«

»Es ist schon lange her.«

»Was wirst du denn jetzt tun, Paul?«

»Ich weiß nicht. Irgendwo hingehen. Mich verstecken. Versuchen, in eine Stadt zu kommen. Wiederkommen, wenn alles vorüber ist.« Die Zigarette glimmte auf, wenn er einen Zug machte, und schwang vor und zurück, wenn er schaukelte. »Da war noch eine. Ein anderes Mädchen. Sie ist verschwunden.«

»Ich weiß.«

»Das ist der Grund, warum sie mich fertigmachen wollen.

Sie wird seit mehr als einer Woche vermißt. Ich habe es im Radio gehört.«

»Michael Moose.«

»Ganz richtig.« Er gab ein krächzendes humorloses Lachen von sich. »Wahrscheinlich kennst du Michael Moose nicht: Er wiegt ungefähr drei Zentner und lutscht Pfefferminzbonbons. Er ist einfach grotesk. Er hat ganz glatt anliegendes Haar und Schweinsaugen und einen kleinen Schnurrbart à la Oliver Hardy. Er hätte niemals anderswo als in Arden einen Job bekommen, und die Kinder auf der Straße lachen hinter ihm her, aber er ist noch immer besser als ich. Für Arden. Sie finden ihn komisch, und sie machen Witze über ihn, aber sie respektieren ihn auch. Das ist zu hoch für mich. Er wird eben akzeptiert als einer von ihnen. Und weißt du auch, warum?«

»Warum denn?«

Pauls Stimme war tonlos und klang bitter. »Weil er Freundinnen hatte, als er jung war, und sie haben die Mädchen gekannt, und weil er verheiratet war. Und weil sie wissen, oder es zumindest behaupten, daß er eine Geliebte hat, eine Telefonistin drüben in Blundell. Eine Rothaarige.« Die Zigarette bewegte sich in der Luft, und ich konnte ganz schwach erkennen, wie Paul Kant das Glas zum Munde führte. »Das ist es. Er ist einer von ihnen. Weißt du eigentlich, was ich verbrochen habe?« Er hielt den Arm still. »Ich habe niemals ein Verhältnis gehabt. Ich habe niemals ein Mädchen gehabt. Ich habe niemals schmutzige Witze erzählt. Ich habe nicht einmal ein totes Mädchen gehabt wie du, Miles. Deshalb dachten sie, ich wäre – was sie eben glaubten. Anders. Nicht wie sie. Etwas Schlechtes.«

Lange saßen wir schweigend in der Dunkelheit, jeder für den anderen nichts als eine vage formlose Gestalt. »Ich war nicht immer so, weißt du. Daß ich, sagen wir, weniger robust war, machte noch nichts aus, solange wir alle noch klein waren. In der Volksschule. Die Volksschule war das reinste Paradies – wenn ich so zurückdenke: das reinste Paradies. Erst in der High School wurde es dann schwierig. Ich war nicht nett. Ich war nicht wie Eisbär. Ich war kein Athlet. Ich war nicht hinter den Mädchen her. Also fingen sie an, über mich zu reden. Ungefähr zu der Zeit, als ich die Schule verlassen mußte, merkte ich dann, daß die Leute mich nicht in der Nähe ihrer Kinder haben wollten.« Er bückte sich und tastete nach etwas auf dem Boden. »Könnte ich wohl noch einen Drink haben?«

»Die Flasche steht auf dem Boden direkt neben deinem Stuhl.«

»Da also jetzt dieser erstaunliche Typ herumläuft und kleine Mädchen abschlachtet, glauben sie, daß ich es bin. O ja, Paul Kant, der war ja nie so ganz richtig, nicht wahr? Ein Muttersöhnchen. Nicht ganz normal – in einer Gesellschaft, die das Normalsein zur erstrebenswertesten aller Eigenschaften erhebt. Und dann war da noch diese andere Sache – ich hatte gewisse Probleme. Dumme Geschichte. Sie brachten mich aufs Polizeirevier. Sie schlugen mich. Wegen nichts. Ich hatte überhaupt nichts getan. Hat man dir schon davon erzählt?«

»Nein«, log ich. »Nicht ein Wort.«

»Ich mußte ins Krankenhaus. Für sieben Monate. Jeden Tag Pillen. Wegen nichts und wieder nichts. Und dieses Angestarrtwerden, als ich rauskam. Die einzige Arbeit, die ich finden konnte, war im Zumgo. Mit diesen lüsternen Weibern. Mein Gott. Weißt du, wie ich heute nacht hierhergekommen bin? Ich mußte mich aus meinem eigenen Haus schleichen, mich wie ein Hund durch die Hintergassen drücken. Weißt du das von meinem Hund, Miles? Sie haben ihn umgebracht.

Einer von ihnen. Eines Nachts ist er hergegangen und hat meinen Hund erwürgt. Ich habe ihn heulen gehört. Den Hund.« Ich konnte mir vorstellen, wie sich Pauls kleines Affengesicht verzerrte. Der Geruch von Zigaretten und Gin zog durch den dunklen Raum. »Mein Gott.« Wahrscheinlich hat er wieder geweint, dachte ich.

Dann: »Also, was sagst du dazu, Miles Teagarden? Oder sitzt du nur einfach da und hörst zu? Was sagst du dazu?«

Ich sagte: »Ich weiß nicht.«

»Ihr seid reiche Leute gewesen. Du konntest in den Sommerferien hierherkommen und dann zurück auf deine Privatschule gehen und dann auf eine teure Universität und Pfeife rauchen und einer Verbindung beitreten und heiraten und deinen Doktor machen und in New York eine Wohnung nehmen und nach Europa reisen und Autos zuschanden fahren und Anzüge von Brooks Brothers tragen und was weiß ich noch alles tun. In einem College Englisch unterrichten. Ich werde noch was von deinem Gin trinken.« Er beugte sich hinunter, und ich hörte die Flasche gegen das Glas klirren. »Oh! Jetzt habe ich was verschüttet.«

»Macht nichts«, sagte ich.

»Nein, dir macht das nichts aus. Ich werde allmählich betrunken. Bist du es gewesen, Miles? Bist du es? Sag schon!«

»Bin ich was?« Aber ich wußte, was er meinte.

»Bist du dieser erstaunliche Typ? Hast du Urlaub genommen von deinem Bilderbuchleben und bist hergekommen, um ein paar kleine Mädchen abzuschlachten?«

»Nein.«

»Also, ich bin es auch nicht. Wer ist es dann?«

Ich blickte zu Boden. Bevor ich mich entschließen konnte, ihm von Zack zu erzählen, sprach er wieder.

»Nein, ich bin es nicht.«

»Das weiß ich«, sagte ich. »Ich glaube –«

»Ich bin es nicht, in keiner Beziehung. Sie wollen nur einfach, daß ich es bin. Oder du. Aber über dich weiß ich ja nichts. Doch du bist nett zu mir, nicht wahr, Miles? Du bist richtig nett. Dir hat man wahrscheinlich nie einen Hund erwürgt. Haben Leute wie du überhaupt Hunde? Einen Dobermann, einen Wolfshund? Einen flotten kleinen Pekinesen an der Leine?«

»Paul, ich versuche, dir zu helfen«, sagte ich. »Du hast eine absolut lächerliche Vorstellung von meinem Leben.«

»Huch, pardon! Ich darf nicht beleidigend werden, bloß das nicht. Bin ja nur ein armer Junge vom Lande, ich weiß schon. Armer, dummer, bemitleidenswerter Hinterwäldler. Ich werde dir sagen, warum ich es auf keinen Fall sein kann. Ich sage dir den Grund, mein Junge: Ich würde nie etwas mit einem Mädchen zu tun haben wollen. Darum. Hörst du, was ich sage?«

Ja, ich hörte es. Und ich hoffte, er würde sich nicht selber quälen und weiter davon reden.

»Hast du das gehört?«

»Ja, ich habe es gehört.«

»Hast du es verstanden?«

»Ja.«

»Ja. Weil ich das mit einem Jungen machen würde, nicht mit einem Mädchen. Ist das nicht lustig? Darum kann ich es nicht gewesen sein. Das ist es, was ich immer schon gewollt habe, aber auch das habe ich nie getan. Nicht einmal angerührt habe ich jemals einen. Aber ich würde keinem weh tun wollen. Niemals würde ich ihnen weh tun.«

Er saß da, zusammengekauert in seinem Schaukelstuhl, und seine Zigarette glimmte. »Miles?«

»Ja?«

»Laß mich allein.«

»Liegt dir sehr viel daran, jetzt allein zu sein?«

»Mach, daß du rauskommst, Miles.« Er weinte wieder. Statt den Raum zu verlassen, stand ich auf und ging an ihm vorbei zum Fenster, das sich auf die Veranda und zur Straße hin öffnete. Ich sah nichts außer der dunklen Form meines Gesichts, das sich in der Scheibe spiegelte, und dem zerrissenen Fliegengitter. Dahinter war alles stockfinster. Paul schmatzte an seinem Glas. »Okay«, sagte ich, »ich lasse dich allein, Paul. Aber ich komme wieder.«

Ich ging im Dunkeln hinauf und setzte mich an meinen Schreibtisch. Es war drei Uhr fünfzehn. Ich mußte nachdenken, was morgen geschehen sollte. Wenn die Männer von Arden in Pauls Haus einbrachen und feststellten, daß er weg war, würde Eisbär das fast sofort erfahren, da war ich sicher. Und wenn sie tatsächlich in sein Haus einbrachen, konnte das nur bedeuten, daß sie irgendwie zu der Überzeugung gelangt waren, daß er und nicht ich für den Tod der Mädchen verantwortlich war. Anderseits könnte ihnen aber auch einfallen, Paul bei mir zu suchen – und wenn eine Bande von Raufbolden in mein Haus stürmen und uns alle beide finden würde, konnte ich mir nur das Schlimmste für uns beide vorstellen. Ein Gewehr aus Duanes Keller würde mich kein zweites Mal retten. Ich hörte das Geräusch eines anfahrenden Wagens, und ich zuckte zusammen. Das Geräusch entfernte sich.

Etwa fünfzehn Minuten verstrichen. Paul hatte Zeit genug gehabt, sich wieder zu fassen, glaubte ich. Ich stand auf und merkte, wie müde ich war.

Ich stieg die Treppe hinunter in das dunkle Wohnzimmer.

Ich sah eine glimmende Zigarette auf dem Rand des Aschenbechers. Der Geruch von Gin und Zigaretten hing schwer in dem kalten kleinen Zimmer. »Paul?« sagte ich und ging auf den Schaukelstuhl zu. »Paul, ich werde dir eine Decke geben. Ich habe einen Plan für morgen.«

Und dann hielt ich inne. Ich sah die Rückenlehne des Schaukelstuhles sich gegen das Fenster abzeichnen – aber nicht die Umrisse seines Kopfes. Der Schaukelstuhl war leer. Paul war nicht mehr da.

Ich wußte sofort, was geschehen war, aber ich knipste trotzdem das Licht an, um mich zu vergewissern. Das Glas und die zu dreiviertelleere Flasche standen neben dem Stuhl auf dem Boden, die Zigarette war fast bis zum Filter heruntergebrannt. Ich ging in die Küche und öffnete dann die Badezimmertür. Er hatte das Haus verlassen, kurz nachdem ich hinaufgegangen war. Ich fluchte laut, halb aus Ärger über mich selbst, weil ich ihn allein gelassen hatte, halb aus Verzweiflung.

Ich lief über die Veranda auf den Rasen hinaus. Er konnte noch nicht sehr weit gekommen sein. Das Geräusch des Autos fiel mir ein, das ich oben gehört hatte, und ich begann, über den Rasen zu rennen.

Als ich zur Straße kam, wandte ich mich, einem Reflex folgend, nach rechts und lief etwa vierzig Sekunden lang auf die Sundersonfarm und Arden zu. Aber er konnte auch die andere Richtung eingeschlagen haben, weiter ins Tal hinein – und ich wußte nicht einmal, was in dieser Richtung lag; ich erkannte, daß er ja auch querfeldein gelaufen sein konnte, wie er es zuvor auf seinem Weg von Arden hierher getan hatte. Ich dachte daran, daß er sich vielleicht hinter einem Gebüsch versteckte oder durch ein Feld kroch, von Angst und Selbstverachtung geschüttelt, und ich sagte mir, daß er ja überhaupt keinen Zufluchtsort hatte. Er würde vor Tagesanbruch zurückkommen.

Ich machte kehrt und schleppte mich über die dunkle Straße nach Hause. Als ich die Auffahrt zum Haus meiner Großmutter erreichte, zögerte ich zunächst, ging dann aber die Straße noch ein Stück weiter hinauf in die andere Richtung. Es war hoffnungslos. Ich sah nichts. Ich konnte ihn nur finden, wenn er sich finden lassen wollte. Ich kehrte um, setzte mich auf die Verandaschaukel und wartete. Eine Stunde, nahm ich mir vor. Es würde nicht einmal eine Stunde dauern. Ich wollte hier sitzenbleiben und warten. So müde ich auch war, es war unvorstellbar, daß ich einschlafen würde.

Etwa eine Stunde später riß mich ein Geräusch, das ich zunächst nicht identifizieren konnte, aus dem Schlaf. Ein hoher Heulton, ein Geräusch mechanischer Wut, mechanischer Panik, kam von irgendwoher zu meiner Rechten, war aber nahe genug, meinen Orientierungssinn zu stören: Für Augenblicke glaubte ich, in New York zu sein, vor dem Morgengrauen erwacht in New York. Es war ein New Yorker Geräusch, und als ich allmählich meine Umgebung wahrnahm, erkannte ich auch den Ton: es war eine Feuerwehrsirene.

Ich stand im ersten grauen Morgenlicht auf der Veranda und lauschte der Sirene. Nebel lag über den Feldern und bedeckte die Talstraße wie ein Teppich. Als ich noch lauschte und feststellen versuchte, woher der Sirenenton kam, brach er ab. Ich wirbelte herum und stieß die Tür zum Wohnzimmer auf. Flasche und Glas auf dem Boden, ausgebrannte Zigarette im Aschenbecher: Paul Kant war noch immer fort.

Schlaftrunken wie ich war, wußte ich doch, daß ich mich beeilen mußte, und stieg die eine Stufe von der Veranda hinunter. Nebel füllte die Furchen des Rasens und verdeckte die Brandflecken. Stolpernd ging ich zur Auffahrt und vergaß völlig mein Auto, an dem ich doch direkt vorbeigegangen sein mußte. Ich kam zur Straße und begann zu laufen. Die Straße hinunter, Richtung Highway, sah ich schwaches Rot die dunkelgraue Luft durchdringen.

Als ich in Höhe des Sunderson-Hauses ankam, hörte ich zu rennen auf und ging nun, so schnell ich konnte, ohne daß mein Seitenstechen schlimmer wurde, bis zur Schulruine; dann lief ich im Dauerlauf zur Kirche. Der rote Sandsteinhügel verbarg die Röte des Himmels. Andy's Laden, dachte ich und zwang mich zu schnellerem Lauf. Ich hörte Leute in Bewegung, Motoren in Betrieb. Als ich um die scharfe Kurve des Sandsteinhügels bog, begann ich noch schneller zu rennen. Das Feuerwehrauto stand auf dem Parkplatz neben Andy's Laden, und etwas weiter vorne, neben den Zapfsäulen, parkte ein Polizeiauto. Ich hörte das Feuer, dieses schreckliche rasende Geräusch des Verschlingens. Aber es war nicht Andys Haus, das brannte. Ich sah die Flammen hinter der hohen weißen Fassade des Kaufhauses emporschießen.

Ich dachte, rückblickend, daß es auch ein Motorrad gewesen sein konnte, was ich gehört hatte, und kein Auto. Ich war zu benommen gewesen, um den Unterschied zu erkennen.

Ich lief an der Vorderfront von Andy's Laden vorbei und bog um die Hausecke.

Zuerst sah ich nur die brennende Fassade von Duanes Traumschloß, das seiner Vernichtung entgegenloderte, wie es sich Duane oft gewünscht haben mußte. Es war transparent geworden, skelettartig. Die Tür- und Fensterrahmen hingen dunkel, wie Knochen, in den orangefarbenen Flammen. Drei Feuerwehrleute in Gummistiefeln und Helmen richteten einen nutzlosen Wasserstrahl in das Feuer. Dampf vermischte sich mit dem aufsteigenden Rauch. Dann sah ich Eisbär, der neben dem Feuerwehrwagen stand und mich gelassen beobachtete; er war nicht in Uniform, sondern trug eine unförmige Sportjacke und eine braune Hose, und an seinem Aussehen erkannte ich, daß er noch nicht im Bett gewesen war. Da er an Schlaflosigkeit litt, war er aufgeblieben, hatte sich mit seinem Bourbon beschäftigt, bis der Anruf von der Feuerwehr kam. Es war noch immer so dunkel, daß der Boden und der Himmel und die Rückseite von Andy's Laden rot leuchteten, und als ich näher trat, spürte ich die Hitze. Dave Lokken in Uniform sprach mit Andy und seiner Frau, die Bademäntel trugen und erschreckte starre Mienen zur Schau trugen. Sie standen unmittelbar an der Rückseite des Ladens, und der Feuerschein färbte ihre Gesichter. Alle drei sahen mich gleichzeitig und starrten mich an wie ein Gespenst.

Eisbär winkte mich zu sich. Ich beobachtete weiter das Feuer; die ersten Balken stürzten herab und sandten einen Funkenschauer empor.

»Hat dich die Feuersirene aufgeweckt?« fragte er.

Ich nickte.

»Bist aber verteufelt schnell hiergewesen. Hast du in den Kleidern geschlafen?«

»Ich war nicht im Bett.«

»Ich auch nicht«, sagte er und schenkte mir sein trauriges väterliches Lächeln. »Willst du die Geschichte hören? Muß sie dir sowieso erzählen. Wird dich interessieren.«

Ich blickte auf das Durcheinander grauer Armeedecken, die auf halbem Wege zwischen dem brennenden Traumschloß und Andys Haus auf einem Haufen lagen, und nickte.

»Natürlich werden die Burschen für das Haus nichts mehr

tun können«, sagte er, »aber vielleicht können sie verhindern, daß die Flammen auf Andy Kastads Laden überspringen. Das wäre aber auch alles, was sie erreichen können. Der Anruf kam zu spät, als daß sie Duanes Haus hätten retten können, aber ich schätze, dem wird sowieso niemand nachtrauern, am wenigsten Duane selbst. Das hätte schon längst abgerissen gehört. Andy und seine Frau wachten noch rechtzeitig auf, um sich selbst zu retten – sie behaupten, sie hätten zuerst ein Geräusch und dann das Feuer gehört. Springen beide aus den Betten, schauen aus dem Fenster und kriegen den Schreck ihres Lebens.«

Ich warf einen Blick auf Andy und seine Frau und glaubte es.

»Die gute Margaret ruft also die Feuerwehr an, während Andy rausläuft, um etwas zu tun – er weiß selbst nicht, was. Draufpinkeln vielleicht. Und er sieht etwas. Kannst du dir denken, was?«

»Nein.« Eisbär wandte wieder einmal seine Lieblingstaktik an, um Spannung zu erzeugen.

»Nein. Tatsächlich nicht. Übrigens, sag mal, Miles – ich nehme an, du hast nicht zufällig deinen Freund Paul Kant heute nacht gesehen?« Er streckte den Kopf vor, zog die Augenbrauen hoch. Daß er vom Thema abwich, machte ihn nicht im geringsten verlegen. Ein weiterer seiner Lieblingstricks.

»Nein.«

»Aha. Sehr gut. Na, jedenfalls, wie gesagt, Andy kommt aus der Hintertür gestürmt, wild entschlossen, das ganze Feuer mit Bier oder irgend etwas zu löschen, da sieht er etwas im Hauseingang. Und jetzt ist er genau wie du – er kann sich auch nicht vorstellen, was es ist. Aber er denkt sich, vielleicht ist es besser, wenn er es genauer anschaut. Also rennt er hin, greift zu und zieht es weg. Die Hälfte davon steht in Flammen. Als er es klar und deutlich vor sich sieht, läuft er zurück ins Haus und ruft mich an; allerdings sind Dave und ich sowieso schon auf dem Wege hierher.«

»Was ist eigentlich die Pointe deiner ergreifenden Schauergeschichte, Eisbär?« Die Hitze des Feuers schien sich zu verstärken; eine Seite meines Gesichts wurde heiß.

»Ich dachte, das könntest du dir vielleicht denken.«

Er legte seine große Hand auf meinen Bizeps und begann, mich auf den Laden zuzuschieben. »Die Pointe ist, daß du dir jetzt keine Sorgen mehr zu machen brauchst, Miles. Es ist alles vorbei. Ich habe auf das falsche Pferd gesetzt, aber von diesem Moment an bist du frei und reingewaschen. Es ist schon so, wie ich dir gesagt habe. Ich habe ihn verfehlt, aber er hat mich auch verfehlt.«

Ich blieb stehen und blickte in Eisbärs massiges Gesicht hinauf, und unter dem zuversichtlichen Gehabe erkannte ich Verblüffung und schwelenden Zorn. Er stieß mich voran, mir meine Rolle in seiner Scharade aufzwingend. Ich stolperte, und er packte meinen Arm nur noch fester. »Heute haben wir den 16. Juli, alter Kumpel, wenn da also nichts ist, was dich über den 21. hinaus hier festhält, wirst du uns dann wohl verlassen, schätze ich. Das ist in weniger als einer Woche. So lange kann man ja wohl den Mund halten, schätze ich.«

»Eisbär«, sagte ich, »ich weiß nicht, wovon du redest, aber ich glaube, ich weiß, wen du suchst.«

»Wen ich gesucht habe«, sagte er.

Wir waren fast bei dem Haufen Decken, und mir fiel auf, daß Lokken gerade Andy und seine Frau wegscheuchte. Sie zogen sich zurück, offenbar froh, daß sie gehen durften.

»Was er da gefunden hat, war ein Mensch«, sagte Eisbär und bückte sich wie einer, der eine Münze vom Boden aufhebt.

»Ein Mensch?«

Wortlos schlug Eisbär einen Zipfel der Decke zurück.

Ich blickte in Pauls Gesicht. Ein Teil der Haare war verbrannt, und eine Wange war blutig. Die Augen waren noch offen. Ich fühlte, wie meine Knie nachgaben, und hielt mich nur mit großer Anstrengung auf den Beinen. Eisbär berührte mich zwischen den Schulterblättern, und ich fühlte wieder seinen unterdrückten Zorn. Es war wie die Berührung mit einem Brandeisen. Ich hörte ihn sagen: »Das ist dein Passierschein, mit dem du hier rauskommst, Miles«, und blickte auf Pauls Leiche.

»Was ist das da, seitlich an seinem Kopf?« fragte ich und hörte meine Stimme zittern. »Sieht aus, als wäre er niedergeschlagen worden.«

»Herabfallende Balken.«

»Die fingen erst an herabzufallen, als ich schon hier war.«

»Dann ist er eben gestürzt.«

Ich wandte mich ab.

»Noch etwas, Miles«, sagte Eisbär neben mir. Er bückte sich noch einmal, zog die Decke wieder gerade und richtete sich auf. Dann stieß er mit dem Fuß ein anderes Stück grauen Wollstoffs beiseite. »Sieh mal, hier ist noch etwas, das Andy herausgezogen hat.« Er nahm meinen Arm und drehte mich herum wie ein Spielzeug. Ich brauchte einen Moment, bevor ich erkannte, was da neben der grauen Decke lag, denn das Metall war vom Feuer geschwärzt. Es war der zweite Benzinkanister aus der Garage neben dem Farmhaus.

»Wie er das Feuer gelegt hat«, sagte Eisbär, »ist sonnenklar.«

»Was ist da sonnenklar? Dieser Kanister stammt aus meinem Haus.«

»Natürlich. Paul hat sich hinausgeschlichen, den Kanister gestohlen, ist hierhergekommen, hat das Benzin überall verschüttet und es angezündet. Er hätte genausogut gestehen können. Er hat es einfach nicht mehr ertragen können.«

»Nein, nein, nein«, sagte ich. »Eisbär, er *ist* zuvor bei mir gewesen. Er hat versucht zu entkommen, bevor diese Bande von Schlägern ihn zusammenschlagen oder umbringen würde. Er war nicht schuldig, er hatte nichts zu gestehen.«

»Gib's auf, Miles«, sagte Hovre. »Du hast mir schon erzählt, daß du ihn nicht gesehen hast. Jetzt ist es zu spät, um zu lügen.«

»Jetzt lüge ich nicht.«

»Vorhin hast du also gelogen, aber jetzt lügst du nicht.« Seine Stimme war tonlos. Er glaubte mir nicht.

»Er hat kurz nach drei mein Haus verlassen. Es muß ihm schon die ganze Zeit jemand gefolgt sein. Er ist getötet worden. Genau das, wovor er Angst hatte. Genau das, wovor er davongelaufen ist, ich habe sogar das Auto gehört«. Meine Stimme wurde immer lauter.

Eisbär schlurfte ein paar Schritte davon. Ich sah, daß er Mühe hatte, seine Fassung zu bewahren. »Also, Miles«, sagte er und drehte sich wieder zu mir um, »um auf den Boden der Tatsachen zurückzukehren: ich schätze, daß der Coroner einen der folgenden beiden Standpunkte einnehmen wird. Hörst du zu? Er kann es entweder als Selbstmord oder als Tod durch Unfall im Zusammenhang mit einem Verbrechen deklarieren, je nachdem, inwieweit er Paul Kants Ruf schonen will. In jedem Fall muß er den Benzinkanister als Beweismittel heranziehen.«

»Du meinst, das sind die beiden einzigen Möglichkeiten, die er in Betracht ziehen wird?«

»Genau.«

»Aber nicht, wenn ich es verhindern kann.«

»Du wirst nicht in der Lage sein, etwas daran zu ändern, Miles. Du machst am besten Schluß mit deiner Arbeit da und haust ab.«

»Wer ist hier der Coroner?«

Eisbär blitzte mich ärgerlich-triumphierend an. »Ich.«

Ich starrte ihn nur an.

»In einem Bezirk dieser Größenordnung scheint es nicht sehr sinnvoll, zwei Leute mit öffentlichen Geldern zu bezahlen.«

Wortlos wandte ich mich ab und blickte ins Feuer. Die Flammen waren jetzt weniger hoch, Dach und Türrahmen waren inzwischen eingestürzt. Die Haut in meinem Gesicht und an den Händen fühlte sich an wie geröstet. Der Stoff meiner Hose war heiß, wo er meine Beine berührte. Ich fühlte, wie die Kastads vor dem Feuer und vor mir zurückwichen.

»Er war in meinem Haus«, sagte ich. Ich konnte es nicht mehr ertragen. Ich ging auf Eisbär zu. »Er war in meinem Haus, und du hast meine Cousine vergewaltigt. Du und Duane. Ihr habt sie getötet. Wahrscheinlich unabsichtlich, aber das macht jetzt zwei Todesfälle, die du vertuschen willst. Diesmal wird dir das nicht gelingen.«

Seine Wut war beängstigender als Duanes Zorn, weil sie stiller war. »Dave«, sagte er über meine Schulter hinweg.

»Du kannst nicht einfach alles einem Unschuldigen in die Schuhe schieben, bloß weil er bequemerweise tot ist«, sagte ich. »Ich weiß, wer es ist.«

»Dave.« Lokken näherte sich mir von hinten, ich konnte ihn auf dem Kies gehen hören.

»Es ist dieser Zack«, sagte ich. »Es gibt auch noch eine andere Möglichkeit, aber die ist zu verrückt ... es muß also dieser Zack sein.« Ich hörte Lokken hinter mir überrascht etwas flüstern. »Er hatte diese Cola-Flaschen in seinem Kombi, und einen Türgriff...«

»Weißt du, wer Zachary ist, Miles?« unterbrach mich Eisbär, und seine Stimme war so glatt wie eine Grabplatte.

»Er hat auch eine Vorliebe für Feuer, stimmt's?« sagte ich. »Duane hat gesagt, er habe Feuer so gern, daß er manchmal gar nicht abwartet, bis andere es anzünden.«

Dave Lokken packte meine Arme. »Halt ihn fest, Dave«, sagte Eisbär. »Halt ihn gut fest.« Er trat nahe an mich heran, und Lokken hielt mich so fest, daß ich mich nicht bewegen konnte. »Weißt du, wer Zachary ist?«

»Jetzt weiß ich es«, versuchte ich zu sagen.

»Er ist mein Junge«, sagte Eisbär. »Mein Sohn. Und jetzt werde ich dich lehren, dein Maul zu halten.«

In der Sekunde, ehe er zuschlug, sah ich die Wut in seinem Gesicht leuchten, und ich fragte mich noch, ob Duane mir dieses letzte Detail verraten haben würde, wenn er sich nicht seine Hand verletzt hätte. Dann konnte ich nur noch an den Schmerz denken. Nachher befahl er Lokken, mich fallen zu lassen, und ich sackte auf dem Kies zusammen. Ich konnte nicht atmen. Ich hörte ihn sagen: »Lokken, heb deinen fetten Arsch von hier weg«, und ich öffnete die Augen und sah seine Schuhe vor mir. Eine seiner Schuhspitzen hob sich und senkte sich dann auf mein Gesicht. Ich hörte Lokken weggehen. Eisbärs Geruch hüllte mich ein. Der Fuß hob sich von meinem Gesicht. Seine Stimme war jetzt direkt neben meinem Ohr.

»Du wärst erheblich besser drangewesen, wenn du nie hierhergekommen wärst, Miles. Und ich glaube, du richtest dich
am besten danach.« Ich hörte ihn schwer atmen. Alkoholge-
stank mischte sich mit Schießpulvergeruch. »Miles, du gottverdammter Mistkerl, wenn du noch ein Wort über diese gottverdammte Cola-Flasche oder über diesen gottverdammten
Türgriff sagst, dann reiß' ich dich in Stücke.« Sein Atem kam
laut und stoßweise und preßte ihm den Bauch gegen den Gürtel. »Und deine Cousine ist vor zwanzig Jahren umgekommen, Miles. Sag du noch ein Sterbenswörtchen über sie, und
du bist geliefert. Und jetzt präg dir das ein, und merk es dir
gut. Wer auch immer da oben war, als deine Cousine starb: Sie
haben dein Leben gerettet, als sie dich auf das Ufer zogen. Ein
zweites Mal würden sie dir den Gefallen vielleicht nicht mehr
tun. Vielleicht würden sie dich einfach ins Wasser zurücksto-
ßen.« Dann grunzte er, während er sich erhob, und ging. Ich
schloß die Augen. Ich hörte, wie unter anfahrenden Rädern
der Kies aufspritzte.

Als ich meine Augen wieder öffnete, tastete ich mein Gesicht ab. Ich fühlte klebriges Blut. Ich setzte mich auf; ich war
allein. Duanes Traumschloß war nur noch ein Haufen bren-
nender rauchender Bretter. Pauls Leiche war nicht mehr da,
auch die Decke nicht. Ich lag völlig allein auf dem Kies neben
dem verlöschenden Feuer.

10

Die letzte Etappe begann.

Zu Hause angekommen, wusch ich mir das Blut vom Gesicht, ging hinauf, legte mich ins Bett und blieb dort die näch-

sten sechsunddreißig Stunden. Ich hatte keinen Freund mehr –
Paul war tot, Duane haßte mich, und Eisbär war ein Feind,
den ich nicht klar einschätzen konnte. Wieder spürte ich die
Berührung wie von einem Brandeisen, und diese Berührung
war schlimmer als die Schläge. Mein einziger Schutz war
Rinn, eine Frau von über neunzig Jahren. Allerdings, wenn
Eisbär und Arden mich von jedem Verdacht freigesprochen
hatten, wozu brauchte ich dann noch einen Schutz? Vor
Zack? In bezug auf ihn hatte ich mich wirklich unmöglich
benommen. Ich wälzte mich zwischen dem feuchten Bettzeug
und stöhnte. Ich war von großer Furcht erfüllt.

Ich weiß, daß ich wartete. Ich hörte nichts als den Klang
meiner eigenen Stimme, die über die Leiche von Paul Kant
hinweg zu Eisbär sagte, daß es noch eine andere Möglichkeit
gäbe, die aber zu verrückt sei – und ich wußte, daß daher
meine Furcht stammte, und ich war ganz steif vor Anspan-
nung. Aber nichts geschah. Es gibt keine andere Möglichkeit,
redete ich mir ein. Allmählich beruhigte ich mich und schlief
schließlich wieder ein.

Ich erwachte vom Geruch kalten Wassers, das den Raum
durchflutete. »Alison«, sagte ich.

Eine Hand berührte meine Schulter. Dies geschah wirklich.
Ich drehte mich auf die andere Seite und streckte den Arm aus
und berührte – ich berührte den Körper eines Mädchens. Ein
schmaler kühler Körper, viel kälter als meine Hand. Ich war in
jenem Zustand halben Wachseins, in dem die Realität am
schwächsten ist. Mir war nur bewußt, daß mir verziehen war;
und ich war mir ihrer Gegenwart bewußt. Meine Hände bewegten sich aus eigenem Antrieb zu ihrem Gesicht und fühlten, was ich nicht sehen konnte: die hohen Wangenknochen in
diesem wilden, widersprüchlichen, magischen Gesicht, dann

das Haar. Ich fühlte, wie ihr Lächeln sich unter meiner Hand ausbreitete, und es gab keinen Zweifel, daß es das Lächeln von Alison Greening war. Übermächtige Glückseligkeit durchdrang mich. Ich berührte die schlanken Beine, umschlang die schmale Taille, bettete meinen Kopf in die Mulde ihres Halsansatzes. Ich hatte noch niemals solches Glück empfunden.

Doch, ich hatte genau dieses Glück schon empfunden, und aus dem gleichen Grund: Während meiner Ehe war ich manchmal nachts halbwach geworden und hatte in meiner Benommenheit Joan berührt und *Alison* gedacht und sie umarmt, und wenn wir einander liebten, in ihrem Körper den Leib des toten Mädchens gefühlt, das ich so sehr begehrte. In solchen Stunden erlebte ich die gleiche Ekstase, die gleiche Glückseligkeit; doch in dieser Nacht waren die Empfindungen noch ausgeprägter, und als ich sie umarmte und in sie eindrang, da waren die kleinen Hände auf meinem Rücken und das schlanke Wesen unter mir ohne jeden Zweifel Alison. Alles andere verschwand, alle Erbärmlichkeit der vergangenen Tage. Wären wir auf einem Schlachtfeld gewesen, ich hätte weder Schüsse noch explodierende Granaten gehört.

Als sich ihr Körper erwärmte, begannen sich seltsame Dinge zuzutragen. Es war nicht so, daß ihr Körper sich veränderte – so einfach war das nicht –, aber zeitweise schien er zweifach dazusein, unmerklich von der einen in die andere Form überzugehen, so daß es in der einen halben Sekunde der Körper war, den ich durchs Wasser gleiten gesehen hatte, und in der anderen halben Sekunde ein anderer – voller, rundlicher; und ein Bein an meiner Flanke schien schwerer zu sein, mich mit größerer Kraft zu pressen. Die Brüste unter mir waren klein, dann groß, dann wieder klein; die Hüften schmal, dann breit; aber eigentlich war immer beides gleichzeitig da.

Einmal, für einen Moment, der tief in einer sich überstürzenden Folge längerer Momente verborgen war – ein Moment wie der Bruchteil eines Bruchteils – schienen meine Hände noch etwas anderes als einen nackten Körper zu spüren.

Stunden später öffnete ich die Augen und sah junge Haut unter mir, eine fleischige Rundung, die sich als eine Schulter entpuppte. Hände kneteten meinen Rücken, ein rundes Knie schob sich zwischen meine Beine. Das Bett war ein Bad von Gerüchen. Der herbe schwere Geruch von Sex, Puder, von junger Haut, von frischgewaschenem Haar. Und der Geruch von Blut. Ich hob den Kopf und sah, daß dieses Mädchen unter mir, dessen Hand mich eben wieder streichelte, um mich von neuem zu erregen, Alison Updahl war.

Ich löste mich von ihr. »Du.«

»Mhm.« Sie kuschelte sich an mich. Ihre Augen waren hart und hell wie immer, doch ihr Gesicht war sanft.

»Wie lange bist du schon hier?«

Sie lachte. »Ich wollte dich überraschen. Aber du hast nicht einmal überrascht getan. Du warst einfach nur wie ausgehungert. Du kannst einem Mädchen wirklich das Gefühl geben, erwünscht zu sein.«

»Wie lange bist du schon hier?«

»Seit ungefähr ein Uhr letzte Nacht. Dein Gesicht ist ganz zerschunden, da wo Mr. Hovre dich geschlagen hat. Du kennst doch seinen blöden Vize, Dave Lokken? Er hat es überall herumerzählt, vor fast zwei Tagen. Daß Mr. Hovre dich zusammengeschlagen hat. Daß es Paul Kant gewesen ist. Da habe ich mir gedacht, ich komme und helfe dir ein bißchen feiern. Obwohl du versucht hast, ihm einzureden, daß Zack es war. Das war wirklich sehr dumm.«

»Ich möchte, daß du gehst.«

»Oh, das ist schon in Ordnung. Ich meine, er merkt das überhaupt nicht. Heute ist Donnerstag, und er geht jeden Donnerstagmorgen zum Co-op. Er weiß nicht einmal, daß ich aus dem Haus bin.«

Ich sah sie prüfend an. Sie schien sich äußerst wohlzufühlen, irgend etwas Absonderliches war ihr offenbar nicht bewußt.

»Warst du die ganze Nacht hier?«

»Hm? Natürlich war ich die ganze Nacht hier.«

»Hast du nicht irgend etwas Seltsames gespürt?«

»Nur dich.« Sie kicherte und schlang einen Arm um meinen Hals. Du bist ganz schön komisch. Du hättest das über Zack nicht zu Mr. Hovre sagen sollen. Zack hat dich wirklich gern. Er hat sogar einige von den Büchern gelesen, die du ihm gegeben hast. Sonst liest er nämlich nur Bücher über Verbrechen, weißt du, über Mord und sowas. Hast du das gesagt wegen neulich, im Steinbruch? Weil wir das da mit dir gespielt haben? Wir haben wirklich nur herumgespielt. Du warst vielleicht ulkig. Sogar nachher, als du so zornig warst, hast du mich angeschaut, weißt du? Allerdings hatte ich ja auch nichts an, genau wie jetzt.«

Sie schnitt eine Grimasse, offenbar hatte sie irgend etwas im Bett gejuckt, und sie strich sich mit der Hand über die Hüfte; durch die Geste entblößte sie den ganzen festen Oberkörper, und ich fühlte unwillkürlich Begierde, wie eine Stichflamme – die kleine Kriegerin hatte schon recht, ich war wie ausgehungert. Ich streckte den Arm aus und legte die Hand auf eine ihrer Brüste. Wieder verströmte sie ihren Blutgeruch. Meine einzige Entschuldigung ist, daß wir zusammen im Bett waren und daß sie mich bewußt verführte. Es war ganz anders als in der vergangenen Nacht. Ihr Körper war mir vollkommen fremd, wir hatten nicht den gleichen Rhythmus, und ich wurde immer wieder durch ihre plötzlichen Initiativen aus dem Takt gebracht. Schließlich rollte ich mich auf den Rücken und überließ es ihr, die Dinge zu dirigieren, wie sie es offenbar wünschte. Es war eine kümmerliche Darbietung, und meine Zweifel an meiner geistigen Zurechnungsfähigkeit wirkten sich auch nicht gerade förderlich aus. Ich war so sicher gewesen, daß meine Cousine mit mir im Bett gelegen hatte; doch als ich mir ihre zweifache Präsenz ins Gedächtnis zurückrufen wollte, gelang es mir nur sehr vage. Aber eines war sicher – Alison Updahl war mir sexuell fremd, ihr Körper harmonierte nicht mit dem meinen.

Als es vorüber war, setzte sie sich im Bett auf. »Diesmal warst du aber nicht mit dem Herzen dabei.«

»Alison«, sagte ich, denn ich mußte diese Frage stellen, »hat Zack diese Dinge getan, hat er diese Morde begangen? Paul Kant war es nämlich nicht, auch wenn Eisbär das glaubt«.

Ihre Zärtlichkeit war verschwunden, noch ehe ich zu sprechen aufgehört hatte. Sie schwang ihre Beine über den Bettrand, und ich konnte ihr Gesicht nicht mehr sehen. Ihre Schultern schienen zu zittern. »Zack redet nur über diese Dinge, er tut sie nicht.« Sie hob den Kopf. »He, was hast du eigentlich da in deinem Bett? Ich habe mich schon die ganze Nacht daran gekratzt.« Sie stand auf, wandte mir das Gesicht zu und schlug die Bettdecke zurück. Auf dem Laken lagen Bruchstücke dünner brauner Zweige, fast eine Handvoll. »Wird Zeit, daß du die Bettwäsche wechselst«, sage sie und hatte sich wieder unter Kontrolle, »sie beginnt schon zu sprießen.«

Meine Kehle war wie ausgetrocknet, als ich die kleinen Zweige neben mir auf dem zerknitterten Laken liegen sah. Sie wandte sich ab.

»Alison«, sagte ich, »beantworte mir eine Frage.«

341

»Ich möchte nicht über diese Dinge reden.«

»Nein. Hör doch. Habt ihr zwei, du und Zack, vor ungefähr zwei Wochen im Radio ein Lied spielen lassen? Von A und Z für alle verlorenen Seelen?«

»Ja. Aber ich sage dir doch, ich kann nicht darüber sprechen – bitte, Miles!«

Alison hatte natürlich keine Ahnung, was diese fingerähnlichen Zweige für mich bedeuteten, und als ich eilig aus dem Bett stieg, beachtete sie mich zunächst überhaupt nicht, während sie sich anzog. »Sehr gesprächig bist du aber nicht, oder? Abgesehen von der dummen Fragerei«, sagte sie und schlüpfte in ihr T-Shirt. »Kein großer Freund von netten kleinen Gesprächen, was, Miles?« Sie zwängte sich in ihre Jeans. »Es macht dir wohl nur Spaß, etwas kaputtzumachen. Aber du brauchst dir keine Sorgen zu machen. Ich werde nicht mehr in deine Intimsphäre einbrechen.« Als ich nicht protestierte, blickte sie mich genauer an. »He, Miles! Was ist denn los? Du siehst aus, als hättest du einen Geist gesehen. Genau wie an dem Tag, als du hierher gekommen bist.«

»Das wundert mich gar nicht«, sagte ich. »Es hat dieselbe Ursache. Du solltest lieber gehen, zu deinem eigenen Besten.«

»Zu meinem eigenen Besten? Mein Gott, du bist vielleicht ein hoffnungsloser Fall!«

»Zweifellos«, sagte ich, und sie stieß die Füße zornig in ihre Holzsandalen und klapperte die Treppe hinunter, ohne sich zu verabschieden.

Eine andere Erklärung – es mußte eine andere Erklärung geben. Die Zweige hatten sich in meinen Kleidern verfangen, als ich in den Wäldern gewesen oder einfach auf dem Farmgelände herumgegangen war. Oder sie waren hängengeblieben, als Eisbär Dave Lokken befohlen hatte, mich fallen zu lassen. Ich stand auf und wischte sie vom Laken. Schließlich machte ich das Bett, zog mich an, ging in mein Arbeitszimmer und nahm einen Bleistift und ein paar Blatt Papier mit hinunter. Ich setzte mich an den Küchentisch und versuchte zu arbeiten. Nicht lange danach erschien Tuta Sunderson, und ich bat sie, die Bettwäsche zu wechseln.

»Wie ich höre, waren sie bei Andy drüben, neulich morgens«, verkündete sie, die Hände in die Seiten gestemmt. »Da hat sich ja wohl einiges abgespielt, schätze ich.«

»Ooch«, sagte ich.

»Für einen Teil davon sind Sie bestimmt dankbar, schätze ich.«

»Es geht nichts über eine ordentliche Tracht Prügel.«

»Red sagt, diesen Paul Kant hätte man schon vor langer Zeit unschädlich machen sollen.«

»Das sieht dem guten alten Red auch ähnlich.«

»Ich glaube, er hat sich selbst umgebracht; dieser Paul war immer schon ein Schwächling.«

»Ja, das ist ja eine Ihrer Lieblingstheorien, nicht wahr?«

Aus der Aussage der Tuta Sunderson

18. Juli

Also, ich habe mich nicht dazu verleiten lassen, voreilig etwas zu glauben, bloß weil es alle glaubten. Es gab ja keinen Beweis, oder? Ich glaube, Paul Kant ist einfach durchgedreht – er war zu schwach, er hat einfach den Druck nicht mehr ausgehalten und ist zusammengebrochen. Er hat ja auch nie gestanden, oder? Nein. Und sie hatten ja auch dieses andere Mädchen noch nicht gefunden. Ich lege mich nicht so leicht fest.

Jedenfalls wollte ich diesen Miles weiter im Auge behalten. Für den Fall, daß er sich entschließt zu türmen oder sowas. Also bin ich am Mittwoch morgens hinübergegangen wie immer, und ich will Ihnen sagen, worüber ich nachgedacht habe – über dieses zerrissene Foto von Duanes Mädchen, das ich gefunden hatte. Ich mußte immerzu daran denken, es hat mich ganz nervös gemacht. Ich meine, was geht in einem Mann vor, wenn er das Bild von einem Mädchen zerreißt? Denken Sie mal darüber nach.

Und dann, wie gesagt, habe ich an diesem Morgen das Mädchen aus dem Haus kommen sehen, gerade, als ich die Straße hinaufging. Ich sage zu mir, du bist da gewesen, wo du nicht sein solltest, Mädchen, und ich habe noch ein bißchen da auf der Straße gewartet, damit er nicht merkte, daß ich sie gesehen hatte. Und als er mich dann hinaufschickte, die Bettwäsche zu wechseln, wußte ich natürlich gleich, was sie angestellt hatten. Man kann lügen, soviel man will, und manche tun das ja auch, aber den Menschen, der einem die Bettwäsche wäscht, kann man nicht hinters Licht führen.

Und dann hab ich mich entschlossen, mit Red zu reden. Ich habe genau gewußt, daß er schrecklich wütend sein würde, aber er sollte entscheiden, ob wir es Duane sagen sollten. Er ist jetzt der Mann im Haus.«

Immer wieder an diesem Tag war ich fast soweit, daß ich in den Wagen gestiegen und irgendwohin gefahren wäre – ganz egal wohin. Aber ich hatte meinen Wagen noch nicht zurück und ich glaubte noch immer, daß es eine andere Erklärung geben müßte als die, die in mein Bewußtsein zu dringen begonnen hatte, als ich in jener Nacht aus dem Fenster geblickt und die schlanke Gestalt gesehen hatte, die vom Waldrand her kalte, eifersüchtige Energie gegen mich schleuderte. Da hatte meine bewußte Angst begonnen.

Und sie war geblieben, hatte sich durch Theorien nicht zerstreuen lassen. Sie hatte mich verfolgt, treppauf und treppab, sie war da, wenn ich mein Essen hinunterwürgte; wenn ich saß und schrieb, stand sie hinter mir, ihr Frösteln drang durch die Kleider hindurch.

Sie ist dein Verderben, hatte Tante Rinn gesagt. Mein ganzes Leben war ein Beweis dafür, wie recht sie hatte.

Das brachte mich wieder zum Ausgangspunkt zurück, zu der überwältigenden Erinnerung an das Entsetzen, das ich in jener Nacht im Wald gespürt hatte. Ich versuchte, diesen Moment zu rekonstruieren. Später hatte ich es mir selbst als eine aus der Literatur geschöpfte Phantasterei erklärt, doch als es geschah – das war wichtig, als es geschah, hatte ich nichts Literarisches gespürt, sondern pures und überwältigendes Entsetzen, die Angst vor dem Bösen. Das Böse ist der Name für die Kraft, die wir entdecken, wenn wir unsere Gedanken so weit aussenden, wie sie nur gelangen können: wenn der Verstand an etwas scheitert, das größer, härter ist als er, unerforschlich und feindselig. Hatte ich nicht diesem Bösen gehuldigt, indem ich meine Cousine ins Leben zurückwünschte? Sie versprach kein bequemes Glück, das wußte ich, wenn ich an die Gestalt am Waldrand dachte; sie versprach gar nichts, was ich begreifen konnte.

Noch immer nicht vermochte ich mir einzugestehen, was ich mir vorzustellen begonnen hatte. Diese Nacht, die Nacht, die alles veränderte, begann ruhig und auf die gleiche Art wie die meisten meiner Nächte. Ich hatte in der Küche lustlos wenige Happen gegessen – Nüsse, ein paar vertrocknete Möhren, ein bißchen Käse – und war dann auf den Rasen hinausgegangen. Die Nacht war warm und voller Düfte nach frisch gemähtem Gras und Heu, die Grillen zirpten, und unsichtbare Vögel flatterten um die Nußbäume. Ich rieb mir das Gesicht und ging zur Straße hinunter. Ich konnte die Wälder nicht sehen, doch ich wußte, daß sie da waren. Aus dem Innersten der warmen Nacht streckte sich ein Eiszapfen nach mir aus und berührte mein Gesicht. Jetzt, da die Einwohner von Arden und des Tales beschlossen hatten, daß ich am Tode der Mädchen unschuldig war, fühlte ich mich schärfer bewacht, stärker beobachtet als je zuvor.

Ich dachte an die Zweige in meinem Bett und ging zurück, die Auffahrt hinauf.

Ich zog mir einen Stuhl zum Schreibtisch. Mechanisch begann ich wieder zu schreiben. Nach einigen Minuten wurde mir bewußt, daß sich die Atmosphäre intensivierte: Die Luft im Zimmer war geladen, angefüllt mit unsichtbarer Aktivität. Das Licht im Raum schien zu schwanken, meinen Schatten auf dem Papier vor mir zu verdunkeln. Ich blinzelte und setzte mich kerzengerade auf. Rings um mich roch ich kaltes Wasser.

Ein kalter Wind schlug mir den Bleistift aus den Fingern, wie eine Hand, und ein Ellbogen aus Luft stieß mich in die Seite. Das Licht verdunkelte sich wie zuvor mein Schatten und plötzlich war ich mir Alisons Gegenwart bewußt, die in mich einzudringen versuchte. Mein Gesicht und meine Hände waren eisig. Ich lehnte mich auf dem Stuhl zurück und ließ meine Arme wie Windmühlenflügel kreisen. Sie kam durch Nase und Augen und Mund herein; ich schrie vor Entsetzen. Ein Stapel Papier schoß durch die Luft und wurde zerfetzt. Ich fühlte, wie mein Denken elastisch wurde, gleitend, sich meiner Kontrolle entzog. Sie war in meinem Gehirn, in meiner Seele, in meinem Körper: Unter meiner animalischen Angst spürte ich ihren Haß und ihre Eifersucht. Meine Füße stießen gegen den Schreibtisch, und die Tür rutschte von den Sägebökken herunter. Die Schreibmaschine polterte zu Boden. Mein Kopf schlug auf dem Holzboden auf. Als mein rechter Arm einen Stapel Bücher berührte, wurden sie in die Luft geschleudert. Mit allen meinen Sinnen fühlte ich ihren Haß: die Dunkelheit vor meinen Augen, die ätzende Kälte meines Mundes und meiner Fingerspitzen, der alles überflutende Geruch des Wassers, der tosende Lärm, der Geschmack des Feuers in meinem Mund. Es war die Strafe für dieses letzte traurige sexuelle Erlebnis, diese geistlose animalische Vereinigung. Sie brodelte in mir, und meine Arme droschen um sich, und mein Rücken schmerzte und schlug hart auf das Holz auf. Papierblätter flogen auf das Fenster, auf die Glühbirne zu. Mein Körper wurde über den Boden gerollt. Speichel, Nasenschleim, Tränen rannen mir übers Gesicht. Für einen Augenblick schwebte ich über meinem Körper, sah ihn um sich schlagen und sich auf dem Boden wälzen und winden, sah mein schleimbedecktes Gesicht sich verzerren, wie meine Arme Bücher und Papiere herumschleuderten, und dann war ich wieder im Innern dieser brodelnden dreschenden Masse, leidend wie ein tollwütiges Tier. Ihre Finger schienen in meine geschlüpft, ihre leichten, gewalttätigen Knochen lagen über mir.

Meine Ohren wurden nach vorne gepreßt, Flüssigkeit füllte mir die Nase, meine Brust zerplatzte.

Als ich die Augen öffnete, war alles vorüber. Ich hörte mich keuchen, nicht schreien. Ich hatte nicht gespürt, wie sie mich verlassen hatte, aber sie war fort. Durch das Fenster über dem umgestürzten Schreibtisch sah ich ein stilles Stückchen Mond.

Dann entkrampfte sich plötzlich mein Magen, und ich

schaffte es gerade noch rechtzeitig zur Treppe hinunter. Ein bitterer brauner Schleim schoß mir in den Mund, als ich auf der Toilette saß und eine wäßrige Flüssigkeit mit gleicher Gewalt aus dem anderen Ende meines Körpers floß, und ich beugte meinen Kopf über das Waschbecken, mit geschlossenen Augen, während mir am ganzen Körper kalter Schweiß ausbrach.

Als ich völlig ausgepumpt aus dem Badezimmer und in die Küche kam, mußte ich mich auf den Rand des Spülbeckens stützen. Ich trank ein Glas Wasser nach dem anderen. Kaltes Wasser. Der Geruch erfüllte das Haus.

Sie wollte, daß ich tot sei. Sie wollte mich bei sich haben. In jener Nacht, die mehr als ein Jahrhundert zurückzuliegen schien, hatte Rinn mich gewarnt: *Sie bedeutet Tod.*

Und die anderen Ereignisse? Der Tod der Mädchen? Ich sah dem Grauen voll ins Gesicht, zum erstenmal. Ich saß in dem Zimmer, das ich mit soviel Mühe für sie vorbereitet hatte, und versuchte benommen zu akzeptieren, worüber ich bisher nachzudenken abgelehnt hatte: die andere Möglichkeit, von der ich zu Eisbär gesprochen hatte. Ich hatte Alisons Geist geweckt, diese schreckliche Kraft, die ich im Wald gespürt hatte, und jetzt wußte ich, daß dieser Geist rasend war vor Eifersucht auf das Leben. Am 21. Juli würde sie erscheinen – und das hätte sie auf jeden Fall getan, erkannte ich jetzt, auch wenn ich nicht an der Rekonstruktion der alten Inneneinrichtung des Farmhauses gearbeitet hätte –, und mit dem Näherrücken des Datums nahm ihre Stärke zu. Sie konnte Leben nehmen. Dazu war sie schon an dem Tage imstande gewesen, an dem ich mich dem Tal näherte.

Ich saß in dem kalten Zimmer, gelähmt bis ins tiefste Innere. Ich dachte: Der 21. beginnt am 20. um Mitternacht. Noch ein

Tag bis zu diesem Tag, ein Tag, der gerade anzubrechen begann, dessen dunkle Purpurstreifen soeben über den dunklen Wäldern erschienen.

Ich schleppte mich auf die Veranda hinaus. Die purpurnen Bänder wurden breiter, die gelb und grün gestreiften Felder deutlicher sichtbar. Nebel lag in dunstigen grauen Fetzen darauf, Watteflocken hingen in den Maisfeldern.

Schritte weckten mich. Meine Hände und Füße waren kalt. Der Himmel war nun ein gleichmäßiges Blaßblau, und der Nebel war überall verschwunden, außer am Waldrand. Es würde einer dieser Tage werden, an denen der Mond den ganzen Vormittag über sichtbar ist und wie ein toter weißer Stein am blauen Himmel hängt. Tuta Sunderson kam schwerfällig die Auffahrt herauf, sie stampfte daher, als wären ihre Schuhe mit Zement ausgegossen. Die Tasche baumelte an ihrer Seite. Als sie mich sah, klappte ihr Mund zu, und ihr Gesicht verhärtete sich. Ich wartete, bis sie das Fliegengitter geöffnet und die Veranda betreten hatte.

»Sie brauchen nicht mehr herzukommen«, sagte ich. »Es ist Schluß mit dem Job.«

»Was meinen Sie damit?« Mißtrauen verdunkelte ihre Glotzaugen.

»Das Arbeitsverhältnis ist aufgelöst. Ich brauche Sie nicht mehr. Der Job ist *fini. Kaputt.* Aus. Beendet. Vorüber, zu Ende. Erledigt.«

»Haben Sie die ganze Nacht hier gesessen?« Sie kreuzte die Arme über der Brust, was sie eine bemerkenswerte Portion Anstrengung kostete. »Mit der Ginflasche?«

»Bitte, gehen Sie nach Hause, Mrs. Sunderson.«

»Sie haben wohl Angst, ich könnte hier was zu sehen kriegen? Also, das habe ich sowieso schon alles gesehen.«

»Gar nichts haben sie gesehen.«

»Sie sehen irgendwie krank aus. Was haben Sie denn gemacht? Eine Packung Aspirin geschluckt oder sowas?«

»Ich weiß wirklich nicht, wie es ohne Sie je Selbstmord geben konnte.«

»Von Rechts wegen sollte ich noch einen ganzen Wochenlohn kriegen.«

»Richtig, sollten Sie. Sie sollten sogar zwei Wochenlöhne bekommen. Entschuldigen Sie. Bitte, nehmen Sie vierzehn Dollar.« Ich griff in die Tasche, zog ein paar Scheine heraus, wählte zwei Fünfer und vier Eindollarnoten und reichte sie ihr.

»Ein Wochenlohn, habe ich gesagt. Das macht fünf Dollar. Sie zahlen für heute, Freitag und Samstag zusätzlich zu den drei Tagen, die ich gearbeitet habe.« Sie nahm einen der Fünfer und ließ den Rest neben mich auf die Schaukel fallen.

»Großartig. Bitte, gehen Sie jetzt und lassen Sie mich in Ruhe. Ich weiß, daß ich scheußlich zu Ihnen war. Ich konnte einfach nicht anders. Tut mir leid.«

»Ich weiß, was Sie tun«, sagte sie. »Sie sind so dreckig wie die Tiere des Feldes.«

Das war höchst überzeugend. Ich schloß die Augen. Nach einer Weile änderte sich das Geräusch ihres Atems, und ich hörte, daß sie sich umdrehte. Ich wurde immer besser. Jetzt konnte ich sogar schon Ärger riechen. Danke, Alison. Die Verandatür knallte zu. Ich hielt die Augen geschlossen, während ich Tuta Sunderson die Auffahrt hinuntertrampeln hörte.

Wer hat mit wem geschlafen?

Jemand zertrat einen Ameisenhügel.

Jemand zerbrach einen Stuhl.

Jemand hatte Angst.

Jemand schwamm in Blut.

Jemand hatte kalte Hände.

Jemand hatte das letzte Wort.

Als ich die Augen öffnete, war sie weg. Ein staubiger brauner Ford, der Wagen des Briefträgers, kam die Straße herauf und fuhr ohne zu bremsen an meinem Briefkasten vorbei. Keine Verehrerpost mehr, keine Briefe mehr von meiner Cousine. Ja. Es ergab einen Sinn. Ihre Leiche – ihr Skelett, nach zwanzig Jahren – lag in einem Grab in Los Angeles unter einem Grabstein, den ich nie gesehen hatte. So hatte sie sich also aus den verfügbaren Materialien zusammensetzen müssen. Oder nur ein Luftzug sein können, der kalte Atem des Geistes. Blätter, Kies, Dornen. Dornen, die sich festhakten und an einem zerrten.

Ich stand auf und stieg von der Veranda hinunter. Ich sagte zu mir selbst: Dornen, die sich festhakten und an einem zerrten. Ich fühlte mich wie ein Schlafwandler. Die Tür beim Fahrersitz des Nash war aus einer Angel gesprungen und wackelte, als ich sie öffnete, laut und rostig knarrend.

Für einen Moment wußte ich nicht, wohin ich wollte, und ich tuckerte einfach die Straße hinunter, langsam und feierlich, wie Duane auf seinem großen Traktor. Dann fiel es mir wieder ein. Die letzte, die einzige Hilfe. Ich trat den Gashebel durch, so daß der Wagen klapperte, und fuhr in hohem Tempo, als ich zum Sunderson-Haus kam. Mrs. Sunderson stand an einem der Fenster und sah mich vorbeifahren. Dann die Schulruine, die Kirche, die enge Kurve beim Sandsteinfelsen. Ich fuhr an Andy vorbei, der gerade Benzin zapfte. Sein Gesicht war wie geronnene Milch. Hinter ihm breitete sich eine weite schwarze Fläche toter Erde aus. Das käsebleiche Gesicht wandte sich herum, und Andy sah mir nach, als ich vorbeifuhr.

Als ich zu dem schmalen Weg kam, der zwischen den Feldern zu den Bäumen hinaufführte, warf ich das Lenkrad herum und begann dahinzuholpern, der Sonne entgegen. Von einigen Weizenhalmen am Wegrand waren die Ähren abgeschlagen und lagen verstreut und flachgedrückt am Boden. Hier und da waren ganze Reihen von Halmen niedergetrampelt; sie ragten nach allen Richtungen. Bald erreichte ich den ersten der Bäume, ließ die Felder hinter mir und schlängelte mich zwischen den hohen Eichen hindurch. Das blasse frühe Sonnenlicht kam in Streifen herab, gefiltert von den Ästen und Blättern. Ich parkte am Abhang neben dem großen roten Hühnerhaus. Als ich aus dem Wagen stieg, hörte ich das Zwitschern der Vögel. Ein paar erschreckte Hühner rannten gakkernd davon und in den Wald.

Ich schaute zuerst im Hühnerhaus nach. Ich zog die Türe auf und trat ein, und wieder überwältigte mich der Gestank. Er schien sogar noch stärker als an dem Tag, an dem ich Rinn so ungeschickt beim Eiereinsammeln geholfen hatte. Zwei oder drei der Vögel schlugen mit den Flügeln, hoch oben auf ihren Nestern. Schnäbel pickten, Knopfaugen starrten. Langsam zog ich mich zurück, die starren Augen an den Seiten ihrer Greisenköpfe glotzten mich an. Ich schloß die Tür so sanft, wie Rinn es mich gelehrt hatte.

Zwei Küken saßen auf der Kühlerhaube des Nash. Ich ging den Weg hinauf auf das Haus zu. Hier konnte das Sonnenlicht überhaupt nicht mehr durchdringen, und es war nur ein goldener Schein dort oben, wo die Blätter einen zweiten Himmel bildeten. Das kleine Haus schien dunkel und leer zu sein.

Jemand hatte kalte Hände.

Jemand hatte das letzte Wort.

Auf der Anrichte in der Küche stand ein Teller, auf dem

irgend etwas gestapelt war, eingeschlagen in ein rot-weiß kariertes Tuch. Ich berührte den Stoff. Er war trocken. Ich schlug ihn zurück und sah grüngesprenkelten Schimmel auf der Oberfläche der obersten Schicht Lefsa.

Tante Rinn war im Schlafzimmer, sie lag in der Mitte des Doppelbettes, zwischen einem vergilbten Laken und einer Flickendecke. Meine Nase nahm einen Geruch auf, der an einen tiefen Baßton erinnerte. Ich wußte, daß sie tot war, noch bevor ich sie berührte und die Steifheit ihrer Finger spürte. Das weiße Haar war über das gestickte Kopfkissen gebreitet. Zwei, drei Tage tot, dachte ich. Vielleicht war sie gestorben, als Paul Kants Leiche aus den Flammen des Traumschlosses gezerrt wurde, oder während ich meinen Körper an den eines Geistes schmiegte. Ich legte ihre steife Hand nieder und ging in die dunkle Küche zurück, um die Polizei von Arden zu verständigen.

»Ah, verdammt«, sage Dave Lokken, nachdem ich die Situation mit zwei Sätzen erklärt hatte. »Sie sind jetzt dort? Bei ihr?«

»Ja.«

»Sie haben sie gefunden, sagen Sie?«

»Ja.«

»Irgendwelche, ehem, Spuren an ihr? Irgendwelche Anzeichen von, ehem, Gewaltanwendung? Irgendwelche Hinweise auf die Todesursache?«

»Sie war ungefähr vierundneunzig Jahre alt«, sagte ich. »Ich nehme an, das reicht wohl als Todesursache.«

»Na schön. Gottverdammt noch mal. Gottverdammt. Sie sagen, Sie haben sie gerade jetzt erst gefunden? Was zum Teufel hatten Sie da oben überhaupt zu suchen?«

Schutz. Die letzte Zuflucht. »Sie war die Schwester meiner Großmutter«, sagte ich.

»Aha. Familiäre Bindungen«, sagte er, und ich wußte, daß er mitschrieb.

»Sie sind also jetzt da oben im Wald? In ihrem Haus, stimmt's?«

»Genau da bin ich.«

»Also schön, gottverdammt noch mal!« Ich konnte mir nicht vorstellen, warum ihn meine Information so aufbrachte. »Hören Sie, Teagarden. Sie rühren sich nicht vom Fleck. Bleiben Sie dort, bis ich mit dem Krankenwagen da bin. Und rühren Sie nichts an.«

»Ich möchte mit Eisbär sprechen«, sagte ich.

»Also, das geht nicht. Kapiert? Der Chef ist jetzt nicht hier. Aber machen Sie sich nur keine Sorgen, Teagarden. Sie werden noch früh genug mit dem Chef sprechen können!« Ohne ein Wort des Abschieds legte er auf.

Lokken hatte sich wie ein Wesen aus einer anderen, ungestümeren Welt aufgeführt, und ich ging zurück in Rinns Schlafzimmer und setzte mich neben sie auf das Bett. Ich merkte, daß ich mich noch immer mit der gleichen Unbeholfenheit bewegte, die mich während meiner fast schlaflosen Nacht im Wohnzimmer befallen hatte, das für Alison Greening hergerichtet war, und ich war nahe daran, mich einfach neben Rinns Leichnam auf dem Bett auszustrecken. Ihr Gesicht war glatter im Tode, weniger chinesisch, weniger runzelig. Die Knochen bohrten sich durch die Haut ihres Gesichts. Ich berührte ihre Wange und versuchte dann, die Decke über ihren Kopf zu ziehen. Die Decke war unter ihren Achseln festgeklemmt; mir fiel ein, daß Lokken angeordnet hatte, nichts anzurühren.

Erst nach über einer Stunde hörte ich Fahrzeuge die Zufahrt von der Straße heraufkommen und ging auf die Veranda. Ein Polizeiwagen hielt vor dem Nash, dann kam ein Krankenwagen.

Der plumpe Dave Lokken hopste aus dem Polizeiwagen und winkte ärgerlich zu den beiden Männern im Krankenwagen hinüber. Sie stiegen aus, kreuzten die Arme über der Brust und lehnten sich an die Seitenwand des Krankenwagens; einer der beiden rauchte, und der Qualm seiner Zigarette stieg zum dichten Laubdach auf. »He! Sie! Teagarden!« schrie Lokken, und ich wandte den Kopf und sah ihn an. Jetzt erst bemerkte ich den Mann im zerknitterten Anzug, der neben ihm stand. Er hatte einen Bürstenhaarschnitt und trug eine Brille mit auffallend dicken Gläsern. »Teagarden, kommen Sie sofort heraus, zum Teufel!« schrie Lokken. Der Mann neben ihm seufzte und rieb sich das Gesicht, und ich sah die schwarze Tasche in seiner Hand. Ich stieg von der Veranda herab. Lokken zersprang fast vor Wut und Ungeduld, seine Brust wölbte sich gefährlich unter dem Uniformhemd. »Also schön. Also schön. Wie lautet Ihre Geschichte, Teagarden?«

»Wie ich es Ihnen schon gesagt habe.«

»Ist sie im Haus?« fragte der Arzt. Er sah erschöpft aus, so als habe Dave Lokken ihn ermüdet.

Ich nickte, und der Arzt begann den Pfad hinaufzugehen.

»Warten Sie. Zuerst habe ich noch ein paar Fragen zu stellen. Sie sagen; Sie haben sie gefunden. Stimmt das?«

»Das habe ich gesagt, und das stimmt.«

»Haben Sie einen Zeugen?«

Einer der Sanitäter kicherte, und Lokkens Gesicht begann sich zu röten. »Also?«

»Nein. Keinen Zeugen.«

»Sie sagen, Sie sind heute morgen einfach so hierhergekommen?«

Ich nickte.

»Um welche Zeit?«

»Kurz bevor ich Sie anrief.«

»Ich nehme an, sie war schon tot, als sie herkamen?«

»Ja.«

»Woher sind Sie gekommen?« Er legte großen Nachdruck auf diese Frage.

»Von der Updahl-Farm.«

»Hat Sie dort jemand gesehen? Warten Sie noch, Doktor, ich will das hier erst beenden, bevor wir hineingehen. Also?«

»Tuta Sunderson hat mich gesehen. Ich habe sie heute morgen gefeuert.«

Lokken schien verwirrt und ärgerlich über dieses Detail, entschied sich jedoch, es einfach zu ignorieren. »Haben Sie die alte Frau irgendwie berührt?«

Ich nickte. Der Arzt sah mich zum erstenmal an.

»So. Sie haben sie also berührt. Wie?«

»Ich habe ihre Hand gehalten.«

Seine Röte verdunkelte sich, und der Sanitäter kicherte wieder.

»Wieso haben Sie sich eigentlich entschlossen, heute morgen hierherzukommen?«

»Ich wollte sie besuchen.«

»Sie wollten sie also einfach besuchen.« Das schlaffe Gesicht drückte überdeutlich den Wunsch aus, mir einen gehörigen Schwinger zu versetzen.

»Ich habe einen harten Morgen hinter mir«, sagte der Arzt. »Dave, bringen wir das schnell hinter uns, damit ich heimfahren und meine Berichte schreiben kann.«

»Ah so«, sagte Lokken und nickte wie wild mit dem Kopf. »Teagarden, Ihre Flitterwochen hier könnten leicht ein plötzliches Ende nehmen.«

Der Doktor betrachtete mich mit beinahe professioneller Neugier, und dann gingen er und Lokken zum Haus hinauf.

Ich schaute ihnen nach und sah dann zu den Männern beim Krankenwagen hinüber. Beide blickten konzentriert zu Boden. Dann warf mir einer einen Blick zu, riß sich die Zigarette aus dem Mund und besah sie grollend, als zöge er in Erwägung, die Marke zu wechseln. Nach einem Moment ging ich zurück ins Haus.

»Eines natürlichen Todes gestorben«, sagte der Arzt. »Sieht nicht nach irgendwelchen Komplikationen aus. Ihre Lebenszeit war einfach abgelaufen.«

Lokken nickte, während er sich Notizen machte, dann sah er auf und bemerkte mich. »He! Raus hier, Teagarden! Sie haben hier nichts zu suchen!«

Ich ging auf die Veranda hinaus. Einige Minuten später polterte Lokken an mir vorbei und winkte den beiden Sanitätern, die für eine Sekunde hinter dem Krankenwagen verschwanden und dann mit einer Tragbahre wieder erschienen. Ich folgte ihnen ins Haus, ging jedoch nicht bis zum Schlafzimmer mit. Sie brauchten nur Sekunden, um Rinn auf die Bahre zu legen. Die Flickendecke war nun durch ein weißes Laken ersetzt, das bis über ihren Kopf hinaufgezogen war.

Als wir dort standen und zusahen, wie die Sanitäter sie zum Krankenwagen trugen, bot uns Lokken eine ganze Symphonie von Bewegungen: Er klopfte mit dem Fuß auf den Boden, scheuerte einen Fuß gegen ein Hosenbein, tätschelte seine fetten Oberschenkel mit den Fingerspitzen, rückte die Hosenträger zurecht. All dies schien sein Widerstreben auszudrücken, so nahe bei mir stehen zu müssen. Als der Arzt herauskam und sagte: »Also, machen wir's kurz, ich habe noch vier Stunden Arbeit an der anderen vor mir«, drehte sich Lokken zu mir um und sagte: »Okay, Teagarden. Aber wir haben Leute, die bezeugen können, daß sie Sie in den Wald hinaufgehen sahen. Gehen Sie nirgends anders hin als nach Hause. Verstanden? He, Professor! Haben Sie mich verstanden?«

All das fand seine Erklärung durch einen Besuch, den ich noch am gleichen Tage erhielt. Ich hatte die Papiere in meinem Arbeitszimmer aufgelesen, hatte sie büschelweise zusammengerafft und in Papierkörbe gestopft. Die Schreibmaschine war nicht mehr zu gebrauchen; der Wagen war so verbogen, daß die Rolle sich nicht mehr bewegen ließ, und ich warf die ganze Maschine in den Kartoffelkeller.

Als ich einen Wagen auf das Haus zufahren hörte, schaute ich aus dem Fenster. Das Auto war schon zu nahe am Haus, als daß ich es hätte sehen können. Ich wartete auf ein Klopfen, doch nichts geschah. Ich ging hinunter und sah einen Polizeiwagen direkt vor der Veranda stehen. Eisbär saß auf dem rechten Kotflügel und wischte sich mit einem fleckigen Taschentuch über die Stirn.

Er sah mich auf die Veranda treten, ließ die Hand sinken und änderte seine Position so, daß er mich direkt ansehen konnte. »Komm heraus, Miles«, sagte er.

Ich stand unmittelbar vor der Verandatür, die Hände in den Taschen.

»Tut mir leid wegen der guten alten Rinn«, sagte er. »Ich glaube, ich sollte mich auch wegen Dave Lokken entschuldigen. Dr. Hampton, das ist unser Bezirksamtsarzt, sagt, mein Vize sei ein bißchen grob mit dir gewesen.«

»Nicht nach deinen Maßstäben. Er war nur dumm und wichtigtuerisch.«

»Nun ja, er ist keine Geistesgröße«, sagte Eisbär. Sein Benehmen war ruhig, wachsam, zurückhaltend, wie ich das bei ihm noch nicht bemerkt hatte. Wir rührten uns nicht von der Stelle und betrachteten einander eine Weile, bevor er wieder sprach. Weder er selbst noch das, was er mir erzählen wollte, interessierten mich im geringsten. »Ich habe mir gedacht, du wirst es vielleicht wissen wollen. Der Amtsarzt sagt, sie sei vor achtundvierzig, vielleicht sogar sechzig Stunden gestorben. Er vermutet, daß sie wahrscheinlich von ihrem bevorstehenden Tod gewußt, sich einfach ins Bett gelegt hat und gestorben ist. Herzschlag. Schlicht und einfach.«

»Weiß Duane es schon?«

»Ja. Er hat sie heute nachmittag ins Bestattungsinstitut bringen lassen. Übermorgen soll sie beerdigt werden.« Eisbärs großer Kopf war zur Seite geneigt, er sah mich mit schrägem Blick an. Von seinem Hut, der neben ihm lag, blinkte der Sheriffstern.

»Na schön. Danke«, sagte ich und wandte mich ab, um ins Haus zurückzugehen.

»Da ist noch etwas.«

Ich blieb stehen. »Ja?«

»Ich muß dir erklären, warum sich Dave Lokken so übertrieben aufgeführt hat.«

»Interessiert mich nicht«, sagte ich.

»Oh, das wird dich interessieren, Miles. Siehst du, wir haben nämlich heute morgen die kleine Michalski gefunden.« Er schenkte mir ein langsames breites Lächeln. »Ein komischer Zufall war das. Sie war natürlich tot. Aber ich nehme an, das ist keine allzugroße Überraschung für dich.«

»Nein. Für dich auch nicht.« Wieder spürte ich diese Angst, und ich mußte mich gegen die Tür lehnen.

»Nein. Ich habe es nicht anders erwartet. Die Sache ist nur die, Miles: sie lag genau dort oben im Wald, keine dreihundert Meter von Rinns Hütte. Wir haben bei der 93er angefangen –« er zeigte mit dem Arm in die Richtung – »und haben die Wälder regelrecht durchgekämmt, siehst du, und wir haben jeden Zweig untersucht, und heute früh haben wir sie gefunden, begraben unter loser Erde, auf einer Lichtung.«

Ich schluckte.

»Kennst du diese Lichtung, Miles?«

»Könnte sein.«

»Aha. Sehr schön. Darum war der gute Dave heute ein bißchen sauer auf dich – du bist da oben mit einer Leiche, und wir finden eine andere so nahe, daß du hättest hinspucken können. Das ist eine natürliche kleine Lichtung, mit den Resten eines Lagerfeuers in der Mitte. Ziemlich oft benutzt, wie es scheint.«

Ich nickte. Meine Hände steckten noch immer in den Taschen.

»Vielleicht bist du öfter dort hingegangen? Nun hat das keinerlei Bedeutung – außer in bezug auf eine Kleinigkeit. Ach übrigens, Miles, sie war noch schlimmer zugerichtet als die anderen zwei. Ihre Füße waren verbrannt, ach, und die Haare waren auch verbrannt, fällt mir ein. Und – laß mich nachdenken. Ach ja, sie ist sozusagen gefangengehalten worden. Unser Freund, der hat sie an einem Baum oder so was festgebunden, und – wie ich vermute – ist er nachts hingegangen und hat sie bearbeitet. Länger als eine Woche.«

Ich dachte daran, wie mich die schlanke Gestalt zur Lichtung hingezogen hatte; und wie ich die warme Asche als Zeichen ihrer heilsamen Gegenwart betrachtet hatte.

»Du hast nicht zufällig eine Idee, wer so etwas tun könnte? Oder?«

Ich wollte beinahe »ja« sagen, fragte aber statt dessen: »Glaubst du, es war Paul Kant?«

Eisbär nickte wie ein stolzer Schullehrer. »Sehr gut! Sehr gut. Siehst du, das bringt uns zu der Kleinigkeit, die ich vorher erwähnt habe. Was müssen wir jetzt in Erfahrung bringen?«

»Wie lange sie schon tot ist.«

»Miles, du hättest Polizist werden sollen. Siehst du, wir glauben nicht, daß sie an – an den Experimenten unseres Freundes gestorben ist. Sie wurde erwürgt. Deutliche Quetschwunden am Hals. Nun ist unser guter Dr. Hampton noch nicht sicher, wann das geschehen ist. Aber nimm mal an, das war, nachdem Paul Kant sich umgebracht hat?«

Ich sagte: »Ich bin es nicht gewesen, Eisbär.«

Er saß einfach da und blinzelte und heuchelte höfliche Aufmerksamkeit. Nachdem ich nichts mehr sagte, faltete er seine Hände im Schoß. »Also, dann wissen wir ja beide, wer es nicht war, stimmt's, Miles? Gestern hatte ich eine Unterhaltung mit deinem Hauptverdächtigen. Er sagt, die Cola-Flaschen stammten aus Duanes Keller, wo du sie leicht nehmen konntest, und er sagt, du selbst hättest die Türgriffe weggeworfen. Sie gehörten Duane. Er sagt, er wisse nicht, wie sie in seinen Kombi gekommen sind. Und ich weiß, daß er nachts nicht im Wald war, weil er mir nämlich gebeichtet hat, wie er seine Nächte verbracht hat.« Er lächelte wieder. »Er und Duanes Tochter pflegten nachts in dieser Bruchbude hinter Andy's Laden zu verschwinden. Bumserei die ganze Nacht. Paul Kant hat ihnen sozusagen den Spaß verdorben.«

»Es war kein lebendes Wesen.«

Er verzog das Gesicht, stieß ein angeekeltes Grunzen aus und setzte sich den Hut auf den Kopf. »Miles, wenn du jetzt den Unzurechnungsfähigen spielst, verdirbst du uns den ganzen Spaß.« Jetzt setzte er auch die Sonnenbrille auf. Er stemmte sich von dem Kotflügel hoch. Er sah aus wie jemand, vor dem man nachts davonlaufen würde. »Warum kommst du nicht mit mir auf einen kleinen Ausflug?«

»Ein Ausflug?«

»Eine kleine Spritztour. Ich möchte dir etwas zeigen. Steig ein!«

Ich sah ihn nur an und versuchte herauszufinden, was er vorhatte.

»Heb gefälligst deinen Arsch ins Auto, Miles!«

Ich gehorchte.

Er schwenkte den Streifenwagen auf den Highway, ohne zu sprechen, sein Gesicht war eine Maske des Abscheus. Wir fuhren mit gut dreißig Stundenkilometern über der zulässigen Höchstgeschwindigkeit Richtung Arden.

»Du bringst mich zu ihren Eltern.«

Er antwortete nicht.

»Du hast dich endlich entschlossen, mich festzunehmen.«

»Halt's Maul.«

Doch wir hielten nicht bei der Polizeiwache. Eisbär brauste durch ganz Arden und wurde noch schneller, als wir die Stadt hinter uns hatten. Restaurants, die Bowlingbahn, Felder. Farmhäuser und Maisfelder beherrschten das Bild. Wir waren jetzt in derselben Gegend, durch die er mich schon einmal gefahren hatte, an jenem Nachmittag, an dem ich bei Paul Kant gewesen war. Weite grüne und gelbe Felder, und durch die Bäume schimmernd der Blundell. Eisbär nahm

schließlich den Hut ab und ließ ihn auf den Rücksitz segeln.
Er wischte sich mit der Hand über die Stirn. »Verdammt
heiß«, sagte er.

»Ich komme noch immer nicht ganz mit. Wenn du mich in
die Mangel nehmen wolltest, hättest du das doch schon vor
ein paar Kilometern tun können.«

»Ich will deine Stimme nicht hören«, sagte er. Dann warf
er mir einen kurzen Blick zu. »Weißt du, was in Blundell
ist?«

Ich schüttelte den Kopf.

»Na, du wirst ja sehen.«

Erschöpft aussehende Kühe drehten ihre Köpfe, um uns
vorbeifahren zu sehen.

»Das State Hospital?«

»Ja, das ist auch da.« Mehr wollte er nicht sagen.

Hovre trat den Gashebel noch weiter durch, und wir rasten an der Ortstafel von Blundell vorbei. Die Stadt war Arden sehr ähnlich, eine mit Läden gesäumte Hauptstraße,
Holzhäuser mit Veranden in den kurzen Querstraßen. Vor
dem Abstellplatz eines Gebrauchtwagenhändlers eine Kette
von Glühbirnen und eine Reihe von schlaffen Fahnen. Ein
paar Männer mit Strohhüten und in Arbeitskleidung hockten
auf dem Rinnstein.

Eisbär bog in die erste stadtauswärts führende Querstraße
ein und lenkte den Streifenwagen in ein parkähnliches Gelände. Die Straße verengte sich. Sie grenzte an einen weiten grünen Rasen. »State Hospital«, sagte er unverbindlich. »Aber
dahin wollen wir nicht, du und ich.«

Durch die Bäume zu meiner Linken konnte ich die großen
grauen Gebäude des Krankenhauskomplexes auftauchen sehen. Sie sahen so entrückt aus, als befänden sie sich auf dem

Mars. Der Rasen war mit Sonnenschirmen übersät, aber niemand saß darunter.

»Ich tue da wirklich was Besonderes für dich«, sagte er. »Die meisten Touristen bekommen diese Sehenswürdigkeit unseres Bezirks nie zu Gesicht.«

Die Straße gabelte sich, und Eisbär nahm die linke Abzweigung, die bald in einen grauen Parkplatz vor einem niedrigen grauen Gebäude mündete, das wie ein Eiswürfel aussah. Die Sträucher rings um den Eiswürfel behaupteten sich nur mühsam in dem harten Lehmboden. Eine halbe Sekunde, bevor ich das Metallschild inmitten der Sträucher sah, war mir klar, wo ich mich befand.

»Willkommen im Bezirksleichenschauhaus«, sagte Eisbär und stieg aus dem Wagen. Er ging quer über den klebrigen Asphalt des Parkplatzes, ohne sich nach mir umzuschauen.

Ich erreichte die Tür gerade, als sie sich hinter ihm schloß. Ich stieß sie auf und trat in das kalte weiße Innere. Hinter den Wänden hörte ich Maschinen brummen.

»Das ist mein Assistent«, sagte Eisbär. Dann wurde mir klar, daß er mich damit meinte. Er hatte die Sonnenbrille abgenommen und die Hände in die Hüften gestemmt. In der antiseptischen kalten Atmosphäre des Leichenhauses roch er wie ein Büffel. An einem wackligen Schreibtisch in einer Nische saß ein kleiner dunkelhäutiger Mann in einem fleckigen weißen Mantel und sah ihn gleichgültig an. Die Schreibtischplatte war bis auf ein Transistorradio und einen Aschenbecher leer. »Ich möchte, daß er sich die Neue ansieht.«

Der Mann warf einen kurzen Blick auf mich. Ich war ihm völlig gleichgültig; alles war ihm völlig gleichgültig.

»Welche Neue?«

»Michalski.«

»Aha. Sie ist gerade von der Autopsie zurück. Ich wußte gar nicht, daß Sie einen neuen Vize haben.«

»Das ist ein Freiwilliger«, sagte Eisbär.

»Ach, ist ja egal«, sagte der Mann und stand von seinem Schreibtisch auf. Er ging durch eine grüne Metalltür am Ende des Ganges. »Nach dir«, sagte Eisbär und winkte mich hinein.

Es war sinnlos zu protestieren. Ich folgte dem Wächter entlang einer Reihe von metallenen Schließfächern. Hovre folgte mir in so kurzem Abstand, daß er mir fast auf die Fersen trat.

»Bist du für alles gewappnet?«

»Die Pointe verstehe ich nicht.«

»Wirst du schon noch.«

Der dunkelhäutige Mann blieb vor einem der Schließfächer stehen, nahm einen Schlüsselbund aus der Tasche und schloß die Tür auf.

»Tief Luft holen«, sagte Eisbär.

Der kleine Mann zog eine lange Lade heraus. Ein totes nacktes Mädchen lag auf der Bahre. Ich hatte immer angenommen, daß man sie mit Leintüchern zudeckte. »Großer Gott«, sagte ich, als ich die Wunden und die Spuren der Autopsie sah.

Eisbär wartete ab, er war ganz still. Ich schaute auf das Gesicht des Mädchens. Dann begann ich in dem eisigen Raum zu schwitzen.

Eisbärs Stimme drang zu mir: »Erinnert sie dich an jemanden?«

Ich versuchte zu schlucken. Das war mehr als der Beweis – falls es noch eines Beweises bedurfte. »Haben die beiden anderen auch mehr oder weniger so ausgesehen?«

»Ziemlich ähnlich«, sagte Eisbär. »Jenny Strand sah ihr so ähnlich wie eine Schwester.« Ich erinnerte mich an die Heftigkeit des Hasses, den ich empfunden hatte, als sie in mir zu wüten schien. Sie war tatsächlich zurückgekommen, und sie hatte drei Mädchen getötet, die ihr zufällig äußerlich ähnlich waren. Ich würde der nächste sein.

»Interessant, nicht wahr?« sagte Hovre. »Sperr sie wieder ein, Archy.«

Der dunkle kleine Mann, der mit verschränkten Armen an der Wand gelehnt war, als schliefe er, schob die Lade zu.

»Los, gehen wir zum Wagen zurück«, sagte Eisbär.

Ich folgte ihm hinaus in die sengende Hitze und das blendende Sonnenlicht. Er fuhr mich zur Updahl-Farm zurück, ohne noch ein einziges Wort zu sprechen.

Nachdem er in die Auffahrt eingebogen war, parkte er den Streifenwagen auf dem Rasen vor der Veranda und stieg aus, als ich ausstieg. Er kam auf mich zu, eine große einschüchternde Gestalt. »Wie wär's, wenn wir uns einigen, daß wir einfach gar nichts unternehmen, bis ich das Ergebnis vom Amtsarzt habe?«

»Warum sperrst du mich nicht ins Gefängnis?«

»Wieso, Miles? Du bist doch mein Assistent in diesem Fall«, sagte er und stieg wieder ins Auto. »Sieh zu, daß du inzwischen ein bißchen Schlaf kriegst. Du schaust aus wie ein Gespenst.« Als er den Wagen in die Auffahrt zurücklenkte, sah ich das grimmige, völlig befriedigte Lächeln in seinem Gesicht.

Ich erwachte spät nachts. Alison Greening saß auf dem Stuhl am Fuß des Bettes. Im Mondlicht konnte ich gerade ihr Gesicht und die Umrisse ihres Körpers unterscheiden. Ich fürchtete mich. Ich weiß nicht, was ich fürchtete, doch ich fürchtete um mein Leben. Sie tat nichts. Ich setzte mich auf: Ich fühlte mich schrecklich nackt und verwundbar. Alles war absolut normal; sie sah aus wie eine ganz gewöhnliche junge Frau. Sie schaute mich an, und ihr Ausdruck war friedlich und leidenschaftslos, ja unbeteiligt. Einen Moment lang dachte ich, daß sie viel zu gewöhnlich aussah; sie konnte nicht all diesen Aufruhr in mir und in Arden verursacht haben. Ihr Gesicht war wächsern. Dann fiel die Angst wieder über mich her, und ich öffnete den Mund, um etwas zu sagen. Bevor ich ein Wort hervorbringen konnte, war sie verschwunden.

Ich stieg aus dem Bett, berührte den Stuhl und ging quer durch das Obergeschoß des Hauses in mein Arbeitszimmer. Noch immer lag Papier auf dem Boden, quoll über die Ränder der Papierkörbe. Sie war nicht da.

Am Morgen schüttete ich einen Liter Milch in mich hinein und konnte nur mit Ekel an feste Nahrung denken. Ich wußte, daß ich mich beeilen mußte wegzukommen. Rinn hatte recht gehabt, die ganze Zeit schon. Ich mußte fort aus dem Tal. Ihr Anblick, wie sie da ruhig, leidenschaftslos auf dem Stuhl am Fuß des Bettes gesessen war, ihr ausdrucksloses Gesicht in Mondlicht gebadet, war noch entsetzlicher gewesen als ihr rasender Angriff auf mein Arbeitszimmer. Ich hatte dieses Gesicht gesehen, ausgelaugt durch das fahle Licht, und da war kein Gefühl, das ich wiedererkannt hätte. Die emotionellen Bindungen waren wie ausradiert. Es war nicht mehr Leben darin als in einer Maske. Ich setzte die Milchflasche nieder, vergewisserte mich, daß Geld und Schlüssel in meinen Taschen waren, und trat hinaus ins Sonnenlicht. Tau glitzerte auf dem Gras.

Highway 93 nach Liberty, dachte ich. Der Doppelsinn des Wortes wurde mir schmerzlich bewußt: Freiheit. Dann hinunter und auf den Freeway nach La Crosse; ich würde den Fluß überqueren und in irgendeine kleine Stadt fahren, wo ich den Nash lassen, um Geld nach New York telegrafieren und einen Gebrauchtwagen kaufen würde, um nach Colorado oder nach Wyoming zu fahren, wo ich niemanden kannte. Ich stieß rückwärts in die Talstraße, fuhr dann los in Richtung Highway und gab Gas.

Als ich gerade an der Kirche vorbeifuhr und in den Rückspiegel schaute, sah ich einen anderen Wagen, der sich hinter mir hielt. Ich beschleunigte, und er behielt den gleichen Abstand bei. Es war wie bei dem Vorspiel zu jener schrecklichen Nacht, in der Alison und ich unser Gelübde abgelegt hatten. Dann beschleunigte der andere Wagen und kam näher, und ich sah schwarz und weiß und wußte, daß es ein Polizeiauto war. Wenn das Eisbär ist, dachte ich, dann mache ich ihn mit bloßen Händen fertig. Ich trat den Gashebel durch und warf das Lenkrad herum, als ich zur Kurve am Sandsteinfelsen kam. Der Nash begann zu vibrieren. Der Streifenwagen holte mit Leichtigkeit auf, überholte mich, schnitt mich und zwang mich an den Straßenrand. Ich schwenkte auf Andys Grundstück und um seine Zapfsäulen herum. Der Streifenwagen kam mir zuvor und blockierte mir die Ausfahrt. Ich blickte mich um, erwog, auf den Parkplatz auszuweichen, doch der Streifenwagen hätte den alten Nash in dreißig Sekunden abgefangen. Ich stellte die Zündung ab.

Ich stieg aus und stellte mich neben das Auto. Der Mann hinter dem Lenkrad des Streifenwagens öffnete seine Tür und kroch heraus ins Sonnenlicht. Es war Dave Lokken. Als er auf mich zuging, lag seine rechte Hand auf dem Pistolenhalfter.

»Nettes kleines Rennen.« Er imitierte Eisbär, sogar mit seinem behäbigen Gang. »Wohin hatten Sie denn vorgehabt zu fahren?«

Ich ließ mich gegen das heiße Metall des Nash sinken. »Einkaufen.«

»Sie haben doch wohl hoffentlich nicht abhauen wollen, was? Für den Fall habe ich nämlich seit zwei Tagen da draußen bei Ihrem Haus rumgesessen, um sicherzugehen, daß Sie gar nicht auf solche Ideen kommen.«

»Sie haben mich beobachtet?«

»Zu Ihrem eigenen Besten«, sagte er grinsend. »Der Chef sagt, Sie brauchen eine Menge Hilfe. Ich werde Ihnen helfen dazubleiben, wo wir Sie im Auge behalten können. Der medizinische Sachverständige wird den Chef nämlich jetzt jeden Moment anrufen.«

»Ich bin nicht der, den Sie suchen«, sagte ich. »Das ist die Wahrheit.«

»Ich nehme an, Sie wollen mir erzählen, daß es der Sohn vom Chef war. Ich habe Sie das schon mal sagen gehört, neulich abends. Sie können sich geradesogut selbst eine Pistole an die Schläfe setzen. Der Sohn ist alles, was der Chef an Familie hat. Und jetzt steigen Sie ein und fahren Sie nach Hause.«

Ich erinnerte mich an die fahle Maske, die mich vom Fuße meines Bettes her angeschaut hatte; dann sah ich auf zu Andys Fenstern. Er und seine Frau standen da oben und blickten auf uns herab, das eine Gesicht drückte Entsetzen aus, das andere Verachtung.

»Kommen Sie mit und helfen Sie mir, mein Auto abzuholen«, sagte ich und drehte ihm den Rücken zu.

Nach wenigen Schritten blieb ich stehen. »Was würden Sie

sagen, wenn ich Ihnen erzähle, daß Ihr Chef ein Mädchen vergewaltigt und getötet hat?« fragte ich. »Vor zwanzig Jahren?«

»Ich würde sagen, Sie geben sich große Mühe, Ihren Kopf aufs Spiel zu setzen. Also genau das, was Sie getan haben, seit Sie hergekommen sind.«

»Was würden Sie sagen, wenn ich Ihnen erzähle, daß das Mädchen, das er vergewaltigt hat –«, ich drehte mich zu ihm um und sah sein ärgerliches Flegelgesicht und gab es auf. Er roch nach verbranntem Gummi. »Ich fahre nach Arden«, sagte ich. »Also hängen Sie sich mal schön wieder an.«

Den ganzen Weg bis Arden sah ich ihn hinter mir herfahren, von Zeit zu Zeit redete er in sein Sprechfunkmikrophon, und als ich dann mit Hank Speltz herumstritt, blieb er in seinem Wagen und parkte auf der gegenüberliegenden Straßenseite. Der Bursche wollte mir doch tatsächlich zuerst erzählen, die »Reparatur« meines Volkswagens würde mich fünfhundert Dollar kosten, und ich weigerte mich, das zu bezahlen. Hank schob die Hand in die Taschen seines Overalls und schaute mich mit trotzigem Haß an. Ich fragte ihn, was er alles an dem Wagen gemacht hätte.

»Ich mußte den Motor zum größten Teil neu machen. Teile ersetzen, die ich nicht reparieren konnte. Eine Menge Zeug. Neue Riemen.«

»Ich glaube, Sie scherzen«, sagte ich. »Ich kann mir nicht vorstellen, daß sie auch nur ein Jo-Jo neu machen können.«

»Entweder Sie bezahlen oder Sie kriegen Ihren Wagen nicht. Wollen Sie, daß ich die Polizei hole?«

»Ich gebe Ihnen fünfzig Dollar, und damit basta. Sie haben mir nicht einmal eine Rechnung gezeigt.«

»Fünfhundert. Wir schreiben keine Rechnungen. Die Leute hier in der Gegend haben Vertrauen zu uns.«

Ich hatte gerade meinen rücksichtslosen Tag. Ich ging über die Straße und öffnete Lokkens Wagenschlag und veranlaßte ihn, mit mir zur Garage hinüberzugehen. Hank Speltz sah ganz so aus, als bedaure er seine Drohung, die Polizei zu holen.

»Also«, sagte Speltz, nachdem ich Lokken gezwungen hatte, sich meinen Bericht über unseren Disput anzuhören, »das war ja bloß als Vorauszahlung für Ausbeulen und Lackieren gemeint.«

Lokken sah ihn angeekelt an.

»Ich gebe Ihnen dreißig Mäuse«, sagte ich. Speltz heulte auf: »Sie haben aber doch fünfzig gesagt.«

»Ich hab's mir anders überlegt.«

»Schreib eine Rechnung über dreißig aus«, sagte Lokken. Der Bursche zog sich ins Büro der Werkstatt zurück.

»Es ist wirklich komisch«, erzählte ich Lokken. »In dieser Gegend hier kann man nichts falsch machen, wenn man einen Polizisten neben sich hat.«

Lokken watschelte davon, ohne zu antworten, und Speltz erschien wieder und murrte, daß allein die neuen Scheiben mehr als dreißig Dollar gekostet hätten.

»Und jetzt tanken Sie ihn voll«, sagte ich. »Ich zahle mit Kreditkarte.«

»Wir nehmen hier keine Kreditkarten aus anderen Staaten.«

»Vize!« schrie ich, und aus seinem Wagen stierte uns Lokken böse an.

»Pst«, sagte Speltz. Nachdem ich den verbeulten VW zur Tanksäule gefahren hatte, füllte er den Tank auf und kam dann mit dem Kreditkartenapparat. Als ich auf die Straße fuhr, schob Lokken seinen Wagen längsseits heran und lehnte sich aus dem Fenster zu mir herüber. »Ich habe gerade eine Nachricht durchbekommen. Scheint so, als müßte ich Sie jetzt nicht mehr beobachten.« Dann setzte er zurück, wendete und brauste die Main Street hinunter, Richtung Polizeihauptwache.

Was Hank Speltz mit »neu machen« des Motors gemeint hatte, entdeckte ich, als ich den Hügel beim R.D.N. Motel hinauffuhr und den Gashebel durchtrat. Der Motor starb ab, und ich mußte am Straßenrand stehenbleiben und mehrere Minuten warten, bevor er wieder ansprang. Das wiederholte sich, als ich den Hügel mit dem Thermometer und dem italienischen Panorama hinauffuhr, und dann nochmals auf dem letzten Hügel vor dem Highway. Als ich in meine Auffahrt einbog, kam ich einem vierten Mal dadurch zuvor, daß ich den Wagen ausrollen ließ und auf dem Rasen abstellte.

Auf meinem üblichen Platz vor der Garage stand ein anderes Polizeiauto. Ich sah den Stern des Chefinspektors auf der Wagentür.

Ich ging auf die Gestalt zu, die auf der Verandaschaukel saß. »Alles zu deiner Zufriedenheit geregelt, an der Tankstelle?« fragte Eisbär.

»Was machst du denn hier?«

»Gute Frage. Schlage vor, du kommst herein, und wir reden darüber.« Ein Teil seiner Fassung war zerbröckelt; seine Stimme war tonlos und erschöpft.

Als ich die Veranda betrat, sah ich, daß neben Eisbär ein Stapel meiner Kleider lag. »Das ist eine glänzende Idee«, sagte ich. »Nimm einem Mann die Kleider weg, und er kann nirgends mehr hingehen. Aus dem Fernkurs für Detektive.«

»Auf die Kleider kommen wir noch zu sprechen. Setz'
dich.« Es war ein Befehl. Ich ging zu einem Stuhl am Ende der
Veranda und setzte mich ihm gegenüber.

»Der Amtsarzt hat seinen Befund durchgegeben. Er glaubt,
die kleine Michalski ist am Donnerstag gestorben. Etwa vierundzwanzig Stunden, nachdem Paul Kant sich zu Tode geröstet hat.«

»Einen Tag, bevor ihr sie gefunden habt.«

»Richtig.« Jetzt hatte er Schwierigkeiten, seinen Zorn zu
verbergen. »Wir sind einen Tag zu spät gekommen. Wir hätten sie vielleicht sogar überhaupt nicht gefunden, wenn uns
nicht jemand erzählt hätte, daß du so gern da rauf in den Wald
gehst. Vielleicht wäre Paul Kant auch noch am Leben, wenn
wir früher dorthin gekommen wären.«

»Du meinst, dann wäre er nicht von einem deiner Heim-
wehrhelden umgebracht worden.«

»Okay.« Er stand auf und kam auf mich zu; die Holzdielen
quietschten unter seinem Gewicht. »Okay, Miles. Du hast
deinen Spaß gehabt. Du hast eine Menge wilder Anklagen
erhoben. Doch jetzt ist der Spaß sozusagen vorbei. Warum
machst du nicht einfach reinen Tisch und legst ein Geständnis
ab?« Er lächelte. »Das ist mein Beruf, Miles. Ich bin doch
wirklich nett und rücksichtsvoll zu dir. Ich will nicht, daß da
so ein gerissener jiddischer Anwalt aus New York ankommt
und behauptet, ich hätte dein Recht mit Füßen getreten.«

»Ich möchte, daß du mich einsperrst«, sagte ich.

»Ich weiß, daß du das möchtest. Das habe ich dir schon vor
langer Zeit auf den Kopf zugesagt. Da ist nur noch eine winzige Kleinigkeit, die du erledigen mußt, bevor dein Gewissen
sich ausruhen darf.«

»Ich glaube –«, sagte ich, und meine Kehle war wie zugeschnürt, »ich weiß, es klingt verrückt, aber ich glaube, Alison Greening hat diese Mädchen getötet.«

Sein Hals schwoll an.

»Sie schrieb, ich meine, sie schickte diese leeren Briefe. Den ich dir zeigte und den anderen. Ich habe sie gesehen, Eisbär. Sie ist zurückgekommen. An jenem Abend, als sie starb, haben wir einen Schwur getan, daß wir uns im Jahre 1975 hier wiedersehen würden, und aus diesem Grund bin ich auch zurückgekommen, und ... und sie ist hier. Ich habe sie gesehen. Sie will mich mitnehmen. Sie haßt das Leben. Rinn hat es gewußt. Sie würde ...«

Mit Schrecken erkannte ich, daß Eisbär vor Wut außer sich war. Er bewegte sich mit größerer Geschwindigkeit, als ich einem Mann seiner Größe je zugetraut hätte, und trat den Stuhl unter mir weg. Ich fiel auf die Seite und rollte gegen die Wand. Er trat wieder zu, und sein Schuh traf meine Hüfte.

»Du gottverdammter Idiot«, sagte er. Der Geruch von Schießpulver ergoß sich über mich. Er trat mich in die Magengrube, so daß ich mich zusammenkrümmte. Splitter der Holzbohlen bohrten sich mir in die Wange. Wie in der Nacht, in der Paul Kant starb, beugte sich Eisbär über mich. »Glaubst du vielleicht, du kannst dich einfach aus allem herauswinden, indem du den Verrückten markierst? Ich will dir was erzählen, über deine verlotterte Cousine, Miles. Klar war ich dort, in der Nacht damals. Wir waren beide dort, Duane und ich. Aber Duane hat sie nicht vergewaltigt, sondern ich. Duane war zu sehr damit beschäftigt, dich unschädlich zu machen.« Ich rang nach Atem. »Ich hab sie auf den Kopf geschlagen, nachdem Duane dir einen Stein draufgehauen hatte. Dann hab ich sie mir vorgenommen. Das war genau das, was sie wollte – sie hat sich nur gewehrt, weil du dabei warst.« Er zerrte mei-

374

nen Kopf an den Haaren hoch und schmetterte ihn auf den Boden zurück. »Ich habe erst bemerkt, daß sie das Bewußtsein verloren hatte, als schon alles vorbei war. Diese kleine Hure hat mich den ganzen Sommer über zum besten gehalten, diese kleine Fotze. Vielleicht wollte ich sie sogar töten. Ich weiß das nicht mehr so genau. Aber das weiß ich: Jedesmal, wenn du ihren Namen ausgesprochen hast, hätte ich dich umbringen können, Miles. Du hättest nicht herumlaufen und die alten Geschichten wieder aufwärmen dürfen, Miles.« Wieder schlug er meinen Kopf gegen die Bretter. »Du hättest nicht herumpfuschen sollen.« Er ließ meinen Kopf los und holte tief Atem. »Es nützt gar nichts, wenn du das irgendwem erzählst, weil es dir nämlich keiner glauben wird. Das weißt du doch, oder?« Ich hörte seinen Atem rasseln. »Oder nicht?« Er packte mich wieder am Kopf und schmetterte mich nochmals gegen den Boden. Dann sagte er: »Los, wir verlegen das nach drinnen. Ich will nicht, daß es irgendwer sieht.« Er hob mich hoch und schleppte mich hinein und ließ mich auf den Boden fallen. Ich spürte einen scharfen, explosionsartigen Schmerz in Nase und Ohren. Ich hatte noch immer Schwierigkeiten mit dem Atmen.

»Sperr mich ein«, sagte ich und hörte meine Stimme unverständlich krächzen. »Sie wird mich töten.« Eine Falte des gehäkelten Teppichs schützte meine Wange.

»Du willst dir alles zu leicht machen, Miles.« Ich hörte seine Füße sich über den Boden bewegen und erwartete einen weiteren Tritt. Doch dann ging er in die Küche. Wasser rauschte. Er kam zurück, aus einem Glas Wasser trinkend.

Er setzte sich auf die alte Couch. »Ich möchte folgendes wissen: was war das für ein Gefühl, als Paul Kant bei dir war, in der Nacht, in der er starb? Was war das für ein Gefühl, diesen elenden kleinen Schwulen anzusehen und zu wissen, daß er Höllenqualen ausgestanden hat wegen der Dinge, die du getan hast?«

»Ich habe es nicht getan,« sagte ich, noch immer tonlos.

Hovre stieß einen ungeheuerlichen Seufzer aus. »Du zwingst mich wirklich zur harten Tour. Was ist übrigens mit dem Blut auf deinen Kleidern?«

»Welches Blut?« Ich stellte fest, daß ich mich aufsetzen konnte.

»Das Blut auf deinen Kleidern. Ich habe deinen Schrank durchsucht. Du hast eine Hose mit Blut dran und ein Paar Schuhe mit Flecken obendrauf, die Blut sein könnten.« Er setzte das Glas auf den Boden. »Jetzt muß ich das also nach Blundell ins Labor bringen, damit sie feststellen, ob das mit der Blutgruppe von einem der Mädchen übereinstimmt. Candace Michalski und Gwen Olson hatten AB, und Jenny Strand hatte Gruppe O.

»Blut auf meiner Kleidung? O ja, das muß passiert sein, als ich mir die Hand verletzte. An dem Tag, als ich hier ankam. Es tropfte auf meine Schuhe, wahrscheinlich auch auf die Hose.«

Hovre schüttelte den Kopf.

»Und ich habe Blutgruppe AB«, sagte ich.

»Wie kommt es denn, daß du das weißt, Miles?«

»Meine Frau war so eine überzeugte Wohltäterin. Wir haben jedes Jahr einmal einen Liter auf die Blutbank von Long Island City gespendet.«

»Long Island City.« Er schüttelte wieder den Kopf. »Und du hast AB?«

Mit einem Ruck erhob er sich von der Couch und ging an mir vorbei zur Veranda. »Miles«, rief er mir zu, »wenn du so

376

verdammt unschuldig bist, warum hast du es dann so eilig, dich einsperren zu lassen?«

»Das habe ich dir schon erklärt.«

»Quatsch.« Er kam zurück, meine Kleider und Schuhe in der Hand. Ich spürte schon im vorhinein den Schmerz in meinem Kopf aufflammen, als er auf mich zukam. »Jetzt werde ich dir mal die nackten Tatsachen erklären«, sagte er. »Es wird sich schnell herumsprechen. Ich werde nichts dagegen unternehmen. Ich werde nicht einmal Dave Lokken unten an der Straße auf seinem fetten Arsch sitzen und dich bewachen lassen. Wenn irgend jemand hierherkommen und dich finden sollte, dann ist mir das durchaus recht so. Es würde mich nicht im geringsten stören, wenn jemand die Dschungelgesetze anwendete. Ich möchte dich fast noch lieber tot als im Gefängnis haben, alter Kumpel. Und ich glaube nicht, daß du so dumm bist anzunehmen, daß du mir entwischen kannst. Oder? In deinem verhunzten Karren kämst du sowieso nicht weit. He?« Sein Fuß kam auf mich zu und hielt einen Zentimeter vor meinen Rippen inne. »He?«

Ich nickte.

»Ich werde von dir hören, Miles. Ich werde von dir hören. Wir werden beide kriegen, was wir wollen.«

Nachdem ich eine Stunde lang im heißen Bad gedampft hatte, setzte ich mich in mein Arbeitszimmer und schrieb ein paar Stunden – bis ich sah, daß es dunkel zu werden begann. Ich hörte, wie Duane seine Tochter anbrüllte. Seine Stimme hob und senkte sich, zornig, ständig auf demselben unverständlichen Thema beharrend. Sowohl Duanes Stimme als auch die beginnende Dunkelheit machten es mir unmöglich weiterzuarbeiten. Noch eine Nacht im Farmhaus zu verbringen, war undenkbar: Ich sah sie noch immer vor mir, auf dem Stuhl am Fußende des Bettes, wie sie mich ausdruckslos, ja stumpfsinnig angeschaut hatte, so als sei das, was ich vor mir sah, nur ein Wachsmodell ihres Gesichts und ihres Körpers, eine millimeterdünne Hülle über kreisenden Sternen und Gasen. Ich legte den Bleistift nieder, schnappte mir mein Jackett aus dem geplünderten Schrank und ging hinunter und hinaus.

Die Nacht brach an. Dunkle Wolken trieben tief an einem unermeßlichen Himmel. Darüber hing ein fahler Mond. Eine einzelne kühle Windbö sauste von den hohen schwarzen Wäldern herunter, gerade auf das Haus zu, wie ein Pfeil. Ich schauderte und stieg in den verbeulten VW.

Zuerst hatte ich vor, einfach auf den Landstraßen herumzuzuckeln, bis ich zum Weiterfahren zu müde wäre, und dann den Rest der Nacht im Auto zu schlafen. Dann dachte ich, genausogut könnte ich auch zu Freebo fahren und das Vergessen beschleunigen, indem ich es mir kaufte. Vergessen konnte kaum mehr als zehn Dollar kosten, und es war sowieso das Beste, das man in Arden kaufen konnte. Ich ratterte auf die 93er und schlug die Richtung zur Stadt ein. Doch welchen Empfang konnte ich von Freebo erwarten? Inzwischen würde bereits jedermann den Befund des Amtsarztes kennen. Ich wäre nichts als ein abscheulicher Paria. Oder ein unmenschliches Wesen, das man zu Tode hetzen sollte. An diesem Punkt setzte der Motor aus. Ich verfluchte Hank Speltz. Ich verstand viel zu wenig von Automechanik, ich brauchte gar nicht zu versuchen, in Ordnung zu bringen, was dieser Kerl angerichtet hatte. Ich stellte mir vor, wie es wäre, mit einer gleichmäßigen Geschwindigkeit von fünfundfünfzig Stundenkilometern nach New York zurückzuschleichen. Ich würde einen anderen Automechaniker bemühen müssen, was bedeutete, daß mein Geld fast zur Gänze aufgebraucht werden würde. Dann dachte ich an das wächserne Gesicht über Sternen und Gasen und wußte, daß ich froh sein müßte, wenn ich überhaupt je nach New York zurückkäme.

In dieser Nacht appellierte ich an Mitleid, an Erbarmen – und dann an die Gewalt.

Schließlich brachte ich den Motor wieder in Gang.

Als ich schnell durch eine Nebenstraße im Randgebiet von Arden fuhr, sah ich eine vertraute Gestalt hinter einem erleuchteten Fenster, und ich fuhr an den Randstein und sprang aus dem Wagen, noch bevor der Motor ganz zum Stillstand gekommen war. Ich rannte über den schwarzen Asphalt der Fahrbahn und durchquerte den Vorgarten. Ich drückte auf Bertilssons Klingel.

Als er die Tür öffnete, sah ich, wie die Überraschung seine Züge veränderte. Sein Gesicht war eine Maske wie das ihre. Er ignorierte die Rufe seiner Frau. »Wer ist da? Wer ist da?« aus dem Hintergrund.

»Na so was«, sagte er und grinste mich an. »Bist du um meinen Segen gekommen? Oder hast du etwas zu beichten?«

»Ich möchte Sie bitten, daß Sie mich aufnehmen. Ich möchte Sie bitten, daß Sie mich beschützen.«

Das Gesicht seiner Frau erschien hinter ihm aus einer versteckten Öffnung, einer Nische oder einer Tür. Sie kam näher.

»Wir haben die erschütternden Einzelheiten über den Tod der kleinen Michalski erfahren«, sagte er. »Du hast schon einen ausgeprägten Sinn für Humor, daß du hierherkommst, Miles.«

Ich sagte: »Bitte, nehmen Sie mich auf. Ich brauche Ihre Hilfe.«

»Ich glaube, meine Hilfe sollte denjenigen vorbehalten sein, die sie zu nutzen wissen.«

»Ich bin in Gefahr. In Lebensgefahr.«

Die Pastorsfrau starrte mich jetzt über seine Schultern hinweg an. »Was will er? Schick ihn fort!«

»Ich glaube fast, er will uns zum Unterschlupf für die Nacht bitten.«

»Haben Sie denn nicht Christenpflicht zu erfüllen?« fragte ich.

»Ich habe Pflichten gegenüber Christen«, sagte er. »Du bist kein Christ, du bist ein Greuel.«

»Schick ihn fort.«

»Ich flehe Sie an!«

Mrs. Bertilssons Gesicht war kalt und hart. »Sie waren zu verblendet, unseren Rat anzunehmen, als wir Sie in der Stadt getroffen haben. Wir sind nicht verpflichtet, Ihnen zu helfen. Sie wollen hier bei uns bleiben?«

»Nur für eine Nacht.«

»Denken Sie vielleicht, ich könnte schlafen, wenn Sie im Haus sind? Mach die Tür zu, Elmer.«

»Warten Sie –«

»Ein Greuel.« Er schlug die Tür zu. Eine Sekunde später sah ich, wie der Vorhang vor dem Fenster zugezogen wurde.

Hilflos. Unfähig zu helfen. Unfähig, Hilfe zu erlangen. Dies ist die Geschichte eines Mannes, der sich vergeblich bemühte, ins Gefängnis zu kommen. Ich fuhr zur Main Street und hielt den Wagen in der Mitte der leeren Fahrbahn an. Ich hupte einmal. Dann zweimal. Für einen Moment ließ ich meinen Kopf auf den Rand des Lenkrades sinken. Dann öffnete ich die Autotür. Ich hörte das Summen einer Neonröhre, ein kurzes Flügelschlagen von oben. Ich stand neben dem Wagen.

Nichts rührte sich um mich her, nichts zeugte von Leben. Die Geschäfte waren alle dunkel. Auf beiden Seiten der Straße zeigten die Kühler der geparkten Autos zum Randstein, sie glichen schlafenden Rindern. Ich rief. Nicht einmal ein Echo antwortete. Sogar die beiden Bars schienen ausgestorben, obwohl in ihren Fenstern beleuchtete Bierreklamen funkelten. In der Mitte der Fahrbahn ging ich auf Freebo's Bar zu. Ich spürte, wie sich das wallende Blau um mich sammelte.

Ein Stein von der Größe einer mittleren Kartoffel steckte im Gitter eines Abflusses am Straßenrand. Vielleicht war es einer von denen, die man nach mir geworfen hatte. Ich zog ihn heraus und umfaßte ihn fest mit der Hand. Dann schleuderte ich ihn gegen Freebo's langes rechteckiges Fenster. Ich mußte daran denken, wie ich Gläser gegen die Wände meiner Wohnung geworfen hatte, damals in den leidenschaftlichen Tagen meiner Ehe. Es gab einen schrecklichen Krach, und die Glasscherben klirrten auf den Gehsteig.

Und dann war wieder alles wie zuvor. Es war absolut still auf der leeren Straße; die Geschäfte waren noch immer dunkel; niemand rief etwas, niemand rannte auf mich zu. Das einzige Geräusch war das Summen der Neonbeleuchtung. Ich schuldete Freebo ungefähr fünfzig Dollar, die ich ihm niemals würde zahlen können. Ich roch Gras und Staub; der Wind brachte diese Gerüche von den Feldern heran. Ich stellte mir die Männer in der Bar vor, von den Fenstern abgerückt, den Atem anhaltend, bis ich weggehen würde. Drinnen an den zerkratzten Tischen und an der Musikbox warteten alle darauf, daß ich weggehen würde. Die letzte der letzten Chancen.

Am Morgen des 21. Juli erwachte ich auf dem Rücksitz meines Autos. Ich hatte die Nacht überlebt. Geschrei, zorniges Schimpfen von Duanes Haus herüber. Die Probleme mit seiner Tochter schienen mir schrecklich fern, die Probleme anderer Menschen von einer anderen Welt. Ich beugte mich über den Vordersitz, öffnete die Tür, stieß den Sitz nach vorne und stieg aus. Mein Rücken schmerzte; hinter meinen Augen lauerte ein intensiver, stechender Schmerz. Ich blickte auf die Uhr und sah, daß es bis zum Einbruch der Dunkelheit noch dreizehn Stunden waren: Ich würde nicht davonlaufen. Ich konnte nicht. Dieser Tag, mein letzter, war heiß und wolkenlos. Zwanzig Meter entfernt lehnte sich die braune Stute über den Zaun und betrachtete mich mit ihren seidigen Augen. Die Luft war völlig unbewegt. Eine riesige, grünlich schimmernde Pferdebremse begann sich mit dem Vogeldreck auf dem Autodach zu beschäftigen. Alles um mich herum schien ein Teil von Alisons Kommen zu sein, Fingerzeige, Puzzlestückchen, die noch vor Mitternacht auf ihren richtigen Platz rücken würden.

Ich dachte: Wenn ich wieder in dieses Auto einsteige und wegzufahren versuche, wird sie mich daran hindern. Zweige und Äste würden die Windschutzscheibe verdecken, Ranken würden sich um das Gaspedal legen. Diese Vorstellung war überwältigend – für einen Augenblick sah ich das vertraute Innere des VW überwuchert von einer sich windenden, ringenden Fülle von Blattwerk, ich würgte an dem schleimigen Odor der Pflanzensäfte – und meine Hand zuckte vom Autodach zurück.

Ich wußte nicht, wie ich die Spannung der verbleibenden Stunden durchstehen sollte. Wo würde ich sein, wenn sie kam?

Mit der verzweifelten Tollkühnheit eines Soldaten, der weiß, daß die Schlacht stattfinden wird, ob er nun darauf vorbereitet ist oder nicht, beschloß ich, was ich bei Anbruch der Nacht tun würde. Es gab wirklich nur einen Ort, an dem ich sein konnte, wenn es geschah. Ich hatte zwanzig Jahre lang darauf gewartet, und ich wußte, wohin ich gehen würde, um den letzten Augenblick zu erwarten, wohin ich gehen mußte, wo ich sein mußte, wenn der brausende Wind kommen und die Wälder sich öffnen und sich befreien würden, um mir meine eigene gewaltsame Befreiung zu verkünden. Ich hatte keine Chance mehr.

Die Zeit verstrich. Wie betäubt ging ich durchs Haus; manchmal verwundert, warum Tuta Sunderson nicht kam; dann fiel mir wieder ein, daß ich sie gefeuert hatte. Ich setzte mich auf die alten Möbel und versank geradezu körperlich in der Vergangenheit. Meine Großmutter schob eine Kuchenform in den Herd, Oral Roberts deklamierte aus dem Radio, auf einem Stuhl in einer dunklen Ecke schlug Duane die Hände zusammen. Er war zwanzig, und sein Haar war zu einer Tolle frisiert. Alison Greening, vierzehn Jahre alt, erschien im Türrahmen (durchgeknöpftes Männerhemd, rehbraune Hose, sexuelle Verheißung, daß die Luft um sie her knisterte) und glitt auf leisen Sohlen herein. Meine Mutter und ihre Mutter unterhielten sich auf der Veranda. Ihre Stimmen klangen gelangweilt und friedlich. Ich sah Duane meiner Cousine einen haßerfüllten Blick zuwerfen.

Dann fand ich mich in meinem Schlafzimmer wieder, ohne mich erinnern zu können, daß ich die Treppe hinaufgegangen war. Ich starrte das Bett an. Ich dachte an das Gefühl der Brüste, die sich gegen meinen Oberkörper preßten, zuerst klein, dann große volle; ich dachte daran, wie ich in den Körper eines Geistes eingedrungen war. Sie war noch immer im Erdgeschoß, ich hörte ihren leichten Schritt das Wohnzimmer durchqueren, hörte sie die Verandatür zuschlagen.

Du bist letztes Jahr schon wieder in Schwierigkeiten geraten, stimmt's? Ich war tief errötet. *Die Frist des Sommers beginnt abzulaufen, mein Lieber.* Ich ging hinüber in mein Arbeitszimmer und sah Papiere aus den Papierkörben quellen. *Seit wann können Vögel husten?* Es gab nur eine Schlußfolgerung. Ich konnte nichts tun. In meiner Erinnerung glitt sie noch immer die Treppe hinunter. Ich fühlte mich wie von sehr saugfähiger Watte umgeben, als bewegte ich mich durch klebrigen dicken Staub ...

Ich ging ins Schlafzimmer zurück und setzte mich auf den Stuhl beim Bett. Ich hatte alles verloren. Mein Gesicht fühlte sich wie eine Maske an, die sich abziehen ließe wie Rinns Kräuterbalsam. Als ich zu weinen begann, erkannte ich, daß meine Züge so ausdruckslos und leer geworden waren wie die Alisons in der Nacht, als sie mich von diesem Stuhl aus so unbeteiligt angesehen hatte. Sie ist wieder in mir, in der Zeitblase aus dem Jahre 1955; gefangen sitzt sie unten in der Küche und trinkt Limonade; sie wartet.

Wenige Stunden später sitze ich an meinem Schreibtisch und sehe aus dem Fenster, als ich Alison Updahl schreien höre. Meine Sinne erwachen aus ihrem Dämmerzustand, und ich sehe sie den Pfad zum Schuppen entlanghetzen. Ihr T-Shirt ist am Rücken zerrissen, als hätte jemand versucht, sie gewaltsam festzuhalten, und es flattert, während sie davonstürmt. Als sie den Schuppen erreicht, bleibt sie nicht stehen, sondern rennt seitlich daran vorbei, springt über einen Stacheldrahtzaun und läuft über das unebene Feld dahinter auf die weiten Waldungen der anderen Talseite zu. Das sind jene Wälder, wo Alison Greening und ich, mit Schaufeln bewaffnet, herumgeklettert sind und nach indianischen Gräbern gesucht haben. Als die kleine Kriegerin eine Erhebung erreicht hat und dann in eine Niederung voller gelber Blumen hinabläuft, reißt sie sich das flatternde T-Shirt herunter und wirft es hinter sich. Da weiß ich, daß sie weint.

Dann sehe ich eine zweite Bewegung, näher bei mir: Duane, in Arbeitskleidung, kommt zögernd den Pfad herunter. Unter dem Arm trägt er ein Gewehr, ist aber anscheinend eher unsicher. Er marschiert drei Meter voran, den Gewehrlauf auf den Weg gerichtet, bleibt stehen, schaut es an und dreht mir den Rücken zu. Er geht ein paar Schritte den Pfad hinauf, wendet sich um und marschiert in meine Richtung. Dann betrachtet er abermals die Flinte, macht noch drei Schritte vorwärts. Dann seufzt er – ich sehe, wie seine Schultern sich heben und senken – und wirft die Waffe ins Unkraut bei der Garage. Ich sehe seinen Mund das Wort *Miststück* formen. Er schickt einen kurzen Blick zum alten Farmhaus, als wünschte er, es in Flammen aufgehen zu sehen. Dann blickt er zum Fenster hinauf und sieht mich. Sofort rieche ich Schießpulver und verbranntes Fleisch. Er sagt etwas, sein Körper zuckt, doch seine Worte dringen nicht durch die Scheiben, und ich reiße das Fenster auf.

»Raus hier!« schreit er. »Gottverdammter Lump! Raus hier!«

Ich gehe hinunter und auf die Veranda. Er stelzt über den ruinierten Rasen, die Hände tief in den Taschen seines Overalls, den Kopf gesenkt. Als er mich sieht, versetzt er einer von einem durchdrehenden Rad aufgeworfenen Erdscholle einen kräftigen Tritt. Er blickt mich drohend an, senkt den Kopf wieder und drückt den Fuß in die Erdscholle. »Ich hab' es gewußt«, sagte er. Seine Stimme ist heiser, halberstickt. »Verdammte Weiber! Verdammtes Schwein, du!«

Sein Gesicht scheint zu zerbersten. Dieser Zustand hat nichts mehr mit der Raserei zu tun, die ich früher an ihm erlebt habe. Es ist mehr der unterdrückte dumpfe Zorn, dessen Zeuge ich im Geräteschuppen wurde, als er den Traktor mit dem Hammer bearbeitete. »Du bist Dreck. Einfach Dreck. Du hast sie dreckig gemacht. Du und Zack.«

Ich trete hinaus in den gleißenden Sonnenschein. Duane scheint fast zu kochen. Wenn ich ihn berührte, würde ich mir die Finger verbrennen. Sogar in meinem benebelten Zustand, auf das konzentriert, was in vier oder fünf Stunden geschehen wird, bin ich von der Intensität von Duanes emotioneller Verwirrung beeindruckt. Sein Haß ist fast sichtbar, doch wie erstickt. Wie schwelendes Feuer unter einer Decke.

»Ich habe gesehen, daß du das Gewehr weggeworfen hast«, sage ich.

»Daß ich das Gewehr weggeworfen habe«, plappert er mir nach. »Scheißdreck. Denkst du vielleicht, ich kann dich nicht mit den bloßen Händen umbringen?« Mit nur zehn Prozent mehr Druck dahinter würde sein Gesicht explodieren und in hundert Stücke zerspringen. »He? Glaubst du vielleicht, du kommst so einfach damit durch?«

Durchkommen? Womit? könnte ich fragen, doch ich bin viel zu sehr von seiner Verzweiflung gefesselt.

»Also, das wirst du nicht«, sagt er. Er hat seine Stimme nicht unter Kontrolle, und er wütet nun im Falsett. »Ich weiß, was man mit euch Sexschweinen im Zuchthaus tut! Die werden Hackfleisch aus dir machen da unten. Du wirst dir nur noch wünschen, tot zu sein. Oder vielleicht kommst du auch in die Klapsmühle. Hä? So oder so, auf jeden Fall wirst du verkommen. Verkommen! Jeden Tag wird es dir mehr leid tun, daß du noch lebst. Und das ist gut so. Weil du es nämlich nicht verdienst zu sterben.«

Die Stärke seines Hasses flößt mir beinahe Ehrfurcht ein.

»O ja, das wird geschehen, Miles. Es wird geschehen. Du mußtest ja hierher zurückkommen, was? Mußtest mir dein gottverdammtes Gesicht, deine gottverdammte Bildung unter die Nase reiben. Du Bastard. Ich habe es aus ihr herausprügeln müssen, aber sie hat es mir gestanden. Sie hat es zugegeben.« Duane schiebt sich auf mich zu, und ich sehe, wie in seinem Gesicht die Farben wechseln. »Kerle wie du glauben immer, sie kommen immer davon, was? Ihr glaubt, die Mädchen werden nicht darüber sprechen.«

»Da war nichts«, sage ich, als ich endlich begreife.

»Tuta hat sie gesehen. Tuta hat sie herauskommen gesehen. Sie hat es Red gesagt, und mein Freund Red hat es mir gesagt. Also weiß ich es, Miles. Du hast sie beschmutzt. Ich kann deinen Anblick nicht mehr ertragen.«

»Ich habe deine Tochter nicht vergewaltigt, Duane«, sage ich und kann fast nicht glauben, daß diese Szene sich wirklich abspielt.

»Sagst du. Erzähl' mir doch, was dann passiert ist, du Scheißkerl! Du bist doch so geschickt mit Worten, du beherrschst doch die Sprache so vortrefflich. Also erzähl' mir, was passiert ist.«

»Sie ist zu mir gekommen. Ich habe sie nicht darum gebeten. Ich wollte nicht einmal, daß sie es tut. Sie ist einfach in mein Bett gekommen. Sie ist von jemand anderem benutzt worden.«

Duane mißverstand mich natürlich. »Jemand anderem –«

»Sie ist von Alison Greening benutzt worden.«

»Verdammt! Verdammt! Verdammt!« Er reißt die Hände aus den Taschen und schlägt sich damit auf beiden Seiten gegen den Kopf. »Wenn sie dich endlich eingelocht haben, damit du verrottest, dann werde ich dieses Haus hier niederbrennen, ich werde es niederwalzen, ihr Stadtleute könnt alle zur Hölle fahren, ich bin –« Er wird ruhiger. Er nimmt die Fäuste von den Schläfen, und die Augen flackern. Sie haben – wie ich jetzt zum erstenmal bemerke – die gleiche Farbe wie die seiner Tochter, aber den gleichen entrückten Ausdruck wie die von Zack.

»Warum hast du dich eigentlich entschlossen, mich nicht zu erschießen?«

»Weil das die Sache für dich viel zu leicht machen würde. Du bist nicht hierhergekommen und hast alles aufgewühlt, nur um dich dann erschießen zu lassen. Mit dir sollen die allerschlimmsten Dinge der Welt passieren!« Seine Augen lodern wieder. »Du brauchst nicht zu glauben, daß ich nicht über diesen kleinen Ficker Zack Bescheid weiß. Ich weiß, daß sie sich immer hinausschleicht. Du weißt nichts, was ich nicht auch weiß. Selbst wenn du ihnen Drinks spendierst und so was. Ich habe auch Ohren und höre sie am Morgen in ihr Zimmer zurückkommen – sie ist genauso ein Dreckstück wie all die anderen. Angefangen bei der, nach der ich sie benannt habe. Sie sind alle Dreck. Tiere. Ein Dutzend von denen würde noch keinen guten Mann aufwiegen. Ich weiß nicht, warum ich jemals geheiratet habe. Nach dieser polnischen Hure wußte ich alles über Weiber. Dreckig. Wie du. Ich habe ja gewußt, daß ich euch nicht voneinander abhalten konnte. Die Weiber sind alle gleich. Aber du wirst bezahlen!«

»Haßt du mich eigentlich so sehr wegen Alison Greening?« frage ich. »Wofür bezahlen?«

»Dafür, daß du du bist.« Er sagt das so leichthin, als sei es selbstverständlich. »Es ist aus mit dir, Miles. Hovre wird dich einlochen. Ich habe gerade mit ihm gesprochen. Höchstens vierundzwanzig Stunden. Wenn du abzuhauen versuchst, werden sie dich kriegen.«

»Du hast mit Hovre gesprochen? Er wird mich festnehmen?« Ich spüre eine große Erleichterung.

»Darauf kannst du deinen Arsch verwetten.«

»Sehr gut«, sage ich zu Duanes Überraschung. »Das ist genau, was ich will.«

»Jesus, Mann«, sagt Duane leise.

»Heute nacht kommt Alison Greening zurück. Sie ist nicht mehr das, was sie war – sie ist etwas Entsetzliches. Rinn hat versucht, mich zu warnen.« Ich blicke in Duanes ungläubiges Gesicht. »Und sie ist diejenige, die diese Mädchen getötet hat. Ich hatte zuerst geglaubt, es sei Zack, doch jetzt weiß ich, daß es Alison Greening war.«

»Hör auf, diesen Namen zu sagen!« schreit Duane.

Ich wende mich ab und sprinte auf das Haus zu. Duane brüllt mir etwas nach, und ich schreie zurück: »Ich gehe hinein und rufe Hovre an.«

Er folgt mir ins Haus und sieht mißtrauisch zu, während ich die Nummer der Polizei wähle. »Wird dir nicht gut tun«, brummt er, durch die Küche trampelnd. »Das einzige, was dir übrigbleibt, ist abwarten. Oder in deinen Schrotthaufen steigen und versuchen abzuhauen. Hank sagt allerdings, du schaffst nicht mehr als sechzig damit. Du kommst ja nicht mal bis Blundell, bevor Hovre dich schnappt.« Er spricht weniger zu mir als zu sich selbst; sein gekrümmter Rücken ist mir zugewendet.

Ich höre das Telefon am anderen Ende der Leitung klingeln, warte darauf, daß Dave Lokken abhebt; doch statt dessen höre ich Eisbärs Stimme, »Chefinspektor Hovre«.

»Miles hier.«

Duane: »Mit wem sprichst du? Ist das Hovre?«

»Hier ist Miles, Eisbär. Warum bist du nicht auf dem Weg hierher?«

Eine unverständliche Pause entsteht. Dann sagt er: »Ach, Miles. Ich habe gerade etwas über dich erfahren. Du hast wohl noch immer nicht genug. Schätze, dein Cousin Duane ist bei dir?«

»Ja, er ist hier.«

»Einen Scheißdreck bin ich«, sagt Duane.

»Gut. Hör mal, wir haben jetzt das Ergebnis der Blutuntersuchung. Es ist tatsächlich AB. Es wird noch einen weiteren Tag dauern, bis sie festgestellt haben, ob es männlich oder weiblich ist, sagt der Junge vom Labor.«

»Mir bleibt kein weiterer Tag mehr.«

»Miles, alter Freund. Es würde mich wundern, wenn dir noch weitere fünf Minuten bleiben. Hat Duane sein Gewehr bei sich? Ich habe ihm gesagt, er soll es mitnehmen, wenn er zu dir geht. Das Gesetz kann über allerhand hinwegsehen, was ein Mann anstellt, wenn er dazu getrieben wird.«

»Ich bitte dich, mein Leben zu retten, Eisbär.«

»So mancher würde sagen, daß du tot viel sicherer bist, Miles.«

»Weiß Lokken, was du tust?«

Ich höre ihn husten. »Dave mußte heute ausgerechnet ans andere Ende des Bezirks. Komischer Zufall.«

»Sag ihm, er soll sofort hier herauskommen«, sagt Duane. »Ich kann es nicht ertragen, dich noch länger im Haus zu haben.«

»Duane sagt, du sollst sofort herüberkommen.«

»Warum unterhaltet ihr beide euch nicht weiter, du und Duane. Hört sich sehr vielversprechend an.« Er legt auf.

Ich drehe mich um, den Hörer noch in der Hand, und sehe, daß Duane mich aus gerötetem Gesicht stumpfsinnig anschaut.

»Er kommt nicht, Duane. Er glaubt, daß du mich erschießen wirst. Er möchte gern, daß du das tust. Er hat Lokken weggeschickt, damit niemand weiß, wie er die ganze Sache eingefädelt hat.«

»Du erzählst Märchen.«

»Hat er dir gesagt, du sollst ein Gewehr mitbringen?«

»Klar. Er glaubt, daß du diese Mädchen umgebracht hast.«

»Da steckt noch viel mehr dahinter. Er hat mir von Alison Greening erzählt. Er hat mir erzählt, was passiert ist. Er möchte mich viel lieber tot sehen als im Gefängnis haben. Wenn ich tot bin, dann bin ich noch immer an den Morden schuld, aber ich kann zu niemandem mehr über das andere reden.«

»Du hältst jetzt das Maul darüber«, sagt er, und seine Arme pendeln. »Kein einziges Wort sagst du mehr darüber!«

»Weil du nicht daran denken möchtest. Du konntest es nicht tun. Du konntest sie nicht vergewaltigen.«

»Ha!« schnaubt Duane, das Gesicht rot und angespannt. »Ich bin nicht hergekommen, um darüber zu reden. Ich wollte nur von dir hören, wie du zugibst, daß du den dreckigsten Teil von dir in meine Tochter gesteckt hast. Glaubst du vielleicht, es hat mir Spaß gemacht, das aus ihr herauszuprügeln?«

»Ja.«

»*Was?*«

»Ja, ich glaube, daß du das genossen hast.«

Duane dreht sich um und preßt seine Handflächen auf die Anrichte, stützt sein ganzes Gewicht auf die Arme. Als er sich mir wieder zuwendet, bemüht er sich zu lächeln. »Jetzt weiß ich, daß du wirklich verrückt bist. Junge, damit ist alles gesagt. Vielleicht sollte ich dich umbringen, wie Hovre das will, nach dem, was du sagst.«

»Vielleicht solltest du das wirklich.« Ich bin wie gelähmt, fasziniert von seinem Versuch der Entspannung. Sein Gesicht ist jetzt farblos; es sieht aus, als könnte man aus ihm Stücke herausbrechen, als wäre er aus Lehm. Er, den ich für so gleich-mütig und dickfellig gehalten habe, scheint zu zerbrechen, in tausend Facetten zu zerspringen.

»Warum hast du mich überhaupt herkommen lassen?« frage ich. »Warum hast du nicht zurückgeschrieben, daß das Haus besetzt ist? Und warum hast du so freundlich getan, als ich ankam?«

Er sagt nichts. Er schaut mich einfach nur an, und jede Faser seines Körpers drückt stumpfsinnige, trotzige Wut aus.

»Ich bin am Tode dieser Mädchen so unschuldig wie am Tod von Alison Greening«, sage ich zu ihm.

»Vielleicht war das die erste Warnung für dich«, sagt Dua-ne. »Ich werde auf das Geräusch von deinem Schrotthaufen horchen, also rühr dich am besten nicht vom Fleck, bis Hovre kommt und dich holt.« Dann, mit einem Lächeln, das beinahe echt wirkt: »*Das* werde ich genießen.« Das graue Gesicht ist eingefallen, als ihm eine Erleuchtung kommt. »Bei Gott, wenn ich dieses Gewehr bei mir hätte, würde ich dich in Stücke zerfetzen!«

»Dann würde dich Alison Greening holen heute nacht.«

»Es macht nicht den geringsten Unterschied, wie verrückt du dich stellst. Jetzt nicht mehr.«

»Nein. Jetzt nicht mehr.«

Als Duane das Farmhaus verließ, sagte er noch: »Weißt du, meine Frau war genauso blöd wie die anderen. Diese Kuh hat das tatsächlich gewollt. Sie konnte nicht mal so tun, als ob sie besser wäre. Immer hat sie darüber gejammert, daß ich mich auf den Feldern so dreckig mache, und ich habe immer gesagt, der Dreck auf mir ist gar nichts im Vergleich zu dem Dreck in ihrer Seele. Ich habe nur immer gehofft, daß sie mir wenigstens einen Sohn schenkt.«

Als die Dämmerung über die Landschaft herfiel, wußte ich, daß mir ungefähr drei Stunden blieben, um dahin zu kommen, wohin ich mußte. Ich würde zu Fuß gehen. Duane sollte nicht etwa den Wagen hören und Hovre rufen. Die beiden gehörten nicht dorthin, wohin ich ging. Die Alternative war, im Farmhaus zu warten und jedes Knarren einer Diele als Zeichen ihres Kommens zu deuten. Nein. Wenn sie erscheinen und unseren alten Schwur erfüllen würde, dann sollte alles dort enden, wo es begann, am Pohlson-Steinbruch. Ich mußte dorthin zurück, wo alles begonnen hatte, um es so zu sehen, wie es in jener Nacht geschah, und ich mußte allein gehen, ohne die kleine Kriegerin und ohne Zack, und in der Dunkelheit auf jenem flachen Felsen stehen und jene Luft atmen. Ich meinte fast, wenn ich wieder an jener Stelle stehen würde, dann könnte ich an den Anfang zurückgehen und die Dinge ungeschehen machen; könnte ein Echo des lebenden Mädchens finden und in dieser Erlösung mich selbst und sie befreien. Duane und seine wilden Verdrängungen, Eisbär und seine Methoden wirkten winzig klein im Licht dieser Möglichkeit. Ich vergaß sie beide. Paul Kant war fast verhungert gewesen, als er sich durch die Felder gearbeitet hatte; auch ich würde es schaffen.

Ich brauchte ein wenig mehr als ein Viertel der Zeit, die Paul Kant gebraucht hatte. Ich ging einfach auf dem unbefestigten Randstreifen den Highway entlang. Im schwindenden Licht ging ich, wohin ich gehen mußte. Einmal kam ein ratternder Lastwagen vorbei, und ich tauchte in ein Maisfeld, bis die roten Rücklichter um die nächste Kurve verschwanden. Ich hatte das intensive Gefühl, unsichtbar zu sein. Kein rotgesichtiger Klotz in einem Lastwagen konnte mich zurückhalten; genausowenig, wie ich meine Cousine davor zurückhalten konnte, ihre Forderung geltend zu machen. Angst prickelte unter meiner Haut. Ich ging schnell, nahm kaum Notiz von dem Schotter unter meinen Füßen; auf der Kuppe des langgezogenen Hügels berührte ich das Thermometer und spürte die Feuchtigkeit des faulenden Holzes. Lichter brannten in einem kaum sichtbaren Farmhaus in einem schwarzen Tal. Für einen Moment hatte ich das Gefühl, daß ich von der steilen Seite des Hügels springen und fliegen könnte – der Traum vom Übermenschen, der Traum vom Entkommen. Kalte Hände streiften mich und drängten mich vorwärts.

Am Beginn des Weges, der den niedrigen Hügel hinauf zum Steinbruch führte, blieb ich stehen, um durchzuatmen. Es war gerade neun Uhr vorbei. Am dunkelnden Himmel hing wie ein lebloser weißer Stein der Mond. Ich machte einen Schritt den Weg hinauf: Ich war der negative Pol eines Magneten, der Mondpol. Meine Füße schmerzten in den Stadtschuhen. Der Zweig einer Eiche stach mit übernatürlicher Klarheit gegen den dunklen Hintergrund ab, es war, als rollte ein riesiger Muskel unter seiner Rinde. Ich setzte mich auf den Rand eines Granitfelsens und zog die Schuhe aus. Dann ließ ich sie neben den Felsen fallen und ging weiter. Die Luft atmete mich.

Auf Zehenspitzen, widerwillig, schlich ich den Weg hinauf.

Der steinige Grund wich trockenem Gras. Oben angekommen, hockte ich mich auf die Fersen. Vor mir lag die ebene braune Fläche, die Reihe sterbender Büsche auf der anderen Seite. Der Himmel verdunkelte sich schnell. Ich merkte, daß ich mein Jackett in der Hand trug, und zog es mir über die Schultern. Luft füllte mir die Kehle. Alison Greening schien überall in der Landschaft zu sein, ein Bestandteil von allem. Sie war in jedes Stückchen Felsen eingeprägt, in jede Blattfaser. Ich ging vorwärts – die mutigste Tat meines Lebens, und spürte, wie das Unsichtbare sich regte.

Als ich die andere Seite der braunen Fläche erreichte, war es dunkel geworden. Der Übergang von der Dämmerung zur Nacht war abrupt, dauerte den Bruchteil einer Sekunde. Meine bestrumpften Füße fanden eine glatte Steinplatte. An einer Ferse brannte eine Blase, ihre Röte kletterte mein Bein hinauf, ich konnte die Farbe hochsteigen sehen, und ich ging wieder vorwärts über braunes Gras auf die Reihe der Büsche zu. Meine Gedanken verwirrten sich, ich warf den Kopf nach rechts und sah ein paar Finken in die Himmelskuppel hinaufstoßen. Das Mondlicht erfaßte sie für einen Moment, legte sich dann auf die spärlichen Büsche und versilberte sie. Ich machte noch einen Schritt und stand auf dem obersten Felsen, dann blickte ich hinunter auf die Schale schwarzen Wassers, den Steinbruchsee. Er war das Zentrum einer intensiven dichten Stille.

Und einer großen Helle. Der Mond, einem Medaillon ähnlich wie Alisons Gesicht, schimmerte und glühte vom Zentrum des Wassers herauf. Meine Beine zitterten. Mein Verstand war nicht mehr als eine flache fotografische Platte, die Bilder registrierte. Ich hätte eine Minute gebraucht, mich an meinen Namen zu erinnern, für den Sprung vom glatten Miles zum verschnörkelten Teagarden. Der Felsboden unter mir bohrte sich mir in die Füße, ich stieg zur nächsten Stufe hinunter und fühlte mich von der Helligkeit angezogen. Diese glatte Wasserfläche mit dem glühenden Mittelpunkt zog mich zu sich hinunter. Noch ein Schritt. Der ganze stille felsgesäumte Teich schien zu summen – nein, er summte tatsächlich, eine gespannte Membran zwischen dem bodenlosen Dunkel des Wassers und dem flachen leuchtenden Antlitz des Mondes. Die Erde kippte, damit ich abrutschte, und ich kippte mit ihr.

Dann war ich dort, auf dem Grunde des Grundes der Welt. Kühler Fels stieß gegen die Sohlen meiner Füße. Hitze brannte mir an den Schläfen und kräuselte die Härchen in meiner Nase. Wasser rann mir über die Handgelenke. Ich berührte die Ärmel, und sie waren trocken. Auf dem Grunde des Grundes der Welt, das Gesicht dem kalten Spiegelbild des Mondes zugewandt, saß ich in greller unnatürlicher Helligkeit.

Als mein Körper zu zittern begann, stützte ich die Hände auf die kühle Felsplatte und schloß die Augen. Die Zeichen ihres Kommens waren unvorstellbar: Es war mir, als würde sie aus dem Zentrum dieser glänzenden Scheibe auf dem Wasser aufsteigen. Der Felsen wallte unter meinen Händen; die Augen zugekniffen, bewegte ich, selbst Teil eines sich bewegenden Elements, den Felsen, der sich meinen Händen und meinem Körper wie ein gespiegeltes Negativbild anpaßte. Diese Empfindung war sehr stark. Die Rillen meiner Fingerkuppen paßten sich winzigen Furchen im Stein an, Hand-Formen schlossen sich um meine Hände, und als ich die Augen aufriß, glaubte ich, vor mir eine senkrechte Felswand aufsteigen zu sehen.

Ich konzentrierte mich in meinem Körper, ich stabilisierte meinen Körper auf dem Fels. Ich spürte, wie der Felsen sich im Rhythmus meines Atems hob, die Adern in meinen Händen sich mit den Adern im Stein verbanden, und ich hörte auf, mich zu bewegen. Ich dachte: Ich bin eine menschliche Seele in einem menschlichen Körper. Ich sah weiße unnatürliche Helligkeit auf meinen Knien und auf den bestrumpften Füßen. Hohe Wände schlossen mich ein, das Wasser lag still, das einzige Ding in der Welt unter mir. Ich wußte, daß mir nur noch sehr wenig Zeit blieb. Das Jackett lag wie Laub auf meinen Schultern. Ich hatte den ganzen Rest meines Lebens, um nachzudenken; um zu warten.

Doch Warten selbst ist Nachdenken. Die Erwartung ist eine Idee im Körper, und für eine lange Zeit übertrug sich die Energie, mit der ich wartete, sogar auf meinen Pulsschlag. Ich dachte an die Möglichkeit, meinen Sturz durch die Zeit zu beschleunigen; ich zitterte nicht mehr. Meine Finger glitten über Rillen im Stein. In der Ausbuchtung des Steinbruchs war die Nacht entsetzlich still. Einmal öffnete ich die Augen und sah auf das Leuchtzifferblatt meiner Uhr: Es war zehn Uhr fünfundvierzig.

Ich versuchte mich zu erinnern, wann wir zu schwimmen begonnen hatten. Es mußte zwischen elf und zwölf gewesen sein. Alison war vermutlich gegen Mitternacht gestorben. Ich blickte zu den Sternen empor und dann wieder zum Wasser hinab, wo der Mond schwamm. Ich konnte mich an jedes Wort erinnern, das in jener Nacht gesprochen wurde, an jede Geste. Sie waren zwanzig Jahre lang in mir aufgestaut gewesen. Zweimal, im Hörsaal vor meinen Studenten, hatte ich mich in jene ereignisreichen Minuten zurückversetzt und alles wieder durchlebt, während meine körperlose Stimme geistreich auf Kosten der Literatur weiterdröhnte. Es ist wahr, daß ich seither hier, in diesem Zeitabschnitt, immer gefangen war, und daß all das, was mich während der Vorlesung erschreckt hatte, nicht mehr war als das Abbild meines Lebens.

Es geschah noch immer, in einem Raum hinter meinen Augen, und ich konnte nach innen blicken und es und uns sehen. Wie sie aussah, als sie mich anlächelte, während die kühle Luft um meine Schultern strich. *Möchtest du das tun, was wir in Kalifornien tun?* Die Hände auf ihren Hüften. Ich sah, wie meine eigenen Hände an meinen Knöpfen zerrten, meine Beine, die Beine eines dreizehnjährigen Jungen, bloß und dünn vom Felsvorsprung baumelnd. Ich blickte auf, und sie war ein weißer Bogen, der gerade ins Wasser eintauchte, ein springender Fisch.

Dieses Bild hatte sich auch in das Gedächtnis zweier anderer eingeprägt. Sie hatten uns zugesehen: wie unsere Körper durchs Wasser schnitten, unsere weißen Arme, ihr glatter nasser Haarschopf über meinem Gesicht. Aus ihrem Blickwinkel waren wir wohl nur blasse Gesichter unter wasserdunklem Haar, zwei Gesichter so nahe beieinander, daß sie fast ineinanderflossen.

Ich bebte am ganzen Körper. Ich hob den Arm und sah auf die Uhr: es war elf. Eine kleine Hautstelle an meinem Nacken begann zu zucken.

Wieder schloß ich die Augen, und wieder strömte die Energie aus dem Felsen in meine Hände, meine Fersen, meine ausgestreckten Beine. Mein Atem war sehr laut, verstärkt durch die komplizierten Kanäle in meinem Körper. Der ganze Bereich des Steinbruchs atmete mit mir, holte

Luft und stieß sie wieder aus. Ich zählte bis hundert und ließ jedes Ein- und jedes Ausatmen acht Takte dauern.

Es mußte nun sehr bald kommen.

Ich sah mich selbst, wie ich noch vor einem Monat war, als ich mich nicht so recht getraut hätte zuzugeben, daß ich zur Farm zurückgekehrt war, um eine Verabredung mit einem Geist einzuhalten. Und eine Kette von Todesfällen wie einen Schwanz hinter mir herschleifte. Trotz des mit Kisten voller Bücher und Notizen untermauerten Vorwandes hatte ich nicht einmal drei volle Tage ernsthaft an meiner Dissertation gearbeitet; unter dem windigsten Vorwand hatte ich aufgegeben: dem Vorwand, daß Zacks blödsinnige Ideen zu sehr denen von Lawrence glichen. Statt dessen hatte ich beinahe absichtlich die Bewohner des Tals gegen mich aufgebracht. Und ich sah mich selbst: ein großer Mann, dessen Haar schütter wurde, ein Mann, dessen Gesicht sofort jede seiner Regungen widerspiegelt, ein Mann, der durch eine Kleinstadt tobt. In den letzten vier Wochen hatte ich mehr Leute beleidigt als in den vergangenen vier Jahren. All das beobachtete ich wie von außen, ich sah mich in Läden stürmen und auf Barhokkern verrückte Reden schwingen, sah mich Ladendiebstähle mimen, während sich auf meinem Gesicht Abscheu zeigte. Sogar Duane war es besser gelungen, seine Gefühle zu verbergen. Vom Tag meiner Ankunft an hatte ich Alison Greenings Nahen gespürt, und diese Tatsache – der Anblick ihrer Gestalt am Waldrand – hatte mich völlig aus dem Gleichgewicht gebracht.

Ich sagte ihren Namen, und ein Blatt raschelte. Das Mondlicht ließ meinen Körper zweidimensional erscheinen, eine Figur aus einem Cartoon.

Es mußte beinahe an der Zeit sein. Elf Uhr dreißig. Plötzlich spürte ich einen Druck auf der Blase; mein Gesicht wurde heiß. Ich schlug die Beine übereinander und wartete darauf, daß der Druck nachlassen möge. Ich stützte mich auf meine steifen Arme und wiegte mich vor und zurück. Nerven im Stein reagierten auf meine Bewegungen, beantworteten sie, so daß zuerst der Felsen mit mir schaukelte und dann die Führung übernahm und mich wiegte. Der Drang zu urinieren wurde schmerzhaft. Ich wurde noch intensiver geschaukelt, da hörte er auf. Ich legte mich zurück, und der Stein bildete eine Mulde für meinen Schädel.

Nur noch kurze Zeit.

Eine Wolke verdeckte den halben Sternenhimmel und schob sich langsam am toten Rund des Mondes vorbei. Mein Körper schien sein Leben bereits aufgegeben zu haben, und der Felsen hatte es aufgesogen. Das kalte Wasser atmete durch mich, es benutzte mich als Blasebalg. Ich glaubte, sie auf mich zukommen zu hören, doch ein Windhauch huschte vorbei, und noch immer strömten die Verwicklungen des Lebens, die Komplikationen des Empfindens aus meinem Körper in alles, was ihn umgab. Ich dachte: Es kann nicht andauern, es ist zuviel, der Tod ist notwendig. Notwendig. Plötzlich, auf dem Grund meiner Angst, wie ein Schimmer von Gold, schien es mir so, als sei ich in dem Bewußtsein ins Tal zurückgekehrt, hier zu sterben.

Ich hörte Musik und wußte, daß die Klänge über den elektrischen Kontaktpunkt zwischen meinem Kopf und dem Felsen kamen. Bald, bald, bald. Mein Tod kam auf mich zugerast, und ich spürte meinen Körper leichter werden. Die ungeheuren Kräfte um mich schienen mich über dem Felsen hochzuheben, die Musik dröhnte mir im Kopf, ich fühlte, wie meine Seele sich in eine summende Kapsel unter meinem Brustbein zusammenzog. So blieb ich liegen, gesammelt, um bei ihrer Berührung zu zerfallen.

Ich sah mich selbst, schwer, profan, sarkastisch, todgeweiht, naiv, wie ich durch Arden tobte, mich im Bauch des Hauses meiner Großmutter versteckte, auf dem Waldboden verzagte, ein sich windendes Mädchen beinahe vergewaltigte; ich keuchte, denn das Gefühl des Schwebens – alle meine Zellen waren wie durch Mondlicht verbunden und außerhalb der Schwerkraft – hatte so lange angehalten.

Mit meinem ganzen Sein spürte ich, daß Mitternacht nahte. Ich konnte den Drang in meiner Blase nicht ein zweites Mal durch Willenskraft bezwingen, ein Blatt raschelte in einem Windstoß, und warme Flüssigkeit rann mir über die Beine; es war köstlich, dieses Sich-gehen-lassen. Ich streckte die Arme nach ihr aus, jede Sekunde ihrer Zeit tickte durch meinen Körper. Ich griff nur in helle, leere Luft.

Und fiel zurück zur Erde und auf leblosen Stein. In dieser gigantischen Verwirrung endete die Musik, und ich wurde mir meiner Lungen bewußt, die in großen Zügen Luft einsogen, des leblosen Steins unter mir, des Wassers, schwarz und kalt, und ich lehnte mich mit dem Rücken gegen die Wand des Steinbruchs. Die nassen Hosenbeine klebten mir an den Beinen. Ich hatte mich in der Zeit geirrt. Es mußte später gewesen sein; doch ich erkannte die Spuren der Verzweiflung in diesem Gedanken, und ich lehnte mich wieder zurück und blickte durch das fahle Mondlicht auf den größten Verlust meines Lebens.

Es war zwei Minuten nach zwölf. Sie war nicht gekommen. Der 21. Juli war in die Vergangenheit hinübergeglitten, und sie kam nicht. Sie würde nie mehr kommen. Sie war tot. Ich war allein, gestrandet in der nur-menschlichen Welt. Ihrem eigenen Impuls folgend, verlagerte sich meine Schuld in mir und trat in eine neue Beziehung zu meinem Körper.

Ich konnte mich nicht bewegen. Ich hatte alles erfunden. Ich hatte nichts am Waldrand gesehen – nichts als meine Hysterie.

Der Schock dauerte Stunden. Als die Hosenbeine zu trocknen begannen, merkte ich, daß mir Beine und Füße eingeschlafen waren, und ich beugte mich nach vorn und bog die Knie mit den Händen. Intensiver Schmerz strahlte von den Knien aus. Ich war dafür so dankbar, daß ich gleich aufzustehen versuchte. Für eine Weile ertränkte ich meine Bewußtheit in Schmerz, während ich unbeholfen umherstelzte, als ginge ich auf den Beinen eines anderen. Dann setzte ich mich auf eine der Felsstufen. Ich konnte nicht weinen. Zuviel des Verlorenen war Teil meiner selbst gewesen. Was auch immer ich werden würde, falls ich jemals daran denken konnte, etwas zu werden, das ich mein Ich nennen konnte: ich würde verändert sein. Ich hatte mir ein Ich herangebildet, das ganz von Alison Greening abhing, und fühlte mich nun wie ein siamesischer Zwilling, dessen andere Hälfte mit dem Skalpell abgetrennt und weggeworfen wurde. Meine zwanzigjährige Schuld hatte ihre Dimensionen drastisch verändert, doch ich konnte nicht erkennen, ob sie größer oder kleiner geworden war.

Ich würde leben müssen.

Ich verbrachte die ganze Nacht am Rand des Steinbruchsees, obwohl ich von der Sekunde an, in der ich zur Erde zurückzufallen schien, wußte – noch bevor ich auf die Uhr gesehen hatte –, daß Alison Greening für immer aus meinem Leben war.

Während der letzten Stunde meiner Trauer um Alisons

zweites und letztes Verschwinden konnte ich endlich klar nachdenken über Arden und das, was dort geschehen war. Über Duane, Eisbär, Paul Kant, über mich selbst. Wie wir nach zwanzig Jahren unter tragischen Umständen wieder zusammengekommen waren. Wie wir alle durch Frauen gezeichnet worden waren. Ich erkannte das Muster, das uns alle miteinander verband, es glich Zacks »Kraftlinien«.

Und ich erkannte noch etwas.

Ich erkannte endlich, daß mein Cousin Duane der Mörder der Mädchen war. Der Frauen mehr haßte als jeder andere Mann, der mir je begegnet war, der wahrscheinlich die Morde an den Mädchen, die Alison Greening ähnelten, von dem Tage an geplant hatte, an dem ich ihm meine Rückkehr nach Arden ankündigte. Duane gehörten die alten Cola-Flaschen, die Äxte, die Türgriffe. Zack mußte den einen, den ich bei ihm gesehen hatte, dort gestohlen haben, wo Duane ihn versteckt hatte.

Als ich dort am Steinbruchsee saß, noch halb betäubt vom Schock meines Verlustes, erkannte ich alles mit lebhafter herzloser Klarheit. Da Alison fort war, konnte es nur Duane sein. Und seine Tochter hatte es befürchtet, dachte ich – sie war jeder Diskussion über den Tod der Mädchen ausgewichen. Was ich für das Bestreben hielt, abgebrühter (und daher erwachsener) zu erscheinen, war noch etwas anderes: die Furcht, daß ihr Vater ein Mörder sei. Sie hatte wirklich jede Diskussion über die ermordeten Mädchen vereitelt.

Ich stand auf; ich konnte gehen. Etwas wie Kraft strömte in mich. Eine ganze Ära meines Lebens ging zu Ende, wie ein Erdzeitalter – sie würde abgeschlossen sein, wenn das getan war, was ich noch zu tun hatte. Ich hatte nicht den Schimmer einer Vorstellung, was ich danach tun würde.

Ich ging den Hügel hinunter und fand meine Schuhe. In einer Nacht waren sie schlaff und wellig geworden, und als ich die Füße hineinzwängte, fühlte sich die Innensohle wie die Haut einer toten Echse an. Sie paßten nicht mehr, schienen einem anderen zu gehören.

Ich trat auf den Highway hinaus und sah einen hohen klapprigen Lastwagen aus der Ardener Richtung auf mich zukommen. Es war ein naher Verwandter des Wagens, vor dem ich mich in der vergangenen Nacht versteckt hatte. Ich streckte die Hand aus, mit dem Daumen nach oben, und der Mann hinter dem Lenkrad hielt neben mir an. Vom Laderaum her strömte der erdige Geruch von Schweinen.

»Mister?« fragte der alte Mann am Lenkrad.

»Ich hab eine Autopanne«, sagte ich. »Fahren Sie vielleicht zufällig Richtung Norwegertal?«

»Nur herein mit Ihnen, junger Mann«, sagte er und lehnte sich herüber, um mir die Tür zu öffnen.

Ich kletterte ins Führerhaus und setzte mich neben ihn. Er war ein drahtiger Mann Mitte siebzig und hatte dichtes weißes Haar, das wie bei einer Scheuerbürste in die Höhe stand. Seine Hände, die auf dem Lenkrad lagen, hatten die Größe von Steaks. »Früh aufgestanden«, sagte er, ohne eine Frage daraus zu machen.

»Ich bin lange unterwegs gewesen.«

Er fuhr los, und der ganze Laderaum des Lastwagens begann zu rattern und zu quietschen.

»Fahren Sie tatsächlich ins Tal?«

»Sicher«, sagte er. »Ich hab' gerade eine Ladung Schweine in die Stadt gebracht, und jetzt fahre ich wieder heim. Meine Söhne und ich, wir haben eine Farm da hinten, so zehn, zwölf Kilometer taleinwärts. Schon mal dort gewesen?«

»Nein«, sagte ich.

»Ist nett dort, richtig nett. Weiß nicht, wieso ein gesunder junger Bursche wie Sie im ganzen Land herumvagabundieren muß, statt sich auf dem besten Farmland der Welt niederzulassen. Der Mensch ist nicht dazu geboren, in Städten zu leben, finde ich.«

Ich nickte. Seine Worte vermittelten mir die Gewißheit, daß ich nicht nach New York zurückgehen würde.

»Schätze, Sie sind Vertreter«, sagte er.

»Im Augenblick bin ich ohne Arbeit«, antwortete ich und erntete einen freundlich-neugierigen Blick.

»Schande, so was. Aber wählen Sie die Demokraten, dann kriegen wir dieses Land wieder auf die Beine, und junge Leute wie Sie werden wieder Arbeit haben.« Er blinzelte auf die Straße und in die aufgehende Sonne, und der holpernde Wagen verbreitete eine Welle Schweinegestank nach der anderen. »Also, dran denken!«

Als er in die Talstraße einbog, fragte er, wo genau ich denn aussteigen wollte. »Überlegen Sie mal, ob Sie nicht lieber mit mir kommen wollen. Vielleicht könnten wir eine gute Tasse Kaffee für Sie auftreiben. Was sagen Sie dazu?«

»Vielen Dank, aber ich möchte gern bei Andy's Laden aussteigen, bitte.«

»Sie sind der Boß«, sagte er völlig gelassen.

Dann hielt er vor den Zapfsäulen an. Das frühmorgendliche Sonnenlicht fiel auf Staub und Kies. Als ich den Türgriff hinunterdrückte, drehte er den weißen Borstenkopf zu mir und sagte verschmitzt: »Ich weiß, daß Sie geflunkert haben, junger Mann.«

Ich schaute ihn nur überrascht an und fragte mich, was er in meinem Gesicht gelesen haben könnte.

»Mit Ihrem Auto. Sie haben gar kein Auto, stimmt's? Sie sind den ganzen Weg per Anhalter gekommen.«

Ich lächelte zurück. »Danke fürs Mitnehmen«, sagte ich und sprang aus der Kabine und aus dem Schweinegeruch ins warme Licht. Er ratterte davon, weiter ins Tal hinein, und ich wandte mich ab und ging über den Kies und die Treppe hinauf.

Die Tür war verschlossen. Ich schaute durch die Scheibe hinein und sah kein Licht. Seit meinem letzten Besuch war alles umgestellt worden. Das Schild GESCHLOSSEN hing nicht an der Tür, doch hinter dem Gitter sah ich an der untersten Scheibe einen staubigen Zettel mit der Aufschrift Mo.–Fr. 7.30–18.30, Sa. 7.30–21.00 Uhr. Ich pochte an die Tür und rüttelte am Gitter. Nach etwa vierzig Sekunden ununterbrochenen Rüttelns sah ich Andy zwischen den engstehenden Tischen auf mich zuwatscheln, während er scharf herüberspähte, um festzustellen, wer es war.

Als er nahe genug war und mich erkannte, blieb er stehen. »Wir haben geschlossen.« Ich winkte ihm, näher heranzukommen. Er schüttelte den Kopf. »Bitte!« schrie ich. »Ich möchte nur Ihr Telefon benutzen.«

Er zögerte, dann kam er langsam zur Tür. Er sah bekümmert und verwirrt aus. »Du hast doch ein Telefon drüben in Duanes Haus«, sagte er, und seine Stimme drang nur gedämpft durch das Glas.

»Ich muß unbedingt telefonieren, bevor ich dort hingehe«, flehte ich.

»Wen willst du denn anrufen, Miles?«

»Die Polizei. Eisbär Hovre.«

»Du wirst doch hier nichts kaputtmachen?«

Ich schüttelte den Kopf.

»Was willst du dem Chef denn sagen?«

»Hör zu, dann weißt du es.«

Er kam die fehlenden zwei Schritte heran und legte die Hand auf das Schloß. Sein Gesicht zuckte, und dann schob er den Riegel zurück und öffnete die Innentür. »Die Gittertür ist noch versperrt, Miles. Ich nehme an, wenn du die Polizei anrufen willst, dann ist das okay ... aber wie weiß ich denn, daß du das wirklich tust?«

»Du kannst dich direkt hinter mich stellen. Du kannst auch für mich wählen.«

Er öffnete das Vorhängeschloß. »Aber ganz leise. Margaret ist hinten in der Küche. Das würde ihr nicht gefallen.« Ich folgte ihm hinein. Er wandte mir das Gesicht zu; er sah besorgt aus. Er war es gewohnt, die falschen Entscheidungen zu treffen. »Das Telefon steht an der Kasse«, flüsterte er.

Als wir darauf zugingen, rief seine Frau aus dem Hintergrund des Ladens: »Wer war das?«

»Drummer«, rief Andy zurück.

»Um Gottes willen, schick ihn weg. Es ist noch zu früh.«

»Einen Moment!« Er deutete auf das Telefon; dann flüsterte er: »Nein, ich werde wählen.«

Als er die Nummer gewählt hatte, gab er mir den Hörer und verschränkte die Arme über der Brust.

Das Telefon klingelte zweimal, dann hörte ich Lokkens Stimme, »Polizei?«

Ich bat, mit Eisbär sprechen zu dürfen. *Wenn du deinen Mörder fangen willst,* wollte ich ihm sagen, *brauchst du nur zu tun, was ich dir sage. Er wird auf seiner Farm sein, seinen Traktor fahren oder auf irgendwelchen Maschinen herumklopfen.*

»Teagarden?« fragte die hocherstaunte Stimme des Vize.

»Sind Sie das? Wohin zum Teufel haben Sie sich denn verdrückt? Sie hätten hier sein sollen, heute früh! Also was soll das, zum Teufel?«

»Was meinen Sie damit, ich hätte hier sein sollen?«

»Ja, sehen Sie – der Chef hat mich weggeschickt mit diesem oberfaulen Auftrag, gestern nachmittag. Ich habe aber nicht bekommen, was ich holen sollte, weil es nämlich gar nicht da war, es war sogar niemals da gewesen; er wollte mich bloß aus dem Weg haben, schätze ich. Jedenfalls, als ich zurückkam, war es fast Mitternacht, und er tobte. Duane hat ihn angerufen und gesagt, daß Sie sich davongemacht haben. Da sagt der Chef, reiß dich zusammen, ich weiß schon, wo er ist. Ich glaube, er hat Duane abgeholt, damit er ihm helfen sollte, Sie zu schnappen. Wo sind Sie denn jetzt? Und wo ist der Chef?«

»Ich bin in Andy's Laden«, sagte ich. Ich blickte kurz zu ihm hinüber. Sein besorgtes Gesicht war dem rückwärtigen Teil des Ladens zugekehrt; er hatte Angst, seine Frau könnte auftauchen und mich sehen. »Lokken, hören Sie mal zu. Ich weiß, wer verhaftet werden sollte, und ich glaube, ich weiß auch, wohin der Chef gehen wollte. Holen Sie mich hier ab.«

»Darauf können Sie Ihren Arsch verwetten, daß ich Sie abhole«, sagte Lokken.

»Sie werden Ihren Mörder bekommen«, sagte ich und gab Andy den Hörer zurück.

»Soll ich auflegen?« fragte er verblüfft.

»Legen Sie auf.«

Er legte auf, starrte mich dann an und bemerkte meinen Stoppelbart und die zerknitterten Kleider. »Danke«, sagte ich, wandte mich um, schlängelte mich zwischen den Tischen hindurch und ging hinaus. Ich stieg die Stufen hinunter und wartete im Morgenlicht auf Lokken.

Nach acht Minuten, was ein Rekord gewesen sein dürfte, kam der Streifenwagen die Talstraße herauf. Ich winkte, und Lokken bremste und hielt in einer riesigen weißen Staubwolke an. Er sprang aus dem Wagen, während ich über die Straße auf ihn zuging. »Also schön, was ist los?« fragte er. »Das ergibt einfach keinen Sinn. Wo ist Chefinspektor Hovre?«

»Ich glaube, er hat sich vorgestellt, daß ich zu jener Lichtung zurückgehen würde, wo die kleine Michalski gefunden wurde. Vielleicht ist Duane mit ihm gegangen.«

»Vielleicht, vielleicht aber auch nicht«, sagte Lokken. Seine Hand lag auf dem Griff seines Revolvers. »Vielleicht werden wir auch da hingehen, vielleicht aber auch nicht. Warum zum Teufel haben Sie das Revier angerufen?«

»Das habe ich Ihnen schon gesagt.« Lokkens Hand schloß sich um den Revolvergriff. »Ich weiß, wer diese Mädchen getötet hat. Steigen wir ein und reden wir unterwegs darüber.«

Äußerst mißtrauisch trat er von der Seite des Wagens weg und ließ mich um den Kühler herumgehen. Wir stiegen gleichzeitig ein. Ich lehnte mich gegen das heiße Polster der Rücklehne zurück. »Also schön«, sagte Lokken. »Sie fangen jetzt besser an zu erzählen. Wenn es wirklich gut ist, höre ich vielleicht sogar zu.«

»Duane Updahl hat es getan«, sagte ich. Lokkens Hand, die den Zündschlüssel hielt, erstarrte auf halbem Wege zum Zündschloß, und er warf den Kopf herum und glotzte mich mit offenem Munde an.

»Ich war noch gar nicht in der Stadt, als Gwen Olson ermordet wurde.«

»Das ist der Grund, daß ich Ihnen zuhöre«, sagte Lokken. Jetzt war es an mir, verblüfft dreinzuschauen. »Wir haben gerade heute früh von der Polizei in Ohio gehört. Die haben

nämlich auf Veranlassung vom Chef Nachforschungen angestellt, seit Sie ihm von Ihrer Übernachtung in diesem Motel
erzählt haben. Und jetzt haben sie schließlich einen Burschen
namens Rolfshus gefunden, der Ihr Bild wiedererkannt hat.
Besitzt so eine kleine Klitsche gleich neben dem Freeway.
Schön, und dieser Rolfshus sagt, Sie könnten derjenige sein,
der in der bewußten Nacht damals bei ihm gewohnt hat.«

»Wollen Sie damit sagen, daß Eisbär nach diesem Motel
gesucht hat, seit ich ihm davon erzählt habe?«

»Er hat auch so etliche Aussagen entgegengenommen«, sagte Lokken. »Eine Menge Leute hier können Sie nicht leiden.«
Er startete den Wagen. »Ich weiß ja nicht, was der Chef dazu
sagt, aber ich halte es für verdammt sicher, daß Sie okay sind,
was den Olson-Mord angeht. Also warum zum Teufel sagen
Sie jetzt, es ist Duane?«

Ich nannte ihm meine Gründe, während wir die Straße hin-
unterfuhren. Sein Haß auf Frauen, sein Haß auf mich. Die
Beweisstücke. »Ich glaube, er hat die ganze Sache aufgezogen,
damit ich lebenslänglich in die Klapsmühle komme«, sagte
ich. »Und Eisbär hat gehofft, Duane würde mich erschießen,
damit ich nichts darüber sagen kann, wie Alison Greening
wirklich umgekommen ist. Und Sie hat er weggeschickt, damit Sie außer Reichweite sind, wenn es passiert.«

»Himmel, ich weiß nicht«, sagte Lokken. »Es ist vollkommen verrückt. Was war das mit Alison Greening?«

Also erzählte ich ihm das auch noch. »Und ich glaube, Duane ist seit der Zeit immer halb verrückt gewesen«, schloß ich.
»Und als ich ihm schrieb, daß ich komme, ist er glatt überge-
schnappt, glaube ich.«

»Großer Gott!«

»Ich bin auch nicht ganz bei Trost, glaube ich. Andernfalls

hätte ich das doch schon früher erkennen müssen. Ich hatte da eine verrückte Theorie, doch die hat sich letzte Nacht als falsch herausgestellt.«

»Alles in diesem Zusammenhang ist verrückt«, sagte Lokken verzweifelt. Er fuhr den Wagen an den Straßenrand und hielt dicht neben dem Maisfeld. Eisbärs Wagen stand auf der anderen Straßenseite, und der Kühler wies in die Richtung, aus der wir kamen. »Sieht jedenfalls aus, als hätten Sie recht gehabt. Glauben Sie, die sind beide dort oben?«

»Ich glaube schon, daß Duane Eisbär begleiten würde«, sagte ich. »Es wäre zu riskant für ihn abzulehnen.«

»Schauen wir doch nach. Zum Teufel, schauen wir doch einfach nach.« Wir stiegen aus dem Wagen und sprangen über den Graben.

Er sprach nicht. Der Dauerlauf hügelan auf den Wald zu nahm ihn ganz in Anspruch. Doch als wir den Bach überquert hatten, redete er wieder. »Wenn das stimmt, was Sie sagen, dann könnte Duane ja vielleicht auch was gegen den Chef versuchen.«

»Ich glaube nicht, daß er das tun würde.«

»Nee, aber es könnte doch schließlich sein«, sagte er und zog die Waffe. »Ich kann mich nicht genau erinnern, wo diese verdammte Lichtung ist.«

Ich sagte: »Folgen Sie mir«, und preschte über die Steigung hinauf und auf den Waldrand zu. Lokken folgte mir.

Als ich die ersten Bäume erreichte, begann ich, langsamer bergauf zu laufen, in die Richtung von Rinns alter Hütte. Ich hatte nicht die geringste Ahnung, wie die Szene sich abspielen würde. Ich war, zur Abwechslung einmal, froh über Lokkens Anwesenheit. Es ergab keinen Sinn, daß Eisbär die ganze Nacht auf dieser Lichtung verbracht haben sollte. Allmählich wurde der Wald dichter, die knorrigen Bäume rückten zusammen. Ich ging langsamer. Stellenweise mußte ich Äste und hohe Unkrautstauden mit den Händen auseinanderbiegen.

»Merken Sie auch, daß irgend etwas komisch ist?« sagte ich nach einer Weile.

»Hä?« kam Lokkens Stimme aus ziemlicher Entfernung hinter mir.

»Es ist so still, kein Geräusch zu hören. Kein Vogel, kein Eichhörnchen. Keine Tierlaute.«

»Hm«, sagte Lokken.

So war es tatsächlich. Wann immer ich sonst in den Wald gekommen war, hatte ich die Geräusche der Natur um mich herum wahrgenommen. Nun war es, als seien alle Tiere verendet. An diesem dunklen Ort, zwischen den dichten, hochaufragenden Bäumen, herrschte geisterhafte Stille.

»Könnten durch einen Schuß verscheucht worden sein«, sagte Lokken. »Vielleicht ist da etwas passiert.« Es klang so besorgt, wie ich mich fühlte, und ich wußte, daß er noch immer die Waffe in der Hand hatte.

»Wir sind jetzt ziemlich nahe an der Lichtung«, sagte ich. »Jetzt werden wir es bald wissen.«

Einige Minuten später sah ich den Ring der Bäume um die Lichtung. »Hier durch«, sagte ich und sah mich nach Lokken um. Sein Gesicht war rot vor Anstrengung.

»Ja, ich kann mich jetzt erinnern.« Er formte mit den Händen einen Trichter vor dem Mund. »Chef? Sind Sie hier?« Nicht einmal ein Echo kam als Antwort. Er rief wieder. »Chef! Chefinspektor Hovre!« Er sah mich durchdringend an, ärgerlich und enttäuscht, und Schweiß rann ihm über das Gesicht. »Verdammt, Teagarden, tun Sie was!«

Obwohl mir kalt war, hatte auch ich zu schwitzen begonnen. Ich konnte Lokken nicht sagen, daß ich Angst davor hatte, die Lichtung zu betreten. Der Wald schien in diesem Moment besonders gewaltig.

»Kommen Sie schon, wir haben den Wagen gesehen, wir wissen, daß er hier ist«, sagte Lokken.

»Irgend etwas ist komisch«, sagte ich. Ich glaubte beinahe, kaltes Wasser zu riechen. Aber das war ja nicht möglich.

»Kommen Sie schon. Gehen wir. Machen Sie doch.« Ich hörte den Revolver gegen einen Baum klirren, als er mir damit deutete weiterzugehen.

Ich marschierte auf den Kreis der Bäume zu; über der Lichtung schwebte Licht. Dann ging ich zwischen den Wachtposten-Bäumen hindurch und trat auf die Lichtung. Der plötzliche Ansturm des Lichts blendete mich zuerst. Rauch stieg auf von dem schwelenden Feuer in der Mitte der Lichtung. Ich machte noch einen Schritt darauf zu. Ich rieb mir die Augen. Es gab kein summendes, vibrierendes Geräusch von Insekten.

Dann sah ich sie. Ich blieb stehen. Ich konnte nicht sprechen. Hinter mir brach Lokken geräuschvoll in die Lichtung ein. »He, was ist los? He, Teagarden! Sind Sie hier? Sie –« Er brach ab, als hätte ihn eine Axt getroffen.

Ich wußte jetzt, warum Lokken sich hatte übergeben müssen, als er die Leiche von Jenny Strand sah.

Da war Eisbär im Vordergrund, und Duane hinter ihm, an Bäume genagelt, beide nackt, die Körper geschwärzt und wie zerquetschte Früchte herabhängend.

Lokken blieb dicht neben mir stehen, ein erstickter Laut drang aus seiner Kehle. Ich konnte meine Augen nicht von den beiden lösen. Es war das Barbarischste, was ich je gesehen hatte. Ich hörte den Revolver auf die Erde fallen. »Was zum –« begann Lokken. »Was –«

»Ich habe mich getäuscht«, flüsterte ich. »Gott, ich habe mich getäuscht. Sie ist doch zurückgekommen.«

»Was –« Lokkens Gesicht war schweißglänzend und weiß.

»Es war doch nicht Duane«, sagte ich. »Es war Alison Greening. Sie sind letzte Nacht hierhergekommen, und sie hat sie getötet.«

»Mein Gott, sehen Sie sich ihre Haut an«, stöhnte Lokken.

»Mich hat sie aufgespart. Sie wußte, daß sie mich jederzeit holen kann.«

»Ihre Haut ...«

»Sie hat sie dafür bestraft, daß sie sie vergewaltigt und getötet haben«, sagte ich. »O mein Gott.«

Lokken sank in das hohe Gras.

»Jetzt wird sie hinter Duanes Tochter her sein«, sagte ich, und plötzlich wurde mir klar, daß wahrscheinlich noch ein Leben verloren war. »Wir müssen sofort zur Farm hinunter.«

Lokken kotzte ins Gras.

»Wie konnte jemand – jemand die beiden so hoch heben –«

»Meine verrückte Theorie war richtig«, sagte ich zu ihm. »Wir müssen sofort zur Farm. Können Sie rennen?«

»Rennen?«

»Dann folgen Sie mir, sobald Sie können. Laufen Sie zur Straße und kommen Sie mit Ihrem Wagen zu Duanes Haus.«

»... Haus«, sagte er. Dann wurden seine Augen ein wenig klarer, und er hob die Waffe auf und winkte damit in meine Richtung. »Sie warten. Sie gehen nirgends hin, verstanden!«

Ich beugte mich hinunter und stieß die Waffe beiseite. »Ich habe Sie hierhergebracht, denken Sie daran. Und glauben Sie vielleicht, ich sei stark genug, die beiden hochzuheben und einfach so an die Bäume zu heften? Also beeilen Sie sich, daß Sie wieder auf die Beine kommen. Wenn es nicht schon zu spät ist. Wir müssen verhindern, daß so etwas noch einmal geschieht.«

»Wie –«

»Ich weiß nicht«, sagte ich und wandte mich von ihm ab, dann drehte ich mich mit einer neuen Idee nochmals um. »Geben Sie mir Ihre Autoschlüssel. Sie können ja Eisbärs Wagen kurzschließen.«

Als ich endlich zur Straße hinunterkam, setzte ich mich in den Streifenwagen und drehte Lokkens Zündschlüssel. Der Motor sprang sofort an. Ich rollte an Eisbärs Auto vorbei und trat dann den Gashebel voll durch.

Ein Traktor tuckerte vor Bertilssons Kirche die Straße hinunter und beanspruchte zwei Fahrbahnen. Ich hupte, und der übergewichtige Mann auf dem Traktorsitz winkte mit der Hand, ohne sich umzublicken. Ich suchte nach dem Knopf für die Sirene und fand ihn. Der Fahrer schnellte auf dem Sitz herum, sah den Polizeiwagen und lenkte den Traktor an den Straßenrand. Ich hupte wieder und sauste vorbei.

Als ich zum alten Farmhaus hinunterkam, sah ich nichts Außergewöhnliches. Die Stute graste zwischen den Kühen, der Rasen war gefurcht und verbrannt. Keine Spur von Alison. Ich schluckte, bog in die Auffahrt, fürchtete Alison so zu finden, wie ich ihren Vater und Eisbär gefunden hatte. Ich bremste, riß den Wagen auf den Rasen und sprang hinaus, bevor er zum Stillstand gekommen war.

Ich konnte sie riechen – kaltes Wasser –, es roch, als habe es gerade zu regnen aufgehört. Die Beine versagten mir beinahe den Dienst, und in meinem Magen lag ein Eisklumpen.

Ich rannte den Pfad zu Duanes Haus hinauf. Eine Tür wurde zugeschlagen. Mir wurde klar, daß Alison Updahl den Streifenwagen vorfahren gesehen hatte. Sie kam um das Haus herum gerannt. Als sie mich an Stelle von Eisbär oder Dave Lokken sah, hörte sie zu rennen auf und blieb unschlüssig stehen; sie sah gleichzeitig besorgt, erfreut und verwirrt aus. Die Luft schien sich zusammenzuziehen, so wie in der ersten Nacht, die ich im Wald verbracht hatte. Sie schien dick und eng zu werden vor Bösartigkeit. »Lauf!« rief ich dem Mädchen zu. Ich schwenkte die Arme. »Los, lauf schon!« Der Geruch des Steinbruchsees überflutete uns, und jetzt spürte sie ihn auch, denn sie drehte sich halb herum und hob den Kopf.

»Vorsicht! Gefahr!« schrie ich und sprintete auf sie zu.

Ein Wind warf mich zu Boden, so leicht wie eine Brise ein Kartenhaus zum Einsturz bringt.

»Miles?« sagte sie. »Mein Vater ist nicht –«

Bevor sie *nach Hause gekommen* sagen konnte, sah ich eine andere Frau, eine kleinere Frau, plötzlich auf dem Pfad hinter ihr erscheinen. Mein Herz blieb stehen. Das schattenhafte zweite Mädchen stand da, die Hände in die Hüften gestemmt, und sah uns beide an. Im nächsten Augenblick war sie verschwunden. Alison Updahl mußte etwas von der Kraft der anderen gespürt haben, denn sie wandte ihren Oberkörper und blickte hinter sich. Ich sah, wie Entsetzen in ihr aufflammte – es war, als würden ihr plötzlich Leben und Willen entzogen. Sie hatte etwas gesehen, doch ich wußte nicht, was. Ich erhob mich aus dem Staub und von den Steinen des Weges. »Lauf weg!« rief ich ihr zu.

Doch es war zu spät. Sie war von dem, was sie gesehen hatte, so entsetzt, daß sie sich nicht bewegen konnte. »Alison!« rief ich, und es war nicht das lebende Mädchen, an das ich mich wandte. »Laß sie in Ruhe!«

Das schwirrende, taifunartige Geräusch eines brausenden, knatternden Sturmes erhob sich. Ich wandte mich in die Richtung, aus der er kam, und nahm wahr, daß Alison Updahl, gebannt wie das Kaninchen vor der Schlange, sich ebenfalls umwandte. In dem hohen Gras vor der Straße formte der Wind ein Muster: Er zeichnete Kreise. Blätter und Zweige begannen herumzuwirbeln. Draußen auf der Straße hoben sich Steine und Asphaltstücke und flogen auf das kreisende Muster zu.

Ich rief Alison Updahl zu: »Lauf auf mich zu.« Sie warf sich mit einem Ruck vorwärts, strauchelte. Kleine fliegende Holzstückchen und flatternde Blätter füllten die Luft.

Durch den Blättersturm rannte ich ihr entgegen. Sie war auf den Pfad gestürzt, und ein Schauer kleiner Äste und Steine prasselte auf sie herab. Ich packte sie an der Hand und zog sie hoch.

»Ich habe etwas gesehen«, murmelte sie.

»Ich habe es auch gesehen. Wir müssen weglaufen.«

Das wirbelnde Muster zersprang. Die meisten der Blätter und Zweige, die die Luft füllten, wurden geräuschlos davongeweht und sanken leblos zu Boden, auf der ganzen Fläche zwischen den beiden Häusern. Nur ein hochaufragendes skelettartiges Gebilde, ein vager Umriß von Braun und Grün, blieb; dann fegte auch das davon. Ein paar Steine kollerten um unsere Füße. Das kreischende Tosen des Sturms hielt an. Wieder prägten sich große Kreise ins Gras.

Alisons Mund öffnete sich, doch sie konnte nicht sprechen.

Ich faßte ihre Hand fester, und wir begannen zu laufen,

den Weg hinunter. Da bog Dave Lokken mit Eisbärs Auto in die Auffahrt ein. Er sah noch immer aus wie nach einer dreitägigen Sauftour. Er schaute uns an, das Mädchen und mich, wie wir, so schnell wir konnten, in seine Richtung liefen. »He«, sagte er, »wir müssen unbedingt die Leichen ...«

Das kreisende Muster im Gras bewegte sich in seine Richtung. Dann sah ich die Gestalt des Mädchens, die ich auf dem Pfad gesehen hatte, noch immer schattenhaft neben seinem Wagen erscheinen. Im gleichen Moment barsten alle Scheiben. Lokken schrie auf und bedeckte sein Gesicht mit beiden Armen. Eine Kraft, die ich nicht begriff, zog ihn vom Sitz und durch das offene Fenster an seiner Seite. Er rollte über den Kies der Auffahrt. Seine Nase blutete.

Ich versuchte, Alison Updahl hinüber in das Feld auf der anderen Seite zu bringen, als ich sah, daß es sinnlos war, sich im Haus zu verstecken. Wir waren kaum mehr als drei Schritte gegangen – ich zerrte sie, sie stolperte hinterher –, als unsere Hände auseinandergerissen wurden; eine Bö, die nach Grab und vermodertem Fleisch stank, stieß mich zur Seite und gegen den Baum, auf den mein Großvater seine Sense zu hängen pflegte. Über das Gras hin begann sich etwas auf Alison Updahl zuzubewegen.

Es war, als sei die Rinde der Erde aufgebrochen, einfach weggemäht – Häuser, Bäume, Hunde, Leute, Stallungen, Sonnenlicht, all das, und nur das primitivste und dunkelste Leben wäre übrig. Lokken, der mit blutender Nase hinter mir im dichten Weinlaub kauerte, sah, was ich sah, und schrie ein zweites Mal. Er hielt sich die Augen zu.

Alison erreichte die Veranda und stürmte hinein. Was auch immer sie verfolgt hatte, verschwand wie ein Hauch auf einer Glasscheibe.

Ein Wirbel aus Gras, Blättern, Steinen erhob sich vom Rasen und schmetterte gegen die Hauswand.

Da war noch ein Benzinkanister in der Garage. Ich sah ihn in Gedanken vor mir und fühlte den Griff in meiner Hand, und ohne zu wissen, was ich damit anfangen oder wozu er gut sein sollte, rannte ich zur Garage und hob ihn auf. Er war voll, wie ich vermutet hatte. Sein Gewicht schien mich den Abhang hinunterzuziehen.

Ich ging auf das Haus zu. Das hast du schon einmal gemacht, sagte ich zu mir selbst, letzte Nacht hast du es schon getan: Ich wußte auch, daß ich bereit gewesen war, im Steinbruch zu sterben; jetzt war ich es nicht mehr. Ich schaute zu Lokken: Er wälzte sich im Unkraut, wohin sie ihn geworfen hatte, und gab kehlige Laute von sich. Blut bedeckte sein Uniformhemd. Vom Haus her kam kein Geräusch. Plötzlich sah ich wieder das Bild vor mir, wie der unselige Duane, der unselige Eisbär gleich Früchten an den Bäumen hingen, die Haut schwarz und weiß, und eine Verpflichtung gegenüber der Vergangenheit – ein Gefühl wie Liebe – trieb mich vorwärts.

Der Geruch erinnerte an Wasser aus Gräbern und bedeckte die Veranda. Der Benzinkanister wog schwer in meiner Hand. Ich ging ins Wohnzimmer. Alles sah verändert aus. Es war zwar alles vorhanden, nichts war umgestellt worden, doch der Raum, den ich für Alison Greening hergerichtet hatte, war nun dunkler, gewöhnlicher, schäbiger; Wasserflecken bedeckten die Wände. Hier war der Geruch noch stärker als auf der Veranda. Alison Updahl kauerte in einem Sessel, die Beine hatte sie bis zur Brust hochgezogen, als wolle sie nach allem treten, was ihr zu nahe kam. Ich glaube nicht, daß sie mich sah. Ihr Gesicht war ein straffer weißer Panzer. Als sie sich auf dem Pfad umgedreht hatte, hatte sie gesehen, was auch Lokken und ich sich auf das Haus zubewegen sahen. »Ich lasse nicht zu, daß sie dich kriegt«, sagte ich. »Ich werde dich da herausholen.« Meine Worte waren nur ein Geräusch.

Ich hörte, wie im ganzen Haus die Scheiben barsten. Das Mädchen vor mir zuckte, von ihren Augen war nur das Weiße zu sehen. »Steh auf«, sagte ich. Sie stellte die Füße auf den Boden und versuchte, sich aus dem Sessel zu erheben. Ich wandte mich ab, zufrieden, daß sie sich bewegen konnte, und begann, Benzin auszuschütten. *Wenn wir diesen Weg gehen müssen,* dachte ich, *dann ist das noch immer besser als –* ich sah die Leichen an den Bäumen vor mir. Ich bespritzte die Möbel und schüttete das Benzin gegen die hintere Wand des Zimmers.

Sie war da, ich wußte es; ich spürte sie im Haus. Es war jenes Bewußtsein von der Gegenwart einer feindlichen Kraft, das ich in der ersten Nacht im Wald gehabt hatte. Alison Updahl stand jetzt auf den Füßen, die Arme hatte sie vor sich ausgestreckt wie eine Blinde. Der Zimmerboden war mit einer Schmutzschicht überzogen; in einer Ecke der Decke wucherte Moos.

Dann sah ich einen Schatten auf der benzinnassen Wand. Klein, formlos, doch menschenähnlich. Ich ließ den leeren Benzinkanister fallen, so daß er auf den Boden polterte. Draußen schlug ein Ast gegen die weißen Bretter. »Miles«, sagte Alison Updahl sehr sanft.

»Hier bin ich.« Nutzlose Worte des Trostes.

Blätter raschelten am zerbrochenen Küchenfenster und drückten es ein. Ich hörte ihr Rauschen in der modrigen Luft.

Der Schatten an der Wand wurde dunkler. Ich ergriff den ausgestreckten Arm des Mädchens und zog sie zu mir. Ihre

Augenlider flatterten, doch ich konnte ihre Pupillen sehen. »Dieser Geruch –« Sie war einem hysterischen Ausbruch nahe. Sie bewegte den Kopf und sah den dunkler werdenden Schatten an der Wand. Die Erde auf dem Boden bewegte sich, begann zu kreisen.

»Ich zünde jetzt ein Streichholz an«, sagte ich. »Im selben Moment mußt du auf die Veranda rennen und durch das Gitter springen – es ist voller Löcher und ganz brüchig. Und dann lauf, was du kannst.«

Voller Entsetzen beobachtete sie, wie der Schatten sich verdichtete. Ihr Mund öffnete sich. »Ich habe einmal einen Hund ausgegraben ... nachdem ich ihn begraben hatte ...«

Der Schatten war dreidimensional, ragte wie ein Relief aus der Wand. Die faulige Luft war vom Rascheln der Blätter erfüllt. Mit dem Rest meines Verstandes dachte ich, daß der Raum aussah, als hätte man ihn aus den Fluten eines Flusses gezogen. Ich legte den Arm um Alison Updahls Schultern. Sie schien kaum zu atmen. »Jetzt lauf hinaus«, sagte ich. »Schnell!« Ich stieß sie auf die Veranda zu. Die Luft zischte. Die Streichhölzer waren in meiner Hand, meine Finger bebten. Ich brach vier oder fünf Streichhölzer aus dem Heftchen und brachte es irgendwie fertig, sie an der Reibfläche zu entzünden. Sie gingen in Flammen auf, und ich warf sie gegen die Rückwand des Zimmers. Hitze und Licht explodierten. Durch das Zischen hörte ich das Verandagitter bersten, als Alison sich hindurchwarf.

Was mir auf der anderen Seite des Raumes gegenüberstand, war kein Schatten, kein kreisendes Muster im Gras, kein hochaufragendes skelettartiges Gebilde, kein dunkles Wesen von unterhalb der Erdrinde, sondern ein lebendiger Mensch. Wäre ich ihr näher gewesen, hätte ich vielleicht die Nähte und

Unzulänglichkeiten sehen können, eine Blattrippe vielleicht oder eine Verfärbung im Weiß des Auges, doch von da aus, wo ich stand, sah sie genauso aus wie im Jahre 1955, ein vollkommenes Mädchen aus Knochen und Fleisch und Haut und Blut. Sogar jetzt stockte mir der Atem bei ihrem Anblick, während das Feuer um uns loderte. Das war ihr Gesicht, aus tausend magischen Verflechtungen zusammengesetzt. Kein Mann unter fünfzig hätte es ansehen können, ohne zutiefst betroffen zu sein – von dem Schmerz, den es erfahren würde, von dem Schmerz, den es zufügen würde.

Sie lächelte nicht, doch das war gleichgültig. Ihre ernste Feierlichkeit umfaßte und verhieß alle Gefühle. Nur die Feierlichkeit, die ernste Gelassenheit eines solchen Gesichts vermag das. Hinter ihrer kleinen schlanken Gestalt schlugen die Flammen an der Wand empor. Meine Haut spannte sich in der Hitze.

Mit regungsloser Faszination sah ich, daß die Fingerspitzen an einer ihrer Hände Feuer gefangen hatten. Ohne Leidenschaft, in reiner ruhiger Feierlichkeit, die mehr versprach, als ich wissen oder verstehen konnte, hielt sie mich mit ihren Augen und mit ihrem Gesicht in Bann.

Aus dem Obergeschoß kam ein Geräusch, das wie ein Seufzer klang. Das Feuer wand sich in einem orangeflammenden Strom die enge Treppe hinauf. Ich ging rückwärts, weg von den Flammen. Die Härchen meiner Augenbrauen kräuselten sich; ich wußte, daß mein Gesicht versengt war wie von Sonnenstrahlen.

Unter ihrem Blick – oder unter dem Blick dessen, was aussah wie sie – verstand ich, daß da ein Pakt geschlossen wurde. Ich verstand, daß sie mich lieber tot gesehen hätte, aber daß Duanes Tochter, ihre Namensschwester, der Grund dafür war, daß ich leben würde. Jetzt stand ihre ganze Hand in Flammen, verloren im Mittelpunkt eines glühenden Lichtkreises. Ja, es war ein Pakt: Ich begriff ihn nicht ganz, würde ihn niemals völlig begreifen, doch ich war daran gebunden.

Sie ließ mich bis zur Tür zurückweichen. Der Ausdruck auf dem Gesicht, das dem ihren so ähnlich war, hatte sich nicht verändert. Die Hitze war unerträglich, tödlich; ich drehte mich um und rannte, fort, fort vom Gefühl der Knechtschaft und vom Feuer.

Das alte Farmhaus stand in Flammen, wie neulich Duanes Traumschloß, und als ich mich auf dem Rasen umwandte, sah ich, daß es ebenfalls ein Traumschloß war. Ich hatte das Gefühl, als sei ein Teil von mir noch im Haus. Ich war daran gebunden, lebenslang gebunden, so wie ich es zwanzig Jahre lang gewesen war. Sieben Stunden früher hatte ich geglaubt, zu einer neuen Lebensordnung gefunden zu haben, und nun sah ich ein – wenn auch noch immer nur halbwegs begreifend –, daß alle Lebensordnungen dieselbe Lebensordnung sind. Ich fühlte mich gleichzeitig schwerer und leichter, mit einem verbrannten Gesicht und mit dem Leben, das zu mir zurückgekehrt war, belastet mit den Verpflichtungen, die ich schon immer gehabt hatte, weil ich sie übernommen hatte, weil ich dafür ausersehen war. Die Tochter meines Vetters stand bei den Nußbäumen und beobachtete mich ungläubig. Als ich den Ausdruck in ihren Augen bemerkte, begann ich noch stärker zu zittern. Um ihrem Blick zu entgehen, wandte ich mich um und betrachtete das Haus. Dave Lokken lag wimmernd hinter uns.

Ich dachte an sie dort drinnen, die meinen Pakt besiegelte. Der obere und der rückwärtige Teil des Hauses erschien verzerrt in dem Glast der Hitze. Ich hatte Duane ausgelacht, ohne zu merken, daß auch ich ein Traumschloß besaß; und er hatte für meine Illusionen bezahlt – in der Nacht, in der diese Illusionen am stärksten gewesen waren.

»Da war eine – eine Person dort drinnen«, hauchte Alison Updahl. »Ich dachte, du müßtest sterben.«

»Und ich dachte das von dir«, sagte ich. »Ich habe nicht gewußt, daß ich wirklich etwas dagegen tun könnte.«

»Aber du hast es fertiggebracht.«

»Ich war hier. Das hat genügt.«

Die Flammen loderten jetzt himmelhoch, mit gewaltigem vernichtendem Krachen. Alison trat dicht an mich heran. »Ich habe etwas Entsetzliches gesehen«, sagte sie. »Miles –«

»Lokken und ich haben es auch gesehen«, unterbrach ich ihr Keuchen, als die Erinnerung sie überfiel. »Darum ist er in diesem Zustand.« Wir schauten beide zu Lokken, der nun auf den Knien kauerte und mit roten Augen völlig überwältigt zum Haus hinüberblickte. Sein Hemd war mit Blut und Erbrochenem bedeckt.

»Wenn du nicht gerade noch gekommen wärst ...«

»Dann wärst du getötet worden. Und ich auch. Darum ging es.«

»Aber jetzt wird diese – diese Person nicht mehr zurückkommen?«

»Ich weiß nicht«, sagte ich. »Ich glaube nicht. Jedenfalls wird sie nicht mehr so wiederkommen.«

Das Haus hatte das letzte Stadium vor dem endgültigen Zusammenbruch erreicht, und die Hitze strich über mein verbranntes Gesicht. Ich mußte in kaltem Wasser untertauchen. An meinen Handflächen bildeten sich Blasen. Das alte Gebäude hinter den Flammen war wie ein Skelett, so zerbrechlich schon, daß es zu schweben schien.

»Als ich unseren Hund ausgrub, hat es auch so gerochen«, sagte Alison. »So wie dort drinnen.«

Sparren und Balken begannen herabzustürzen. Die ganze Veranda lehnte sich gegen die Flammenwand, seufzte wie ein müdes Kind und sank lautlos in sich zusammen.

»Wenn sie nicht so zurückkommt, wie wird sie dann zurückkommen?«

»Als du und ich«, sagte ich.

»Dein Vater und ich haben sie geliebt«, sagte ich. »Ich glaube, er hat sie auch gehaßt, doch er hat dich nach ihr benannt, weil er sie zuerst geliebt hat, bevor er sie haßte.«

»Und er hat sie getötet, nicht wahr?« fragte sie. »Und die Schuld auf dich geschoben.«

»Er war nur dabei. Zacks Vater hat es getan. Er war es.«

»Ich wußte, daß du es nicht gewesen bist. Ich wollte, daß du es mir erzählst, draußen im Steinbruch. Ich habe geglaubt, es war mein Vater.« Die Schlagader an ihrem Hals pulsierte wie die eines Frosches. »Ich bin froh, daß er es nicht war.«

»Ja.«

»Ich fühle mich ... betäubt. Ich fühle überhaupt nichts.«

»Ja.«

»Es ist, als könnte ich eine Menge reden oder überhaupt nichts sagen.«

»Ich weiß.«

Die Seitenwand des Hauses stand noch immer, zwei offene Räume voller emporschießender, züngelnder Flammen. Im Mittelpunkt einer Flamme war ein starrer Schatten, eine kleine Säule aus Dunkelheit. Dave Lokken stand schwankend auf.

»Ist mein Vater ...« Alison nahm meine Hand, und ihre Berührung war kalt.

»Wir sind zu spät gekommen«, sagte ich. »Lokken und ich

haben deinen Vater und Eisbär gefunden. Oben im Wald. Ich wollte, wir hätten etwas tun können. Lokken wird sie herunterbringen.«

Der Schatten, den ich ansah, während sie sich an mich klammerte, wurde dunkler inmitten des Feuers. Ihre Tränen brannten auf der wunden Haut an meinem Hals.

Ich führte sie zu meinem Auto. Wir mußten weg von hier. Lokken beobachtete, wie wir in den Volkswagen stiegen; in seinen Augen war noch der Schock zu sehen. Auch wir standen unter Schock, das wußte ich. Hände und Gesicht taten mir weh, doch ich fühlte noch keinen Schmerz, nur eine Abstraktion von Schmerz. Ich setzte in die Auffahrt zurück und hielt an, um zum letztenmal zum Haus zu schauen. Adieu, Großmutter; adieu, Traumschloß; adieu, Träume; adieu, Alison. Hallo. Adieu. Adieu, Alison. Die zurückkommen würde – als eine Geste irgendwo in der Menge auf der Straße, oder als ein Fetzen Musik aus einem offenen Fenster, als der Schwung einer Halslinie und als Druck einer Hand, oder als ein Kind. Die nun immer bei uns sein würde, von jetzt an. Nachbarn kamen langsam die Straße herauf, einige zu Fuß, mit Geschirrtüchern und Werkzeugen in den Händen; einige stiegen aus den Autos, Spannung, Angst auf den Gesichtern. Red und Tuta Sunderson gingen langsam über den Rasen auf Dave Lokken zu. Das alte Farmhaus war fast niedergebrannt, die Flammen nicht mehr hoch. Ich fuhr rückwärts zwischen den Leuten durch und lenkte den Wagen auf die Straße, talwärts.

»Wohin fahren wir?« fragte Alison.

»Ich weiß nicht.«

»Mein Vater ist wirklich tot?« Sie legte einen Handknöchel an den Mund, sie kannte die Antwort.

»Ja. Und auch Eisbär.«

»Ich dachte, er wäre es gewesen – der die Mädchen ermordet hat.«

»Das habe ich auch geglaubt, kurze Zeit jedenfalls«, sagte ich. »Es tut mir leid. Auch Eisbär hat es eine Weile geglaubt. Er war derjenige, der mich letzten Endes auf die Idee gebracht hat.«

»Ich kann nicht mehr zurück, Miles.«

»Gut.«

»Muß ich zurück?«

»Du kannst es dir ja noch überlegen«, sagte ich.

Ich fuhr los, fuhr einfach drauf los. Eine Zeitlang hörte ich sie neben mir weinen. Die kurvenreiche Straße schien westwärts zu führen. Ich sah nur Farmen und noch eine kurvenreiche Straße vor mir. Hinter diesem Tal würde ein anderes liegen, und wieder ein anderes danach. Hier wuchsen die Bäume dichter, bis nahe an die Häuser heran.

Alison richtete sich neben mir auf. Ich hörte kein Weinen mehr. »Fahren wir einfach«, sagte sie. »Ich möchte Zack nicht mehr sehen. Ich kann ihn nicht sehen. Wir können ja von dort schreiben, wo wir hinfahren.«

»Fein«, sagte ich.

»Fahren wir doch nach Wyoming oder Colorado oder so.«

»Was immer du willst«, sagte ich. »Wir werden tun, was du möchtest.« Der Schwung einer Halslinie, der Druck einer Hand, die vertraute Geste eines Armes. Die Blasen an meinen Händen begannen jetzt wirklich zu schmerzen; meine Gesichtsnerven übermittelten den Schmerz der Brandwunden; ich begann, mich besser zu fühlen.

In der nächsten Kurve der Talstraße zitterte der Wagen kurz, und der Motor starb ab. Ich hörte mich selbst lachen.

Herbert Rosendorfer im dtv

»Er ist der Buster Keaton der Literatur.«
Friedrich Torberg

Das Zwergenschloß und sieben andere Erzählungen
dtv 10310

Vorstadt-Miniaturen
dtv 10354

Briefe in die chinesische Vergangenheit
Roman · dtv 10541 und dtv großdruck 25044
Ein chinesischer Mandarin aus dem 10. Jahrhundert gelangt mittels Zeitmaschine in das heutige München und sieht sich mit dem völlig anderen Leben der »Ba Yan« konfrontiert...

Stephanie und das vorige Leben
Roman · dtv 10895

Königlich bayerisches Sportbrevier
dtv 10954

Die Frau seines Lebens und andere Geschichten
dtv 10987

Ball bei Thod
Erzählungen
dtv 11077

Vier Jahreszeiten im Yrwental
dtv 11145

Eichkatzelried
dtv 11247

Das Messingherz oder Die kurzen Beine der Wahrheit
Roman · dtv 11292
Der Dichter Albin Kessel wird eines Tages vom Bundesnachrichtendienst angeworben. Allerdings muß er immer an Julia denken...

Bayreuth für Anfänger
dtv 11386

Der Ruinenbaumeister
Roman · dtv 11391
Schutz vor dem Weltuntergang: Friedrich der Große, Don Giovanni, Faust und der Ruinenbaumeister F. Weckenbarth suchen Zuflucht.

Herbert Rosendorfer im dtv

Der Prinz von Homburg
Biographie · dtv 11448
Gescheit, anschaulich, genau,
dennoch amüsant und unter-
haltend schreibt Rosendorfer
über diese für Preußen und
Deutschland wichtige Zeit.

**Ballmanns Leiden oder
Lehrbuch für Konkursrecht**
Roman · dtv 11486

Die Nacht der Amazonen
Roman · dtv 11544
Die Geschichte Christian We-
bers, Pferdeknecht aus Polsin-
gen, »alter Kämpfer« und
Duzfreund Adolf Hitlers, ist
das Satyrspiel zur Apokalypse
der Nazizeit.

Herkulesbad / Skaumo
dtv 11616

Über das Küssen der Erde
dtv 11649

**Mitteilungen aus dem
poetischen Chaos**
dtv 11689

**Die Erfindung des
SommerWinters**
dtv 11782

**... ich geh zu Fuß nach
Bozen und andere persön-
liche Geschichten**
dtv 11800

**Die Goldenen Heiligen oder
Columbus entdeckt Europa**
Roman
dtv 11967
Östlich von Paderborn:
Außerirdische landen in
Deutschland, und unaufhalt-
sam bricht die Zivilisation,
unterwandert von der Heils-
süchtigkeit der Menschen, zusammen.

**Der Traum des
Intendanten**
dtv 12055

**Ein Liebhaber
ungerader Zahlen**
Roman
dtv 12307